AF398567

Katie M. Bennett ist das Pseudonym einer deutschen Autorin, die mit ihrer Familie küstennah im Norden Deutschlands lebt. Sie liebt es, sich Geschichten auszudenken, am Meer zu sein und sich für in Not geratene Hunde einzusetzen.

KATIE M. BENNETT

Das Erbe *von* Blue Manor

Überarbeitete Neuausgabe Januar 2025

Copyright © 2025 dp Verlag, ein Imprint der
dp DIGITAL PUBLISHERS GmbH
Made in Stuttgart with ♥
Alle Rechte vorbehalten

Das Erbe von Blue Manor

ISBN 978-3-98998-795-1
E-Book-ISBN 978-3-98998-800-2

Covergestaltung: Anne Gebhardt
Umschlaggestaltung: ARTC.ore Design
Unter Verwendung von Abbildungen von
stock.adobe.com: © Xplorer, © Людмила Мазур , © Ilhan Balta,
© AePatt Journey, © tong2530

Lektorat: Manuela Tengler
Satz: dp DIGITAL PUBLISHERS GmbH
Druck und Bindung: Books on Demand GmbH, Norderstedt

VORWORT

Liebe Leserinnen und Leser,

Familiengeheimnisse oder einfach Ereignisse, die sich in der Vergangenheit zugetragen haben, deren Auswirkungen aber weit in die Zukunft reichen, haben es mir nicht nur als Autorin, sondern auch als Leserin schon immer angetan.

Ich mag Geschichten, in denen die Gegenwart verändert werden kann, nachdem entweder alte Traumata bearbeitet oder verborgene Ereignisse überhaupt erst einmal ans Tageslicht gelangen.

Wenn eine neue Romanidee Gestalt annimmt, habe ich am Anfang meist die Hauptprotagonistin vor Augen. In dieser Geschichte war es aber tatsächlich die alte, skurrile Lady Gwineth Montenay, deren Schicksal den Auftakt zu einem Familiengeheimnis-Roman bildete.

Erst nachdem ich ihre Vergangenheit kennengelernt hatte, gesellte sich Sophie, meine Hauptprotagonisten der Gegenwart dazu. Es dauerte nicht lange, bis sich alles rund um die unterschiedlichen Frauen zusammenfügte, und ich konnte mit der Arbeit an dem Roman beginnen. Eine Arbeit, die mir sehr viel Spaß gemacht hat und von der ich hoffe, dass sie Ihnen, liebe Leserinnen und Leser, ebenso viel Freude bereitet. Kommen Sie mit in die prüden 1950er Jahre des englischen Adels, lernen Sie Lady Gwineth und ihre Familie kennen und finden Sie heraus, welche alten Geheimnisse die junge Journalistin Sophie hinter den dicken Mauern von Blue Manor aufdeckt.

Schöne Lesestunden wünscht Ihnen
Katie M. Bennett

PROLOG

St. Elizabeth, London, Juni 1952

Geliebte Kleine,

gern würde ich Dich mit Deinem Namen ansprechen, denn es ist unhöflich, es nicht zu tun. Allerdings weiß ich nicht, welchen sie Dir geben werden. Gleichwohl wirst Du für mich immer meine geliebte Kleine sein. Für immer, auch wenn sie Dich mir längst fortgenommen haben.
Tief in meiner Seele bin ich sicher, dass Du ein wunderschönes Mädchen werden wirst.
Und obwohl ich weiß, dass es höchst unwahrscheinlich ist, dass Du diesen Brief jemals lesen kannst, brennt dennoch der Wunsch in meiner Seele, ihn Dir zu schreiben. Seit vielen Wochen drehe und wende ich diese Worte, mit denen ich all das Wichtige sagen möchte, das Du zu erfahren verdienst, in meinem Kopf. Aber selbst wenn ich einmal die Zeit finde, über alles in Ruhe nachzudenken, kommt dabei nicht das heraus, was ich möchte. Ich weiß nicht, ob es diese bleierne Müdigkeit ist, die mich nicht mehr verlassen hat, seitdem ich an diesem schrecklichen Ort gefangen bin, die meine Gedanken zu einem zähen Durcheinander werden lässt. Mir fehlen nicht nur die richtigen Worte. Es scheinen auch nie genug zu sein, um Dir alles zu erklären. Wie erklärt man das Unerklärliche, das Unbegreifliche? Du siehst, es geht schon wieder los, das Chaos in meinem Kopf.

Schließlich müssen diese Worte für ein ganzes Leben reichen. Für Dein ganzes Leben, das erst in ein paar Tagen beginnen wird. Vielleicht könnte ich mich besser ausdrücken, wenn ich nicht so entsetzlich müde wäre. Die Arbeit ist sehr schwer und die Nächte sind kurz – bitte verstehe mich nicht falsch, ich möchte nicht klagen, aber gerade jetzt wäre ich dankbar, klar und ausgeschlafen zu sein, während ich meinen ersten und letzten Brief an Dich verfasse. Es bleibt nicht mehr viel Zeit für uns, meine Kleine. Ich spüre es, der Tag Deiner Geburt rückt unerbittlich näher. Mit sanften Tritten fängst Du an, dich über die Enge in meinem Bauch zu beschweren. Glaube mir, ich verstehe das. Du sollst ja auch hinaus ins Leben. So, wie es gottgewollt ist. Trotzdem weine ich schon jetzt bei dem Gedanken, denn der Moment, wo Du das Licht der Welt erblickst, wird gleichzeitig unser Abschied sein. Das kann Gott nicht wollen, auch wenn sie sagen, dass Du ein Kind der Sünde bist. Glaube mir, das bist du nicht. Du bist ein Kind der Liebe. Das ist es, was ich Dir vor allem sagen muss. Niemand liebt Dich mehr als Dein Vater und ich. Dein Vater hätte alles für Dich getan, aber sie haben ihn nicht gelassen. Ich weiß nicht, was mit ihm passiert ist, aber ich weiß, dass er uns niemals freiwillig im Stich gelassen hätte. Geliebte Kleine, vergiss das niemals!
Nie werde ich Dich barfuß über eine Wiese mit Mohnblumen laufen sehen, aber ich wünsche mir, dass Du es tun wirst. Mit wehenden blonden Locken im Wind, während Deine blauen Augen strahlen wie Saphire und Dein Mund sich zu einem verzückten Lächeln formt. Dieses Bild lebt in mir, von jetzt an und für alle Zeit.
Mein Herz, in diesem Moment ertönt der Gong zum Abendgebet. Ich muss eilen, obwohl ich Dir noch so viel sagen möchte. Vielleicht schenkt der liebe Gott mir etwas Glück

und ich kann den Brief in den nächsten Tagen fortsetzen,
aber vielleicht war dies auch die letzte Gelegenheit.
Ansonsten verzichte ich freiwillig auf jedes Glück, wenn Du
es dafür bekommst, Liebes. Möge Dein Leben voller Wunder
und Schönheit und blauer Blumen sein.

In ewiger Liebe
Deine Mum

1.

Nervös lauschte Sophie dem Freizeichen, das aus ihrem Handy drang. In Los Angeles war es jetzt kurz vor Mitternacht. Eine günstige Zeit, um Kate zu erwischen. Vorausgesetzt, die Party war nicht so lustig, dass ihre beste Freundin ihren eisernen Prinzipien untreu wurde, nach denen sie an Drehtagen grundsätzlich früh zu Bett ging. Es geschah zwar selten, aber es kam vor, dass sie eine Ausnahme machte.

Aber bitte nicht heute, betete Sophie still und eindringlich. Obwohl sie genau wusste, was Kate ihr sagen würde – falls sie noch ans Telefon ginge –, brauchte Sophie die Worte ausgesprochen. Nur dann bestand die Chance, dass sich ihre Nerven so weit beruhigten, dass sie ihr Büro gleich verlassen und sich rechtzeitig auf den Weg zu ihrem Termin machen konnte.

„Hey Sweetheart!" Kates Stimme drang wohltuend und wach in Sophies Ohr.

„Gott sei Dank, du bist schon zurück." Erleichterung flutete Sophies Körper.

„Ist etwas passiert?", fragte Kate alarmiert.

„In zehn Minuten ist es so weit." Sophies Stimme klang, als würde exakt zu diesem Zeitpunkt die Welt untergehen. Völliger Blödsinn, sie wusste es, dennoch fühlte es sich gerade genauso an.

„Was ... Wie ... Ach, du meinst deinen Termin mit Ethan?" Kate lachte befreit.

„Genau den." Sophie seufzte schwer und spielte mit dem Kugelschreiber in ihrer Hand.

„Komm schon, Honey! Das Gespräch ist ein Selbstläufer! Du machst dir mal wieder vollkommen umsonst Sorgen. Dein Chef wird niemand Besseres finden für den Job, und glaub mir, das weiß er auch."

Sophie lehnte sich auf ihrem Stuhl zurück, ließ den Kugelschreiber fallen und legte stattdessen eine Hand auf ihren Magen, in dem sich seit letzter Nacht hartnäckig das Gefühl hielt, dass sich etwas unwiderruflich verknotet hatte. „Ich weiß nicht, mein Gefühl sagt mir ganz deutlich etwas anderes."

„Ruf mich später an, um mir zu sagen, dass ich wie immer richtiggelegen habe." Kates Lachen klang fröhlich und so nah, als sei sie in ihrer Londoner Wohnung und nicht Tausende Meilen entfernt in Los Angeles.

Sophie gönnte ihrer besten Freundin die Chance von Herzen, die ihr das Filmprojekt in den USA bot. Trotzdem war der Wunsch überwältigend, sich mit Kate später auf einen Drink zu treffen. Unabhängig davon, ob sie auf den Erfolg oder eine bittere Niederlage anstoßen könnten. Sie biss sich auf die Lippen. In einem hatte Kate bereits recht: Es würde nicht mehr lange dauern, bis Sophie Gewissheit hätte, ob sie den Job kriegen würde oder nicht. Vielleicht lag Kate tatsächlich richtig und nicht der Knoten in ihrem Magen ...

„Wie war denn dein Tag?", wollte Sophie wissen. Natürlich interessierte es sie, was sich im Leben ihrer besten Freundin tat, die so entsetzlich weit weg war. In diesem Fall spielte allerdings auch der schwache Versuch in die Frage hinein, sich wenigstens für einen Moment von der eigenen Sorge abzulenken.

„Wunderbar! Die Kollegen sind immer noch ein Traum, der Regisseur fordernd, aber fair. Also gilt weiterhin, dass ich es keine Sekunde bereut habe, dem Ruf der weiten Welt zu folgen."

„Das freut mich so für dich!" Das war die Wahrheit, auch wenn sie Kate furchtbar vermisste.

„Danke. Und später freuen wir uns gemeinsam über deinen Erfolg und darauf, dass du nie wieder abgehalfterte und verbitterte Kollegen von mir interviewen musst!"

„Oder aufgehende Sternchen, die sich bereits für Weltstars halten", ergänzte Sophie und verzog das Gesicht. Wenn alle Schauspieler so bodenständig und fleißig wären wie Kate, würde sie vielleicht nicht so dringend nach einer Alternative zu ihrem jetzigen Aufgabengebiet suchen. Dann wurde ihr klar, dass die Vorstellung nicht nur unrealistisch war, sondern ihr kaum wirklich helfen würde. Sie wollte endlich über politische Themen berichten, recherchieren, mittendrin sein. Wozu hatte sie sonst jahrelang Politikwissenschaften studiert? Doch nicht, um ewig weiter boulevardeske Themen abzudecken und dankbar zu sein, wenn gelegentlich ein Artikel über eine echte Kulturveranstaltung als Highlight daraus hervorstach.

„Die sind die Schlimmsten!" Kate lachte erneut. „Und mein Fachgebiet, nicht deins. Glaub mir, diese Zeit wird bald hinter dir liegen."

„Versprochen?"

„Versprochen", entgegnete Kate mit fester Stimme. „Also ruf mich an, sobald wir die Champagnerkorken knallen lassen können!"

„Das mache ich“, murmelte Sophie und setzte sich aufrechter hin.

„Wann kommt Adam zurück?“

„Morgen.“ Eigentlich, fügte Sophie stumm hinzu. Wenn nicht wieder etwas dazwischen käme. Wie so oft in den letzten drei Jahren … Vermutlich der Preis, den man zahlen musste, wenn man mit einem Musiker zusammen lebte.

„Das ist doch großartig! Dann kannst du immerhin mit ihm schon eine Siegesfeier einläuten. Bis wir es krachen lassen, wird ja leider noch einige Zeit vergehen.“ Kate seufzte. „Ich vermisse dich!“

„Ich dich auch!“ Sophie schluckte trocken. „Ich muss jetzt gleich rein zu Ethan.“

„Toi, toi! Geh und hol dir den Job!“

„Ay ay, Sir.“ Sophie lachte leise und beendete das Gespräch. Langsam legte sie ihr Handy auf den Schreibtisch vor sich. Etwas weniger verzagt blickte sie durch das regenverhangene Fenster hinaus in den trüben Londoner Vormittag. Der Straßenlärm drang nur gedämpft zu ihr nach oben in den fünften Stock. Natürlich war es kindisch, sich von Kate etwas versprechen zu lassen, was diese überhaupt nicht in der Hand hatte. Trotzdem fühlte sie sich etwas besser und der Knoten in ihrem Magen schien zumindest eine Spur geschrumpft. Sie sah auf die Uhr an ihrem Bildschirm. Fünf Minuten noch. Zeit, um zur Toilette zu gehen, einen letzten prüfenden Blick in den Spiegel zu werfen und sich dann in die Höhle des Löwen zu wagen.

Sophie nahm auf dem angebotenen Platz in der Sitzecke am Fenster ihrem Chef gegenüber Platz. Wie üblich strahlte der Raum ein gepflegtes, kreatives Chaos aus. Zwischen unzähligen Grünpflanzen lagerten auf kleinen Tischen und halbhohen Regalen neben alten Ausgaben des *Newstellers* eine große Auswahl von Ausgaben der Konkurrenz. In dem Bücherregal hinter dem schlichten und mit Schriftstücken überladenen Schreibtisch waren Dutzende Bücher aufgereiht – Biografien, Politik-Ratgeber und sonstige Bestseller drängten sich dicht an dicht. Nur der Tisch in der Besucherecke war erstaunlich aufgeräumt und bis auf Ethans Kaffeebecher leer.

Sophie schlug die Beine übereinander und sah ihren Chef erwartungsvoll an. Der kurze Blick in den Spiegel eben hatte ihr zumindest bestätigt, dass ihre Aufregung und das ungute Gefühl im Magen nicht offensichtlich waren. Der blonde Bob saß noch so perfekt, wie sie ihn in der Früh frisiert hatte, und ihre rauchgrauen Augen blickten scheinbar mit professioneller Ruhe in die Welt. Flüchtig musste Sophie an Mike, ihren früheren Boxtrainer, denken. Bei ihm hatte sie gelernt, wie wichtig die Ausstrahlung beim Kampf ist. Du darfst dich schwach fühlen, aber zeige es niemals! Mit einem verschmitzten Grinsen hatte er hinzugefügt: Noch besser ist es natürlich, wenn du dich auch stark fühlst! Nun, davon war sie meilenweit entfernt, sie konnte sich also nur an den ersten Ratschlag halten.

„Liebe Sophie, zunächst einmal herzlichen Dank für deine Bewerbung, über die ich mich sehr gefreut habe!" Ethan Carter legte die Fingerspitzen an die Lippen und musterte Sophie durch die Gläser seiner Nickelbrille.

Er dankte für ihre Bewerbung? Die Schlinge in Sophies Magen zog sich zu. Das hier war kein Kampf. Zumindest kein fairer. Ethan war Gegner und Schiedsrichter in einer Person.

„Du weißt ja, dass es vom ersten Tag an mein Wunsch war, ins politische Ressort zu wechseln. Mein Studium der Politikwissenschaften ..." Weiter kam Sophie nicht, da Ethan sie mit einer Handbewegung unterbrach. Während er sich durch die braunen Locken fuhr, die von grauen Strähnen durchzogen wurden und ihm Ähnlichkeit mit einem Streifenhörnchen verliehen, seufzte er tief. In dem Moment wusste Sophie, dass sie bereits verloren hatte. Noch ehe sie wirklich in den Ring hatte steigen können.

„Es tut mir leid, aber ich muss dir leider absagen. Verstehe mich nicht falsch, du bist eine großartige Mitarbeiterin. Ich wüsste nicht, was ich ohne dich täte." Ein wohlwollendes, kleines Lachen sollte der Niederlage ihre Schärfe nehmen. „Und das ist einer der Punkte, warum ich dir die Stelle nicht geben kann. Ich brauche dich dort, wo du bist. Du machst einen wunderbaren Job, und auch wenn du es vielleicht nicht so siehst: Es ist wertvolle Arbeit, die du leistest!"

Sophies Mund war staubtrocken und der Knoten in ihrem Magen dehnte sich schmerzhaft aus. Obendrein spürte sie, dass ihr Tränen in die Augen stiegen. Wütend drängte sie sie zurück und verschränkte die Arme vor der Brust. Auch wenn der Kampf verloren war, Schwäche würde sie nicht zeigen!

„Danke, aber du hast mir mehrmals zugesichert, dass der Tag kommen wird, an dem ich in meinen Wunschbereich wechseln kann." Ihre Stimme klang erstaunlich fest, was sie selbst verblüffte.

„Aber ja, natürlich wird er kommen!" Ethan lächelte flüchtig und strich sich fahrig über die Stirn.

Für einen Moment fühlte Sophie fast so etwas wie Mitleid mit ihrem Chef. Sie spürte sein Unbehagen, vielleicht sogar einen Hauch von schlechtem Gewissen. Ethan war kein schlechter Vorgesetzter. Den vollen Einsatz, den er als Chefredakteur in den Erfolg des *Newstellers* steckte, forderte er zwar auch von seinen Mitarbeitern, blieb dabei jedoch meistens fair. Belohnte besonderes Engagement und verteilte Lob – wenn auch sparsam. Nur Beförderungsstellen, die vergab er noch seltener.

Sophie holte tief Luft und setzte sich aufrechter hin. „Das versprichst du mir seit zwei Jahren! Und seit vier Jahren mache ich brav einen Job, der nicht annähernd meinen Fähigkeiten entspricht."

„Das kannst du so doch nicht sagen, Sophie. Deine Empathie lässt dich selbst aus schwierigsten Interviewpartnern das Bestmögliche zum Vorschein bringen. Und dein Talent zu schreiben, ist auch bei Unterhaltungsthemen vonnöten."

„Wer wird es?", unterbrach sie Ethan und zum ersten Mal zitterte ihre Stimme leicht.

„Richard, ein Verlagsfremder."

Sophie schnappte nach Luft und ballte unbewusst die Fäuste. „Du nimmst einen Externen?"

Ethan, der auf seine Hände geblickt hatte, hob den Kopf und sah ihr ins Gesicht. Dann nickte er langsam.

„Hör mal Sophie, nimm es nicht persönlich. Richard hat beste Referenzen und bringt einiges an Erfahrung mit."

„Mit Erfahrung würde ich auch gerne dienen. Dazu müsste ich allerdings erst einmal die Chance bekommen, welche zu machen." Nimm es nicht persönlich ... Die Worte hallten höhnisch in ihrem Kopf wider, während sie ihren Chef fassungslos anstarrte. Der Hauch seines schlechten Gewissens hatte sich bereits wieder verflüchtigt. Falls sie den Ausdruck überhaupt richtig gedeutet hatte. Vielleicht war ihm das Gespräch auch schlicht unangenehm. In Sophie wallte der Wunsch auf, später ins Studio zu marschieren, die Boxhandschuhe anzuziehen und ihren Frust im Ring abzubauen. Vielleicht würde sie es wirklich tun und das Training endlich wieder aufnehmen. Seit Ewigkeiten hatte sie es ausgesetzt, nicht zuletzt wegen des strammen Pensums, das sie für den *Newsteller* absolvierte. Und wofür? Um sich jetzt anzuhören, dass sie im Unterhaltungsbereich bestens platziert war.

„Du kriegst deine Chance, Sophie. Ganz sicher, nur eben jetzt noch nicht", sagte Ethan leise.

Wieder spürte sie Tränen aufsteigen. „War es das?" Nur mit Mühe schaffte sie es, sich zu zügeln. Am liebsten hätte sie ihren Chef angebrüllt oder ihm den Inhalt seines Kaffeebechers über den Kopf geschüttet. Letzteres war für einen Moment eine verführerische Option. Gerade rechtzeitig wurde ihr bewusst, dass dies das Letzte war, was ihr dabei helfen würde, ihr Ziel zu erreichen. Das Einzige, was sie sich damit sichern würde, wäre eine fristlose Kündigung, die sie sich ganz und gar nicht leisten konnte.

Ethan nickte. „Ach, eins noch."

Sie sah ihn fragend an.

„Könntest du Richard am Anfang etwas unter die Arme greifen? Ihm unsere Abläufe zeigen und ihn mit den Kollegen bekanntmachen? Er wird morgen anfangen und da stecke ich leider mitten in der Budgetierung. Bist du so lieb?"

2.

Als Sophie am Abend die Treppe zu ihrer Wohnung im Londoner Stadtteil Chelsea hinaufstieg, hatte sich die Mischung aus Wut und Trauer längst zugunsten einer bleischweren Traurigkeit verschoben. Ihre Hand zitterte, als sie den Schlüssel ins Schloss steckte. Keine Schwäche zeigen! Nun gut, immerhin hatte sie das den restlichen Arbeitstag über geschafft, während sie mit zusammengebissenen Zähnen den Artikel über Heather Minkville, dem neuen Shootingstar auf der Kinoleinwand, fertig schrieb. Natürlich klang daraus nicht hervor, was sich beim gestrigen Interview schonungslos gezeigt hatte: Heather war genauso einfältig wie erfolgreich. Aber das wollte die Leserschaft vom *Newsteller* nicht wissen. Es ging einzig darum, Ruhm und Glamour in den richtigen Worten zu transportieren. Es war Sophie wie üblich gelungen; das Okay von Ethan kam prompt, der Artikel konnte ohne Änderung in den Druck gehen.

Auch in diversen Telefonaten und dem obligatorischen Meeting am Nachmittag hatte Sophie es geschafft, professionell und ruhig aufzutreten. Nur der Knoten in ihrem Magen war immer größer geworden, schnürte ihr irgendwann fast die Luft ab.

Aufatmend warf sie die Tür hinter sich ins Schloss. Jetzt konnte sie endlich aufhören, so zu tun, als ob sie die Absage mit einem Schulterzucken abtat. Ihr Traum war heute geplatzt, und das tat verdammt weh! Sie brauchte dringend ein Glas Wein und ein weiteres Gespräch mit Kate.

Rasch schlüpfte sie aus ihren hochhackigen Pumps und tappte ins Schlafzimmer. Dort tauschte sie das graue Business-Kostüm und die weiße Bluse mit ihrer ausgewaschenen Lieblingsjogginghose und einem weiten T-Shirt. Dicke Socken vervollständigten das Wohlfühloutfit.

Der Knoten in ihrem Magen verringerte prompt seinen Druck, für den Moment war Sophie in ihrem eigenen Reich angekommen und die Business-Welt hatte keinen Zutritt. Hier konnte sie in Ruhe ihre Wunden begutachten und sich überlegen, wie es nun weitergehen sollte.

Gedankenverloren steuerte sie ihre kleine Küche an. Da Adam auf Reisen war, empfing sie diese sauber und aufgeräumt – aber auch viel zu leer. Morgen würde sich das schlagartig wieder ändern. Ein kleines Lächeln schlich sich auf Sophies Lippen. Adam würde nicht nur das übliche Chaos mitbringen, sondern hätte auch Aufregung, Abenteuer und Liebe im Gepäck. Ihr Lächeln wurde breiter. Sie freute sich. Für einen Moment vertrieb die Freude das überwältigende Gefühl der Niederlage. Passend zu dem kurzfristigen Wechsel ihrer Gefühlslage riss der wolkenverhangene Himmel vor dem Küchenfenster auf. Die ersten Sonnenstrahlen des Tages erhellten den Raum und warfen gezackte Schatten auf das Schachbrettmuster der Fliesen auf dem Boden. Es schien, als ob die Sonne den Menschen gerade noch rechtzeitig ein bisschen Wärme und Helligkeit senden wollte, bevor sie sich zurückziehen und sie der Schwärze der Nacht übergeben würde.

Sophie nahm eine bereits geöffnete Weinflasche aus dem Kühlschrank, schnappte sich ein Glas aus einem der Hängeschränke und machte sich auf den Weg ins Wohnzimmer. Dort stellte sie Glas und Flasche auf dem Couchtisch ab und wollte sich gerade aufs Sofa plumpsen lassen, als ihr Blick auf den blinkenden Anrufbeantworter fiel.

Sie hielt mitten in der Bewegung inne. Die Freude, die sie gerade noch gespürt hatte, wurde schlagartig kleiner. Kaum jemand rief noch auf dem Festnetz an. Jedenfalls nicht, seitdem Mum nicht mehr lebte ... Sophies Hals wurde eng, als ihr Blick zum Sideboard wanderte, wo die Fotos von Mum und Dad neben einer dicken Kerze und einigen gesammelten Muscheln vom Strand standen. Zögernd ging sie zur Telefonstation. Jetzt konnte sie sehen, dass sogar zwei Anrufe während ihrer Abwesenheit eingegangen waren. Mit zusammengepressten Lippen betätigte sie den entsprechenden Knopf. Adams dunkle Stimme erklang und ihr Herz machte einen Satz. Gleich darauf zog es sich schmerzhaft zusammen. *Es tut mir so leid, Darling, aber das mit morgen wird nichts ... Wir hängen noch einen zusätzlichen Gig in Dublin dran und anschließend treffe ich mich mit einem Veranstalter in Paris. So sorry, lovely! Vergiss mich nicht und bis ganz bald! Sweet kisses!*

In Sophies Kopf drehte sich alles. Adam würde nicht kommen! Ihre dumpfe Befürchtung hatte sich zur Gewissheit verdichtet. Tränen schossen ihr ohne Vorwarnung in die Augen. Und er hatte nicht einmal den Mut, sie auf dem Handy anzurufen. Sprach stattdessen eine

Nachricht auf das Festnetz, wo er sicher war, dass sie nicht ranging ... In der Sicherheit ihrer eigenen Wohnung machte Sophie sich nicht länger die Mühe, ihre Tränen zurückzuhalten.

Das Band schaltete zur nächsten Nachricht weiter, die Sophie ohnehin nicht mehr interessierte. Mit wackligen Beinen ging sie zum Sofa und ließ sich schniefend in die weichen Polster fallen. Während sie abwesend den Chardonnay ins Glas füllte, ertönte eine fremde heisere Frauenstimme.

Guten Tag, Mrs. Redgrave, hier spricht Lady Gwineth Montenay aus Cornwall. Ich würde Sie gerne engagieren, bitte rufen Sie mich zwecks Terminvereinbarung zurück.

Elektrisiert setzte Sophie sich auf. Wer zum Teufel war Lady Montenay? Und wofür wollte man sie engagieren? Sophie schüttelte den Kopf und trank ihr Glas in schnellen, kleinen Schlucken leer. Vielleicht nicht das beste Abendessen, aber so wie die Ereignisse heute auf sie niederprasselten, wohl die einzig mögliche Option.

Die Beförderung flöten, Adam, der – mal wieder – nicht kam und nun diese seltsame Nachricht. Die Gedanken jagten durch Sophies Kopf, während sie ungeduldig die Tränen wegwischte. Was sollte sie tun? Adam anrufen und ihm ihre Enttäuschung an den Kopf werfen, es bei Kate versuchen und sich ausweinen? Oder der Bitte der alten Lady nachkommen und sie zurückrufen? Zunächst tat Sophie nichts davon, sondern schenkte sich ein weiteres Glas Wein ein. Sie konnte ohnehin nicht klar denken, darauf kam es also nicht mehr an. Ein letzter Rest Vernunft würde sie hoffentlich davor bewahren, Adam angetrunken und weinerlich unter Druck zu setzen. Kate konnte sie natürlich in jedem Zustand anrufen. Sie zögerte. Ihr wurde bewusst, dass der Anruf von der unbekannten Lady sie neugierig machte. Ein Engagement? Vielleicht der Ausweg aus ihrer beruflichen Sackgasse beim *Newsteller*? Unsinn, so einfach liefen die Dinge bei ihr nie ... Wahrscheinlich wollte die alte Dame sich interviewen lassen, um in einer nächsten Ausgabe auf dem Titelblatt zu erscheinen. Aber woher hatte diese Lady Montenay ihre private Nummer? Sie hätte doch einfach in der Redaktion anrufen können. Langsam stellte Sophie ihr Glas auf dem Couchtisch ab und warf einen zögernden Blick zu Mum, die ihr vom Foto mit einem leichten Lächeln entgegenblickte. Die Aufnahme war alt, aufgenommen zu Beginn der kurzen Ehe mit Dad. Zu diesem Zeitpunkt gab es Sophie noch nicht. Nachdem Dad gestorben war, hatte Mum nur noch selten so glücklich ausgesehen wie zu dieser Zeit. Soll ich sie anrufen? Zu gerne hätte Sophie ihrer Mutter die Frage persönlich gestellt, anstatt nur stille Zwiesprache zu halten. Mum blickte sie nur weiter liebevoll aus dem silbernen Rahmen an, eine Antwort erhielt Sophie nicht. Sie seufzte und griff zur Wasserflasche, die neben dem Sofa stand. Nach einem großen Schluck entschied sie, dass sie noch klar genug war, um der Frage des Anrufs aus Cornwall auf den Grund zu gehen. Entschlossen stand sie auf und nahm das Telefon von der Station. Während das Freizeichen erklang, beschleunigte sich ihr Herzschlag.

3.

„Guten Abend, mein Name ist Sophie Redgrave. Ich rufe aus London an. Lady Montenay bat mich um Rückruf. Könnte ich sie bitte sprechen?" Nervös drehte Sophie die Wasserflasche, die ihre rechte Hand umklammerte, während die andere das Telefon ans Ohr presste. Die Stimme am anderen Ende hatte sich mit einem knappen, eher unfreundlichem Hallo gemeldet. Sophie vermutete, eine Angestellte am Apparat zu haben.

„Guten Abend, meine Liebe. Das tun Sie bereits." Ein kurzes heiseres Geräusch, das einem Lachen ähnelte, drang aus dem Hörer.

Sophie erstarrte. Unwillkürlich setzte sie sich aufrechter hin, die Wasserflasche glitt aus ihrer Hand. „Oh ... das ... Das ist gut." Sie verdrehte die Augen. Ihr Gestammel war vermutlich nicht dazu angetan, ihre Gesprächspartnerin von ihrer Qualifikation zu überzeugen. Auch wenn Sophie noch nicht wusste, ob das überhaupt wichtig war, ärgerte sie sich dennoch.

„Ja, das finde ich auch. Es ist gut, dass Sie mich sofort zurückrufen. Ich freue mich."

Es entstand eine kleine, spannungsvolle Pause, und Sophie widerstand dem Impuls, drauflos zu plappern.

„Wann können Sie nach Cornwall kommen, damit wir alles besprechen?"

Sophie öffnete den Mund, schloss ihn aber zunächst wieder, ohne etwas zu sagen.

„Sie möchten doch für mich arbeiten?" Die Stimme von Lady Montenay klang alarmiert.

Sophie runzelte die Stirn. Nach dem harten Tag, den sie hinter sich hatte, brachte dieses Gespräch sie schon am Beginn an ihre Grenzen. Vielleicht hätte sie doch bis morgen mit dem Rückruf warten sollen. Zu spät, jetzt musste sie es durchstehen. Sie räusperte sich, bevor sie antwortete.

„Lady Montenay, zunächst müssten Sie mir sagen, für was genau Sie mich engagieren möchten. Ich bin Journalistin ..."

„Aber das weiß ich doch, liebe Sophie. Ich darf doch Sophie sagen? Deswegen habe ich Ihnen doch die Nachricht hinterlassen." Die Stimme der alten Dame – jedenfalls war Sophie inzwischen zu dem Schluss gekommen, dass Lady Gwineth Montenay bereits ein höheres Lebensalter erreicht hatte – hatte jetzt einen amüsierten Unterton.

Sophie versuchte sich zu sammeln. „Also ... Ich arbeite für den *Newsteller*, wie Sie vermutlich wissen. Deshalb ..."

„Aber natürlich weiß ich das", unterbrach Lady Montenay sie sofort. „Ihre Arbeit ist brillant. Deswegen möchte ich ja, dass Sie für mich tätig werden."

„Und inwiefern?" Sophie kaute an ihrer Lippe, während sie nervös auf die Antwort wartete.

Wieder ein kehliges Lachen. „Ich möchte, dass Sie meine Memoiren verfassen."

„Oh ..." Also kein Interview für den *Newsteller*. Die Gedanken wirbelten durch Sophies Kopf. Die Memoiren einer adligen alten Dame verfassen? Eine solche Aufgabe fand sich bislang nicht in ihren Vorstellungen, was ihre berufliche Zukunft anging. Ins politische Ressort wechseln: Das war es, was ihr vorgeschwebt hatte. Und noch immer vorschwebte, ungeachtet der bitteren Niederlage des heutigen Tages. Und ganz weit hinten versteckte sich noch dieser kleine Traum, den sie aber routinemäßig und sorgfältig wieder nach hinten verbannte. Aber im Auftrag Memoiren schreiben? Sie schüttelte unschlüssig den Kopf. Wie sollte sie das mit ihrem eigentlichen Job vereinbaren?

„Was sagen Sie?" Lady Montenays Erwartung drang spürbar durchs Telefon.

„Ich weiß es nicht", sagte Sophie zögernd. Irgendetwas reizte sie an der Aufgabe, das spürte sie. Aber selbst wenn sie den Auftrag annehmen würde – wie sollte das gehen? Nie und nimmer könnte sie das neben ihrer eigentlichen Arbeit schaffen. Sie ging ja aus Zeitmangel nicht einmal mehr zum Boxen ...

„Vielleicht sollten wir zunächst die Konditionen besprechen. Danach überlegen Sie in Ruhe ein paar Tage und dann sehen wir weiter. Was halten Sie davon?"

Sophie nickte stumm. „Äh ja, das klingt gut", brachte sie schließlich hervor.

„Also, ich stelle mir vor, dass Sie so rasch wie möglich zu mir nach *Blue Manor* kommen, damit wir mit der Arbeit beginnen können. Drei oder vier Monate werden wir vermutlich brauchen. Für diese Zeit müssten Sie sich natürlich beim *Newsteller* beurlauben lassen."

Sophie sog scharf die Luft ein. Sie konnte Ethans Freude förmlich spüren ... Nie im Leben würde er seine Zustimmung geben, stattdessen im Karree springen. Jeden freien Tag musste Sophie sich mühsam erkämpfen.

Da wollte sie lieber nicht wissen, was er von einer Auszeit von mehreren Monaten hielt ...

„Danach brauchen Sie vermutlich noch zwei oder drei Monate, um dem Ganzen den Feinschliff zu geben“, fuhr Lady Montenay unbeeirrt fort. „Sechs Monate insgesamt scheint mir eine realistische Zeitspanne zu sein.“

„Mein Chef wird mich niemals so lange freistellen“, sagte Sophie abwehrend.

„Das kommt darauf an, wie entschlossen Sie ihm gegenüber treten.“

Jetzt erinnerte Lady Montenay Sophie an ihren Boxtrainer. Diese Aussage hätte von Mike stammen können.

„Vielleicht ist es für Ihre Ausstrahlung hilfreich, wenn wir über die finanziellen Konditionen sprechen. Ich biete Ihnen das dreifache Gehalt von dem, was Sie bei der Zeitung verdienen. Also falls Ihr Chef nicht kooperativ sein sollte und Sie trotzdem meinem Vorschlag zustimmen, haben Sie eine solide Basis, um sich anschließend in Ruhe einen neuen Job zu suchen.“

Sophie schnappte nach Luft. Sechs Monate lang das dreifache Gehalt? Diese Aussicht würde ihr Verhandlungsgeschick womöglich wirklich verbessern. Das kleine Erbe von Mum war das einzige Geld, das sie zurückgelegt hatte. Ansonsten war sie auf ihr monatliches Gehalt dringend angewiesen. Der Anteil, den Adam ihr für die Miete gab, entsprach nicht mal annähernd der Hälfte, und er kam zudem eher sporadisch. Sophie hatte sich noch nie darauf verlassen, und das war gut so.

„Bis wann möchten Sie Bedenkzeit haben? Reicht bis Ende der Woche?“

„Okay“, murmelte Sophie. Ihr war schwindelig, sie musste dringend den Kopf freikriegen, um wieder einen klaren Gedanken zu fassen. Vorher war an eine Entscheidung nicht zu denken.

„Ich freue mich!“ Lady Montenays Stimme klang mit einem Mal viel jünger. Sophie wurde bewusst, dass sie sich erst ein sehr undeutliches Bild von der alten Lady gemacht hatte. Spontan hätte sie darauf getippt, mit jemandem zu sprechen, der zumindest die achtzig überschritten hatte. Aber vielleicht täuschte sie sich auch, und Lady Gwineth war doch deutlich jünger. Das würde sie allerdings nur erfahren, wenn sie das seltsame Angebot annähme.

„Ach und noch etwas, Sophie. Falls Sie sich entscheiden, für mich arbeiten zu wollen, dann überweise ich Ihnen sofort den gesamten Betrag. Gerne, bevor Sie mit Ihrem Chef sprechen. Dann wissen Sie sicher, dass Sie nicht auf gut Glück den sicheren Arbeitsplatz aufs Spiel setzen!“

Verblüfft hob Sophie eine Augenbraue. Sie war in Versuchung, sich in den Arm zu kneifen. Sie träumte! Dieser Tag konnte gar nicht real sein!

„Okay“, murmelte Sophie erneut. „Danke!“ setzte sie hinterher.

„Ich danke für das nette Gespräch und dafür, dass Sie sich mein Angebot überlegen! Wenn Sie zu einer Entscheidung gekommen sind, rufen Sie mich bitte an.“

„Das mache ich“, versprach Sophie.

Lady Montenay verabschiedete sich. Sophie starrte noch eine ganze Weile auf das Telefon in ihrer Hand, bevor sie es behutsam auf den Tisch legte. Ratlos blickte sie durch das Wohnzimmerfenster in die Dunkelheit. Was sollte sie tun? Nach einer Weile des Grübelns wurden ihre Lider schwer. Sie rollte sich auf dem Sofa zusammen und zog eine Wolldecke über sich. Die Bilder des Tages flackerten unruhig und in nicht chronologischer Reihenfolge vor ihrem inneren Auge. Der letzte Gedanke, bevor sie in einen unruhigen Schlaf fiel, führte sie an einen menschenleeren Strand in Cornwall. An ihrer Seite schlenderte Adam, und ihre Hand war fest umschlossen von seiner, die sich warm und fest anfühlte.

4.

Sophie erwachte mitten in der Nacht mit einem Ruck. Für einen Moment musste sie sich besinnen, ehe ihr klar wurde, dass sie nicht im Bett, sondern im Wohnzimmer auf der Couch eingeschlafen war. Mühsam setzte sie sich auf. Dann fielen ihr der harte Tag und das seltsame Gespräch mit Lady Montenay ein. Kopfschüttelnd tastete sie zur Stehlampe neben dem Sofa und schaltete sie ein. Sanftes Licht erhellte den Raum. Ein Blick auf die Armbanduhr verriet ihr, dass es inzwischen weit nach Mitternacht war. Später Nachmittag also in Los Angeles, nur mit Glück könnte sie Kate erreichen. Feierabend würde ihre Freundin jedenfalls noch nicht haben. Nach einem großen Schluck Wasser griff sie zum Handy und rief Kates Kontakt auf. Ihre Freundin nahm das Gespräch nach dem ersten Klingeln an.

„Champagner?", rief Kate statt einer Begrüßung.

„Wasser", entgegnete Sophie trocken.

„Nein! Sag nicht, Ethan hat dir den Job nicht gegeben?" Kates Stimme schwankte zwischen Fassungslosigkeit und Empörung.

„Nein, noch besser. Ich bekomme einen neuen Kollegen. Richard, ein Externer." Sophie rümpfte die Nase. Ihr wurde bewusst, dass sie den Mann schon jetzt nicht leiden konnte, obwohl sie ihn noch nie gesehen hatte und es vermutlich unfair war.

„Oh, das tut mir so leid, Süße. Ich kann das gar nicht glauben." Kate stieß zischend Luft aus. „Vielleicht solltest du dir einen neuen Job suchen. Du hast so lange so hart gearbeitet, und jetzt übergeht dein Chef dich einfach. Das solltest du nicht einfach hinnehmen. Was sagt Adam denn dazu?"

„Adam", wiederholte Sophie gedehnt. „Keine Ahnung. Er ist nicht gekommen. Sie hängen noch einen Gig in Dublin dran. Und danach geht es nach Paris ..."

„Oh." Während Kate offenbar nach Worten suchte, wurde Sophie klar, dass das Angebot von Lady Montenay sie übergangsweise sogar von zwei Problemen befreien konnte. Wenn sie annähme, würde sie nicht nur für einige Monate frei von Ethan sein, sondern auch von Adam. Zum ersten Mal spürte sie Wut auf den Mann, den sie liebte. Normalerweise war sie froh um jeden Tag, den er bei ihr war. Und in den Zeiten, in denen er auf Reisen war, sehnte sie nichts so sehr herbei wie sein Heimkommen. Ärger hatte sie nie gespürt. Vielleicht einfach nicht spüren wollen ...

„Das ist aber blöd", sagte Kate schließlich lahm.

Sophie lächelte traurig. Sie wusste, dass ihre Freundin Adam mochte – jeder mochte ihn. Sich seinem Charme zu entziehen, war praktisch unmöglich. Trotzdem war sie ihm aber mit einer gewissen Skepsis begegnet. Kate hatte noch nie darüber gesprochen, aber Sophie ahnte, dass ihre Freundin sich insgeheim Sorgen um sie machte, wenn Adam wieder einmal seine Rückkehr verschob und Sophie mit einem Lachen vorgab, dass es ihr nichts ausmache, mit einem reiselustigen Musiker liiert zu sein.

„Ja, blöd“, stimmte Sophie zu. Sie hatte keine Lust, das Gespräch über Adam zu vertiefen. Stattdessen wollte sie lieber mit Kate darüber sprechen, was ihr seit dem Telefonat vorhin auf der Seele brannte.

„Was machst du denn jetzt?“, fragte Kate vorsichtig.

„Vielleicht gehe ich nach Cornwall.“

„Du machst was?“

Sophie kicherte. Dann begann sie von dem seltsamen Telefonat mit Lady Gwineth Montenay zu erzählen.

„Das Dreifache?“, rief Kate atemlos, als Sophie an dem Punkt der Bezahlung angekommen war.

„Das hat sie gesagt“, bestätigte Sophie und strich sich eine Strähne hinters Ohr.

„Wow. Das klingt mehr als verlockend, genau wie der Job an sich! Wie ist sie denn auf dich gekommen?“

„Das habe ich gar nicht gefragt“, murmelte Sophie zögernd. Erst jetzt fiel ihr auf, dass das eine berechtigte Frage war.

„Ach, ist vielleicht auch nicht so wichtig. Also, was hält dich auf? Sag zu!“

„Hm, ich weiß nicht, vielleicht klingt es zu gut, um wahr zu sein? Und da ist noch Granny …“

„Aber du könntest auch von Cornwall gelegentlich nach Southampton fahren. Vielleicht sogar häufiger als jetzt …“

In Sophie wallte prompt das schlechte Gewissen auf. Sie versuchte, alle zwei Wochen zu Granny ins Heim zu fahren. Aber jetzt war es wieder fast einen Monat her, dass sie dort gewesen war.

„Und da ist noch Ethan … Ich kann ihn schon vor mir sehen, wie er rot anläuft, wenn ich ihm den Vorschlag mache, mich für ein halbes Jahr zu beurlauben.“

Kate lachte. „Redest du von dem Mann, der dir gerade die Chance deines Lebens versaut hat?"

„Auch wieder wahr. Vielleicht sollte ich es wirklich riskieren." Sophie seufzte. Aber was würde Adam sagen, wenn ausnahmsweise einmal er derjenige wäre, der allein zu Hause saß und wartete?

„Und Adam kann ruhig auch mal auf dich warten", sagte prompt Kate, als hätte sie Sophies Gedanken gelesen.

„Ich schlafe besser noch eine Nacht drüber."

„Okay, aber sag sofort Bescheid, sobald du dich entschieden hast! Und nur noch mal zur Sicherheit: Ich bin im Team Cornwall! Moment ..." Um Kate herum wurde es laut. „Sorry, Süße, ich muss. Der Dreh geht weiter."

„Gutes Gelingen."

„Schlaf schön." Ein Kussgeräusch, dann war die Leitung tot.

Ein knurrendes Geräusch riss Sophie einen Moment später aus ihren Gedanken. Ihr Magen zeigte unmissverständlich, was sie bis jetzt nicht wahrgenommen hatte. Sie hatte Hunger! Was kein Wunder war. Ihr fiel ein, dass sie bis auf ein kleines Frühstück und zwei Keksen den ganzen Tag über nichts zu sich genommen hatte. Seufzend stand sie auf und ging in die Küche. Ein Blick in den Kühlschrank offenbarte, was sie bereits befürchtet hatte. Ihr nächtliches Mahl würde aus einem Käsesandwich bestehen, mehr gaben ihre Vorräte nicht her. Es wurde Zeit, dass sie endlich wieder zum Einkaufen käme. Angereichert mit einem letzten Stück Gurke und einer einsamen Tomate richtete sie ihren Snack auf einem Holzbrett an und nahm dieses zusammen mit einer neuen Flasche Wasser mit ins Schlafzimmer. Sie schaltete den Fernseher ein und machte es sich im Bett gemütlich. Eine politische Sendung schaltete sie missmutig weg. Ihr Traum-Ressort war in so weite Ferne gerückt wie selten zuvor. Die Soap, die nun über den Bildschirm flimmerte, interessierte sie zwar nicht, aber vielleicht half ihr die seichte Geschichte, wieder müde genug zu werden, um ausreichend Schlaf zu finden. Sie kaute, ohne viel zu schmecken, während ihre Gedanken nach Cornwall wanderten. Zurück zu den Urlauben mit Mum und Dad, als sie noch ein kleines Mädchen war. Und zurück zu dem einzigen Wochenende, das sie mit Adam dort verbracht hatte. Stunden voller Romantik und Leidenschaft. Allerdings getrübt von einem seltsamen Unbehagen, das Adams Unruhe in ihr ausgelöst hatte. Immer wieder hatte er versichert, dass es ein traumhaftes Wochenende sei. Sophie wollte ihm glauben, war sich aber dennoch sicher eine gewisse Erleichterung zu spüren, je näher ihre Abreise rückte. Adam schien einfach nicht in ein einsames Fischerdorf zu passen, sein natürlicher Lebensraum war die Großstadt. Sophie hatte es akzeptiert, so wie alles, was ihr Leben mit ihm ausmachte.

Irgendwann glitt sie in einen traumlosen Schlaf, aus dem sie in der Früh der schrillende Wecker riss.

5.

Nach einem schnellen Kaffee im Stehen verließ Sophie im schwarzen Hosenanzug und mit Sneakern ihre Wohnung. Ein kleiner, trotziger Versuch, ihren Unmut unauffällig zu verkünden. Die High Heels, die sie sonst gewohnheitsmäßig zur Arbeit trug, hatten ihr jedenfalls nicht zur ersehnten Beförderung verholfen. Und vielleicht müsste sie schnell laufen können, falls sie ihren Wunsch nach Beurlaubung schon heute bei Ethan formulieren sollte. Sie zog eine Grimasse, während sie die Treppe hinunterlief. Natürlich waren ihre Gedanken Unsinn, das wusste sie ja. Nicht die richtigen Schuhe hätten ihre Bewerbung erfolgreich werden lassen müssen, sondern die exzellente Arbeit, die sie seit vier Jahren beim *Newsteller* leistete. Ihr Puls beschleunigte sich, als ihr klar wurde, dass sie wie üblich wieder eine der Ersten in der Redaktion sein würde. Anscheinend konnte sie nicht aus ihrer Haut, nicht einmal nach der ungerechten Absage gestern. Für einen Moment flammte Wut in ihr auf. Verdammt, sie verdiente den Job!

Die Letzte würde sie heute jedenfalls nicht werden, nahm sie sich fest vor. Heute Nachmittag würde sie endlich zu Granny fahren, egal welche Aufträge Ethan für sie bereithielte.

Sie trat aus der Haustür und registrierte dankbar, dass es ein milder und vor allem trockener Morgen war. Die Stadt erwachte langsam, mehr oder weniger verschlafen wirkende Menschen kamen ihr entgegen, waren auf dem Weg zur Arbeit oder in die nächste Bäckerei, um sich mit Toast oder Brot zu versorgen. Andere joggten an Sophie vorbei oder führten ihre Hunde aus. Die ersten Cafés öffneten gerade, um diejenigen zu bewirten, die entweder nicht zur Arbeit mussten oder sich vorher noch Zeit für ein richtiges Frühstück nahmen. Sophie würde wie üblich erst später eine Kleinigkeit in der Redaktion essen. Während sie die typische Londoner Luft einatmete – einem Gemisch aus dreckigen Abgasen und angenehmen Düften, nach teuren Parfüms oder exotischem Kaffee zusammen mit viel Undefinierbarem – , lief sie die wenigen Meter zur Garage, wo ihr treuer Rover P6 in seinem leuchtenden Grün auf sie wartete. Sie fuhr den Oldtimer weniger, weil er edel und alt war, sondern weil er für sie eine direkte Verbindung zu ihren Eltern bedeutete. Ihre Mutter Victoria hatte den Wagen nach dem Tod von Sophies Vater übernommen, dessen erstes Auto er gewesen war. Obwohl das Baujahr aus 1974 datierte, wirkte es noch immer fast wie neu. Die Frauen in der Familie hatten die gute Pflege, mit der Howard Redgrave den Rover über die Jahre versorgt hatte, ganz selbstverständlich beibehalten. Mochten die Gründe auch unterschiedlich gewesen sein, dem Rover war es zugutegekommen. Inzwischen stellte er sicher eine gewisse Kapitalanlage dar, was Sophie allerdings egal war. Niemals würde sie sich von ihrem Familienauto trennen können.

Sophie öffnete das Garagentor und schloss das Auto auf. Mit einem Seufzen plumpste sie auf den Fahrersitz.

Sie liebte es, mit diesem Wagen zu fahren. Jeden Neuwagen würde sie dafür stehen lassen. Für einen Moment genoss sie den vertrauten Geruch und vergaß dabei die Wut auf ihren Chef, den Stachel der Enttäuschung, weil Adam es noch immer nicht für nötig gehalten hatte, sie anzurufen und die rotierenden Gedanken rund um das Angebot von Lady Gwineth Montenay. Sie startete den Rover und fuhr aus der Garage.

Der Verkehr wurde dichter, je näher Sophie der Redaktion kam. Endlich hatte sie ihr Ziel erreicht und bog seufzend in die Tiefgarage ein, für die sie einmal mehr dankbar war. Einen Parkplatz suchen zu müssen, hätte eine erhebliche Zeitverzögerung bedeutet.

Als sie die Räume des *Newsteller* betrat, war es noch wie erwartet relativ ruhig. Bis die übliche hektische Betriebsamkeit einsetzen würde, hätte Sophie wie gewohnt noch eine ruhige Zeitspanne vor sich, in der sie entspannt in den Arbeitstag starten konnte.

Emma, die rothaarige, stets strahlende Kollegin am Empfang, begrüßte sie mit breitem Lächeln und einem fröhlichen Morgengruß. Gleich darauf sah sie Sophie allerdings mit gerunzelter Stirn an und senkte die Stimme, bevor sie weiter sprach.

„Du wirst schon erwartet." Sie deutete mit einem bedeutungsvollen Blick in Richtung Sophies Büro.

„Von wem?", fragte Sophie misstrauisch und blieb stehen.

„Richard, unser neuer Kollege." Jetzt war Emmas Stimme kaum mehr als ein Flüstern.

„Was? Jetzt schon?" Sophie erstarrte. Prompt wuchs ihre Abneigung gegen den neuen Kollegen.

„Der frühe Vogel fängt den Wurm." Emma verdrehte die Augen.

„Hat er das gesagt?", frage Sophie dumpf.

Emma nickte und verdrehte erneut ihre Augen, in denen gutmütiger Spott aufblitzte. Sie wusste, dass Sophie morgens erst mal in Ruhe gelassen werden wollte, um sich und die anfallenden Arbeiten für den Tag zu sortieren.

„Hat Ethan ihn so früh einbestellt?"

Emma schüttelte den Kopf.

„Wie ist er denn so?", fragte Sophie zögernd. Vielleicht war der neue Kollege ja doch weniger schrecklich, als sie es sich ausmalte.

„Hm", machte Emma und zog eine Grimasse. „Ich weiß nicht, er wirkte jedenfalls schrecklich eifrig."

„Dann will ich ihn mir mal näher ansehen." Sie zwinkerte Emma zu und entfernte sich langsam. Als sie an ihrer Bürotür angelangt war, holte sie tief Luft, bevor sie zur Klinke griff. Gleich würde sie erfahren, wessen Qualitäten Ethan mehr überzeugt hatten als ihre.

6.

Cadgwith, Juli 1952

Seit einer Woche bin ich wieder zu Hause. Zu Hause. Eine seltsame Bezeichnung für einen Ort, an dem ich zwar seit meiner Geburt vor achtzehn Jahren lebe, der mir nun aber fremder nicht sein könnte. Nichts ist mehr wie vorher. Ich streife durch den Park, schaue über die Klippen auf das wogende Meer, aber so sehr ich früher jeden Anblick hier genossen habe, so gleichgültig lässt er mich jetzt. Weder der in voller Blüte stehende Rittersporn rund um das Haus noch der prächtige Rosengarten mit seinen betörenden Düften erreicht meine Seele. Das Einzige, das ich spüre, ist eine latente Übelkeit. Ich weiß, dass es nichts Körperliches ist. Mir wird schlecht bei dem Gedanken an das, was passiert ist. Schlecht bei dem Wissen, was meine Familie getan hat. Sie wissen, dass ich es weiß. Aber sie sind sich offenbar alle einig, so zu tun, als wäre es anders. Als hätte nur ich einen Fehler begangen – der jetzt glücklicherweise behoben ist –, und dass sie keinerlei Schuld auf sich geladen haben.

Ich ertrage den Anblick ihrer Gesichter nicht. Die Normalität, die sich darauf spiegelt. Noch schlimmer – die Erleichterung. Meine tiefe Seelenqual darüber, dass ich alles verloren habe, woran mein Herz gehangen hat, bedeutet für sie, dass sie endlich wieder so weiter machen können wie vorher. Als sei nichts geschehen. Es macht mich krank.

Manchmal weiß ich nicht, was schlimmer ist: Die Wut auf meine Eltern und meinen Bruder, die in manchen Momenten so stark ist, dass ich sie alle umbringen könnte. Ein Gedanke, der mich trotz allem zu Tode erschreckt. Oder die abgrundtiefe Traurigkeit, die Verzweiflung darüber, dass Cederic mich nie wieder in seine Arme nehmen wird. Den Schmerz, dass ich meine Kleine nicht ein einziges Mal hatte halten dürfen, versuche ich gar nicht zu mir durchringen zu lassen. Natürlich gelingt mir das meistens nicht. Und der Wunsch zu sterben, begleitet mich in jeder Sekunde des Tages. In der Nacht, wenn ich ruhelos durch mein Zimmer wandere, noch intensiver. Natürlich werde ich es nicht tun. Ich werde mich nicht umbringen, sondern weiterleben, so schwer es auch sein mag. Solange meine Kleine irgendwo auf dieser Welt ist, kann auch ich sie nicht verlassen. Deshalb muss ich lernen, diese Familie wieder zu ertragen. Irgendwie. Nur ein Gedanke tröstet mich ein wenig. Auch sie werden lernen müssen, mich zu ertragen. Denn sie haben keine Ahnung, wer ich inzwischen bin. So, wie ich es selbst nicht mehr weiß.

7.

Sophie zwang ein Lächeln auf ihre Lippen, als sie in ihr Büro trat. Der Mann, der auf dem Besucherstuhl vor ihrem Schreibtisch gesessen hatte, schoss in die Höhe und eilte ihr entgegen. Ihr erster Eindruck von Richard Philipps war nicht so schlimm, wie sie befürchtet hatte. Sie schätzte ihn auf Anfang fünfzig, also gute zwanzig Jahre älter als sie selbst. Vielleicht einer seiner Pluspunkte: Eine längere Lebenszeit, in der er natürlich mehr berufliche Erfahrungen hatte sammeln können. Sein Jackett wirkte etwas in die Jahre gekommen, der Stoff wies einige blanke Stellen auf. Entweder legte er keinen besonderen Wert auf Äußerlichkeiten oder ihm fehlten die finanziellen Mittel. Sollte Letzteres der Fall sein, sprach das gegen eine erfolgreiche Karriere. Warum hatte sie ihn nicht längst gegoogelt? Sophie beschloss, das bei nächster Gelegenheit nachzuholen.

„Ich bin Sophie. Herzlich willkommen im Team!" Sie streckte ihm die Hand entgegen.

„Richard. Ich freue mich!" Sein Händedruck war viel zu fest. Sophie hasste es, wenn Männer ihr beinahe die Hand zerquetschen, nur um Stärke zu demonstrieren. So rasch es ging, entzog sie sich ihm wieder. Ihr Lächeln behielt sie mühsam auf den Lippen, während sie auf den Stuhl deutete. „Tee?"

„Gerne." Er nickte.

Fast ein wenig heftig, dachte Sophie. Sie war froh, sich zunächst in die Teeküche flüchten zu können, um noch einen Moment für sich zu haben.

„Oh, darf ich mit? Ich muss ja alles kennenlernen." Sein Lächeln war breit, während Sophies langsam verrutschte. So unauffällig er wirkte mit den freundlichen Augen hinter einer schlichten Brille und seinem steten Lächeln auf den Lippen, das leicht hervorstehende Schneidezähne preisgab, er hatte irgendetwas an sich, das Abneigung in Sophie hervorrief.

„Natürlich", brachte sie heraus und verkniff sich ein Seufzen. Er hatte recht. Es war schließlich ihre Aufgabe, ihn mit allem vertraut zu machen. Trotzdem hätte sie einiges dafür gegeben, wenigstens den Moment des Teekochens noch für sich allein zu haben.

Während sie über den Flur zur Teeküche am Ende des Ganges gingen, kam es Sophie so vor, als klebte er förmlich an ihr. Immer wieder beschleunigte sie ein wenig oder machte einen kleinen Schlenker zur Seite. Vergeblich. Sie überlegte kurz, ihre Sneakers zu nutzen und zu rennen. Kindisch, das war ihr klar. Aber sie ahnte bereits jetzt, wie anstrengend der Tag werden würde. Der Tag, an dem sie diesen Mann neben sich in den allgemeinen Redaktionsbetrieb einweisen sollte, damit er die Aufgabe erfüllen konnte, für die sie fast alles gegeben hätte. Mit zusammengepressten Lippen stieß sie die Tür zur Teeküche auf. Drei Kollegen mit verschlafener Miene waren in dem Raum. Diana saß vor einem dampfenden Becher am Tisch in der Mitte, während Paul und Alan an der Arbeitsplatte lehnten. Alan war der Einzige, der ebenfalls im politischen Ressort arbeitete. Alle drei blickten ihnen erwartungsvoll entgegen.

Natürlich gab es niemanden mehr in der Redaktion, der nicht wusste, dass Sophie den heiß begehrten Job nicht bekommen hatte und statt ihrer nun ein neuer Kollege mit an Bord war. Viele hatten ihr gestern noch durch Worte oder Gesten ihr Bedauern ausgedrückt. Bei den meisten spürte Sophie die Ehrlichkeit dahinter. Bei einigen war sie sich nicht ganz sicher. Alan allerdings war tatsächlich sehr betrübt darüber, nicht enger mit ihr zusammen arbeiten zu können. Er war wie Sophie Ende zwanzig, sehr engagiert und vor allem: Mit ihm gab es immer etwas zu lachen. Er war schon beim *Newsteller* gewesen, als Sophie vor vier Jahren angefangen hatte. Sie hatten sich von der ersten Minute an bestens verstanden. Sicher einer der Gründe, warum sie milder gestimmt war, dass er davor verschont geblieben war, Richard sofort an der Backe zu haben. Ethan hatte es damit begründet, dass Richard gerade an einer ganz großen Sache dran war, die zeitlich keinerlei Spielraum für Extraaufgaben ließ. Frühestens in der kommenden Woche sollte sie den neuen Kollegen an Alan übergeben dürfen.

Sophie räusperte sich. „Darf ich euch Richard vorstellen, unseren neuen Kollegen? Richard Philipps wird das politische Ressort bereichern, wie ihr vielleicht schon wisst. Seid nett zu ihm." Sie zwinkerte den Kollegen zu und übergab mit einer Geste an Richard.

Dieser strahlte über das ganze Gesicht und gab eilig allen der Reihe nach die Hand. An Dianas Gesichtsausdruck, über den für einen Moment ein Schmerz huschte, erkannte Sophie, dass Richard auch bei ihr nicht mit seinen Kräften gespart hatte. Sie verkniff sich ein Schmunzeln.

„Alan wird übrigens bald dein direkter Kollege sein, er ist ebenfalls im Politikressort beschäftigt." Mit diesen Worten wandte Sophie sich zum Wasserkocher.

„Oh, das ist ja toll!" Richard strahlte Alan an.

Aus den Augenwinkeln sah Sophie, dass über Alans Stirn ein flüchtiges Runzeln glitt. Sie wusste, dass er dieselbe spontane Irritation spürte wie sie.

„Nach einem kräftigen Kaffee kann der Tag beginnen." Alan lächelte Sophie zu.

Sie nickte, während sie Wasser in den Kocher füllte.

Die anderen Kollegen hatten bereits Kaffee in ihren Bechern vor sich. Die meisten in der Redaktion zogen ihn der typisch britischen Variante des Tees am Morgen vor. Tagsüber wechselten einige das Getränk, aber zum Wachwerden hatte sich Koffein in der Redaktion etabliert.

Richards Blick schweifte über die Tassen der Kollegen.

„Ach, ihr trinkt alle Kaffee? Dann schließe ich mich an!"

„Das musst du nicht. Hier darf jeder trinken, was er möchte." Einen sanften Spott konnte Sophie nicht ganz aus ihrer Stimme heraushalten.

„Nein, nein, das ist kein Problem", sagte Richard eifrig.

Sophie wechselte einen Blick mit Alan. Seine Irritation begann sich in erste Abneigung zu verwandeln. Der neue Kollege hatte etwas an sich, das selbst freundliche und hilfsbereite Menschen wie Alan negativ beeinflusste.

„Wo hast du denn bis jetzt gearbeitet?", fragte Diana mit ehrlichem Interesse. Ihre braunen Augen unter dem dichten Pony blickten freundlich.

Richard machte eine unbestimmte Handbewegung. „Ach, ich habe schon einige Stationen hinter mir. Na, das kennt ihr ja."

„Nein, eigentlich nicht", schaltete Paul sich ein. „Die meisten von uns sind schon sehr lange beim *Newsteller*. Das Arbeitsklima ist gut und mit Ethan als Chef lässt es sich leben. Die Bezahlung ... na ja ..." Er lachte. „Könnte besser sein, aber wo ist es das nicht?"

„Hm", machte Richard. „Ihr seid ja noch jung. Das kann man wohl nicht vergleichen."

„Da hast du vielleicht recht." Sophie füllte Wasser in den Kaffeevollautomaten. Ihre Gedanken schweiften ab. Sollte sie das Angebot von Lady Gwineth Montenay annehmen? Kate war begeistert von der Idee. Und sie selbst? Zumindest sehr neugierig. Und die Bezahlung war eindeutig besser als beim *Newsteller*. Das Dreifache ... Während der Kaffee dampfend in die erste Tasse tröpfelte, wägte sie still das Für und Wider zum hundertsten Mal ab. Die Stimmen der Kollegen bildeten ein Hintergrundrauschen zu ihren Überlegungen. Sophie achtete nicht auf den Inhalt des Gesprochenen.

„Oder, Sophie?", riss Alan sie aus den Gedanken.

„Wie bitte? Entschuldigung, ich war gerade in Gedanken bei meiner Granny, die ich heute Nachmittag endlich wieder besuchen muss", log sie schnell. Ihre wahren Gedanken konnte sie natürlich noch nicht kundtun, solange sie keine Entscheidung getroffen hatte. Und selbst wenn, müsste Ethan der Erste sein, den sie einweihte. Und um Erlaubnis bat für eine mehrmonatige Pause ...

Alan lachte. „Schöner Plan. Ich sagte Richard gerade, dass du die Redaktion selten vor einundzwanzig Uhr verlässt."

„Das stimmt, aber heute werde ich rechtzeitig gehen." Sophies Stimme war fest. Nichts würde sie aufhalten, der Besuch war mehr als überfällig. Seit Tagen plagte sie das schlechte Gewissen, wieder einmal viel zu lange nicht nach Southampton gefahren zu sein. Granny würde nicht wissen, wie viel Zeit seit dem letzten Besuch vergangen war, aber das änderte nichts an Sophies Selbstvorwürfen. Sie war schließlich die Einzige, die ihre Großmutter noch hatte. Und Granny die Einzige, die Sophie noch an Familie besaß ... Außerdem befürchtete sie schon jetzt, dass die Zeit mit Richard bis zum Nachmittag lang genug werden würde. Sie reichte ihm die Kaffeetasse. „Milch oder Zucker?" Für einen Moment erwartete Sophie, dass er zunächst die Frage stellen würde, wie die anderen ihren denn trinken.

Er schüttelte den Kopf. „Schwarz bitte."

„Das ist wirklich schade, dass du immer nach Southampton rausfahren musst", sagte Diana mitfühlend.

„Ja, aber die Wartelisten in den Londoner Heimen sind lang. Und selbst wenn ich einen Platz für sie bekäme ..." Sophie nahm ihre gefüllte Tasse aus dem Automaten und pustete hinein. „Ich weiß ja, dass Granny unbedingt in ihrer Heimatstadt bleiben wollte. Ob das noch gilt, jetzt, da sie es ohnehin nicht mehr bemerkt ... Ich weiß es nicht ..." Nachdenklich nahm sie den ersten

Schluck. „Na egal, heute sehe ich jedenfalls wieder nach ihr."

„Dann müssen wir ja gleich ordentlich loslegen, wenn du nicht so viel Zeit hast", warf Richard ein.

„Das werden wir", versprach sie halbherzig. Selten hatte sie so wenig Lust auf eine Aufgabe verspürt, die Ethan ihr aufgetragen hatte.

8.

Inzwischen war es kurz vor dreizehn Uhr und Sophie fühlte sich wie gerädert. Ihr Magen knurrte, ein leichter Kopfschmerz hatte sich hinter ihrer Stirn eingenistet und ihre Stimme klang belegt vom vielen Sprechen. Richard stellte ihr eine Unmenge an Fragen. Die meisten davon betrafen nur bedingt seinen zukünftigen Job.

Gerade war sie dabei, ihm das Computerprogramm beizubringen. Ein gängiges in der Branche. Eine Angelegenheit von wenigen Minuten, wie sie ursprünglich und fälschlich angenommen hatte. Er begriff zum wiederholten Mal nicht, wie er einen Artikel sicher abspeicherte, und erst recht nicht, wie er ihn grafisch bearbeiten konnte. Das Schlimmste aber war, dass er ihr ständig alternative Lösungen vorschlug, die vielleicht besser seien als ihre. Sophies Kiefer begann vom Zähne zusammenbeißen bereits zu schmerzen. Eifriger Trottel fuhr ihr durch den Kopf. Sie brauchte dringend eine Pause. Von der Arbeit, aber vor allem von Richard Philipps, der sie stündlich mehr nervte.

„Ich denke, wir machen jetzt eine kleine Pause und starten dann frisch in den Nachmittag." Sie schaffte es immerhin, den Worten ein kleines Lächeln hinterherzuschicken.

„Oh gut. Wo machen wir denn Pause?"

„Also ich werde mir eine kleine Auszeit im Park gönnen." Sophie stand auf.

„Ach, das ist eine gute Idee, da bin ich dabei." Prompt war er an ihrer Seite.

Sie sah ihn verwundert an. Er kam nicht einmal auf die Idee, dass er sie stören könnte. „Oh, das tut mir leid, aber ich bin zu einem Telefonat mit meinem Freund verabredet. Du verstehst ..." Sie sah ihn entschuldigend an.

„Ja, ja natürlich", sagte er schnell, während er nicht so aussah, als ob er das täte.

„Es gibt hier einige entzückende kleine Restaurants in der Umgebung. Manchmal bestellen wir auch etwas. Frag am besten Alan, ob etwas geplant ist." Wo er Alan finden konnte, wusste Richard, denn Sophie hatte gleich am Morgen einen großen Rundgang mit ihm durch die Redaktion gestartet und ihm auch das Groß-raumbüro gezeigt, in dem Alan seinen Wirkungskreis hatte.

„Ist gut. Wann arbeiten wir weiter?"

Sophie sah auf ihre Armbanduhr. „Ich denke, es reicht, wenn du gegen vierzehn Uhr zurück bist. Dann haben wir noch zwei Stunden, bevor ich Feierabend mache."

Er nickte artig.

Aufatmend schnappte Sophie sich ihre Handtasche und das Handy und verließ ihr Büro. Ja, vielleicht war es nicht nett, Richard in der ersten Pause sich selbst zu überlassen. Aber sie brauchte ganz dringend etwas Zeit für sich. Vielleicht hatte Richard ja Glück und Alan nahm ihn unter seine Fittiche.

Fast fluchtartig lief Sophie zum Fahrstuhl, der zum Glück leer war, und drückte auf den Knopf, der sie ins

Erdgeschoss befördern würde. Mit geschlossenen Augen lehnte sie sich für einen Moment an die Kabinenwand. So kaputt war sie sonst nicht einmal, wenn sie erst am späten Abend das Gebäude verließ. Der neue Kollege schien ihr sämtliche Energie aus dem Körper zu saugen. Seufzend öffnete sie die Augen und trat hinaus, nachdem sich die Tür geräuschlos geöffnet hatte.

Sie wolle ein Telefonat mit ihrem Freund führen, hatte sie ihrem neuen Kollegen gesagt. Wollte sie das? Sie horchte in sich hinein. Noch immer nagten Enttäuschung und Ärger in ihr, wenn sie über die Art nachdachte, wie Adam ihr seine Planänderung mitgeteilt hatte. Anstatt es auf ihrem Handy zu versuchen und sie womöglich zu erreichen, hatte er die sichere Variante gewählt und ihr Zuhause eine Nachricht hinterlassen. Und seitdem ... Stille. Nichts. Gerne hätte sie mit ihm besprochen, was er von dem Auftrag in Cornwall hielt. Immerhin würde es auch ihn betreffen, wenn er zurück nach London käme und sie nicht daheim wäre. Sie überlegte kurz. Nein, das hatte es noch nicht gegeben in den letzten drei Jahren. Ihre Einsätze waren selten so weit entfernt, dass sie über Nacht wegbleiben musste. Bis jetzt waren solche Gelegenheiten immer in Zeiten gewesen, in denen Adam ohnehin nicht in der Stadt war. Aber jetzt handelte es sich um einige Monate am Stück, die sie sich nicht sehen könnten. Zum ersten Mal, weil Sophie diejenige wäre, die verreist ist. Falls sie annähme ...

Gedankenverloren kaufte Sophie sich an einem Stand ein Thunfisch-Sandwich und machte sich auf den Weg in den Park. Die Sonne strahlte von einem beinahe wolkenlosen Himmel. Der perfekte Tag für eine

Mittagspause draußen. Wenn Richard ihr nicht so auf die Nerven gegangen wäre, hätte sie ihr Sandwich allerdings schnell mit nach oben genommen und am Schreibtisch gegessen. Vielleicht war es ganz gut so, dass sie flüchten musste, dachte sie, als sie sich auf einer freien Bank niederließ und das Gesicht in die Sonne hielt. Adam würde sie nicht anrufen. Sie hatte Wichtigeres zu tun. Eine Entscheidung musste her! Wollte sie nach Cornwall fahren und die seltsame alte Lady kennenlernen? Sophie beschloss, dass sie nach der Mittagspause schlauer sein musste. Das Risiko eingehen? Oder alles beim Alten lassen und sich zähneknirschend damit abfinden, dass Richard Philipps in Zukunft *ihren* Job erledigen durfte?

Nachdenklich biss sie in ihr Sandwich, das erstaunlich gut schmeckte. Ein kaum kniehoher Hund kam zögernd auf Sophie zu und schnupperte vorsichtig an ihrem Bein. Lächelnd hielt sie ihm ihre Hand hin, was er mit einem Schwanzwedeln quittierte. Das junge Frauchen rief den kleinen Kerl zurück und Sophie eine Entschuldigung zu.

„Kein Problem", winkte sie ab. Gegen solche eine höfliche Kontaktaufnahme hatte sie nicht das Geringste einzuwenden. Wenn doch alle Zweibeiner ebenso angenehm wären ... Nachdem der Hund sich entfernt hatte, musste sie sich der selbst gestellten Aufgabe widmen. Cornwall oder London?

Ihr Blick schweifte über das Treiben im Park. Viele Menschen, die wie Sophie mehr oder weniger eilig eine Kleinigkeit zu sich nahmen, bevor sie zurück in ihre Büros hetzten. Eltern mit Kindern, Studenten und einige ältere Menschen rundeten das Bild ab. Und dann erregte eine uralte Frau am Gehwagen Sophies Aufmerksamkeit. Etwas an dieser Frau, die mühsam ihren Weg ging, beeindruckte Sophie. Erst als sie näher kam, erfasste Sophie etwas wie eine Ahnung, was das sein könnte. Die alte Dame strahlte trotz der Mühsal, die ihr das Spazierengehen offenbar machte, pure Lebensfreude aus. Mit jedem Schritt schien sie zu sagen: Es fällt mir schwer. Na und? Es gäbe bessere Gründe, es nicht zu tun.

Ein Blick in Augen, die trotz des verwaschenen Blaus eine seltsame Intensität ausdrückten, genügte, und Sophie traf ihre Entscheidung. Egal, was Ethan oder Adam dazu sagen würden: Sie würde den Auftrag annehmen und nach Cornwall fahren!

9.

Es war alles so schnell gegangen, dass es Sophie noch ganz unwirklich vorkam. Aber jetzt saß sie tatsächlich in ihrem Rover, hatte sich gerade auf der A4 eingefädelt und ließ London und ihr gewohntes Leben hinter sich.

Sie öffnete das Autofenster und ließ frische Morgenluft ins Wageninnere.

Das Gespräch mit Ethan war deutlich einfacher verlaufen, als Sophie es sich je hätte vorstellen können. Sie wusste nicht, ob es daran lag, dass ihr Chef doch von einem schlechten Gewissen geplagt wurde, weil er statt ihrer Richard Philipps den Job gegeben hatte. Oder – wahrscheinlicher – Lady Gwineth Montenay recht behalten hatte: Es käme auf Sophies Ausstrahlung an, wie sie die Verhandlung führte. Obwohl das Geld ihrer zukünftigen Auftraggeberin noch nicht auf Sophies Konto war und es vor allem keine Garantie gab, dass dies überhaupt passieren würde – schließlich konnte sich das Ganze noch immer als Fata Morgana erweisen –, war die Gewissheit von Sophie, dem *Newsteller* zumindest eine Zeit lang den Rücken zu kehren, offenbar ausschlaggebend gewesen für eine überzeugende Haltung. Ethan schien vollkommen überrumpelt und konnte Sophies Forderung nach einem halbjährigen, unbezahlten Urlaub überraschend wenig entgegensetzen. Das zu erwartende Gejammer darüber, dass der

Newsteller dringend auf Sophie angewiesen war, begegnete sie mit der lässigen Alternative: Ihrer Kündigung. An diesem Punkt des Gesprächs hatte Sophie kurz der Atem gestockt, und sie hatte sich entsetzt gefragt, ob sie eigentlich wahnsinnig geworden sei. Glücklicherweise hatte Ethan nichts von ihrer Unsicherheit gespürt und sich gleich darauf geschlagen gegeben.

Und so legte sie noch am gestrigen Nachmittag die Einarbeitung Richard Philipps in die vertrauensvollen Hände des verblüfften Alans.

Als letzten Gefallen für Ethan hatte Sophie noch einen eiligen Artikel geschrieben, danach aber ihre Sachen zusammengepackt, sich von den Kollegen verabschiedet, die erwartungsgemäß ähnlich überrascht wie Alan waren, und hatte dann tief erleichtert die Redaktion verlassen. Ihren Plan, zu Granny zu fahren, hatte sie auf heute verschoben. Gestern brauchte sie dringend die Zeit, um ihre Reise vorzubereiten. Sie hatte Wäsche gewaschen, Koffer gepackt und ihre Nachbarin Elaine gebeten, nach Pflanzen und Briefkasten zu sehen. Bevor sie damit allerdings begonnen hatte, rief sie zunächst mit klopfendem Herzen die Nummer von Lady Gwineth Montenay an. Die alte Dame reagierte hocherfreut und bedankte sich mehrfach für Sophies Mut, den es für die Entscheidung gewiss gebraucht hatte. Sie versicherte, den vereinbarten Betrag sofort auf Sophies Konto zu überweisen. Nachdem das Gespräch beendet war, fühlte Sophie trotz des guten Verlaufs einen leichten Anfall von Panik in sich aufsteigen. Was tat sie da bloß gerade? Schnell beruhigen konnte sie allerdings Kate, die sie zum Glück sofort erreichte.

Von Adam war kein weiteres Lebenszeichen gekommen – wie das regelmäßige Checken ihres Handys Sophie verriet – , und sie hatte den Wunsch fallengelassen, ihn anzurufen.

Die Gedanken waren durch ihren Kopf gewirbelt, als sie endlich zu Bett gegangen war. Sie hatte nicht damit gerechnet, allzu viel Schlaf in dieser Nacht zu bekommen, doch sie sollte sich täuschen. Kaum hatte sie sich in die Kissen gekuschelt, war sie auch schon eingeschlafen. In der Früh war sie frisch und ausgeruht erwacht. Das Blut schien schneller als sonst durch ihre Adern zu rauschen, und sie fühlte sich wie elektrisiert.

Dieses Gefühl hielt sich bis jetzt, hatte sich sogar noch etwas verstärkt.

Sophie überlegte, ob sie jemals etwas Vergleichbares getan hatte: Einfach in ein neues Leben hineinzuspringen – sei es auch nur vorübergehend wie in diesem Fall. Sie brauchte nicht lange überlegen. Das hatte sie nicht. Nicht einmal im Ansatz. Sie war die verlässliche Sophie, die vorausschaubar den Weg weiterging, den sie einmal gewählt hatte. Schlenker nach links oder rechts kamen bei ihr nicht vor. Bis zu Mums Tod wollte Sophie für sie da sein. Gerade in den Monaten, nachdem sie krank geworden war. Davor hatte sie allerdings auch immer das Gefühl gehabt, sich kümmern zu müssen. Obwohl Mum das nie von ihr verlangt hatte. Dann war da noch Granny, die nach Mums Tod erschreckend schnell abgebaut hatte. Seitdem blieb ihr Zustand aber überraschend stabil, obwohl sie im letzten August ihren zweiundneunzigsten Geburtstag gefeiert hatte. Beim Gedanken daran musste Sophie lächeln. Es war einer von Grannys guten Tagen gewesen. Granny hatte sie erkannt, mit ihr und den anderen Bewohnern gescherzt und wollte immer wieder wissen, ob sie es geschafft hätte und sie gerade ihren hundertsten Geburtstag feierten. Irgendwann war Sophie dazu übergegangen, die Frage einfach zu bejahen. Es schien Granny glücklich zu machen, warum sollte sie ihr die Freude nicht gönnen.

Sophies Gedanken kehrten zurück zu ihrer selbst gestellten Frage. Sie wechselte auf die M4 und dachte an Adam. Auch für ihn wollte sie vermutlich so etwas wie ein sicherer Hafen sein. Wenn sie ein ähnlich unstetes Leben mit vielen Reisen geführt hätte, sähen sie sich vermutlich kaum noch. Eine Vorstellung, die ihr nie behagt hatte. Trotzdem konnte sie es nicht länger verdrängen, dass seine Unzuverlässigkeit sie störte. Die vielen Reisen an sich war sie immer bereit gewesen zu akzeptieren. Aber zu oft hatte sich die angekündigte Rückkehr dann doch um Tage oder sogar Wochen verschoben. Den unterschwelligen Ärger, den das vermutlich schon länger ausgelöst hatte, spürte sie erst jetzt. Fuhr sie womöglich nur deshalb nach Cornwall, um es Adam heimzuzahlen? Der Gedanke erschreckte sie beinahe. Gleich darauf schüttelte sie den Kopf. Nein, diesen Beweggrund konnte sie wohl ausschließen. Selbst ihre verständliche Wut auf Ethan und seine Absage war es nicht allein, dass sie sich jetzt mit gepackten Koffern auf der Autobahn befand. Nein, das alles hätte nicht gereicht, um sich in ein solches Abenteuer zu stürzen. Der Hauptgrund war schlicht und ergreifend die reizvolle Aufgabe selbst und die Neugier, die Lady Gwineth Montenay bei einem einzigen Telefonat in Sophie ausgelöst hatte. Sie wollte diesen Job!

Dass sie dadurch auf Abstand sowohl zu Ethan als auch zu Adam ging, war ein netter Nebeneffekt.

Sophie lächelte und drückte den Fuß aufs Gaspedal. Jetzt freute sie sich erst einmal darauf, gleich endlich wieder Granny in die Arme zu schließen. Und später würde sie wissen, was sie in Cornwall erwartete, wenn sie das eigentliche Ziel ihrer Reise erreichte.

10.

Nun bin ich schon über einen Monat wieder zu Hause. Zu Hause ... noch immer scheint mir dieses Wort ohne Bedeutung zu sein. Eigentlich hat alles an Wichtigkeit verloren, aber dabei zieht sich mein Inneres zusammen. Vielleicht weil es mich daran erinnert, dass Cedric fort ist. Er war mein wahres Zuhause ... Es zerreißt mein Herz. Sie haben ihn mir weggenommen. Genau wie mein Baby.

Die Strategie, so wenig wie möglich mit meiner Familie zu sprechen, hat sich nur bedingt bewährt. Sie plappern über die vielen Dinge, die ihr Leben bestimmen und die mich nicht weniger interessieren könnten, während ich schweige. Das beherrsche ich inzwischen gut. Das Dumme daran ist nur, dass es kaum hilft. Wut und Kummer sammeln sich gefährlich in mir, und ich habe Angst, dass sie sich irgendwann einen Weg hinaus bahnen. Gott steh uns allen bei, wenn das geschieht.

Nächstes Wochenende ist tatsächlich ein großes Sommerfest geplant. Die Vorstellung erscheint mir geradezu grotesk. Noch absurder ist der Gedanke, dass sie dieses Ereignis nutzen wollen, um mir einen Ehemann zu präsentieren. Es ist nur ein Verdacht, aber ich bin mir sicher, dass ich damit richtig liege. Als ich gestern Abend in die Bibliothek gekommen bin, hörte ich noch, wie Daddy zu Mummy sagte: „Sobald sie erst heiratet ..." Den Rest hat er verschluckt, nachdem er mich erblickt hatte. Aber es war klar, was er sagen wollte. Sobald das Mädchen erst verheiratet ist, können wir die Schande, die es über uns gebracht hat, endlich vergessen.

Mir wird eiskalt, wenn ich daran denke, wie Blue Manor am Wochenende strahlen wird. Alles wird herausgeputzt sein, genau wie seine Bewohner. Fast wie in früheren Zeiten. Zumindest wird es Daddy und Mummy so vorkommen, einfach weil sie es wollen. Natürlich wird der alte Glanz nicht wiederkommen. Die Gesellschaft wird kleiner sein als früher. Die Schar der Bediensteten hat nicht mehr denselben Umfang wie vor dem Krieg. Aber sie werden so tun, als sei es noch immer so, wie es einmal war. Nun, das ist es nicht. Eine winzig kleine Genugtuung breitet sich in mir aus. Denn mein Leben ist es, das nie mehr so sein wird, wie es einmal war. Auf ein bisschen protzigen Reichtum zu verzichten ist dagegen gar nichts. Trotzdem mildert diese Gewissheit ein wenig den Schmerz in meinem Innern, denn ich weiß, dass es an ihnen nagt. Ach, wie kann man nur solchen Belanglosigkeiten eine so große Bedeutung beimessen? Die Frage hat sich in mir eingebrannt seit meiner Zeit in St. Elisabeth. Daddy sitzt im Rollstuhl, das ist schlimm. Aber mir scheint, dieser Umstand ist für den Rest der Familie nicht annähernd so dramatisch wie das Zurückschrauben von Annehmlichkeiten. Durch das Fenster meines Zimmers betrachte ich die raue See, die heute ähnlich aufgewühlt ist wie ich. Kein Sonnenstrahl hat sich bislang durch die dicke Wolkendecke gekämpft. Allerdings bin ich sicher, dass am Wochenende strahlendes Sommerwetter herrschen wird. Wenn meine Familie ein Sommerfest plant, hat ihnen das Wetter bis jetzt fast nie einen Strich durch die Rechnung gemacht. Ich fürchte, das wird auch dieses Mal so sein. Mein Blick wandert zu dem Kleid, das am Schrank hängt. Blaue Seide und Chiffon, handgenäht, und mir inzwischen viel zu groß. Morgen wird Mrs. Stone kommen, um es meiner viel dünner gewordenen Figur anzupassen. Ursprünglich hatte sie es mir im letzten Sommer anlässlich Daddys fünfzigstem Geburtstag genäht. Meine Gefühle sind gemischt, als ich an jenes rauschende Fest denke. So schnell es ging, habe ich mich fortgeschlichen, um zu meiner Verabredung mit Cederic am Strand zu kommen. In meinem Kopf höre ich wieder die leisen Klänge der Musik, die mich begleiteten, als ich durch die Flügeltüren nach draußen auf die Terrasse schlüpfte. Vielleicht hätte ich Williams misstrauischen Blick mehr Beachtung schenken sollen, der mir folgte und den ich nur beiläufig registrierte. Vielleicht, ja vielleicht, wäre sonst alles anders gekommen.

11.

Nach knapp zwei Stunden Fahrtzeit erreichte Sophie den Hafen von Southampton, damit hatte sie den Zeitplan ihrer Reise zumindest in der ersten Etappe eingehalten.

So sehr Sophie Granny verstand, die sich immer geweigert hatte, die Stadt zu verlassen, in der sie geboren worden war, so oft hatte Sophie sich schon gewünscht, dass ihre Grandma nach dem Tod von Gramps nach London gezogen wäre. Diesen Wandel herbeizuführen, hatten aber weder Sophie noch ihre Mum geschafft. Granny blieb hartnäckig. Sie würde ihr Leben dort beenden, wo sie es begonnen hatte. Natürlich hätte Sophie Grandma in den letzten zwei Jahren auch gegen ihren früheren Willen holen lassen können, da sie seitdem keine eigenen Entscheidungen mehr treffen konnte und Sophie zu ihrer Betreuerin bestimmt worden war. Aber das hatte Sophie nicht übers Herz gebracht. Niemand wusste, wie viel Granny wirklich noch von dem mitbekam, was um sie herum geschah. Vielleicht hätte sie es kaum bemerkt, wenn sie in ein anderes Heim verlegt worden wäre. Und noch weniger, dass dieses in London und nicht in Southampton stand. Aber es wäre Sophie unrecht vorgekommen, sich so über den Willen ihrer Großmutter hinwegzusetzen. Der Preis war leider, dass sie sich viel zu selten sahen.

Sophie parkte den Rover auf dem residenzeigenen Parkplatz und stieg aus. Schnell lief sie zu dem kleinen Blumenladen an der Ecke, um den obligatorischen Strauß gelber Teerosen und weiße Lilien binden zu lassen – Grannys Lieblingsblumen.

Die ältere Verkäuferin schenkte ihr ein erkennendes Lächeln.

„Wie immer?" Die Frage war rhetorisch, denn sie wusste genau, welche Blumen die Lieblingssorten von Evie Redgrave waren und dass sie diese bei jedem Besuch ihrer Enkelin geschenkt bekam. Nach Sophies Nicken machte sie sich routiniert an die Arbeit. Kurz darauf hielt Sophie einen wunderschönen Strauß in den Händen. Sie bezahlte und verließ den Laden mit einem Lächeln. Die Vorfreude, Granny wiederzusehen, wuchs von Minute zu Minute. Rasch überquerte sie in einer Lücke die befahrene Straße und steuerte den Eingang des Heims an.

Als die Schiebetüren sich hinter ihr geräuschlos wieder schlossen, hielt Sophie für einen Moment inne. Wie üblich musste sie kurz den Kontrast zwischen der betriebsamen Welt dort draußen mit der ganz eigenen, die drinnen in der Residenz existierte, verarbeiten. Hier schienen die Uhren langsamer zu ticken, mitunter kam es Sophie fast vor, als wenn die Zeit gelegentlich sogar stehen blieb. Das Heim bestach mit zurückhaltender Eleganz. Es war Grannys verstorbenem Mann zu verdanken, dass sie sich diesen bescheidenen Luxus im Alter leisten konnte. Arthur Redgrave konnte als Buchhalter nicht nur gut mit Geld umgehen: Er war zeitlebens sparsam gewesen und hatte sorgfältig daraufhin gespart, dass es seiner Evie auch in späteren Jahren an nichts mangelte.

Während Sophie sich auf den Weg in den ersten Stock zu Grannys Zimmer machte, grüßte sie Pfleger und Bewohner, die ihren Weg kreuzten. Mit gemischten Gefühlen klopfte sie schließlich an die Zimmertür und trat unaufgefordert ein. Sie wusste nie genau, wie Grannys Verfassung sein würde. An manchen Tagen reagierte sie überhaupt nicht, das waren die schlimmsten.

Evie Redgrave saß sie in ihrem Lieblingssessel am Fenster und blickte versunken hinaus. Langsam trat Sophie näher. Den leichten Geruch nach Desinfektionsmittel, Lavendel und Alter registrierte Sophie nur am Rande. Er gehörte hierher wie die unnatürliche Wärme, die von der viel zu hoch eingestellten Heizung abstrahlte.

„Granny, ich bin es. Sophie." Sie legte der alten Dame einen Arm um die Schulter und gab ihr einen Kuss auf die welke Wange.

Ein Strahlen erhellte Grannys Gesicht. „Ach, wie schön, dass ich Besuch bekomme."

Sophie atmete erleichtert aus. Offenbar hatte sie einen guten Tag erwischt. Granny war ansprechbar. Auch wenn sie vielleicht nicht wusste, wer da zu Besuch gekommen war. In ihrer Wahrnehmung war Sophie oft Victoria oder die ‚nette Dame', die ja regelmäßig zum Tee zu ihr kam. Sophie betrachtete für einen Moment ihre Großmutter, die in ihrem leichten Sommerkleid fragil, fast schon ätherisch wirkte. Wie seit langer Zeit schien Granny mit einem Bein bereits in einer anderen Welt zu sein.

„Schau, ich hab dir deine Lieblingsblumen mitgebracht." Sophie hielt den Strauß hoch.

Ein leichtes Stirnrunzeln vertiefte die Linien in Grannys Gesicht. „Ist das so?", fragte sie zweifelnd.

„Ich gehe schnell und besorge eine Vase", sagte Sophie, ohne auf die Zweifel ihrer Granny einzugehen.

Als sie wieder ins Zimmer zurückkehrte, schaute Granny ihr erwartungsvoll entgegen.

„Ja, ja!", rief sie. „Die Blumen sind sehr schön, ich mag sie!" Ihre blauen Augen leuchteten.

Durch Sophies Brust fuhr ein Stich. Sie sollte viel öfter hier sein! Viel mehr von den kostbaren kleinen Momenten erleben, in denen Granny von Freude erfüllt wurde. Sie verkniff sich ein Seufzen und stellte die gefüllte Vase auf dem Tisch ab.

„Möchtest du einen Tee, Gran?"

Die alte Dame schüttelte den Kopf. „Setz dich zu mir." Sie klopfte auf den Sessel neben sich.

Sophie setzte sich und legte ihre Hand auf Grannys, die so schmal und zart war, dass man sie für die eines Kindes halten könnte, wenn nicht die unzähligen Altersflecken von einem langen Leben gezeugt hätten.

„Du arbeitest zu viel und du isst zu wenig!" Grannys Blick wanderte liebevoll von Sophies Gesicht über ihren schlanken Körper.

„Ich weiß", murmelte Sophie. „Aber das ändert sich gerade."

Granny sah sie überrascht an.

„Ich habe mich in der Redaktion für ein halbes Jahr beurlauben lassen, weil ich ein spannendes Angebot in Cornwall erhalten habe. Ich soll die Memoiren einer alten Lady verfassen."

Grannys Hand verkrampfte sich. „Nein!", rief sie aus. „Das erlaube ich nicht!"

„Aber das ist ein tolles Angebot." Sophie streichelte beruhigend Grannys geballte Faust. Wieder einer dieser gefürchteten Momente, wo ihre Großmutter irrational reagierte. Das geschah häufiger, aber Sophie hatte es bislang nicht geschafft, sich daran zu gewöhnen. Sie wusste natürlich, dass diskutieren falsch war. In Grannys Kopf verfingen sich die Gedanken dann auf Wegen, denen ein gesunder Geist nicht folgen konnte. Am besten funktionierte in diesen Situationen Ablenkung.

„War diese Woche wieder die junge Sängerin bei euch, die so wundervoll singt?"

Grannys Blick war erstaunlich klar, als sie sich aufrichtete und ihre Hand wegzog. Mit zitternder Stimme sagte sie: „Gib dich nicht mit diesen Leuten ab. Wir haben mit dem Adel nichts zu tun, und das ist gut so!"

Für einen Moment war Sophie sprachlos. Granny war so wach wie selten, aber das, was sie sagte, ergab keinen Sinn. Auf ihrem faltigen Gesicht spiegelte sich etwas, das an Verzweiflung grenzte.

„Es ist doch nur ein Job", erwiderte Sophie schließlich hilflos. Sie war davon ausgegangen, dass Granny sich an einem guten Tag wie diesem einfach mit ihr freuen konnte.

„Das spielt keine Rolle! Sie sind anders. Ganz anders als wir. Geh da nicht hin!" Grannys Blick fixierte Sophie mit ungewohnter Strenge. Alles Weiche, das sonst darin zu finden war, schien wie ausgelöscht.

„Okay, ich überlege es mir", log Sophie. Das würde sie natürlich nicht tun. Aber sie wollte die kostbare Zeit mit Granny nicht mit Streit verderben. Ihr wurde bewusst, dass sie sich noch nie mit ihrer Großmutter gestritten hatte. Sie holte tief Luft. Das sollte in der letzten Zeit, die sie noch zusammen hatten, auch so bleiben.

Die Strenge in Grannys Blick löste sich plötzlich auf. Zurück blieb eine tiefe Traurigkeit, die Sophie mehr zusetzte als der überraschende Ausbruch zuvor.

„Ja, bitte überlege es dir, denn Cornwall ist kein guter Ort für dich." Grannys Stimme war so leise, dass sie mehr einem Hauch glich, der über ihre blutleeren Lippen in das Zimmer wehte, in dem der Duft der Blüten auf dem Tisch inzwischen den Geruch des Desinfektionsmittels gemildert hatte.

12.

Nachdenklich lenkte Sophie den Rover vom Parkplatz der Residenz. Hatte Grannys Zustand sich verschlimmert oder bildete Sophie sich das ein? Eine Pflegerin, mit der sie kurz gesprochen hatte, konnte ihre Befürchtung nicht bestätigen. Man freue sich über jeden Tag, an dem Evie ansprechbar sei, so wie heute. Natürlich, das sah Sophie ja genauso. Aber Grannys heftige Reaktion auf ihre Reise nach Cornwall hatte sie trotzdem verstört. Sie forschte in ihrem Gedächtnis, konnte sich aber an keine Situation erinnern, in der ihre Großmutter sich negativ über den Adel geäußert hatte. Vermutlich maß sie den wirren Aussagen viel zu viel Bedeutung bei. Wäre Granny noch Herrin ihrer Sinne, hätte sie sich bestimmt einfach mit Sophie gefreut.

Sophie verscheuchte die sorgenvollen Gedanken und drehte das Radio lauter. Knappe fünf Stunden trennten sie noch von dem Herrenhaus unweit von Cadgwith. Laut der Beschreibung von Lady Montenay sollte es nur wenige Autominuten von dem kleinen Fischerdorf entfernt sein. Die Aufregung, die sie seit ihrer Entscheidung, den Auftrag von Lady Montenay anzunehmen, in Wellen traf, kehrte zurück. Stärker als je zuvor. Für einen Moment stockte Sophies Atem. Sie war tatsächlich dabei, ihr vertrautes Leben hinter sich zu lassen. Wenn auch nur für einige Monate. Obwohl sie das genau wusste, fühlte es sich seltsamerweise eher wie ein endgültiger Abschied an. Verrückt, dachte sie und musste lachen. Grannys Worte kamen ihr in den Sinn. *Cornwall ist kein guter Ort für dich!* Unwillig schüttelte Sophie den Kopf. Ich werde ihn zu einem guten Ort für mich machen, beschloss sie mit einem Anflug von Trotz. Sie sollte Grannys Worten nicht zu viel Bedeutung schenken. Nicht nur wegen ihrer Erkrankung, sondern auch wegen ihrer Ängstlichkeit, die ihr ganzes Leben geprägt hatte. Sophie hatte seit frühester Kindheit eine enge Bindung zu Evie, aber ab dem Teenageralter verdrehte sie heimlich oft die Augen, wenn ihre Großmutter wieder vor den Gefahren der großen weiten Welt warnte. Nein, durch besonderen Mut hatte Granny sich nie ausgezeichnet. Sie buk wunderbaren Kuchen, kochte den besten Kakao der Welt und hatte immer ein offenes Ohr für Sophie, aber sie hatte keinen Anteil daran, dass ihre Enkelin selbstbewusst ihren Weg ging. Dafür war Mum zuständig gewesen. Beim Gedanken an ihre Mutter wurde Sophie das Herz schwer. Victoria hatte sie stets in allem ermutigt und ihr wieder und wieder versichert, dass sie alles erreichen könne, was sie wollte. Nur ob sie ihr das vorgelebt hatte, wusste Sophie bis heute nicht genau. Mum schien mit ihrem kleinen überschaubaren Leben, dessen Mittelpunkt Sophie war, zufrieden zu sein. Nach dem viel zu frühen Tod ihres Mannes konzentrierte sie sich auf ihre Tochter und ihren Bürojob in einem Handwerksbetrieb. Kurz nachdem sie dann in Rente gegangen war, wurde sie krank und starb nur wenige Monate später. In den vielen Gesprächen, die Sophie vor ihrem Tod mit ihr führte, hatte sie nie zu erkennen gegeben, dass sie irgendetwas bereut hatte. Die einzige Sorge, die sie quälte, nachdem klar war, dass sie nicht mehr lange leben würde, galt Sophie.

Während Sophie ihren Gedanken freien Lauf ließ, arbeitete sich der Rover Meile für Meile vorwärts. Die Landschaft flog an ihr vorbei, lediglich einmal geriet sie in einen kleineren Stau. Bis auf eine kurze Pause an einem Rastplatz, wo sie sich einen schnellen Kaffee und ein Sandwich gönnte, fuhr sie die Strecke durch.

Der Ärger um Ethans Absage, die Enttäuschung wegen Adams Verhalten, Grannys seltsame Warnung – all das verblasste mit jeder gefahrenen Meile. Sophie fühlte sich seltsam leicht, als hätte sie jemand aus dem Dilemma, in dem sie steckte, einfach hinausgehoben und an einem anderen Ort abgesetzt.

Das Navi riss sie schließlich aus ihren Gedanken, die gerade darum kreisten, ob Lady Gwineth Montenay und sie sich sympathisch sein würden.

Noch zehn Meilen bis zu ihrem Zielort verkündete die monotone Stimme des Geräts. Dann würde Sophie es wissen. Ihr Puls beschleunigte sich. Was würde sie dort sonst erwarten? Ihr wurde klar, dass sie sich auf ein Abenteuer eingelassen hatte, von dem sie nicht die geringsten Einzelheiten kannte. Zum ersten Mal ging ihr Fuß vom Gas, als ob ihr Körper plötzlich zögerte, ihr Ziel so schnell wie möglich zu erreichen. Bevor sie zum Verkehrshindernis werden konnte, nahm Sophie sich zusammen und passte sich wieder der allgemeinen Geschwindigkeit an.

Auf der Grade Road angekommen, war ihr Fahrzeug das einzige weit und breit. Links und rechts säumten

Wiesen und Sträucher die Fahrbahn. Für einen Moment kam es Sophie so vor, als sei sie der einzige Mensch auf der Welt. Kurz darauf erschien das Fischerdorf Cadgwith in ihrem Blickfeld. Sie atmete auf. Nein, sie war nicht allein auf der Welt, es hatte sich nur so angefühlt. Sophie überlegte, ob sie aussteigen und sich im Dorf umsehen sollte. Sie verwarf den Gedanken allerdings gleich wieder. Die Umgebung konnte sie immer noch erkunden, zuerst wollte sie ihre Neugier stillen und Lady Montenay und das Herrenhaus *Blue Manor* kennenlernen.

Sophie umfuhr das Dorf, wie ihre Auftraggeberin ihr geraten hatte. Eine schmale Straße führte sie an steilen Klippen vorbei. Die Aussicht auf das wogende Meer darunter war atemberaubend. Der Wunsch auszusteigen und alle Eindrücke in Ruhe in sich aufzunehmen, wallte in Sophie auf, unterlag jedoch erneut der brennenden Neugier auf das, was vor ihr lag. Das Zögern war vorbei. Sie wollte endlich wissen, welches Abenteuer auf sie wartete.

Und dann lag es vor ihr: das Herrenhaus *Blue Manor*. Prächtig und stolz thronte es auf einer kleinen Anhöhe, umgeben von einem Park mit blühenden Rhododendren, Magnolien und riesigen alten Eichen. Das schmiedeeiserne Tor war geöffnet. Langsam fuhr Sophie auf dem kiesbestreuten Weg hindurch. Ihr Herzschlag beschleunigte sich. Das Anwesen wirkte ebenso majestätisch wie einschüchternd auf sie. Sie schluckte trocken. Ihr fiel ein, wie ehrfürchtig und staunend sie als kleines Mädchen durch ähnliche Landsitze an der Hand ihrer Eltern gewandert war. Bauten, die der Öffentlichkeit zugänglich waren und besichtigt werden konnten.

Nach solchen Touren hatte Sophie oft lange wach in ihrem Bett gelegen und sich Geschichten ausgedacht, in denen sie als Prinzessin in einem solchen Palast lebte. Aber das war Ewigkeiten her. Jetzt ging sie auf die Dreißig zu, Mum und Dad lebten nicht mehr, und als ehrgeizige Journalistin war sie aus einem einzigen Grund hier: Die Memoiren von Lady Gwineth Montenay verfassen.

Mit klopfendem Herzen parkte Sophie den Rover auf dem Kiesplatz vor der Freitreppe. Neben ihrem Auto standen noch einige weitere Fahrzeuge, darunter ein Jaguar und ein cremefarbener MG Oldtimer, der mit seinem glänzenden Chrom allerdings wie ein Neuwagen aussah.

Mit weichen Beinen stieg Sophie aus. Ein frischer Wind wirbelte sofort ihren Bob durcheinander. Automatisch fuhr ihre Hand ordnend ins Haar und klemmte die widerspenstigen Strähnen hinters Ohr.

Von Nahem wirkte das Herrenhaus noch imposanter. Alter grauer Stein, offensichtlich vor Jahrhunderten verbaut, wurde auf der gesamten Vorderseite malerisch flankiert von Rittersporn, der in seiner verschwenderischen Blüte im intensiven Blau der Namensgeber des Anwesens gewesen sein könnte. Das Licht der späten Nachmittagssonne verlieh der Szenerie ein zusätzliches sanftes Strahlen.

Stauend glitt Sophies Blick über das eindrucksvolle, von Säulen gestützte Eingangsportal, die jedem Sturm trotzende Fassade und die vielen Fenster. Ein flaues Gefühl stieg in ihrem Magen auf.

Sie war in einer vollkommen fremden Welt angekommen. Eine Welt, in der sie die nächsten Monate verbringen würde. Nach einem kurzen Zögern straffte sie sich. Sie würde jetzt da reingehen und sich der neuen Aufgabe stellen!

Ihren gestiegenen Puls ignorierend, stieg sie entschlossen die Stufen der Freitreppe hinauf und betätigte die Klingel.

Einen Moment später öffnete sich die Tür und Sophie stand einer Frau im schwarzen Kleid gegenüber, das, kombiniert mit einer weißen Schürze und Haube, sie leicht als Hausangestellte identifizierte.

„Guten Tag und herzlich willkommen. Mein Name ist Mabel." Die Bedienstete war mittleren Alters, ihre mahagonifarbenen Haare waren in einem strengen Knoten im Nacken zusammengefasst, und ihr Blick ruhte freundlich auf Sophie.

„Hallo, ich bin Sophie Redgrave. Lady Montenay erwartet mich."

„Ja, sie wartet schon ungeduldig. Kommen Sie, ich bringe Sie in den blauen Salon." Ein wohlwollendes Lächeln und eine einladende Geste begleiteten die Worte.

Als Sophie in die Halle trat, hielt sie unwillkürlich inne. Allein die Größe hätte ausgereicht, um sie zu beeindrucken. Aber natürlich gab es mehr zu sehen, was ihr die Sprache verschlug. Kostbare Gemälde an den hohen getäfelten Wänden, ein wunderschöner Kronleuchter, der in der Mitte der ungefähr vier Meter hohen Decke herabhing, und viele antike Möbelstücke – Sessel, Kommoden und kleine Schränke – nahm Sophie im Schnellverfahren in sich auf. Gerne hätte sie alles eingehend betrachtet, aber dafür war sie natürlich nicht hier. Mabel ging bereits energisch vorweg, und Sophie beeilte sich, ihr zu folgen.

Eine der vielen Türen auf der gegenüberliegenden Seite war ihr Ziel. Mabel klopfte, wartete auf ein Zeichen, das prompt erfolgte, und öffnete die Tür. Mit einem Nicken in Sophies Richtung gab sie den Türrahmen frei.

„Danke." Zögernd setzte Sophie den ersten Schritt in den Blauen Salon, in dem es nichts Blaues gab. Der Raum war überraschend klein – jedenfalls im Verhältnis zur monumentalen Halle –, das Mobiliar war jedoch auch hier antik. Pastellfarbene Sessel gruppierten sich vor einem der Fenster um einen dunklen Holztisch. Die Wände zierten hohe Bücherregale, und das Herzstück war der gemauerte Kamin, vor dem zwei Ledersessel standen. In einem davon thronte Lady Gwineth Montenay und sah Sophie erwartungsvoll entgegen.

Sophie lächelte nervös und schritt auf die alte Dame zu. In Gedanken korrigierte sie sich. Es gab etwas Blaues im Salon: das Kleid ihrer Auftraggeberin und deren durchdringende Augen. Fast hätte Sophie gelacht, beides hatte wohl kaum als Namensgeber fungiert.

Erst als Sophie schon die zarte Hand der alten Lady in ihrer spürte, bemerkte sie den großen schwarzen Hund, der neben seiner Herrin lag. Er verschmolz beinahe mit dem dunkel gemusterten Teppich und rührte sich nicht.

„Wie schön, dass Sie da sind, liebe Sophie!"

„Guten Tag, Lady Montenay. Ich freue mich, hier zu sein." Sophie hielt dem durchdringenden Blick aus klaren blauen Augen mit Mühe stand. Lady Montenay schien die Gabe zu besitzen, den Menschen bis auf den Grund ihrer Seele zu blicken.

„Und das ist übrigens James." Die alte Dame wies auf den tierischen Begleiter neben sich, der noch immer kein Lebenszeichen von sich gab. „Nachmittagsschlaf", erläuterte sein Frauchen trocken. „Seinem Alter entsprechend sehr tief und sehr lange."

„Wie alt ist er denn?", fragte Sophie interessiert. Sie war dankbar, den Hund als Einstieg in ein erstes Gespräch nutzen zu können.

„Alt." Lady Montenay zuckte die Schultern. „So genau weiß man das nicht. Aber er ist seit über zehn Jahren bei mir, und jung war er schon damals nicht. Also vermutlich hat er schon fünfzehn oder sechzehn Lebensjahre hinter sich."

„Stolzes Alter", kommentierte Sophie lächelnd. Sie spürte, dass die Aufregung in ihr kleiner wurde.

„Stimmt. Und apropos Alter: Meins nutze ich jetzt für die Entschuldigung, Ihnen noch nichts angeboten zu haben. Nicht einmal einen Sitzplatz." Lady Montenay lächelte spitzbübisch, was ihr Gesicht um Jahre verjüngte. Sie klopfte auf den Sessel neben sich.

Sophie setzte sich und schlug die Beine übereinander. Der zarte Duft eines blumigen Parfums stieg in ihre Nase. Unauffällig musterte sie ihre Auftraggeberin. Eins war ihr längst aufgefallen: Neben der Vornehmheit strahlte Lady Gwineth Montenay trotz ihres Alters eine Klarheit und Entschlossenheit aus, die selten war, wenn Menschen hoch in den Achtzigern waren. Und sie besaß die Gabe, ihre Mitmenschen sehr schnell und sehr präzise einschätzen zu können. Letzteres war zunächst nicht mehr als eine Vermutung, aber Sophie war sich ziemlich sicher, dass sie mit dieser Einschätzung richtig lag. Bei einem anderen Punkt war Sophie noch überzeugter: In jungen Jahren musste die Lady eine Schönheit gewesen sein. Noch jetzt im hohen Alter besaß sie eine zeitlose Attraktivität. Ein erstaunlich faltenfreies Gesicht mit hohen Wangenknochen und fein gezeichnete Augenbrauen über intensiv blauen Augen sorgte noch heute dafür, dass sie auffiel. Die silbergrauen Haare fielen in weichen Wellen und gut frisiert bis fast auf die Schultern.

„Und? Was sehen Sie?", fragte Lady Gwineth Montenay mit mildem Spott.

Das Blut schoss Sophie heiß in die Wangen. „Entschuldigung, ich wollte nicht …", stotterte sie.

„Schon gut", winkte die Lady ab. „Ich kann ja verstehen, dass Sie neugierig sind, welch komische Person Sie hier engagiert hat." Sie lachte heiser und legte eine Hand auf Sofies Arm.

„Nein … nein … Vor allem bin ich gespannt auf die Arbeit", entschied Sophie sich für die halbe Wahrheit. Natürlich hatte Lady Montenay recht, dass Sophies Interesse auch ihr persönlich galt.

Bevor sie antworten konnte, kam plötzlich Bewegung in den leblosen Hund. Ein kurzes Schnaufen, dann schob sich ein großer Kopf in die Höhe und schließlich hievte sich der Rest hoch.

Verwirrt blickte er von einem zum anderen.

„Alles in Ordnung, James." Die Stimme von Lady Montenay klang mit einem Mal sanft und liebevoll. „Darf ich vorstellen: Das ist die liebe Sophie. Sie wird dabei helfen, mein Leben in Worte zu fassen. James, Sophie. Sophie, James." Sie begleitete die Mensch-Hund-Vorstellung mit einer Handbewegung.

Sophie biss sich auf die Lippen, um nicht loszukichern. Es war das erste Mal in ihrem Leben, dass sie offiziell einem Hund vorgestellt wurde.

„Wissen Sie, den ersten Hund wollte ich nur, um die Verwandtschaft zu ärgern. Sie hassen Hunde, weil diese Tiere für sie nur Schmutz und Gestank bedeuten." Lady Montenay rollte mit den Augen. „Aber dann habe ich sehr schnell gemerkt, wie bereichernd das Leben mit ihnen ist. Sie reden keinen Blödsinn, sind treu, und vor allem sind sie frei von jeder Arglist. Mögen Sie Hunde?"

Sophie nickte. „Ja, immer schon. Aber leider hatte ich bis jetzt noch nie einen eigenen. Welche Rassen stecken in James?"

„Irischer Wolfshund und Riesenschnauzer. Durften Sie als Kind keinen Hund haben? Vielleicht ein kleineres Modell als mein Riese ..."

„Wir haben in einer kleinen Wohnung gelebt, meine Mum und ich. Hunde – auch kleine – brauchen Platz, hat sie gesagt. Es war also klar, dass bei uns kein Haustier ins Leben passt. Einen Garten hatten wir leider auch nicht."

Lady Montenay nickte langsam. „Ihre Mum ist eine kluge Frau. James brauchte bis vor Kurzem auch viel Raum. Jetzt, da er im hohen Alter angekommen ist, reicht ihm der Platz vor dem Kamin und kleine Runden im Park. Aber früher hat er die Halle und die Räume leidenschaftlich gerne zum Rumflitzen genutzt. Sehr zum Verdruss der Familie." Sie kicherte und strich dem immer noch verwirrt wirkenden Hund über den Kopf.

„Ja, meine Mum war klug", sagte Sophie leise.

„Sie lebt nicht mehr? Das tut mir leid."

Sophie schüttelte den Kopf. Wie immer, wenn sie darauf angesprochen wurde, zog ein Schmerz durch ihre Brust. Es war die immer wiederkehrende Erkenntnis. Mum lebte nicht mehr ...

Sie räusperte sich und sah sich im Salon um. „Entschuldigung, wenn ich frage, aber woher kommt der Name Blauer Salon?"

„Von meinen Kleidern", antwortete Lady Montenay ernst. Dann brach sie in lautes Gelächter aus. „Nein, das ist natürlich ein Scherz. Sehen Sie nach draußen. Von hier aus kann man den prächtigen Rittersporn besonders gut sehen. Es war irgendeiner meiner holden Vorfahren, der diesen Zusammenhang zur Namensfindung benutzt hat."

Sophie sah hinaus. Die leuchtend blauen Blüten bewegten sich in der atlantischen Brise wie ein wogendes Meer.

„Sie müssen sich unbedingt bald unseren Park ansehen, er ist viel schöner als das alte Gemäuer hier drinnen." Lady Montenay verzog das Gesicht. „Aber ich bin schon wieder unhöflich. Zunächst einmal sollte Mabel Ihnen Ihr Zimmer zeigen. Sie möchten sich bestimmt frisch machen nach der langen Fahrt." Sie sah auf ihre schmale Armbanduhr, an der Diamanten glitzerten. „In einer halben Stunde ist unsere Teatime, wir sind den alten Traditionen treu geblieben. Dabei werden Sie dann das Vergnügen haben, den Rest meiner Verwandtschaft kennenzulernen." Ein undefinierbares Lächeln umspielte für einen Moment ihre Lippen. „Sie wohnen im Westflügel wie ich", fuhr sie fort. „Das heißt, die Wege sind kurz, was unserer Arbeit zugutekommen wird."

Sophie nickte. Etwas prickelte in ihrem Magen, von dem sie nicht genau wusste, ob es Hunger war oder die Aufregung wegen all dem Neuen.

Lady Montenay griff zu einer Klingel, die auf dem Tisch vor ihr lag. Sie hatte sie kaum betätigt, da stand bereits Mabel im Türrahmen.

„Bitte zeigen Sie Sophie ihre Räumlichkeiten."

„Gerne." Mabel lächelte Sophie an und bedeutete ihr, ihr zu folgen.

13.

Nachdem Sophie ihre Koffer aus dem Rover geholt
hatte, wies Mabel, die es sich nicht hatte nehmen lassen, zumindest einen der Koffer zu tragen – den zweiten schwereren hatte Sophie erfolgreich verteidigt –
den Weg in den Westflügel. Sophies Zimmer lag im Erdgeschoss.

„Ich hole Sie um kurz vor fünf ab und bringe Sie in
die Bibliothek, dort wird üblicherweise der Tee eingenommen."

„Danke." Sophie sah Mabel hinterher, die sich auf leisen Sohlen entfernte. Neugierig betrat sie dann das
Zimmer, in dem sie die nächsten Monate leben würde.
Ein großer Raum, antik möbliert wie die Teile des Herrenhauses, die Sophie bereits kannte. Sie stellte die Koffer ab, schloss die Tür und sah sich staunend um. Do-
miniert wurde das Zimmer von einem Himmelbett mit
rosafarbenen Chintz-Vorhängen. Vorsichtig trat sie näher und berührte den weichen Stoff. Sie wusste schon
jetzt, dass sie darin wunderbar schlafen würde ... Es war
ein Traum, hier zu sein. Sophie konnte kaum noch verstehen, wie sie je hatte daran zweifeln können, diesen
Auftrag anzunehmen. Ihr Blick wanderte weiter, erfasste den gusseisernen Kamin an der rechten Wand,
den Nachttisch aus dunklem poliertem Holz neben
dem Bett und die vielen Kleinigkeiten, die dem Raum

seine besondere Note gab. Ein Strauß mit wunderschönen Sommerblumen war in einem Krug auf dem Tisch vor den Fenstern mit den gerafften Vorhängen arrangiert. Sophie trat näher und zog die Gardinen zur Seite. Der Ausblick, der sich bot, war fantastisch. Der Park mit seinen riesigen alten Bäumen, akkurat gestutzten Hecken und den verschwenderisch blühenden Blumen endete vor den steil abfallenden Klippen. In der Ferne konnte Sophie den Atlantik aufblitzen sehen. Sie war an einem sehr besonderen Ort gelandet und musste nicht überlegen, ob sie lieber hier oder in der hektischen Londoner Redaktion bei Ethan und den Kollegen wäre. Ihre Entscheidung war richtig gewesen! Und das musste sie sofort Kate berichten. Sie fischte das Handy aus der Handtasche und verharrte abrupt. Adam hatte geschrieben ... Mit zusammen gezogenen Augenbrauen und klopfendem Herzen las sie die Nachricht.

Baby, Dublin ist großartig! Muss ich dir unbedingt irgendwann zeigen! Love and miss you.

Ein Herz beendete die Nachricht.

Das Hochgefühl, das Sophie gerade noch gespürt hatte, war mit einem Schlag verschwunden. Ärgerlich schüttelte sie den Kopf. Diese schnelle und nachlässig getippte Nachricht fand sie fast schlimmer als sein Schweigen die letzten Tage. Was bildete er sich eigentlich ein? Mit einem Mal wurde ihr klar, dass die zunehmende Wut, die sie auf Adam verspürte, nicht daher kam, das sein Verhalten ein anderes als früher war, sondern dass sie jetzt an einem Punkt war, an dem sie sich nicht länger vormachen konnte, eine Beziehung zu führen, die sie glücklich machte. Die Erkenntnis jagte ihr jäh einen Schauer über den Rücken. Natürlich wollte sie ihn nicht verlieren, aber so, wie es war, konnte es auf Dauer nicht bleiben. Ende des Jahres würde sie ihren dreißigsten Geburtstag feiern. Natürlich hatte sie noch Zeit für den Traum einer eigenen Familie. Aber eben auch nicht mehr unbegrenzt. Derzeit konnte sie sich Adam nicht in der Rolle eines verantwortungsvollen Vaters vorstellen. Die Frage war, ob sich das jemals ändern würde ... Sie starrte durchs Fenster, ohne die atemberaubende Aussicht weiter zu genießen. Schließlich riss sie sich zusammen. Adam würde ihr jetzt nicht die Stimmung verderben. Sie freute sich darauf, gleich die restliche Familie Montenay kennenzulernen und auf die vor ihr liegende Arbeit. Alles andere konnte sie immer noch klären. Nach einem Blick auf die Uhr verschob sie ihren ursprünglichen Plan Kate anzurufen auf später und öffnete hektisch ihre Koffer. Die leichte Sommerhose und die gestreifte Bluse, die sie für die Fahrt gewählt hatte, erschien ihr für den Five O'Clock Tee inmitten der altehrwürdigen Montenays nicht passend. Rasch entschied sie sich für ein schlichtes, aber edles dunkelblaues Leinenkleid. Nachdem sie ihre Garderobe getauscht hatte, legte sie noch die Perlenkette um, die Mum ihr vererbt hatte, und ging ins angrenzende Badezimmer. Schnell wusch sie die Hände, kämmte die Haare und überprüfte ihr Make-up. In ihren Augen konnte sie noch eine Mischung aus Aufregung und einen Rest Ärger auf Adam ausmachen. Sie zog eine Grimasse wegen Letzterem und hörte dann das dezente Klopfen an der Zimmertür. Mabel kam pünktlich, um sie abzuholen. Ein letztes Zupfen am Bob und Sophie eilte, um zu öffnen.

Im gewohnt raschen Tempo begleitete die Hausangestellte sie den breiten Flur entlang. Einen Augenblick später standen sie vor der getäfelten Tür der Bibliothek.

„Hier ist es." Mabel klopfte leise an das Holz und lächelte Sophie aufmunternd zu.

Als Sophie den Raum betrat, war die Familie bereits versammelt. Vier Augenpaare richteten sich auf sie. Sophie fühlte sich, als sei sie fünfzehn und die Neue in der Klasse. Zögernd blieb sie stehen.

Am Kopfende des großen Esstischs aus geschnitztem dunklem Holz saß ein alter Herr, der dem Alter nach nur der Bruder von Gwineth sein konnte. Zu seiner Linken saß ein Pärchen im mittleren Alter – vermutlich Sohn und Schwiegertochter – und ihnen gegenüber hatte Gwineth Platz genommen, die Sophie jetzt zuzwinkerte. Prompt beruhigte Sophie sich etwas.

„Kommen Sie her, meine Liebe. Der Platz neben mir ist für Sie reserviert."

Sophie setzte sich in Bewegung.

„Und hier sind sie, meine lieben Verwandten", sagte Gwineth in einem seltsamen Ton, als Sophie den Tisch erreichte. „Mein Bruder Lord William, sein Sohn Desmond nebst Gattin Claire."

Die Einzige, die sichtbar reagierte, indem sie zustimmend nickte, war Claire. Sophies Blick blieb kurz an dem sorgfältig zurechtgemachten Gesicht der Mittfünfzigerin hängen, bevor sie Lord William ansah, der durch sie hindurchzublicken schien und keinerlei Regung erkennen ließ. Anders hingegen sein Sohn Desmond, der Sophie unverhüllt anstarrte. Voller Neugierde oder auch ablehnend?, fragte sie sich bang. Sie wollte gerade zu dem hochlehnigen Stuhl greifen, als dieser für sie zur Seite geschoben wurde. Überrascht nahm sie den Butler wahr, der wie aus dem Nichts aufgetaucht zu sein schien.

„Und das ist Harris, unser Butler. Eine viel wichtigere Figur in diesem Hause als wir alle zusammen. Ohne Harris, Mabel und die Mädels würde hier gar nichts funktionieren." Der so Angesprochene und Gelobte behielt seinen Gleichmut bei und rückte Sophie wortlos den Stuhl zurecht.

„Und diese bezaubernde junge Frau ist Sophie Redgrave aus London. Eine hochtalentierte Journalistin, die mit mir an meinen Memoiren arbeiten wird, wie ich euch bereits erzählte."

Sophie errötete und wusste nicht recht, wohin sie blicken sollte. Sie hatte nicht das Gefühl, dass sich außer Lady Gwineth irgendwer über ihre Anwesenheit freute. Butler Harris vielleicht ausgenommen, zumindest spürte sie bei ihm keinen Argwohn. Ihre Hochstimmung von vorhin erlebte nach dem Ärger auf Adam ihren nächsten Dämpfer. Vielleicht war sie doch zu optimistisch an das Ganze herangegangen ...

„Und nun genießen wir unsere Teezeit", bestimmte Lady Gwineth fröhlich, obwohl ihr die Distanz ihrer Familie nicht entgangen sein konnte.

Harris huschte zwischen den Anwesenden umher, füllte die Tassen aus feinstem Porzellan mit Earl Grey, rückte Platten mit Scones zurecht und achtete darauf, dass für jeden die Glasschälchen mit Himbeer, Johannisbeer- und Orangenmarmelade erreichbar waren. Sophie bemühte sich in der ungleichen Teegesellschaft nicht aufzufallen, nicht zu kleckern und keinen sonstigen Fauxpas zu begehen.

Beim Biss in den ersten Scone musste sie ein genießerisches Stöhnen unterdrücken. Es war der beste, den sie jemals gegessen hatte. Das Gebäck vermischte sich in ihrem Mund zusammen mit der Clotted Cream und der Johannisbeermarmelade zu einer wahren Gaumenexplosion. Sophie überlegte, ob der Traum von Mabel gebacken worden war oder ob es weitere fleißige Hände in der Küche gab, die für diese Aufgabe zuständig waren.

„Also liebe Sophie, was meinen Sie? Die Montenays behaupten gerne, dass es auf *Blue Manor* die besten Scones von Cornwall gibt, wenn nicht sogar des Landes. Haben wir recht?" Lady Gwineth musterte Sophie über den Rand ihrer Teetasse.

Sophie kam es so vor, als sei die eigentliche Frage, die sie stellen wollte, diese: Was halten Sie von meiner komischen Sippe?

„Absolut", beteuerte Sophie, nachdem sie sich den Mund mit einer Serviette abgetupft hatte.

James, der wieder neben Lady Gwineths Stuhl geschlafen hatte, erwachte und erhob sich umständlich. Als er sich schüttelte, nahm Sophie aus den Augenwinkeln wahr, wie Lord William und sein Sohn angeekelt das Gesicht verzogen. Kommentieren wagte es keiner von beiden. James umrundete den Stuhl seines Frauchens und blieb vor Sophie stehen. Seine braunen Augen waren getrübt, ruhten nun aber interessiert auf Sophie, als wolle er ihr zu verstehen geben, dass er sie erkannte. Vorsichtig strich sie ihm über den Kopf, was ihn wohlig brummen ließ.

„Sie mögen Hunde?" Desmond klang ungläubig.

„Ja", gab Kate zu. Und wenn ich deshalb in Ungnade falle, ist es mir auch egal, dachte sie mit einem Anflug von Trotz. Die Einzige, mit der sie auskommen musste, war Lady Gwineth. Und wie es schien, war diese mit ihrer Familie nicht eben eng verbunden.

„Wo haben Sie denn bis jetzt gearbeitet?", schaltete sich Lord William ins Gespräch ein. Seine Augen waren genau wie die seiner Schwester trotz des hohen Alters klar.

„Beim *Newsteller*." Sophie räusperte sich. „Meine Stelle dort wartet auf mich. Für die Zeit, in der ich bei Lady Gwineth arbeite, habe ich mich beurlauben lassen."

Etwas wie Hochachtung glitt über das Gesicht des alten Mannes. „Renommiertes Blatt."

„Ja, ja, mein Lieber. Nun langweile Sophie nicht mit Dingen, die sie ohnehin weiß." Gwineth seufzte genervt.

„Ich wollte nur darauf hinaus, dass sie selbst bei einem weniger hervorragenden Arbeitgeber keinen guten Tausch gemacht hätte. Immerhin arbeitet sie jetzt für eine alte Lady, die nichts Besseres zu tun hat, als ihr unwichtiges Leben auf Papier verewigen zu lassen." Er schnaubte und führte mit zitternder Hand seine Tasse zum Mund.

Entsetzt hielt Sophie die Luft an.

„Oh, da verwechselst du etwas. Wenn sie dein Leben aufschreiben sollte, dann wäre es ein schlechter Tausch. Du bist schließlich fast nie aus diesem Kasten herausgekommen." Seelenruhig biss Lady Gwineth in ihren Scone.

Vorsichtig ließ Sophie die Luft wieder aus ihrer Lunge, während sie versuchte, die uneinigen Geschwister nicht allzu auffällig anzustarren. Es knisterte im Raum, und langsam fragte sie sich, ob das hier der Normalzustand war oder ob ihre Anwesenheit die Ursache war.

„Mabel hat sich wieder selbst übertroffen mit den Scones! Einfach köstlich. Finden Sie nicht, Sophie?"

Überrascht sah Sophie auf. Es war das erste Mal, dass Claire sich am Geschehen beteiligte. Sophie nickte und verkniff sich ein Schmunzeln. Die Stimme von Desmonds Ehefrau klang schrill und ihr Blick drückte beinahe Panik aus. Sie schien in Sorge zu sein, dass die Situation eskalieren könnte. Wobei Sophie noch nicht einschätzen konnte, ob die Furcht begründet war oder Claire einen Hang zur Dramatik besaß. Vorsichtig lugte sie zu den Geschwistern. Williams Gesicht hatte eine ungesunde rötliche Farbe angenommen und die Falte zwischen seinen Augenbrauen war tief. Lady Gwineth hingegen schien vollkommen entspannt zu sein. Fast, als hätte sie Spaß daran, ihren Bruder zur Weißglut zu bringen. Wie, um das zu bestätigen, wandte sie sich zu Harris um, der still an der Tür stand und offenbar auf Anweisungen wartete.

„Harris, es wird Zeit für meinen Drink!"

Williams Gesicht verfinsterte sich prompt weiter, während die Sorge Claires ein wenig grauer zu machen schien. Ihre Hände spielten nervös mit einer Serviette, während Harris dem Wunsch seiner Chefin nachkam und sich an einem Servierwagen zu schaffen machte, auf dem einige Flaschen und Gläser standen.

„Wie immer, mein Lieber. Viel Gin, wenig Tonic." Lady Gwineth lachte rau und vergnügt.

Fast hätte Sophie mit eingestimmt, aber der entsetzte Blick von William und Claire stoppte sie gerade noch rechtzeitig. Sicher war es klüger, sich erst zunächst neutral zu verhalten, als direkt Partei in diesem Familienzwist zu beziehen. Sie beließ es bei einem kurzen Lächeln, das sie Lady Gwineth sandte, bevor sie den Blick in ihre Teetasse senkte.

„Für Sie auch einen Schluck, Liebe?"

Sophie sah wieder auf und schüttelte den Kopf. „Danke, nein. Ich bleibe gerne weiter bei dem fantastischen Tee."

Claire atmete erleichtert auf. Wieder musste Sophie sich ein Lachen verkneifen. Vermutlich war mit ihrer Ablehnung die Gefahr kleiner geworden, dass die Londoner Journalistin sich während der Arbeit hemmungslos mit ihrer Auftraggeberin betrinken könnte.

Lady Gwineth nahm dankend das Glas von Harris entgegen. „Cheers!" Ungerührt trank sie einen großen Schluck.

Ein Lachen steckte in Sophies Hals fest. Sie räusperte sich und versuchte, die Haltung zu bewahren. Eins wusste sie bereits: Lady Gwineth war eine außergewöhnliche Person, deren Bekanntschaft zu machen sich absolut lohnte. Selbst wenn sich das sonstige Familienleben schwierig gestalten sollte, war Sophies Freude auf die vor ihr liegende Arbeit größer denn je. Unbedingt wollte sie mehr über das Leben der adligen alten Dame erfahren. Und vielleicht hatte sie das Glück, mit dem Rest der Familie nur wenig zu tun zu haben.

<h1 style="text-align:center">14.</h1>

Das Dinner sollte um acht beginnen. Bis dahin war Sophie entlassen. Sie solle ihrer Seele erst einmal ermöglichen, am neuen Ort anzukommen, hatte Lady Gwineth gesagt. Sophie war sich nicht sicher, ob diese Worte ernst gemeint waren. So weit war die Reise ja nicht gewesen ... Aber vielleicht hatte die alte Dame auch gemeint, in der neuen Welt, die Sophie zweifellos betreten hatte. Nachdenklich setzte sie sich an den antiken weißen Sekretär in ihrem Schlafzimmer, der vor einem der Fenster stand. Die Sonne stand bereits tiefer und tauchte die Landschaft in ein atemberaubendes Orange. Sophie erwog kurz, die Umgebung draußen zu erkunden, verschob das jedoch gleich wieder auf einen anderen Zeitpunkt. Zuvor wollte sie versuchen, Kate zu erreichen. Sie musste unbedingt die neuen Eindrücke mit ihrer Freundin teilen.

„Hallo Süße!“ Kate klang atemlos.

„Störe ich?“

„Nein gar nicht, wir sind eben zu einer kleinen Pause entlassen worden. Und wie ist es bei dir?“

„Umwerfend“, war das erste Adjektiv, das Sophie prompt in den Sinn kam.

Kate lachte. „Das klingt gut, und so, als sei die Entscheidung richtig gewesen zu fahren.“

„Ja, ich glaube schon. Lady Gwineth ist eine erstaunliche Persönlichkeit. Etwas skurril, liebt Gin, und ist trotz ihres Alters vollkommen klar. Und sie scheint ein eher angespanntes Verhältnis zu ihrer Familie zu haben."

„Wer gehört denn dazu?"

„Ihr Bruder William und dessen Sohn Desmond nebst Gattin Claire. Besonders zwischen William und ihr scheint eine ausgeprägte Hassliebe zu bestehen."

„Ja, ja, Geschwister ..." Kate ließ den Satz in der Luft hängen. Sophie war als Einzelkind immer ein wenig neidisch gewesen auf ihre Freundin, die mit drei Schwestern gesegnet war. Die vier Hamilton-Mädchen hatten eine sehr enge Bindung, allerdings flogen oft die Fetzen, was Kate schon oft theatralisch den Satz: Geschwister: Segen oder Fluch, man weiß es nicht ... hatte ausstoßen lassen.

„Sie sind jedenfalls alle würdige Vertreter ihrer adligen Zunft und gehören wohl zum alten Schlag. Nur Lady Gwineth scheint aus dem Rahmen zu fallen."

„Spannend. Sie hat bestimmt Interessantes zu erzählen. Allemal interessanter als die Sternchen, die du sonst interviewt hast."

„Das glaube ich auch. Und ich bin wirklich froh, von Ethan und Richard Philipps Abstand zu haben." Und Adam, fügte Sophie in Gedanken hinzu. Noch war sie nicht so weit, ihrer Freundin von ihren plötzlichen generellen Zweifeln an der Beziehung zu erzählen. Es auszusprechen hätte bedeutet, sich ernsthaft damit auseinanderzusetzen. An dem Punkt war sie noch nicht.

„Alles richtig gemacht", stimmte Kate zu.

„Ja, vermutlich schon. Nur Granny ist anderer Meinung."

„Oh, du hast sie auf dem Weg besucht? Was sagt sie denn?"

„Dass wir nichts in adligen Kreisen zu suchen haben, weil die nicht gut für uns sind." Sophie wechselte das Telefon ans andere Ohr und schüttelte unwillig den Kopf. Daran hatte sie eigentlich gar nicht mehr denken wollen.

„Granny ist krank", sagte Kate sanft.

„Ja, das stimmt. Aber sie wirkte seltsam klar, als sie das sagte."

„Dann ist es vielleicht ihrem Alter geschuldet. In die heutige Zeit passt es jedenfalls nicht mehr."

„Ach, wahrscheinlich hast du recht. Eigentlich wollte ich das schon längst vergessen haben."

„Was sagt Adam nun eigentlich zu deinem Auftrag?"

„Keine Ahnung, er weiß es noch immer nicht."

„Ihr habt noch nicht telefoniert?", fragte Kate ungläubig.

„Er genießt Dublin", sagte Sophie trocken.

„Hm. Na ja, so ist er halt."

„Ja, so ist er." Kate stockte kurz, bevor sie das Thema wechselte. „Bei der Arbeit, die vor dir liegt, könnte ich fast

neidisch werden. Leider kann ich nicht so gut schreiben wie du, sonst würde ich mir einen Wechsel überlegen."

„Würdest du nicht, dein Leben ist die Bühne." Sophie grinste. Kate stundenlang an einen Schreibtisch gezwungen, war ein Bild, das sie sich beim besten Willen nicht vorstellen konnte. Ihre quirlige Freundin, die so mühelos in jeden ihrem eigenen noch so fremden Charakter schlüpfen konnte, ginge ein wie eine Blume ohne Wasser, wenn ihr diese Möglichkeit genommen würde.

„Da hast du recht. Jedenfalls bin ich sehr gespannt, wie sich deine Arbeit gestalten wird. Wann geht es denn los?"

„Morgen nach dem Frühstück."

„Na, dann guten Start. Toi toi!"

„Danke und dir weiter gutes Gelingen beim Drehen."

Sie verabschiedeten sich, und Sophie blieb noch einige Minuten nachdenklich sitzen. Schließlich stand sie auf und wandte sich ihren Koffern zu. Es wurde Zeit, ihre Garderobe in dem antiken Holzschrank mit den kunstvollen Verzierungen unterzubringen. Und sich fürs Dinner umzuziehen.

15.

Nun habe ich ihn also hinter mir, den Tag des großen Sommerfestes. Jetzt weiß ich auch, wen sie für mich auserkoren hatten. Anthony. Anthony Murray, den Duke of Burningham, alter schottischer Adel, der es geschafft hat, deutlich mehr Reichtum über den Krieg zu retten, als es meiner Familie gelungen ist. Wenn ich nicht die wäre, die ich heute bin und es Cederic nicht in meinem Leben gegeben hätte, wäre ich wohl entzückt gewesen. Anthony ist nicht nur äußerlich eine äußerst attraktive Erscheinung – schwarzes, volles Haar, tiefblaue Augen und hochgewachsen – er ist darüber hinaus auch noch aufmerksam, charmant und weltgewandt. Er konnte natürlich nichts dafür, dass ich mich so benahm, wie ich es tun musste. Ebenso wenig trägt Mrs. Stone irgendeine Schuld an dem vermeintlichen Desaster. Ihre flinken Hände haben das blaue Kleid, das mir viel zu groß geworden war, geschickt so geändert, dass es wieder aussah, als sei es mir auf den Leib geschneidert. Auch Jane, mein Hausmädchen, hatte sich alle Mühe mit Make-up und Haaren gegeben. Mit meiner Hochsteckfrisur und dem Collier aus Diamanten und Perlen – Daddys Geschenk zu meinem letzten Geburtstag – sah ich aus wie eine Prinzessin aus der guten alten Zeit. Der ganze Abend war eine Inszenierung der Vergangenheit. Früher hätte es mir gefallen. Ein rauschendes Sommerfest, bei dem es an nichts fehlte. Wein und Champagner flossen in Strömen, drinnen wie draußen leuchteten Kerzen und dezente Lampen. Seit Tagen wurde das Haus von dem verbliebenen Personal auf Hochglanz gewienert. Edward, der Gärtner, hatte die Hecken geschnitten, den Rasen gemäht und es irgendwie geschafft, die Blüten der vielen Blumen noch üppiger aussehen zu lassen. Nicht ein Blatt wagte es noch, auf den geharkten Wegen herumzuliegen. Zwischen den Bäumen baumelten Lampions aus Seide im lauen Abendwind, gelegentlich schien es, sie tanzten sie im Rhythmus der sanften Klänge der Tanzkapelle. Natürlich hatte ich richtig gelegen, dass auch das Wetter mitspielte, wenn die Montenays einluden. Teils von weit her kamen sie angereist, die nahe und ferne Familie, Freunde und Bekannte. Die vielen Gäste in ihren prächtigen Kleidern und teuren Anzügen, die endlich einmal wieder Luxus spüren wollten. Sicher waren einige dabei, deren Garderobe schon etliche Jahre und Einladungen überstanden hatte. Auch wenn nicht alle mehr eine Mrs. Stone für anfallende Schneiderarbeiten beschäftigten, spielte es an diesem Abend keine Rolle. Man wollte sich vergnügen, das Leben genießen und so tun, als hätte man keine Sorgen. Sicher war es vielen, aber nicht allen klar, dass dieser Abend auch meine Versorgung mit einem Ehemann sicherstellen sollte. Im Grunde hätte es nichts gegeben, was dagegen sprach, dass aus Anthony und mir ein wunderschönes Paar werden würde. Beinahe hätte ich sogar die Tänze mit ihm genießen können. Zu allen anderen Vorzügen besitzt er auch noch ein großartiges Taktgefühl. Geradezu übermütig hat er mich über die Tanzfläche gewirbelt, und ich war kurz davor zu vergessen, wer ich inzwischen war. So komisch es klingen mag, aber ausgerechnet zu viele zu schnell getrunkene Champagnergläser sorgten dafür, dass ich wieder einen klaren Kopf bekam und auf meinem richtigen Weg blieb. Beim Spaziergang durch den Park, den Anthony ganz ehrenwert nur deshalb vorschlug, damit ich mich ein wenig erholte, habe ich zielsicher seinen Traum, mit mir die richtige Frau an seiner Seite gefunden zu haben, zerstört. Nachhaltig und vielleicht etwas grausam. Verdient hatte er es nicht, denn ich bin sicher, dass Anthony ein wirklich netter Kerl ist. Aber als ich ihm eröffnete, keine Kinder bekommen zu können, dafür aber nichts gegen eine voreheliche Affäre hätte, stand ihm wie erwartet das Entsetzen ins Gesicht geschrieben. Wenn ich daran denke, durchzuckt mich das schlechte Gewissen. Anthony hat einen ebenso guten Menschen verdient, wie er selbst einer ist. Ich bin das nicht. Mag ich auch noch so liebreizend aussehen, mich selbst kann ich nicht darüber hinwegtäuschen. All die Liebe, die ich einmal besessen habe, ist mit Cederic und unserem Baby gegangen. Nun, Anthony wird darüber hinwegkommen. Es war richtig, ihm seine Hoffnung bereits im Ansatz zu nehmen, umso schneller wird er sich woanders umsehen können. Und ich hoffe, dass mein schlimmes Benehmen noch einen weiteren Vorteil haben wird. Denn nicht nur er war entsetzt, sondern auch meine Eltern. All die Mühe, die man sich mit meinem Aussehen gegeben hatte, das schöne Kleid, mein gepudertes Gesicht, irgendwann stach nur noch eines hervor: Ich war vollkommen betrunken. In all der Pracht und dem Glanz, untermalt von lieblichen Geigenklängen, konnte ich kaum noch einen Schritt vor den anderen machen. Jane hat mich so diskret es ging in mein Zimmer begleitet, wo ich in einen totenähnlichen Schlaf gesunken bin.

Und nun – einige Stunden später – sitze ich hier noch ordentlich verkatert und doch auf eine seltsame Art froh. Das, was ich Mum und Dad später vorschlagen werde, hat nach den gestrigen Vorkommnissen einen ganz anderen Stellenwert, da bin ich sicher. Hätten sie sonst meine Bitte kategorisch ausgeschlagen, so rechne ich mir nun berechtigte Chancen aus. Vielleicht werden sie sogar froh sein. Ach, das wage ich kaum zu hoffen. Aber warum sollte nicht auch ich wenigstens ein einziges Mal Glück haben? Andererseits werde ich es sowieso tun, ob sie mir ihren Segen geben oder nicht. Ich vergaß vorübergehend, dass mir das nicht mehr wichtig ist. Beim Fünfuhrtee werde ich meine Pläne verkünden.

16.

Die Szene, die sich Sophie im kleinen Saal bot, in dem das Dinner eingenommen wurde, ähnelte der beim Fünfuhrtee. Dieselben Teilnehmer, die in ähnlicher Form am Tisch Platz genommen hatten, und sie alle trugen noch die Kleidung, die sie auch vorhin angehabt hatten – Desmond und William in leichten Sommeranzügen, Claire in einem geblümten und Gwineth in ihrem blauen Kleid. Für einen Moment fühlte Sophie sich unwohl beim Gedanken, dass sie die Einzige war, die sich umgezogen hatte. Wahrscheinlich merkt es ohnehin niemand, tröstete sie sich. Das schwarze Kleid, für das sie sich entschieden hatte, besaß einen ähnlichen Stil wie das dunkelblaue vom Nachmittag, und so genau achtete hoffentlich niemand auf sie. Dann wurde ihr bewusst, dass sie sich schon wieder viel zu viele Gedanken machte, was andere Menschen von ihr dachten.

Sie straffte sich innerlich, bedankte sich mit einem Lächeln bei Harris, der ihr den Stuhl zurückgeschoben hatte, und setzte sich.

Während ein Hausmädchen den Salat servierte, sah sich Sophie unauffällig im Salon um. Zwei Ledersessel flankierten den gemauerten Kamin, in dem ein Feuer angezündet war. Trotz der warmen Temperaturen draußen war es im Innern des Hauses mit den dicken

Mauern empfindlich kühl. Ihr Blick streifte Lady Gwineth, die sich einen Schal um die Schultern gelegt hatte. Obwohl sie ein ähnliches Alter wie Granny hatte, wirkte sie im Vergleich deutlich fitter und lebendiger. Grannys Lebenskraft hatte sich im letzten Jahrzehnt jedes Jahr ein wenig mehr verabschiedet. Davon schien Gwineth noch weit entfernt. Sie war gut genährt, ohne Übergewicht zu haben, und ihr wacher Verstand trug sicherlich seinen Anteil daran, dass sie nicht gebrechlich wirkte.

Harris ging mit Weinflaschen umher. Bis auf Gwineth, die sich für einen Weißwein entschied, zogen alle anderen den roten vor. Nachdem die Versorgung mit Getränken erledigt war, griff William zum Besteck und gab damit das allgemeine Zeichen, die Mahlzeit zu beginnen. Sophie biss in den knackigen Salat und fragte sich, ob sich die Spannungen vom Nachmittag zwischen den Geschwistern aufgelöst hatten. Noch kannte sie alle viel zu wenig, um beurteilen zu können, wie das familiäre Verhältnis grundsätzlich war.

„Wann soll denn eure ... Arbeit ... beginnen?" Williams Betonung ließ keinen Zweifel daran aufkommen, was er von Sophies Beauftragung hielt.

„Oh, wir werden uns morgen früh frisch ans Werk machen." Lady Gwineth warf Sophie einen vergnügten Blick zu. „Wir werden uns in den Pavillon zurückziehen und wünschen keine Störung. Cheers!" Sie hielt demonstrativ ihr Glas in die Höhe, prostete Sophie zu und nahm einen kräftigen Schluck.

Sophie nippte an ihrem Wein und trank sofort Wasser hinterher. Sie hatte das Gefühl, dass es wichtig sei, einen klaren Kopf zu behalten. Außerdem war sie schließlich nicht einer Dinnereinladung gefolgt, sondern saß aus rein beruflichen Gründen hier an der edel gedeckten Tafel.

„Ich freue mich schon, mehr aus Ihrem Leben zu hören." Sophie sah nur Lady Gwineth bei den Worten an. Sie war sich nicht sicher, wessen missbilligendes Schnauben sie, kaum dass sie den Satz beendet hatte, vernahm. Sie tippte auf William, aber Desmond kam ebenso infrage. Auch wenn er sich mehr zurückhielt, spürte sie, dass er ihre Anwesenheit nicht weniger ablehnte.

„Wir können ja jetzt schon beginnen! William, erzähle Sophie doch einen unserer Kinderstreiche."

Sophie blickte vorsichtig zu dem alten Herrn am Kopfende des Tisches. Ungläubig starrte er seine Schwester an, die völlig unbeteiligt ihren Salat aß.

„Also, das ist doch ..." William brach ab, wedelte mit einer Hand, als verscheuche er eine Fliege. „Mir fehlen die Worte! Du glaubst doch nicht ernsthaft, dass ich mich an diesem Blödsinn auch noch beteilige?" Schwer atmend lehnte er sich auf seinem Stuhl zurück. Wut und Fassungslosigkeit spiegelten sich in seinen Augen.

Sophie fühlte sich ausgesprochen unwohl. Schnell trank sie noch einen Schluck Wasser. Vielleicht hätte sie doch darauf bestehen sollen, das Essen in ihrem Zimmer einzunehmen. Zu spät, sie musste das Dinner mit Anstand überstehen. Aber sie nahm sich vor, Lady Gwineth gleich morgen darauf anzusprechen. So konnte es nicht die nächsten Monate weitergehen.

„Ich wollte dir nur die Möglichkeit geben, dich mit deiner Sicht zu beteiligen. Aber wenn du nicht möchtest ... auch gut!" Gwineth zuckte die Schultern, blinzelte Sophie verschwörerisch zu und führte gelassen eine weitere Portion Salat zum Mund.

„Ich habe noch immer nicht verstanden, wozu das Ganze gut sein soll." Desmonds Blick wechselte zwischen seiner Tante und Sophie.

„Ach, mein Lieber. Wenn du erst in mein Alter kommst, verstehst du es vielleicht. Wenn man am Ende seines Lebens angekommen ist, dürstet es einen danach, alles zu sortieren. Dabei wird Sophie mir helfen." Gwineth wirkte bei den Worten zum ersten Mal ernst.

Fast ein wenig traurig, dachte Sophie. „Oh, ich bin sicher, es liegen noch einige gute Jahre vor Ihnen", sagte sie schnell.

Gwineth lächelte. „Das glaube ich nicht. Aber Fakt ist, die längste Zeit meines Lebens liegt hinter mir. Und niemand von uns weiß, wie viele Tage ihm noch beschieden sind. Mein grantiger alter Bruder, obwohl einige Jahre älter als ich, wird uns vermutlich alle überleben."

„Wir sollten bei Tisch nicht über den Tod reden", schaltete Claire sich nervös ein.

Desmond streichelte beruhigend ihre Hand. „Claire hat recht, wir sollten uns angenehmeren Themen widmen."

Das folgende Schweigen sprach Bände. Sophie räusperte sich. Gerne hätte sie etwas gesagt, aber es fiel ihr nichts Unverfängliches ein.

Schließlich war es Harris, der Bewegung in die angespannte Situation brachte, indem er das Beef Wellington servierte. Claire nutzte die Chance sofort, darauf hinzuweisen, dass Mabel den besten Braten des Landes zauberte.

„Nach den Scones glaube ich das sofort." Sophie lächelte Claire zu, die unsicher zurück lächelte, beinahe im selben Moment allerdings den Blick senkte und auf ihren Teller starrte.

Sie hat sofort ein schlechtes Gewissen, wenn sie mit dem ‚Feind' kollaboriert, ging es Sophie durch den Kopf. Puh, das konnte anstrengend werden. Wie es aussah, würde sie es schwer haben, als unbeteiligte Dritte im häuslichen Gefüge aufzutreten. Vielleicht war es zu weit hergeholt, die familiäre Situation in *Blue Manor* als Krieg zu bezeichnen, aber es gab offensichtlich zwei Seiten. Auf der einen stand Gwineth – und mit ihr nun Sophie – und auf der anderen der Rest der Familie. Was war geschehen, das die Familie so geteilt hatte? Sophie spürte, wie ihre berufliche Neugier wuchs. Eines war sicher: Der Auftrag klang spannend. Und es *war* absolut richtig gewesen, ihn anzunehmen. Mochten auch die Begleitumstände nicht ganz einfach werden, sie würde ihre Entscheidung vermutlich keine Sekunde bereuen.

Als sie den ersten Bissen Fleisch probierte, wusste sie, dass Claire nicht übertrieben hatte. Das Beef Wellington zerging ihr auf der Zunge. „Es schmeckt wunderbar", murmelte sie.

„Ja, das tut es immer." Gwineth wirkte gelangweilt. „Harris, bitte einen Gin für mich."

William sog scharf die Luft ein. „Ich dachte, du hältst dich wenigstens etwas zurück, wenn Fremde an der Tafel sind." Aus seinen Augen schossen kleine Blitze.

„Sophie gehört doch schon fast zur Familie", sagte Gwineth ungerührt. Die Provokation, die diese Aussage beinhaltete, machte ihr sichtlich Spaß.

Sophie verschluckte sich fast an ihrem Beef Wellington. Hitze schoss ihr ins Gesicht. Als frisch engagierte Journalistin konnte sie bestenfalls zum Personal gerechnet werden. Selbst Mabel und Harris würden vermutlich von William nicht das Familienprädikat bekommen. Und sie natürlich erst recht nicht …

„Na, wie dem auch sei", sagte Desmond mit fester Stimme. „Claire und ich wollen morgen nach St. Ives. Braucht jemand etwas?"

Sophie war beeindruckt. Sie hätte Desmond nicht zugetraut, souverän und bestimmt den Weg raus aus dem offensichtlichen Minenfeld zu beschreiten.

„Meine Lavendelseife neigt sich dem Ende." Gwineth schien einer Waffenruhe zuzustimmen.

Sophie biss sich auf die Lippen, ein kleines, vielleicht etwas verzweifeltes Lachen blieb in ihrer Kehle hängen.

Zwischen dem Genuss des wunderbaren Essens und des exquisiten Rotweins schaffte Sophie es irgendwie in einem immer wiederkehrenden Schweigen inmitten dieser sonderbaren Atmosphäre, die in dieser Familie Dauerzustand zu sein schien, das Dinner hinter sich zu bringen.

Erleichterung flutete sie, als die Hausmädchen auch die Reste des Desserts, das in einer Käseplatte und einem herrlichen Pudding bestanden hatte, unauffällig abräumten.

Kurz darauf erhob William sich umständlich, griff nach seinem Stock und läutete mit seinem Verlassen des Salons das Ende des Dinners ein.

17.

Mit einem leisen Klicken schloss Sophie die Tür ihres Zimmers hinter sich. Sie seufzte erleichtert, steuerte auf das Bett zu und ließ sich fallen. In ihrem Kopf purzelten die Eindrücke des Dinners durcheinander. Das leicht verhärmte und stete Alarmbereitschaft ausdrückende Gesicht Claires tauchte auf, bevor es wechselte zu Williams, dessen Ausdruck streng war. Es folgte die vergnügt-freche Gwineth und schließlich der Haltung wahrende Desmond.

Und Sophie als Unbeteiligte, die es irgendwie nicht war, mittendrin. Gesprächsfetzen klangen in ihren Ohren nach.

Sophie gehört doch praktisch zur Familie ... war einer davon. Der Satz, der weiter von der Realität nicht entfernt sein könnte, hatte für besonderen Zündstoff gesorgt. Ein wenig konnte Sophie das nachvollziehen. Es mochte für die restliche Familie sonderbar anmuten, dass ihre Schwester und Tante einer Wildfremden die Geschichte erzählen wollte, die sie vermutlich alle betraf. Sie fragte sich, wie sie wohl reagiert hätte, wenn Mum je auf eine solche Idee gekommen wäre. Der Gedanke war absurd. Ihre Familie war zu langweilig, als dass irgendjemand darauf hätte kommen können, deren Geschichte aufschreiben zu lassen. Aber falls doch, wäre ohnehin Sophie diejenige gewesen, die mit der Arbeit betraut worden wäre. Sie schnitt eine Grimasse und hangelte nach ihrem Handy, das auf dem Nachttisch lag. Im selben Moment, als sie es erreicht hatte, klingelte es. Sophie erschrak. Adam!, war ihr erster Gedanke. Ein winziger Stich der Enttäuschung fuhr durch ihre Brust. Es war nur Alan, der anrief.

„Hey“, meldete sie sich.

„Lieblingskollegin, wie geht es dir?“

„Läuft, ich arbeite mich gerade in Adelskreise ein.“ Sophie ließ sich in die Kissen sinken und spielte mit den Fransen der Tagesdecke.

„Mal was anderes als der hektische Redaktionsalltag, oder?“ Alan lachte leise.

„Das kannst du wohl sagen. Ruhiger ist es auf jeden Fall. Aber nicht unbedingt weniger kompliziert.“ Sie seufzte. „Ich kann noch nicht viel sagen. Außer vielleicht, dass meine Auftraggeberin, Lady Gwineth, eine sehr interessante alte Dame ist. Ich mag sie und freue mich schon sehr, wenn die Arbeit morgen beginnt. Bestimmt hat sie ein aufregendes Leben gelebt.“

„Und der Rest der Blaublütigen?“

Sophie kicherte. „Also, zur Familie gehört noch Bruder William, ein strenger alter Schrat, sowie sein Sohn Desmond mit Gattin Claire. Die sind allesamt wenig begeistert von meiner Anwesenheit.“

„Hm, dann bin ich gespannt, wie es weiter geht.“

„Und ich erst. Wie läuft es denn bei euch?“

„Eigentlich wollte ich mich ein wenig ausweinen.“

Ein theatralisches Geräusch ließ Sophie schmunzeln, aber auch aufhorchen. „Richard ...?“, fragte sie und zog die Augenbrauen hoch.

„Selbiger.“ Die Antwort kam gewohnt trocken. „Ich weiß jetzt, warum er dir vorgezogen wurde.“

„Und?", rief Sophie begierig. Auch wenn sie vorerst raus aus dem Geschehen war, hatte sie die Enttäuschung, dass Ethan nicht ihr den ersehnten Job gegeben hatte, noch längst nicht verdaut.

„Tja, der Gute steht in enger Verbindung zu Ethans Familie. Um genau zu sein, gehört Richard zur Familie seiner Frau. Und diese hat wohl ordentlich Druck gemacht, dass ihr Cousin vor der Rente wenigstens einmal noch einen vernünftigen Job bekommt. Bis dato hat er nämlich ziemlich erfolglos bei eher kleinen Blättern vor sich hingeschrieben, und das auch noch ausgesprochen schlecht. Ich konnte es mir nicht verkneifen, einige seiner Artikel zu lesen. Frag lieber nicht ..."

„Nein!" Sophie richtete sich empört auf. „Das ist ja noch schlimmer, als ich dachte."

„Und für uns erst ..."

„Puh, das tut mir leid." Sie strich sich eine Haarsträhne aus dem Gesicht. „Auch wenn du mich jetzt wahrscheinlich hauen möchtest, aber ich bin froh, im Moment nicht bei euch zu sein."

„Quatsch, Honey. Natürlich vermissen wir dich sehr, aber ich gönne dir von Herzen, dass du dich nicht mehr mit dem neuen Alten rumschlagen musst. Ich bin einigermaßen zuversichtlich, dass er selbst dafür sorgen wird, dass seine Zeit hier nicht allzu lang werden wird."

„Je nachdem, wie schnell Ethan einsehen wird, was er sich da eingekauft hat."

„Vermutlich weiß er es längst. Die Frage ist, wie lange er den Wunsch seiner Frau über die Interessen des *Newsteller* stellen wird. So, wie wir ihn kennen, wird er sich das Ganze nicht lange ansehen. Nicht ansehen können. Die Zeitung ist schließlich sein Baby."

„Da hast du recht. Vielen Dank für deinen Anruf! Ich bin froh, nicht ganz in Vergessenheit geraten zu sein ..." Eine leichte Wehmut erfüllte Sophie beim Gedanken an ihre alten Kollegen, deren Leben wie gewohnt weiter ging, während ihres mit einem Schlag ein ganz anderes geworden war.

„Natürlich nicht! Wir alle warten ungeduldig auf deine baldige Rückkehr!"

„Danke", sagte Sophie gerührt.

„Und nun geh! Hol alle aristokratischen Geheimnisse der Montenay ans Licht und zeig ihnen, was eine der besten Journalistinnen des Landes drauf hat!"

„Bevor mir deine Komplimente zu Kopf steigen, leg ich jetzt lieber auf."

Sie verabschiedeten sich, und Sophie legte das Handy nachdenklich zur Seite. Es wollte sich nicht recht Genugtuung darüber einstellen, dass sich der Mann, der ihren Posten bekommen hatte, so schnell als fachlich inkompetent und als Fehlbesetzung entpuppt hatte. Selbst die Tatsache, dass er ihr wohl nur wegen seiner familiären Verbindung zu Ethans Frau vorgezogen worden war, löste mehr Erstaunen als Wut aus. Sophie war irritiert. Hatte sie innerlich bereits abgeschlossen mit ihrer Arbeit beim *Newsteller*? Ihre Empörung über die unerwartete Entwicklung galt seltsamerweise nur ihren Kollegen, die Ethans Fehlentscheidung nun ausbaden mussten. Sie schüttelte den Kopf und stand auf. Erst jetzt fiel ihr auf, dass es fast dunkel im Zimmer geworden war. Eigentlich hatte sie noch eine Abendrunde am Strand drehen wollen, aber als sie ans Fenster trat und hinaussah, wurde ihr klar, dass es dafür längst zu spät war. Die Sonne war untergegangen. Die

Kulisse draußen wirkte zwar auch im schwindenden Licht atemberaubend, aber mit den Steilklippen, die Sophie nicht kannte, wollte sie sich lieber bei Tageslicht vertraut machen. Sie beschloss, es sich mit einem Buch auf ihrem Himmelbett gemütlich zu machen. Sophie schaffte nur wenige Seiten des Krimis, dann fiel sie in einen tiefen Schlaf.

18.

Ein Sonnenstrahl, der durch die leicht geöffneten Vorhänge fiel, kitzelte Sophie an der Nase. Sie rekelte sich verschlafen und öffnete langsam die Augen. Dies war nicht ihr Schlafzimmer! Mit einem Ruck setzte sie sich auf und blinzelte. Natürlich! Das weiche Himmelbett, in dem sie so wunderbar geschlafen hatte, stand nicht in ihrer Londoner Wohnung, sondern in Cornwall auf *Blue Manor*, ihrem vorübergehenden Zuhause. Fast erstaunt sah sie sich im Zimmer um, das mit seinen geschmackvollen antiken Möbeln im Morgenlicht genauso prächtig wirkte wie gestern. Mit einem Lächeln auf den Lippen stand sie auf und trat ans Fenster. Wenige Wolken jagten über einen azurblauen Himmel. Der Atlantik, den sie hinter den Steilklippen erkennen konnte, übte dieselbe Faszination auf sie aus, wie wenn er direkt zu ihren Füßen läge. Sie nahm sich fest vor, sich heute auf jeden Fall rechtzeitig vor dem Dunkelwerden auf den Weg zu machen, um ihn aus der Nähe zu bewundern. Lady Gwineth würde sicher nicht den ganzen Tag an ihren Memoiren arbeiten wollen.

Ein Kribbeln im Magen erinnerte Sophie daran, dass gleich ihre eigentliche neue Arbeit beginnen würde. Zum ersten Mal galt es nicht, nach vorheriger Recherche die richtigen Worte zu finden, um sie in einen Artikel zu platzieren. Stattdessen galt es, eine alte Dame ihr Leben erzählen zu lassen, dabei sehr genau zuzuhören und an den richtigen Stellen nachzuhaken. Ich glaube, ich habe Lampenfieber, dachte Sophie mit einer Mischung aus Belustigung und Schaudern.

Egal, sie hatte sich auf dieses Abenteuer eingelassen, wurde dafür fürstlich bezahlt, und natürlich würde sie es jetzt durchziehen. Immerhin war sie ausgeschlafen, dabei hatte sie sonst oft Probleme mit dem Schlafen in fremden Betten. Anders als in diesem Himmelbett, in dem sie besser genächtigt hatte als oftmals zu Hause. Ein wenig Angst hatte sie, aber dennoch freute sie sich auf die Herausforderung. Entschlossen ging sie ins angrenzende Badezimmer, zog ihr Nachthemd aus und stellte die Dusche an.

Satt lehnte Sophie sich zurück und sah durch das kleine Fenster des Pavillons in den Park hinaus. Es war ein sonniger Morgen, und das Leben erwachte gerade überall. Ein Pfauenauge flog vorbei, kehrte um und blieb für einen Moment an der Scheibe hängen. Fast schien es, als wollte sich der Schmetterling einen Überblick verschaffen, was sich im Innern des Häuschens abspielte.

„Noch etwas Rührei, meine Liebe?" Lady Gwineth, die in erstaunlich kurzer Zeit ein reichhaltiges Frühstück aus Porridge, Rührei mit Speck und Toast mit Zitronenmarmelade verspeist hatte, sah Sophie fragend an.

„Nein, vielen Dank. Für meine Verhältnisse habe ich bereits ein Vielfaches von dem gegessen, was ich sonst morgens zu mir nehme." Lächelnd legte sie eine Hand auf ihren Bauch. „Wenn ich noch weiter zulange, können wir gleich nicht mit der Arbeit beginnen, weil ich wie ein gestrandeter Wal auf dem Rücken liege."

„Das ist ein Argument." Gwineth nickte amüsiert. „Wir wären dann fertig", sagte sie zu Mabel gewandt, die gerade zur Tür hereinkam.

Die Hausdame befreite flink den Tisch von Geschirr und Resten des Mahls und verließ den Pavillon mit einem gut gefüllten Tablett. Lediglich Säfte, Tee und Milch blieben zurück.

Sophie trank einen Schluck Tee und nahm Block und Kugelschreiber aus ihrer Tasche heraus, die an der Stuhllehne hing.

Sie legte beides vor sich und sah Lady Gwineth erwartungsvoll an. Für einen Moment beschleunigte sich ihr Herzschlag. Die Arbeit begann! Ab sofort war sie nicht nur Journalistin, sondern auch Verfasserin von Memoiren. Etwas wie Stolz wallte in ihr auf.

„Dann fangen wir jetzt also an." Das Lächeln auf Lady Gwineths Lippen wich einem ernsteren Ausdruck. „Eigentlich müsste ich wohl bei meiner Kindheit starten. Aber ..." Sie zögerte kurz. „Aber meine Kindheit war trotz des Krieges behütet, sorglos und langweilig. Die Kinderstreiche, von denen ich William animieren wollte zu erzählen, waren so harmlos, dass es sich nicht lohnt, diese für die Nachwelt festzuhalten. Nein, wirklich nicht. Damit möchte ich weder Sie noch irgendjemand sonst langweilen."

„Oh, ich bin sicher, dass ich mich keineswegs langweilen würde! Aber natürlich steht es Ihnen frei, an jedem Zeitpunkt zu beginnen, den Sie wünschen." Sophie spürte einen winzigen Hauch der Enttäuschung. Sie hätte gerne mehr über das Verhältnis von Gwineth und William erfahren, und da eignete sich der Zeitpunkt, an dem alles begonnen hatte, erfahrungsgemäß besonders.

„Wir kamen ganz gut miteinander aus, falls Sie es unbedingt wissen wollen. Er war eben mein großer Bruder, der zweite Held direkt nach meinem Vater. Aber da Daddy immer auch ein wenig unerreichbar schien, spielte William, als ich klein war, eine bedeutende Rolle in meinem Leben. Wie das bei Kindern eben so ist." Sie wedelte mit einer Hand und auf ihrem Gesicht spiegelte sich eine Mischung aus Geringschätzung und Langeweile. „Zusammengefasst: Nicht der Rede wert. Wir haben uns rasch in entgegengesetzte Richtungen entwickelt, was wir wohl kaum verhehlen können." Ein schmales, ironisches Lächeln formte kurz ihre Lippen. Dann wechselte sie abrupt das Thema. „Wie kommt es, dass Sie ganz altmodisch mit Block und Stift arbeiten?"

„Ich kann besser denken, wenn ich mit der Hand schreibe", sagte Sophie überrascht. Sie hatte nicht damit gerechnet, dass Lady Gwineth auffiel, dass sie nicht mit Laptop bewaffnet an die Arbeit ging.

„Ja, das kann ich mir gut vorstellen. Nicht, dass ich viel von dieser neuen Technik verstünde ..." Sie lachte. „Na, wie auch immer. Wir waren bei William ... Nur kurz zum Abschluss, er und ich müssen es hier irgendwie miteinander aushalten, was wir die letzte Zeit sicher auch noch irgendwie hinkriegen."

Sophie machte sich die ersten Notizen.

„Jedenfalls würde ich gerne an der Stelle beginnen, nachdem mein zweites Leben angefangen hat."

Sophie sah überrascht auf.

„Es war im Sommer 1952, als ich mein Leben von Grund auf geändert habe", fuhr Lady Gwineth unbeirrt fort.

Sophies Augen weiteten sich. Nur mit Mühe bekämpfte sie den Wunsch, sofort zum Leben davor nachzuhaken. Ihre journalistische Neugier war geweckt, aber gleichzeitig ließ Lady Gwineths keinen Zweifel daran aufkommen, dass sie genau darüber nicht sprechen wollte. Sophie biss sich auf die Lippen und wartete still, bis die alte Dame weiter sprach.

„Ich beschloss, mein gewohntes Leben auf *Blue Manor* aufzugeben und mir stattdessen die Welt anzusehen. Beginnen wollte ich mit Hongkong. Das war weit weg und exotisch genug, einmal einen gänzlich anderen Blickwinkel einnehmen zu können."

In Sophies Kopf ratterte es. Fünfzigerjahre, ein junges aristokratisches Mädchen, ganz allein in China unterwegs?

„Und Ihre Familie hatte nichts dagegen einzuwenden?", warf sie vorsichtig ein.

„Was denken Sie?" Lady Gwineth sah Sophie an. Ihre Mundwinkel zuckten amüsiert.

„Na ja, es ist für mich schwer vorstellbar. Die Fünfziger waren eine andere Zeit und in Ihren Kreisen ... Also vermutlich waren sie nicht allzu begeistert ..."

„Nein, vorsichtig ausgedrückt, das waren sie nicht." Gwineth trank in aller Ruhe einen Schluck Tee. „Aber sagen wir so, sie hatten meiner Entschlossenheit wenig entgegenzusetzen."

Sophie nickte. Dann kam ihr eine Idee. „Haben Sie vielleicht Fotos für mich?" Es interessierte sie brennend, wie Lady Gwineth als junge Frau ausgesehen hatte. Ob sich die Entschlossenheit, das fast schon Starrköpfige in ihren Zügen bereits in frühen Jahren auf ihrem Antlitz gezeigt hatte?

Gwineth nickte. „Ich suche Ihnen später welche heraus. Aber falls es Sie beruhigt, natürlich gab es eine Bedingung: Ganz allein zu reisen, wäre selbst für mich schwer durchsetzbar gewesen. Mein Hausmädchen Jane bekam den Auftrag, mich zu begleiten."

„Hat Ihnen das gefallen?"

„Einerseits ja, andererseits wäre es mir auch nicht schwer gefallen, mich ganz allein auf den Weg zu machen." Sie zuckte die Schultern. „Aber ja, natürlich hatte es auch Vorteile, sich nicht um alles selbst kümmern zu müssen. Und inwieweit ich Jane erlaubte, Einfluss zu nehmen, oblag ja Gott sei Dank fortan mir allein. Sie hat oft freibekommen." Ein spitzbübisches Lächeln blitzte in ihrem Gesicht auf.

Sophie ergänzte ihre Notizen.

„An einem sonnigen Morgen verließen wir Cornwall. Es sollte für sehr lange Zeit das letzte Mal sein, dass ich auf *Blue Manor* sein würde." Lady Gwineth legte nachdenklich beide Hände um ihre Teetasse. Ihr Blick verlor sich in der Ferne.

Sophie wartete eine Weile, bevor sie sich traute nachzufragen. „Wie lange waren Sie denn fort?"

„Drei Jahre." Lady Gwineth stellte die Tasse mit einem Klirren ab. „Aber dazu kommen wir später, sonst verliere ich den Faden. Also, Jane und ich machten uns auf den Weg. Der Fahrer brachte uns nach St. Yves, von dort nahmen wir den Zug nach London. Hier begann der spannende Teil der Reise. Wir bestiegen zum ersten Mal in unserem Leben ein Flugzeug. Ich war Feuer und

Flamme. Allerdings war ich die meiste Zeit damit beschäftigt, Jane zu beruhigen." Sie kicherte. „Jane war schwerlich davon zu überzeugen, dass sich so viele Tonnen Stahl sicher in der Luft halten können. Dass jeden Tag unzählige Flieger unbeschadet an ihrem Bestimmungsort ankamen, stieß als Argument nicht zu ihr durch. Sie verfluchte die Ingenieure dieser Teufelsdinger, verfluchte ihre Eltern, dass sie sie überhaupt in die Welt gesetzt hatten, nur damit sie jetzt ein tragisches Ende nehmen musste. Sie beschimpfte sogar mich, diese wahnsinnige Idee umzusetzen – nur Wut auf meine Eltern traute sie sich nicht laut auszusprechen." Sie lachte erneut. „Allerdings las ich in ihren Augen, dass ihnen die größte Wut galt."

„Arme Jane", sagte Sophie mitfühlend

„Leiden Sie auch unter Flugangst?"

„Nein." Sophie schüttelte den Kopf und umschloss den Kugelschreiber in ihrer Hand fester. „Ich musste nur gerade an meinen ersten Flug denken. Er war toll. Meine Mum war dabei und meine beste Freundin, Kate. Wir sind zu einem Sommerurlaub nach Spanien geflogen." Sie schluckte. „Die Zeiten ändern sich. Mum lebt nicht mehr und Kate arbeitet derzeit an einem Filmprojekt in den USA."

Lady Gwineth sagte nichts, legte nur für einen Moment ihre Hand auf Sophies Arm. Der Augenblick war so schnell vorüber, dass Sophie nicht sicher war, ob sie sich die Geste nur eingebildet hatte." Verwirrt fuhr sie sich mit einer Hand über die Augen.

„Sie hatten eine enge Verbindung zu Ihrer Mutter?" Lady Gwineths Stimme war sanft.

Sophie nickte. Ihrer Stimme traute sie gerade nicht über den Weg. Es kam nur noch selten vor, dass sie einer dieser intensiven Trauermomente überfiel. Im Laufe der Jahre hatte sie gelernt, damit umzugehen, dass Mum nicht mehr lebte, aber jetzt fühlte sich der Schmerz wieder an, als sei er gerade erst entstanden.

„Es ist schwer, mit solchen Verlusten umzugehen.“ Aus Lady Gwineths Augen sprach ehrliches Mitgefühl.

Sophie nickte. Sie hatte es längst geahnt, aber nun war sie sicher. Unter der grantigen, vielleicht sogar etwas zynischen Oberfläche versteckte die alte Dame eine tiefe Verletzlichkeit. Was war in ihrem Leben passiert, dass sie sich nach außen ganz anders zeigte?

„Waren Sie verheiratet?“ Sophie beobachtete die Reaktion von Gwineth genau.

Ein Schmerz huschte kurz über das alte Gesicht mit den wenigen Falten, gleich darauf wurde es wieder ausdruckslos. Es dauerte eine Weile, bis die alte Dame schließlich antwortete. „Nein. Die Liebe meines Lebens starb, bevor Gott uns seinen Segen geben konnte.“

„Oh, das tut mir leid“, sagte Sophie hilflos. Vielleicht hätte sie warten sollen, bis ihre Auftraggeberin dieses Thema von sich aus anschnitt. Falls sie es überhaupt vorhatte.

„Aber bevor wir zu Cederic kommen, erzähle ich Ihnen von Hongkong.“

Sophie brachte ihren Kugelschreiber in Stellung.

19.

August 1952, Hongkong

Jetzt sind wir schon seit einer Woche in Hongkong. Jane hat sich als wesentlich hilfreicher erwiesen, als ich erwartet hatte. Kaum habe ich meine Eltern von meinen Plänen in Kenntnis gesetzt, reagierten sie erwartungsgemäß mit Entsetzen. Mum hat sogar etwas geweint, was ich vorher erst zwei Mal erlebt hatte. Damals, als Daddy seinen Jagdunfall erlitt und sich nicht mehr bewegen konnte, verlor Mum zum ersten Mal ihre Fassung. Das zweite Mal geschah kurz darauf, als der Arzt mit ernster Miene und leiser Stimme verkündete, dass Daddy fortan im Rollstuhl sitzen würde. Beide Male waren ihr still Tränen die Wangen hinunter gelaufen. Es hat jeweils nur kurz gedauert, bis sie sich wieder im Griff hatte. Als sie nun von meinen Plänen erfuhr, hat sie sogar geschluchzt. Ich war überrascht, konnte aber kein Mitleid mit ihr empfinden. Unsere Beziehung war immer etwas distanziert gewesen, aber trotzdem hatten wir kein schlechtes Verhältnis. Seitdem sie jedoch nichts unternommen hatte, um mich vor St. Elizabeth zu bewahren, existiert keine Bindung mehr. Jedenfalls nicht von meiner Seite. Ich war überrascht, dass es bei ihr womöglich anders ist. Natürlich hat mich das nicht von meinem Entschluss abgebracht. Daddy hat es dann halbherzig mit der üblichen Strenge probiert, aber wir wussten beide, dass es ihm diesmal nicht helfen würde. Sie besaßen keine Macht mehr über mich, und das wussten sie. Es ging nur noch darum, die Konditionen zu verhandeln. Eigentlich gab es nur einen Punkt: Jane. Entweder würde sie mich begleiten oder die Reise würde nicht stattfinden. Natürlich hätte ich es irgendwie geschafft, auch diese Forderung abzulehnen, aber schnell war mir klar geworden, dass Janes Begleitung durchaus ihre Vorteile haben könnte. Und diese sind überraschend groß, wie ich immer wieder feststelle.

Während ich vorhin über den Markt schlenderte, mir gelegentlich die Stirn mit einem Taschentuch abtupfte – die tropische Hitze setzte mir, die ich ausschließlich das gänzlich mildere englische Klima gewohnt war, mehr zu als erwartet – ließ ich die letzten aufregenden Tage Revue passieren und kam zu dem Schluss, es ohne Jane erheblicher schwerer zu haben. Bei unserer Ankunft sehnte ich mich erschöpft und verschwitzt, wie ich mich nach der langen Reise fühlte, nur nach einer ausgiebigen Dusche und einem weichen Bett. Blitzschnell fand Jane einen Jungen, der sich um unser Gepäck kümmerte und uns ein Taxi organisierte. Kurz darauf war mein Wunsch erfüllt. Frisch geduscht lag ich mit klopfendem Herzen in einem bequemen Bett. Zum ersten Mal war mir bewusst, dass nun mein neues Leben begann. Das alte hatte ich abgestreift wie ein schlecht sitzendes Kleid. Nur der Schmerz blieb unverändert in mir, aber das hatte ich nicht anders erwartet. Wohin ich auch immer gehen werde, er wird mein treuester Begleiter bleiben. Vermutlich will ich das auch gar nicht anders. Wie sollte ich auch Cederic und meine

Kleine einfach hinter mir lassen können? Das wird nie passieren, egal, wie viele Jahre vergehen werden.

Trotzdem muss ich irgendwie weiter machen. Das habe ich mir geschworen. Irgendwo da draußen lebt meine wunderschöne Kleine, und solange sie auf der Welt ist, werde ich mich nicht aus diesem Leben schleichen. Ich bin es ihr schuldig, aus der Ferne an sie zu denken. Und das tue ich an jedem Tag, in jeder Stunde, in jeder Sekunde. Egal, wo ich gerade bin oder womit ich mir gerade die Zeit vertreibe.

Manchmal habe ich das Gefühl, sie ist bei mir. So wie vorhin auf dem übervollen Markt, auf dem die tausend unterschiedlichen Eindrücke auf mich einprasselten und mich fast atemlos machten. Während ich die fremden Gerüche und Töne in mich aufsog, meine Augen von der bunten Vielfalt um mich herum bald zu schmerzen begannen, stellte ich mir vor, einen Kinderwagen durch die Menge zu schieben, in dem meine Kleine vergnügt krakeelt. Das Bild war so real, dass meine Beine mich beinahe nicht mehr trugen, als es sich schließlich ohne Vorwarnung auflöste und ich allein zurückblieb.

Nichts wünsche ich mir so sehr, als dass es ihr dort, wo sie jetzt ist, gut geht. Dass es Menschen gibt, die sie lieben und gut auf sie aufpassen. So wie Cederic und ich es getan hätten. Während ich das schreibe, laufen Tränen meine Wangen hinunter. Ach, dieser verdammte Schmerz. Er frisst mich auf, verwandelt mein Inneres in lodernde Lava, die mich brennend verspeist. Und doch: Ich möchte ihn nicht missen, stellt er doch die unzerreißbare Verbindung zu meinen Liebsten dar. Die können sie mir nicht nehmen. Ein vager Triumph lässt den Schmerz etwas abebben. Das ist gut, denn es bleibt nicht mehr viel Zeit, bis Jane kommt und mir beim Kofferpacken helfen wird. Sie hat es geschafft innerhalb der wenigen Tage, die wir jetzt hier sind, eine Wohnung für uns zu finden. Am dritten Tag nach unserer Ankunft hat sie sich auf dem Markt mit Shenmi angefreundet. Die junge Chinesin arbeitet als Hausmädchen bei einer englischen Familie und spricht deshalb ein wenig unsere Sprache. Shenmi und Jane haben sich benommen, als hätten sie jeweils ihre verloren gegangene Schwester wieder gefunden. Seitdem verbringen sie jede freie Minute miteinander. Mir ist es nur recht, dass Jane sofort Anschluss gefunden hat. Im Gegensatz zu mir ist sie schließlich nicht ganz freiwillig hier und leidet zudem unter schlimmem Heimweh. Einen weiteren Vorteil hat die Freundschaft der Mädchen obendrein noch. Shenmi ist eine exzellente Beraterin in allen Fragen des täglichen Lebens, das sich hier natürlich drastisch von unserem heimischen unterscheidet. Ohne die junge Chinesin wäre es uns sicher nicht gelungen, so schnell eine eigene Wohnung zu finden. Aber nun ziehen wir in wenigen Stunden um. Unser Appartement liegt im siebten Stock in Happy Valley und bietet Ausblick auf die Pferderennbahn. Als wir die Wohnung gestern besichtigten, konnten wir die farbenprächtig gekleideten Jockeys beobachten, die ihre Pferde für das Rennen am Wochenende trainierten. Jane wird nicht müde, mit großen Augen all das Fremde zu bestaunen. Die breiten Hauptstraßen mit ihren lärmenden Straßenbahnen, die unzähligen Wolkenkratzer, all das erschreckt und fasziniert sie sehr. Mich hingegen erfüllt es vor allem mit Genugtuung. Nichts, aber auch gar

nichts erinnert mich hier an Blue Manor und an meine
Familie. Das Hauptziel meiner Reise ist somit erfüllt.

20.

Gebannt hatte Sophie der Erzählung von Lady Gwineth gelauscht. Mit dem Kugelschreiber flog sie fast blind über den Block, um das Wesentliche schriftlich zu skizzieren. Aus Erfahrung wusste sie, dass so manche Einzelheit doch verloren gehen konnte, egal wie sicher sie war, das Gesagte genau aufgenommen zu haben. Gwineth erzählte wunderbar. Trotz einer gewissen Distanz, die Sophie anfangs irritierte, schaffte sie es dennoch, ihre Erinnerungen so lebhaft zu schildern, dass Sophie das Gefühl hatte, selbst im pulsierenden Hongkong zu stehen, exotische Düfte auf dem Markt zu riechen, mitzufühlen, wie Gwineth Mitleid mit der Schlange empfand, die für den Verkauf zusammengeschnürt wurde oder die Aussicht aus der neuen Wohnung auf Happy Valley zu bestaunen.

„Kleine Pause", bestimmte Gwineth und betätigte die Klingel, die vor ihr auf dem Tisch lag.

Mabel erschien prompt und zeigte keine Regung, als die alte Dame einen großen Gin Tonic orderte.

„Sophie, meine Liebe, möchten Sie auch etwas trinken?"

Schnell schüttelte Sophie den Kopf und verkniff sich ein Grinsen. Ein unauffälliger Blick zur Uhr an ihrem Handgelenk verriet ihr, dass es noch nicht einmal elf Uhr war. Keine Zeit, in der sie üblicherweise Alkohol trinken würde, schon gar nicht, wenn sie arbeitete.

Als Mabel den Drink servierte, griff Sophie zu ihrem Wasserglas und hielt es hoch, als Gwineth ihr zuprostete.

„Warum genau sind Sie damals von *Blue Manor* weggegangen?"

Lady Gwineth sah Sophie durchdringend an. Sie nahm einen weiteren großen Schluck aus ihrem Glas, bevor sie antwortete. „Ich war jung, wollte die Welt kennenlernen und hatte genug von einem Leben in diesem alten Kasten." Sie verzog das Gesicht und machte ein unwilliges Geräusch.

Sophie nickte langsam, bevor sie sich zögernd eine weitere Notiz machte. Vielleicht war das ein kleiner Teil der Wahrheit. Aber auf keinen Fall war es die ganze Wahrheit. Aber die würde sie noch erfahren, da war sie sicher.

Gwineth leerte ihr Glas in Windeseile. Als sie es mit Schwung auf dem Tisch abstellte, sah sie Sophie auffordernd an. „So, nun kann es weitergehen!"

Sophie biss sich auf die Lippen. Die alte Dame trank ohne Frage zu viel. Sophie ging davon aus, dass dieses Trinkverhalten nicht erst seit gestern bestand. Ansehen tat man es Lady Gwineth nicht. Im Gegenteil, für ihr Alter wirkte sie gesund und frisch. Irgendwie musste sie es geschafft haben, die Grenze, die ihr Körper ohne nennenswerte Beeinträchtigung hinnahm, nicht zu überschreiten.

„An einem Tag in der Woche verzichte ich übrigens auf meine Drinks", sagte Gwineth, als hätte sie Sophies Gedanken erraten. „Und zwei Mal im Jahr mache ich einen gesunden Monat, wie ich es nenne. Das heißt, dann gibt es ausschließlich Wasser. Das ist mein Kompromiss mit Doktor Freedham. Er ist sehr stolz, mir dieses Versprechen vor einigen Jahren abgerungen zu haben." Sie verdrehte die Augen. „Hundert werde ich deshalb sicher nicht, aber wenn es dem Doktor damit besser geht ..." Sie zuckte die Achseln.

„Aber so wie Sie wirken, könnten Sie die hundert sicher erreichen." Sophie lächelte.

„Könnte ich. Werde ich aber nicht." Gwineth blickte Sophie an. In ihrem Blick lag eine Gewissheit, die Sophie einen kurzen Schauer über den Rücken schickte. Lady Gwineth schien absolut sicher, dass sie nicht mehr Jahre am Leben sein würde.

Sophie wollte protestieren. Sie öffnete den Mund, schloss ihn dann aber wieder, ohne etwas gesagt zu haben. Vielleicht gab es so etwas wie eine Vorahnung, ob einem noch viel Lebenszeit blieb. Vielleicht besonders in einem so hohen Alter, in welchem Lady Gwineth es war. Sophie zögerte, sie musste an Granny denken. Ihre Großmutter hatte nie etwas in dieser Richtung geäußert. Aber vielleicht konnte sie es angesichts ihrer Krankheit auch nicht. Dabei wirkte Granny seit Jahren so, als wäre ihr letztes Lebensjahr unwiderruflich angebrochen.

„Meine Laborwerte sind die einer jungen Frau", verkündete Lady Gwineth mit Stolz. „Aber wenn unsere Zeit abgelaufen ist, ist sie eben abgelaufen." Sie lehnte sich auf ihrem Stuhl zurück und sah durchs Fenster in den weitläufigen Park hinaus. Ein Lächeln erschien auf ihren Lippen. „Es ist immer wieder eine Pracht, wenn draußen das Leben in voller Blüte steht. Das gehört zu den wenigen Dingen, die ich wirklich ungern loslasse.

Seit meiner Rückkehr nach *Blue Manor* haben mir zwei Dinge das Leben erträglich gemacht: die Natur und meine Hunde." Sie blickte liebevoll auf den schnarchenden Hund neben ihrem Stuhl. „Ich hoffe immer noch, dass er vor mir geht. Die Familie wird sich sicher nicht um ihn kümmern. Und ihn auf seine alten Tage im Heim zu sehen, bricht mir das Herz." Sie seufzte. Traurigkeit lag in ihrem Blick, als sie Sophie ansah.

„Vielleicht bleibt Ihnen beiden ja doch noch viel mehr Zeit, als Sie denken", sagte Sophie und räusperte sich. Die Situation bereitete ihr Unbehagen. Lady Gwineth wirkte quicklebendig. Handelte es sich trotzdem um eine Art Vorahnung oder war das Thematisieren ihres baldigen Todes doch eher eine Marotte?

„Könnten Sie James im Fall eines Falles aufnehmen?"

Sophie zuckte zusammen. Was für eine Frage! Ihr Leben war in keiner Weise auf einen alten, zotteligen Hund in dieser Größe ausgerichtet. Abgesehen davon verstand sie absolut nichts von Hundehaltung. Sie mochte den kauzigen alten Kerl, aber das würde kaum reichen.

„Ich weiß nicht", murmelte sie zögernd. „Ich weiß nicht, ob er sich in meinem Londoner Appartement wohlfühlen würde. Er ist hier ja ein ganz anderes Leben gewohnt."

„Das stimmt. Trotzdem ist das Wichtigste, dass er jemanden hat, der sich gerne um ihn kümmert. Er ist eine sehr sensible Seele und weiß genau, ob er gemocht wird. Na, wir werden sehen." Gwineth streichelte dem schlafenden Hund über den Kopf und richtete sich dann wieder auf. „Was halten Sie von einem kleinen Rundgang durch den Park? Ich könnte Ihnen auch die

Steilklippen zeigen. Bis hinunter zum Strand schaffe ich es leider nicht mehr, aber etwas Bewegung könnte uns allen Drei guttun. Was meinen Sie?"

„Sehr gerne." Sophie legte Stift und Block zur Seite und stand auf. Sie war froh über den Ortswechsel und hoffte, dass das Thema draußen sich wieder um Lady Gwineths spannender Vergangenheit drehen würde und nicht um ihr baldiges Ableben.

21.

Die Sonne stand hoch am Himmel und nur wenige Schäfchenwolken zierten den azurblauen Himmel. Ein leichter Wind wehte vom Meer her und ließ das Tuch um Gwineths Schulter flattern. Mit einer Hand hielt sie es fest, während die andere den Stock umschloss. James tappte langsam, aber offenbar begeistert neben ihr.

Die beiden sind ein perfektes, schrulliges Paar, dachte Sophie amüsiert. Sie sog tief die warme, aber dennoch frische Luft in ihre Lungen. Normalerweise würde sie jetzt in ihrem Büro sitzen und gelegentlich in den grauen Londoner Himmel vor ihrem Fenster blicken. Zweifellos war Cornwall der bessere Ort zum Arbeiten.

„Ich habe eine Frage, besser gesagt eine Bitte", sagte Sophie, während ihre Füße über den weichen, perfekt gestutzten Rasen schritten.

Lady Gwineth sah sie kurz von der Seite an, bevor sie wieder ihren Stock aufsetzte und ihren Weg fortsetzte.

Sophie räusperte sich. „Die gemeinsamen Essen mit der Familie ..." Sie stockte. „Ich habe das Gefühl, dass es den anderen lieber wäre, wenn ich nicht dabei bin. Also von mir aus kann ich die Mahlzeiten gerne in meinem Zimmer einnehmen."

„Kommt nicht infrage!" Gwineth bohrte ihren Stock in den Rasen, was ein sichtbares Loch hinterließ. In ihren Augen blitzte es empört. „Es kann schon sein, dass es vor allem William lieber wäre. Aber das hat er nicht zu entscheiden." Sie entspannte sich wieder und ein leichtes Lächeln erschien auf ihren Lippen, als sie würdevoll voranschritt. „Nein, wirklich nicht. Meine Gäste werden in meinem eigenen Haus sicher nicht separiert."

Sophie nickte langsam und richtete den Blick auf den weiten Horizont. Sie hatte es wenigstens versucht. Geahnt hatte sie allerdings, dass ihr Wunsch auf taube Ohren stoßen würde. Lady Gwineth wollte, dass Sophie mit am Tisch saß, und dass dies ihrer Familie nicht passte, bestärkte sie vermutlich eher darin. Sophie würde es irgendwie überstehen müssen. Ihr war klar, dass es für ihre Arbeit förderlich sein würde, die Beziehungen innerhalb der Familie selbst zu erleben, anstatt sie nur aus Gwineths Erzählungen zu erfahren.

„Schauen Sie, was für ein wunderschönes Segelboot!" Gwineth deutete aufs Meer hinaus, auf dem eine weiße Jacht auf die Küste zuhielt. „Mit Cederic bin ich damals gerne hinaus gefahren. Seine Familie besaß ein winziges Segelboot – eine Jolle – also nicht zu vergleichen mit diesem Prachtexemplar." Für einen Moment wirkte sie abwesend. „Ich habe mich niemals so frei gefühlt wie damals, wenn ich mit ihm auf dem Wasser war", ergänzte sie nach einer Weile. Ein melancholischer Ausdruck verdunkelte ihre Augen, bevor sie sich fast brüsk abwandte.

Sophie wusste, dass es nicht schlimm war, dass sie ihren Block nicht zur Hand hatte. Diese Aussage war so elementar, dass sie sie nicht vergessen würde. Cederic ... Die Erinnerung an Gwineths große Liebe schien in all den Jahren nicht verblasst zu sein. Gerne hätte Sophie nachgehakt, biss sich aber rechtzeitig auf die Lippen. Etwas in ihr war überzeugt, ihre Auftraggeberin bei diesem Thema das Tempo lieber selbst bestimmen zu lassen. Die Informationen würden so fließen, wie es für die alte Dame richtig war.

Sophie wartete hoffend, dass weitere Einzelheiten folgen würden. Aber bis auf das leise Rauschen der Wellen blieb es zunächst still. Schweigend spazierte Gwineth weiter. Sophie konnte nicht mit Bestimmtheit sagen, ob der Weg für Gwineth anstrengend war. Sie atmete nicht schwer, und die leichte Anspannung in ihrem Gesicht war vermutlich eher der Erinnerung an Cederic geschuldet als dem Spaziergang.

Sophie wählte ihre nächsten Worte mit Bedacht. „Haben Sie *Blue Manor* vermisst, während Sie auf Reisen waren?"

Lady Gwineth zog überrascht eine Augenbraue nach oben. „Nein. Nein, eigentlich nicht. Also falls Sie wissen möchten, ob ich meine Familie vermisst habe: Nein, das ganz gewiss nicht! *Blue Manor* war immer mein Zuhause. Normalerweise hätte ich es wohl vermisst ... Aber zu dem Zeitpunkt, als ich es verließ, hat es mir nicht mehr viel bedeutet. Die Umgebung, das Meer, der Strand, das vielleicht schon. Aber ich habe mir nie die Frage gestellt, ob mir irgendetwas davon ernsthaft fehlt. Es gab gute Gründe, nicht mehr hier sein zu wollen, und daher wurde ich in Hongkong nicht von Heimweh geplagt. Im Gegensatz zur armen Jane." Sie legte eine Pause ein und blieb stehen, den Blick auf das Segelboot gewandt, dass jetzt mit ihnen auf einer Höhe war.

Sophie konnte ein junges Paar ausmachen, das sich gemeinsam am Segel zu schaffen machte. Von hier oben hatte es den Anschein, als wenn die beiden ein eingespieltes Team waren. Soweit Sophie es beurteilen konnte, durfte das heutige Wetter mit dem frischen Wind optimal für einen Segeltörn sein.

„Bestes Segelwetter", murmelte Gwineth wie zur Bestätigung. Allerdings schienen ihre Worte gar nicht für Sophie bestimmt zu sein. Dem Ausdruck ihrer Augen nach weilte sie in der Vergangenheit. Schweigen breitete sich erneut aus, bis Gwineth schließlich leise weiter sprach. „Wenn wir in unserer kleinen Jolle unterwegs waren, haben wir Pläne geschmiedet, wohin wir später reisen werden, wenn wir ein großes Segelboot besitzen. Wir wollten ferne Länder bereisen, neue Eindrücke sammeln und das Leben zusammen genießen." Sie seufzte schwer. „Aber das hat alles nicht sein sollen. Das Schicksal kann grausam sein, Sophie. Ich bin bis heute nicht sicher, ob es besser ist, die große Liebe gar nicht erst zu treffen oder sie zu erleben und dann wieder zu verlieren."

„Das ist eine schwere Frage", sagte Sophie spontan und überlegte. Was wäre, wenn sie Adam nicht getroffen hätte? Dann kam ihr ein Gedanke, der sie erschreckte. War Adam überhaupt ihre ganz große Liebe? Eine leichte Windböe ließ sie frösteln. Sie riss sich zusammen, natürlich war er das! Auch wenn sie momentan eher eine Fernbeziehung führten, war er der Mann, mit dem sie ihr Leben teilen wollte. Wenn er in London war, fehlte ihr nichts. Adam war aufmerksam, liebevoll und immer für eine Überraschung gut. Und irgendwann würde auch sein Leben ruhiger werden. Genau wie Sophie träumte er von zwei Kindern und einem Haus. Sicher nicht auf dem Land, aber einen ruhigeren

Vorort von London könnte auch er sich vorstellen. Eines Tages würde es so sein.

„Haben Sie Ihre große Liebe schon gefunden?" Lady Gwineth sah Sophie aufmerksam an.

„Ja, das habe ich. Adam, er ist Musiker. Wir sind seit drei Jahren zusammen."

„Und es stört ihn nicht, dass Sie nun für einige Monate nicht bei ihm sind?"

„Er ist gerade auf Tournee. Das heißt, ich fehle ihm in London nicht." Sophie hielt dem Blick von Gwineth nur mit Mühe stand. Sie fühlte sich wie in einem Verhör. Dabei war es doch nur eine normale Frage. Jedenfalls von einer Frau, die einer anderen Generation angehörte. Früher war es ungewöhnlich, aber heute war es doch keine Seltenheit, dass jeder seinem Beruf nach ging. Und wenn es erforderlich war, dann eben auch in unterschiedlichen Städten oder Ländern. „Außerdem führen wir ohnehin eine Beziehung, die dem anderen seinen Freiraum lässt." Verwirrte fragte Sophie sich, ob sie sich gerade rechtfertigte. Was natürlich Quatsch wäre.

„Aha." Mehr sagte Gwineth nicht, aber Sophies ungutes Gefühl verstärkte sich. Dann wurde ihr bewusst, dass sie diejenige sein sollte, die die Fragen stellte. Zwar war sie hier in einer besonderen Situation – nicht vergleichbar mit normalen Interviews –, aber dennoch sollte sie ihre Professionalität wahren. Als sie sich darüber wieder im Klaren war, stellte sie die nächste Frage fast erleichtert.

„Wie lange sind Sie mit Jane in Hongkong geblieben?"

„Fast ein Jahr. Danach hatte ich genug von China, ich wollte andere Kulturen kennenlernen."

„Wo ging es hin?“, fragte Sophie gespannt. Langsam wünschte sie doch ihren Block herbei. Hoffentlich konnte sie später alle Notizen vollständig nachholen.

„Afrika.“ Gwineths Augen leuchteten. „Es war wundervoll. Allein über die Zeit dort könnte ich ein ganzes Buch schreiben.“

Sophie hatte es kaum bemerkt, weil sie ihre Aufmerksamkeit eher auf Lady Gwineth gerichtet hatte, aber nun standen sie vor einem weiß gestrichenen Zaun und Sophie erkannte, dass das Grundstück hier endete. Schnell warf sie einen Blick zurück. Der Weg, den sie zurückgelegt hatten, war weiter, als sie dachte. Von hier dehnte sich die Rasenfläche weit aus, bis in der Ferne die grauen Steine von *Blue Manor* zu erkennen waren. Lady Gwineth war noch immer nicht außer Atem. Leicht auf ihren Stock gestützt, stand sie ruhig da. James, der schwanzwedelnd neben ihr abwartete, pustete schon etwas mehr.

Sophie drehte sich um und sah aufs Meer hinaus. Die Segeljacht hatte sich inzwischen weiter nach Norden entfernt. Das Paar war nicht mehr an Bord auszumachen.

„Der Abstieg zum Strand hinunter hat mir früher viel Spaß gemacht.“ Lady Gwineth deutete auf die Tür im Zaun, hinter der sich ein felsiger Weg an den Klippen entlang schlängelte. „Aber heute ... Nun, ich denke, Sie wollen keinen Rettungswagen rufen, damit mein Oberschenkelhalsbruch im Krankenhaus verarztet werden kann.“ Sie stieß ein kurzes, raues Lachen aus.

„Bestimmt nicht“, versicherte Sophie.

„Aber wenn Sie hinunter klettern möchten, nur zu.“

„Oh, das mache ich bestimmt bald. Aber es muss nicht jetzt sein.“

„Okay.“ Gwineth nickte. „Dann drehen wir jetzt um. Falls Sie Hunger haben, es gibt gleich ein kleines Mittagessen. Ich lasse es grundsätzlich ausfallen, ich lege mich stattdessen lieber ein Stündchen hin. Mir reicht der Fünfuhrtee als nächste Mahlzeit.“

„Das genügt mir auch. Ich bin noch vollkommen satt von dem reichhaltigen Frühstück“, beeilte Sophie sich zu sagen. Vermutlich hätte sie sonst das Mittagessen mit dem Rest der Familie einnehmen müssen. Die Vorstellung krampfte ihren Magen zusammen. Sie war wirklich noch satt, hätte aber notfalls lieber gehungert, als sich dieser Situation freiwillig auszusetzen. Ohne Lady Gwineth an ihrer Seite, deretwegen sie ja überhaupt auf *Blue Manor* war, erschien es ihr geradezu absurd, mit den anderen Montenays gemeinsam zu speisen.

„Ja, Afrika war wirklich etwas Besonderes“, murmelte Gwineth, während sie sich umdrehte und langsam den Rückweg antrat.

22.

Kenia, Sommer 1955

An meinen gebräunten Füßen bildet der feine Sand-
strand ein körniges Muster. Zeugnis meines letzten
Strandspaziergangs, den ich gerade mit wehem Herzen
gemacht habe. Es ist ungewiss, ob es ein Abschied für
immer werden wird oder ob ich irgendwann zurück-
kehre auf den afrikanischen Kontinent, den ich trotz
der unruhigen Zeiten so sehr liebe, als sei er meine eigentliche Heimat. Eine süße Schwermut hat mein Herz
erfasst, seitdem gestern das Telegramm ankam. Binnen
Sekunden hat es mich zurückgeworfen in mein altes
Leben – rücksichtslos. Jede Leichtigkeit, die mich seit
der Ankunft vor zwei Jahren in diesem Paradies erfüllt
hat, war mit einem Schlag verschwunden gewesen.

Während ich jetzt an meinem Schreibtisch in unserem kleinen Bungalow sitze und auf den Indischen
Ozean hinausblicke, versuche ich mir vorzustellen,
mich wieder den englischen Sitten anzupassen. Es fällt
mir unendlich schwer, denn dort lauern ganz andere
Gefahren als hier. Natürlich wird jeder normale
Mensch sagen, dass der hiesige Bürgerkrieg viel größere Gefahren für Leib und Leben birgt. Nun, das
stimmt. Aber dennoch habe ich hier so viel Herzlichkeit
erfahren wie nirgends sonst und niemals vorher. Ich
muss an Zola denken, meine beste Freundin, die mich

in ihre große Familie integriert hat, als gehöre ich schon immer dazu. Dabei hätte sie allen Grund, mich zu hassen. Mich, die Engländerin. Aber in Zolas Herz ist kein Platz für giftige Emotionen. Meine Hand tastet zu der bunten Perlenkette an meinem Hals. Zolas Geschenk zu meinem letzten Geburtstag, gefertigt aus einfachem Holz, aber für mich wertvoller als jeder Edelstein. Die Familie geht über alles, und du gehörst dazu … Ich höre noch Zolas Worte, die sich tief in meiner Seele verankert haben. Familie … Ja, aber ich habe noch eine andere Familie. Die, zu der ich jetzt zurückkehren muss. Ob ich will oder nicht. Daddy liegt im Sterben. Und so sehr ich danach gesucht habe: Ich fand keinen Grund, den ich nennen könnte, ihm seinen letzten Wunsch – mich noch einmal zu sehen – abzuschlagen. Selbst Zola hätte dafür kein Verständnis.

Tränen tropfen auf mein Tagebuch. Ich muss zurück nach Cornwall. Dort, wo nicht mein Leben in Gefahr ist, aber meine Seele.

Daddy wird sterben. Irgendwo ganz tief im Hintergrund lauert etwas wie Traurigkeit. Ja, in gewisser Weise schien mein Vater für mich immer unerreichbar. Und seit dem Moment, da er die Entscheidung traf, mich nach St. Elisabeth zu schicken, war im Grunde jede Verbindung zerrissen, aber trotzdem ist er mein Vater. Teil meiner Familie … Und nun, da er auf dem Sterbebett liegt, wünscht er mich zu sehen. Ob ihm leidtut, was er getan hat? Ich kann es mir nur schwer vorstellen. Was will er? Meine Absolution dafür, dass er mir das Liebste genommen hat? Wie könnte ich sie ihm je erteilen? Die Gedanken kreisen unaufhörlich wie tödliche Schlangen in meinem Kopf, untermalt von den Geräuschen nebenan, die Jane beim Packen macht. Sie freut sich unbändig darauf, zurück nach Cornwall zu fahren. Und ich weiß, dass sie hofft, für immer dortbleiben zu können. Ich denke, ihr Wunsch wird sich erfüllen. So oder so. Ich bin alt genug, ohne sie durch die Welt zu ziehen. Und wenn Daddy nicht mehr da ist, fehlt die Autorität, etwas anderes anzuordnen.

Mit einer tiefen Traurigkeit blicke ich mich in meinem Schlafzimmer mit den einfachen dunklen Holzmöbeln um. Das Moskitonetz bewegt sich leicht in einem kaum wahrnehmbaren Luftzug, den der Ventilator an der Decke verbreitet. Ich werde alles so vermissen. Und etwas in mir sagt, dass ich nicht wiederkommen werde. Ein weiterer schwerer Abschied in meinem Leben. Lange war ich davon ausgegangen, dass mich nichts mehr erschüttern kann, seitdem ich Cederic und meine Kleine verloren habe. Doch das war ein Trugschluss. Zola und ihre riesige Familie haben es geschafft, sich in mein Herz zu schleichen, das für alle Zeit tabu sein sollte. Nun ist es zu spät, das zu ändern. Der Schmerz wird kommen. Aber ich werde ihn auch dieses Mal überleben.

Fast noch schlimmer als Daddy gegenüberzustehen ist die Vorstellung, William zu sehen. Meinen Bruder, dessen Rolle ich ahne, aber natürlich nicht beweisen kann. Eigentlich weiß ich gar nichts. Und doch, etwas in mir kennt die Wahrheit. Es ist unerträglich. Diesen Ort zu verlassen, wo Menschen sind, die jetzt mein Zuhause sind. Zurück zu jenen, die alles zerstört haben. Die Tränen laufen stärker. Mit aller Macht dränge ich sie zurück. Irgendwie werde ich das, was nun vor mir liegt, überstehen. Weil ich es muss. Auch wenn ich noch keine Ahnung habe, wie das gehen soll.

23.

Das Klingeln ihres Handys riss Sophie aus ihren Gedanken. Sie hatte die freie Zeit, in der Lady Gwineth ihren Mittagsschlaf hielt, bis jetzt für das Vervollständigen und Überarbeiten ihrer Notizen genutzt und war schon gut vorangekommen.

Rasch stand sie von dem Stuhl vor dem Sekretär auf und eilte zum Bett, auf dem ihr Telefon lag. Ihr Herzschlag setzte für einen Moment aus, als sie den Namen des Anrufers las. Adam! Flüchtig erwog sie, nicht ran zu gehen. Im nächsten Moment verwarf sie die Idee als kindisch und nahm das Gespräch an.

„Hi." Mit klopfendem Herzen setzte Sophie sich auf die Bettkante.

„Sweetheart, wie schön endlich deine Stimme zu hören!"

„Tatsächlich?", konnte Sophie sich nicht verkneifen und knabberte an ihrer Lippe.

„Aber natürlich! Ich bin besorgt, weil du auf meine Nachricht gar nicht reagiert hast." Adam klang eher enttäuscht als besorgt. Vielleicht sogar ein klitzekleines bisschen vorwurfsvoll. Trotzdem ließ seine vertraute Stimme mit dem unverwechselbaren Timbre Sophies Ärger auf ihn bereits wie Schnee in der Sonne schmelzen.

„Ich habe gearbeitet", sagte sie mit einem letzten Rest ihres Willens, es ihm diesmal nicht zu einfach zu machen. „Du hast dich ewig nicht gemeldet! Also abgesehen von der Nachricht auf meinem Anrufbeantworter."

„Eben Darling. Ich weiß doch, wie viel du zu tun hast. Da wollte ich nicht stören. Sei nicht böse auf mich ..."

Zu gerne hätte Sophie ihm an den Kopf geworfen, dass er schon wieder sein Wort gebrochen und ein weiteres Mal nicht zum angekündigten Zeitpunkt nach Hause gekommen war. Aber bereits während sie die Worte dachte, kamen sie ihr kleinlich und – noch schlimmer – weinerlich vor. Schließlich hatte sie von Anfang an gewusst, worauf sie sich bei Adam einließ. Er war nicht der Typ, der nach einem Acht-Stunden-Job pünktlich um siebzehn Uhr nach Hause kam. Wenn das für sie wichtig wäre, hätte sie sich einen Buchhalter aussuchen müssen anstelle eines leidenschaftlichen Rockmusikers. Dennoch ...

„Ich habe den Job nicht bekommen. Ethan hat einen Neuen eingestellt." Sophie wartete. Zunächst herrschte Schweigen. Bis Adam schließlich verwirrt murmelte: „Job? Ach, du meinst den Wechsel innerhalb deiner Redaktion? War das Gespräch etwa schon?"

In Sophies Brust herrschte mit einem Mal eine schmerzhafte Enge. „Ja, das war an dem Tag, als du mir auf den Anrufbeantworter gesprochen hast."

„Oh ... Das tut mir leid. Ich mach es wieder gut. Eigentlich wollte ich dir meine guten neuen Nachrichten erzählen, aber jetzt komme ich mir ganz schlecht vor, wenn es bei dir gerade nicht so läuft."

„Quatsch, erzähl schon", sagte sie resigniert.

„Ich bin immer noch in Dublin. Wenn alles glatt läuft, werden wir in den nächsten Tagen einen großen Plattendeal abschließen. Sag es noch nicht weiter, aber es sieht sehr gut aus!" Aufregung und Stolz ließen Adams Stimme vibrieren.

„Wenn es klappt, werden wir wahrscheinlich eine große Tournee durch die USA machen."

„Wow, Glückwunsch." USA? Sophies Kehle schnürte sich zusammen. Das würde eine weitere lange Trennung bedeuten ...

„Ja, man soll seine Träume nie aufgeben. Hab ich doch immer gesagt", sagte er triumphierend.

„Wann ginge es denn los?"

„Nicht sofort, ich würde natürlich erst mal nach Hause kommen. Vor Anfang nächsten Jahres wird die Tour sicher nicht stattfinden."

„Und was ist mit Paris?", fragte Sophie mit dünner Stimme.

„Paris? Ach, das hat sich wieder zerschlagen. Im Moment konzentrieren wir uns auf Dublin und auf den Big Deal."

„Was meinst du, wann du nach Hause kommst?" Jetzt hatte sie die Frage, die ihr die ganze Zeit durch den Kopf ging, doch gestellt. Immerhin hörte sie sich nicht weinerlich, sondern nur interessiert an. Jedenfalls hoffte sie das.

„Tja, das kann ich leider noch nicht so genau sagen. Hängt viel davon ab, was nun bei den Verhandlungen rauskommt."

„Okay, das verstehe ich." Nein, tat sie nicht! Aber die Worte auszusprechen hätte nichts geändert. Adam lebte seinen Traum, und das war auch gut so. Irgendwann würde er häuslicher werden. Vielleicht ... Aber wie hatte er gerade so schön gesagt? Man soll seine Träume nicht aufgeben!

„Danke Baby. Mit dir ist alles so unkompliziert, das liebe ich besonders an dir! Du weißt gar nicht, wie froh ich bin, dass ich dich habe."

Sophie schluckte. Wenn er sie so sehr liebte, müsste er nicht viel erpichter darauf sein, bei ihr zu sein? Oder war das Blödsinn? Zumal sie seit drei Jahren zusammen lebten und nicht mehr frisch verliebt aneinanderklebten wie die ersten drei Monate? Eine Frage, die sie sich immer mal wieder stellte und auf die sie bis heute keine wirkliche Antwort gefunden hatte. Die Einzige, die ihr immer wieder in den Sinn kam, war: Vermutlich liebte er sie, aber mindestens ebenso liebte er die Musik und die Freiheit, in der Welt unterwegs zu sein. Das Fazit blieb immer dasselbe: Wenn sie Adam liebte, musste sie seinen Lebensstil akzeptieren. Und das tat sie ja, auch wenn es ihr mitunter schwerfiel. Was blieb, war darauf zu hoffen, dass es nicht ewig so weiterginge. Weil er irgendwann die Nase voll vom ständigen Herumreisen hätte.

Mit halbem Ohr lauschte Sophie Adams weiteren Worten, mit denen er sie voller Begeisterung an den vergangenen Auftritten teilhaben ließ. Als er ihr dann aber einen neuen Song vorsang, war es wie üblich um sie geschehen. Ihre Aufmerksamkeit galt ihm nun uneingeschränkt. Rau und voller Gefühl entführte seine Stimme sie in eine andere Welt. Eine Gänsehaut überzog Sophies Arme, während sie sich ihm so nah fühlte, als sei er bei ihr.

„Bravo!", rief Sophie begeistert, als der letzte Ton verklungen war. „Das wird ein Hit, da bin ich sicher." Das war sie schon oft gewesen, aber bis jetzt hatte sie noch nie recht behalten. Sie wusste, dass er das Zeug zu einem großen Musiker hatte. Das Einzige, was ihm vielleicht noch zum großen Durchbruch fehlte, war nicht das mangelnde Talent: Es lag vielmehr an seiner Sprunghaftigkeit, die ihm zusammen mit einer gewissen Unzuverlässigkeit schon manche Chance vermasselt hatte. Adam besaß eine begnadete Stimme, aber auch ein hitziges Temperament. Bevor er sich auf Kompromisse einließ, beendete er auch erfolgversprechende Arrangements rigoros.

„Danke Baby! Was würde ich nur ohne dich machen?"

„Vermutlich dasselbe, was du jetzt auch machst", antwortete Sophie, ohne nachzudenken.

„Ja, aber es wäre nicht dasselbe, wenn du nicht zu Hause auf mich warten würdest", sagte er feierlich.

Jetzt wäre der richtige Zeitpunkt, ihm zu sagen, dass sie gar nicht auf ihn wartete. Zumindest nicht in London. Aber irgendwie war Sophie die Lust vergangen, ihn an den Änderungen in ihrem Leben teilhaben zu lassen. Er würde es noch früh genug erfahren, wo sie war. Etwas von dem alten Ärger kehrte zurück und schickte ihr einen bitteren Geschmack auf die Zunge. Bevor sie es sich noch anders überlegen konnte, leitete er das Ende des Gesprächs ein.

„Die Probe ruft. Ich melde mich, sobald etwas Luft ist!"

Ein Kussgeräusch erreichte Sophies Ohr, bevor die Leitung tot war.

Frustriert warf sie das Handy neben sich. Etwas stimmte nicht, das war ihr klar. Sie war mitten in einem neuen, aufregenden Job und sie hatte nicht einmal den Wunsch verspürt, ihrem Freund davon zu erzählen. Ratlos blickte sie zum Sekretär, wo ihre Aufzeichnungen lagen. Daran weiterzuarbeiten, schien nicht mehr verlockend. Seufzend stand sie auf. Sie würde jetzt über die Steilklippen hinunter an den Strand klettern und sich den Wind um die Nase wehen lassen. Vielleicht würde das ihren Kopf frei machen, damit sie anschließend wieder Energie für die Arbeit hätte. Seufzend ging sie zur Tür. Das Handy blieb auf dem Bett liegen.

24.

Sophie hatte den ganzen Nachmittag am Strand verbracht. Zu ihrer eigenen Überraschung hatten ihre Gedanken nur noch kurz um Adam gekreist. Schnell drehten sie sich ausschließlich wieder um Lady Gwineth und ihr aufregendes Leben. Stundenlang war Sophie gelaufen, hatte die atemberaubende Aussicht genossen und ihren Gedanken freien Lauf gelassen. Einmal mehr war sie sicher gewesen, mit der Annahme dieses Auftrags die richtige Entscheidung getroffen zu haben.

Jetzt saß sie Gwineth in der Bibliothek beim Fünfuhrtee gegenüber. Mit Erleichterung hatte Sophie von Mabel vernommen, dass der Rest der Familie erst am späten Abend aus St. Ives zurückerwartet wurde. Sie konnte also in aller Ruhe die Teestunde mit der Arbeit verbinden – falls Gwineth das wünschte –, und musste sich nicht der schwierigen Familienkonstellation aussetzen. Block und Stift lagen neben ihrem Gedeck.

Während sie in ihren Scone biss, der erwartungsgemäß wieder köstlich schmeckte, musterte sie Lady Gwineth unauffällig. Trotz des Mittagsschlafs wirkte sie ein wenig erschöpft. War die Arbeit an den Memoiren doch zu anstrengend für die alte Dame? Sophie beschloss, zunächst keine weiteren Fragen zu stellen und es ganz Lady Gwineth zu überlassen, ob sie heute überhaupt noch weiter arbeiten wollte.

„Meine liebe Sophie, Sie glauben gar nicht, wie froh ich bin, dass Sie hier sind." Gwineth tupfte sich den Mund mit einer Serviette ab und sah Sophie mit einem liebevollen Lächeln an.

„Das freut mich. Ich bin auch froh, dass ich Ihr Angebot angenommen habe." Sophie nahm ihre Teetasse und trank einen Schluck. „Es fühlt sich immer besser an, weit weg von London zu sein. Raus aus dem Redaktionstrubel, weg von allen Problemen, die man so mit sich herumschleppt ..."

„Probleme? Liegt Ihnen etwas auf der Seele, meine Liebe?", hakte Gwineth sofort nach. In ihre Augen trat ein besorgter Ausdruck.

„Nein, nein. Nur der übliche Stress", wiegelte Sophie sofort ab. Es wäre höchst unprofessionell, zu viel von sich zu erzählen. Hätte sie Lady Gwineth unter anderen Umständen kennengelernt, wäre es ihr vermutlich nicht schwergefallen, mit ihr auch über persönlichere Themen zu sprechen. Aber so wie die Situation nun einmal war, blieb die ungewöhnliche alte Dame ihre Auftraggeberin. Eine gewisse Distanz schien für eine gute Zusammenarbeit unabdingbar, betete Sophie sich still vor. Trotzdem hätte sie gerne von Adams Anruf erzählt. Sie biss sich auf die Lippen. Nein! Das konnte sie beim nächsten Gespräch mit Kate machen. Freundinnen waren dafür da, Auftraggeberinnen nicht.

„Das ist gut. Ich wollte auch nicht indiskret sein. Ich habe auch nur das Gefühl ..." Sie ließ den Satz zunächst unvollendet, sah Sophie nur durchdringend mit ihren blauen Augen an.

„Ja ...?, fragte Sophie zögernd.

„Ach, es ist schwer zu formulieren. Aber ich habe das Gefühl, als würden wir uns schon viel länger kennen als erst seit einem Tag."

„Das geht mir auch so", stimmte Sophie spontan zu. Fast hätte sie gesagt, dass sie bei Gwineth ein ähnliches Gefühl hatte wie früher bei Granny, als diese noch gesund war. Das Verhältnis zu ihrer Großmutter war immer von Vertrauen geprägt gewesen, und neben Mum hatte Granny stets ein offenes Ohr für Sophies Probleme gehabt.

„Also mein Angebot steht. Wenn es etwas gibt, dass Sie belastet: Ich kann nicht nur reden, sondern auch gut zuhören." Gwineth bedachte Sophie mit einem offenen, warmen Blick. „Und machen Sie sich keine Sorgen, dass es unprofessionell sein könnte, wenn Sie mir hier Herz ausschütten."

„Ach, es ist eigentlich nichts ... Nur ..." Sophie stockte.

„Nun spucken Sie es schon aus. Mehr als dass die alte Frau auch keinen Rat weiß, kann nicht passieren." Gwineth grinste schelmisch und musterte Sophie über den Rand ihrer Teetasse.

„Also gut. Seit einiger Zeit bin ich nicht mehr sicher, ob mein Freund Adam wirklich der Richtige für mich ist." Sophie erschrak. Was sie gesagt hatte, traf den Kern, aber so deutlich hatte sie es bislang nicht einmal gedacht. Geschweige denn ausgesprochen.

„Warum sind Sie denn nicht mehr sicher?"

Plötzlich sprudelten die Worte aus Sophie heraus. Adam, der brillante Musiker. Adam, der für Aufregung in ihrem Leben sorgte. Adam, mit dem sich das Leben so sprühend, funkelnd und wie neu anfühlte. Adam, der selten da war. Und nie, wenn sie ihn brauchte ...

Adam, den sie liebte, der Mann ihres Lebens. Oder doch nicht?

Als Sophie schließlich verstummte, sah sie betreten auf ihren Teller. Was hatte sie nur geritten? Auch wenn Gwineth es angeboten hatte, blieb ihr Verhalten höchst unprofessionell. Dennoch fühlte sie eine seltsame Erleichterung, endlich über die vertrackte Situation mit Adam gesprochen zu haben. Ich könnte Kate die Schuld in die Schuhe schieben, dachte sie mit einem Anflug von Galgenhumor. Wenn ihre Freundin in London zur Verfügung stünde, anstatt im weit entfernten Los Angeles zu weilen, müsste Sophie jetzt nicht ihre Auftraggeberin als Seelentrösterin beanspruchen.

Gwineth schwieg zunächst, was Sophie darin bestärkte, zu weit gegangen zu sein.

„Ich verstehe Sie sehr gut", sagte die alte Dame nach einer Weile.

Sophie hob zögernd den Blick.

„Wenn das Herz und der Verstand noch nicht im Einklang sind, führt das zwangsläufig zu Verwirrung. Ich kann Ihnen nicht sagen, wer von beiden in Ihrem Fall recht hat. Aber ich bin sicher, dass sich die Lösung zur rechten Zeit offenbaren wird. Bis dahin würde ich den Starmusiker weitestgehend ausblenden. Konzentrieren Sie sich auf das wunderbare Cornwall und Ihre skurrile Auftraggeberin, damit haben Sie genug zu tun." Lady Gwineth blinzelte belustigt und lehnte sich mit verschränkten Armen auf ihrem Stuhl zurück.

Sophie entspannte sich zögernd. Vielleicht war sie doch nicht zu weit gegangen. Und Gwineths Rat könnte von Kate stammen. Noch war es nicht an der Zeit, das

Adam-Problem endgültig anzugehen. Sie beschloss, darauf zu vertrauen, es zum richtigen Zeitpunkt zu spüren. Wahrscheinlich war es ohnehin das Beste abzuwarten, bis sie Adam wiedersah. Bis dahin würde sie versuchen, so wenig wie möglich an ihn zu denken.

„Ja, wahrscheinlich haben Sie recht. Danke. Allerdings sind Sie nicht skurril!" Sophie grinste.

„Bin ich wohl", sagte Gwineth zufrieden und grinste zurück.

Eine Weile schwiegen beide und widmeten sich der reichhaltigen Fünfuhrtee-Tafel.

„Wenn Sie mögen, erzähle ich Ihnen jetzt noch von meiner vorübergehenden Rückkehr nach *Blue Manor*.

Automatisch griff Sophie zu Block und Stift. „Ich bin bereit!"

25.

Cornwall, August 1955

Es war ein regnerischer Nachmittag, an dem Jane und ich auf dem Londoner Flughafen landeten. Jane schien mir fast aufgeregter zu sein als beim Aufbruch unserer Reise vor drei Jahren. Wobei ihre Aufregung zweifellos aus der Freude rührte, die wohl ihren ganzen Körper ergriffen hatte. Sie bebte förmlich und das Strahlen in ihrem Gesicht ersetzte mühelos das fehlende Sonnenlicht. Ich bebte auch, aber nicht vor Freude.

Wenigstens einer meiner Wünsche war in Erfüllung gegangen: William kam nicht selbst, sondern hatte uns einen Fahrer zum Flughafen geschickt. Damit hatte mein Bruder uns seine Anwesenheit, aber auch die Zugfahrt erspart. Das interpretierte ich weniger als nette Geste, viel mehr ging ich davon aus, dass meine Ankunft wirklich eilte.

Der Chauffeur wurde sofort ein williges Opfer für Janes Mitteilungsbedürfnis. Kaum haben wir im Auto gesessen, überschüttete sie den armen Mann mit einem nicht enden wollenden Wortschwall. Ihre Lippen standen keine Sekunde still. Es schien fast, als versuche sie, die Erlebnisse von drei Jahren in wenigen Minuten erzählen zu wollen. Während ich sie also plappern ließ, konnte ich nur Haltung bewahren, indem ich mich an

Zolas Holzperlen festhielt. Ich berührte sie so inständig, als würde ich einen Rosenkranz beten.

Als wir nach meinem Empfinden viel zu schnell angekommen waren und der Wagen vor dem prächtigen Eingang von Blue Manor hielt, hätte ich den Fahrer am liebsten angewiesen, sofort umzukehren und uns zum Flughafen zurückzubringen. In den nächsten Flieger steigen und zu Zola zurückfliegen, war der einzige und innige Wunsch, der mich beherrschte. Zurück in unseren kleinen Bungalow am Strand, zurück zur afrikanischen Einfachheit, die ich so liebte. Natürlich ging das nicht. Und wenn ich eins gelernt hatte in den ersten achtzehn Jahren meines Lebens, dann natürlich auch schwierige Situationen mit Haltung durchzustehen. Ich war also ausgestiegen. Mit geradem Rücken und so hart zusammen gepressten Lippen, dass mir auch jetzt – Stunden später – noch der Kiefer wehtut.

Mum kam uns wie ein aufgescheuchtes Huhn entgegengeflattert. Tiefe Schatten unter ihren Augen und eine längst nicht so tadellose Frisur, wie ich es von ihr gewohnt war, machten noch einmal den Ernst der Lage deutlich. Sie weinte nicht, aber ihre Augen waren weit aufgerissen und ihr Mund zuckte unablässig.

„Gwineth, endlich!", stieß sie hervor, als sie mich erblickte. Sie hauchte einen Kuss in Richtung meiner Wange und blickte dann Jane an. Meine tapfere Reisebegleiterin war zum ersten Mal seit unserer Ankunft still. Nach einem ehrerbietigen Nicken starrte sie auf den Boden.

„Willkommen zurück, Jane."

Immerhin, Jane erhielt ein offizielles Willkommen – anders als ich.

„Wir haben nicht mehr viel Zeit. Komm schnell, ich bringe dich zu ihm." Diese Worte waren wieder für mich bestimmt.

Mit nervösen kleinen Schritten trippelte meine Mutter vor mir her. Am Ende des Westflügels standen wir dann vor den Räumen meiner Eltern, die schon immer in diesem Teil von Blue Manor beherbergt wurden. Es fühlte sich verwirrend vertraut und vollkommen fremd zugleich an. Etwas hatte mir längst die Luft aus den Lungen gedrückt und meine Beine in Pudding verwandelt. Es war überraschend, dass ich mich überhaupt noch fortbewegen konnte.

Ein rasches Anklopfen meiner Mutter, das unbeantwortet blieb, und schon hatte sie mich ins Zimmer geschoben. Am Rande registrierte ich, dass sie nicht mit eintrat, sondern die Tür hinter mir schloss.

Und dort verharrte ich zunächst, starrte auf das Bett am anderen Ende des Zimmers und traute mich nicht weiter. Vor dem Fenster stand Daddys Rollstuhl, in dem er sicher schon länger nicht mehr gesessen hatte. Die Vorhänge waren halb zugezogen, was den Raum zusammen mit dem Regenwetter noch weiter verdunkelt hätte, wenn nicht einige kleine Lampen ein gedämpftes Licht verbreitet hätten.

Ich wollte weg. Jedenfalls nicht dorthin zu dem sterbenden alten Mann, der mein Vater war, mit dem mich aber nichts mehr verband. Raus! Fort von hier! Stattdessen bewegten sich meine Füße plötzlich wie von selbst. In genau die Richtung, vor der sich alles in mir sträubte.

Als ich am Bett angekommen war, erschrak ich. Das Bild, das sich mir bot, war noch schlimmer als befürchtet. Seitdem Daddy im Rollstuhl saß, hatte er einiges eingebüßt von dem großen, starken Mann, der er einst war. Trotzdem war ihm immer eine nicht zu übersehende Stärke und Autorität geblieben. Dass sich daran etwas geändert haben könnte, war mir natürlich klar. Aber ich hatte nicht damit gerechnet, dass davon nichts übrig geblieben sein könnte. Gar nichts. Ich habe dieses bleiche eingefallene Gesicht mit den geschlossenen Augen betrachtet, das nicht länger meinem Vater gehörte und nach einem winzigen Zeichen von Leben gesucht. Ich fand keins. Nur das kaum auszumachende Heben und Senken des schmalen Brustkorbs unter der Decke deutete auf anderes hin.

Nachdem ich ihn eine Weile erstarrt beobachtet hatte, legte ich zögernd eine Hand auf seine, die auf der seidenen Bettdecke ruhte. Sofort spürte ich jeden einzelnen Knochen. Und eine Kühle, die mich erschauern ließ und die nicht zu dem vollkommen überheizten Zimmer passen mochte. Ängstlich verfolgte ich jeden Atemzug, der leicht rasselnd und mühsam erfolgte. Ich ging nicht davon aus, dass er noch einmal die Augen aufschlüge. Geschweige denn mit mir reden würde. Es war zu spät für ein letztes Gespräch, da war ich schnell sicher. Doch einen Moment später geschah genau das. Ich erschrak beinahe zu Tode – ich weiß, vielleicht etwas taktlos angesichts der Situation – , aber genau so war es. Als er seinen zunächst verschleierten Blick auf mich richtete, bin ich fast zur Salzsäule erstarrt. Für eine Weile sahen wir uns nur an. Er, der alte Mann, dessen letzte Minuten unwiderruflich angebrochen waren und ich, deren Kindheit gerade im Schnelldurchlauf vor meinem geistigen Auge abgespult wurde. Daddy, wie er mich als Fünfjährige stolz auf mein erstes Pony hob. Daddy, wie er mit strengem Blick meine Hausaufgaben kontrollierte. Daddy, der immer wusste, was richtig und falsch war. Daddy, der die Belange der Familie und Blue Manor geschickt und mit harter Hand lenkte. Daddy, der keine Fehler verzieh und selbst keine machte. Bis er gegen diese Regel verstieß. So gründlich, so brutal, dass mein Herz brach.

Zunächst bewegten sich nur seine Lippen. Ein Zittern lief darüber hinweg, dann öffnete er den Mund, ohne dass ein Laut herauskam. Mir, die ich hätte sprechen können, fehlten die Worte. Nicht einmal zu einer Begrüßung war ich fähig.

„Gwineth, du bist da", stellte er plötzlich zwar mit sehr leiser, aber überraschend fester Stimme fest.

Ich konnte nur stumm nicken.

„Das ist gut." Sein Blick wurde klarer. Fast schon liebevoll betrachtete er mich.

„Ist es dir gut ergangen?"

Wieder nickte ich nur. Die Szene war so surreal, dass ich längst davon ausging zu träumen. Unmöglich konnte das alles wirklich passieren. Gleich würde ich aufwachen und in unserem Bungalow in Kenia sein.

„Ich möchte, dass du dich um Blue Manor kümmerst." Mit diesen Worten schloss er seine Augen wieder.

„Wie bitte?" Meine Stimme war zurück. Schrill, ungläubig, entsetzt. „Aber das ... Das ist Williams Aufgabe! Er wird Blue Manor erben, so sieht die Reihenfolge aus ... Und er ist doch bereits bestens eingearbeitet."

„Er wird dir helfen. Aber Blue Manor gehört jetzt dir."
Daddys Stimme war immer schwächer geworden, wieder fielen ihm die Augen zu. Seine Hand bewegte sich unruhig in meiner.

„Nein!" In meinem Kopf drehte sich alles. Das konnte nicht wahr sein! Wenn ich eines gewiss nie angestrebt hatte, dann das Alleinerbe unseres Familienbesitzes. Abgesehen davon, dass es gegen jede Tradition sprach, der Tochter das Haupterbe zu geben, war es eine absolut grauenvolle Vorstellung für mich, für immer an diesen Kasten gebunden zu sein. Nein, nein und noch mal nein. Vor allem: Warum?

„Warum?", flüsterte ich.

„Weil es richtig ist. Es steht dir zu ..."
Ich wollte mich wehren gegen dieses Geschenk, wollte Daddy versichern, dass der Besitz von Blue Manor weder eine Entschädigung für vergangenes Leid darstellte noch mich in irgendeiner Weise erfreuen würde. Nein, im Gegenteil, es wäre nichts als eine weitere Strafe. Ich wollte es sagen, und das hätte ich auch getan. Wenn er nicht genau in dem Moment einen allerletzten tiefen Atemzug getan hätte und sein Kopf zur Seite gefallen wäre. So aber blieben die Worte in meinem Hals stecken. Kantig, schmerzhaft, ungesagt und ungehört.

Und nun sitze ich hier vollkommen verstört und schreibe diese Zeilen als neue Hausherrin von Blue Manor. Noch weiß ich nicht, für wen diese Tatsache schlimmer ist: für William oder für mich. Ein weiteres Mal hat mein Vater mein Leben zerstört. Und dieses Mal, um die erste Zerstörung wieder gutzumachen. Es ist so grotesk, dass ich lachen muss. Gleichzeitig laufen

Tränen meine Wange hinunter. Was mache ich denn
jetzt nur?

26.

„Dann wurden Sie also zur Alleinerbin bestimmt?" Gebannt hatte Sophie Lady Gwineths Erzählung gelauscht.

Die alte Dame nickte und trank einen Schluck Gin, den sie zwischenzeitlich bei Mabel geordert hatte. Als sie das Glas abstellte, bemerkte Sophie, dass die Hand ihrer Auftraggeberin zum ersten Mal zitterte. Dieser Teil ihres Lebens schien ein schmerzhafter Einschnitt gewesen zu sein.

„Ja. Ist das nicht absurd? William war längst in die Fußstapfen unseres Vaters getreten, da kommt dem alten Herrn auf den letzten Metern in den Sinn, mir die Schuhe anzuziehen, die ich niemals tragen wollte. Natürlich ist William nicht vollkommen leer ausgegangen, aber der alte Kasten hier ..." Sie machte eine umfassende Geste. „... gehört seitdem mir. Sie können sich vorstellen, was das mit meinem Bruder gemacht hat." Sie stieß ein Geräusch aus, das einem gequälten Kichern glich.

Sophie nickte zögernd. „Wie ist es dann weiter gegangen?"

„Nun ja, wir haben unter großen Schwierigkeiten einen Weg gefunden, uns irgendwie zu arrangieren. Vor allem mussten wir eine Lösung finden, die Aufgaben zu verteilen. William hatte ja längst die gesamte Verwaltung eigenständig übernommen."

Sophie schrieb eifrig mit.

„Es hat lange gedauert, bis wir uns einigermaßen in die neuen Rollen eingefunden hatten. Teile der Verwaltung habe ich ihm gelassen, aber manches habe ich selbst übernommen. Die Finanzen zum Beispiel." Ein leichtes Lächeln umspielte ihre Lippen. „Sie können sich vorstellen, dass das bis zum heutigen Tag an ihm nagt. Seitdem Desmond vieles von seinem Vater übernommen hat, ringen nun beide darum, dass die alte Schachtel endlich klein beigibt, und ihre letzte Macht freiwillig abgibt." In ihren Augen blitzte eine Mischung aus Vergnügen und Bitterkeit. „Sie können sich denken, dass ich das nicht im Traum erwäge."

Sophie lag auf der Zunge zu fragen, wofür das Erbe eine Wiedergutmachung war. Sie schluckte die Frage herunter, weil sie genau wusste, dass sie darauf keine Antwort erhalten würde. So offen Lady Gwineth über ihr Leben erzählte, es gab diesen einen Punkt, der tabu war. Ohne dass das je ausgesprochen worden war, wusste Sophie es. So, wie sie gespürt hatte, dass Gwineth nur die halbe Wahrheit gesagt hatte, als sie den Grund nannte, auf Reisen gegangen zu sein. Sophie glaubte ihr nicht, dass sie es nur getan hatte, weil sie jung war und die Welt erkunden wollte. Etwas war damals passiert, über das sie zumindest noch nicht sprechen wollte. Sophie vermutete, dass es mit Cederic zusammenhing, dessen Tod ebenfalls noch nicht weiter thematisiert worden war. Sie hoffte, dass mit fortschreitender Zusammenarbeit auch dieser Teil Einzug in ihre Notizen halten würde. Wenn sie Glück hatte, brauchte Gwineth nur noch etwas Zeit und Vertrauen, bis sie sich auch in dieser persönlichen Sache ganz öffnete. Andernfalls würde es eben diese Lücke in den Memoiren geben. Auch das müsste Sophie akzeptieren, selbst wenn es ihrem journalistischen Spürsinn schwerfallen würde, sich damit abzufinden.

„Was sagt denn Desmond dazu?", tastete Sophie sich vorwärts.

Gwineth lachte. „Er steht natürlich auf der Seite seines Vaters. Als er Kind war, haben wir uns gut verstanden. Ein aufgeweckter Junge, ich mochte ihn immer. Aber natürlich ist Williams Erziehung nicht spurlos an ihm vorüber gegangen."

„Haben Desmond und Claire Kinder?" Sophie konnte sich die steife Claire nicht recht als Mutter vorstellen. Aber das musste nichts heißen.

Gwineth nickte. „Einen Sohn. Thomas. Er studiert Jura in London."

„Sind Sie nach dem Tod Ihres Vaters auf *Blue Manor* geblieben?"

„Oh nein!" Gwineth presste die Lippen aufeinander. „Das wäre für mich nicht infrage gekommen. Ich habe mit meinen Reisen für ein Jahr pausiert, aber danach bin ich wieder losgefahren. Zunächst für ein halbes Jahr nach Indien, danach habe ich mir Südamerika angesehen, anschließend war Kanada an der Reihe."

„Wow, Sie haben wirklich die Welt erkundet! War Jane wieder mit dabei?"

„Nein, sie hatte sich inzwischen verliebt und wollte heiraten. Ich glaube, mir war schon bei unserer Rückkehr klar, dass sie mich fortan nicht mehr begleiten würde. Für Jane war so ein unstetes Leben nichts. Ihr Glück lag in einem stabilen Familienleben. Sie bekam drei Kinder und lebte das Leben, das sie sich immer gewünscht hatte. Vor zwei Jahren ist sie nach einem erfüllten Leben gestorben."

„Hatten Sie keine Angst so ganz allein in der Ferne?"

„Nein." Gwineth zuckte die Schultern. „Was sollte mir schon passieren? Wenn das Leben zu Ende ist, ist es eben zu Ende. Aber ich war immer sicher, dass meine Reisen nicht für meinen vorzeitigen Tod sorgen würden. Und das haben sie auch nicht, wie man sieht." Zufrieden griff sie nach ihrem Ginglas.

„Aber Sie sind regelmäßig nach Cornwall zurückgekommen?"

„Das musste ich ja. Natürlich hätte ich auch William inoffiziell alles überlassen können. Aber dazu war ich nicht bereit. Nicht nur, weil es der Wille meines Vaters war. Ich habe ihn schon immer gerne geärgert ..." Belustigung blitzte in ihren Augen auf. „Und glauben Sie mir, nichts hat ihn so geärgert wie die Tatsache, dass er lediglich ein Wohnrecht auf *Blue Manor*, aber in allen anderen Dingen kein Mitspracherecht besitzt. Die Gelegenheit konnte ich mir doch nicht entgehen lassen." Ein anderer Ausdruck trat in ihre Augen. Sophie musterte Gwineth genau. Wenn sie sich nicht irrte, glomm etwas wie Genugtuung in den blauen Augen auf.

„Seitdem ich leider aus Altersgründen vor zehn Jahren meine Reisen aufgeben musste, quäle ich ihn täglich." Die Worte klangen wie ein Scherz, aber Sophie spürte, dass sie mehr als das waren.

„Na, wie dem auch sei. Inzwischen liegt unser Hauptstreitpunkt darin, dass ich es für unumgänglich halte, *Blue Manor* für die Öffentlichkeit zu öffnen. Zum einen ist es nicht mehr zeitgemäß, mit nur wenigen Menschen in einem so großen Herrenhaus allein zu leben. Was für eine Verschwendung der Räumlichkeiten, in denen kaum noch größere Veranstaltungen stattfinden! Niemand hat mehr Lust und Kraft, große Empfänge zu geben. Außerdem wird eine Öffnung irgendwann auch finanziell nicht mehr aufzuhalten sein. Die Unterhaltung dieses alten Gemäuers wird mit den Jahren nicht billiger. Schon lange stehen umfangreiche Sanierungen an, die wir nicht aus der Portokasse bestreiten können."

„Das heißt, Sie würden nur einen Teil des Anwesens zur Besichtigung freigeben wollen?"

„Ja. Ich hätte es natürlich längst durchsetzen können. Aber um ehrlich zu sein ..." Sie machte eine Pause und sah Sophie nachdenklich an. „Meine Streitlust hat sich im Laufe der Jahre verringert. Im Grunde halten William und ich wohl nur noch aus Gewöhnung daran fest. Wir sind zwei alte Leute, denen ohnehin nicht mehr viel Zeit bleibt. Soll sich doch die nächste Generation darüber den Kopf zerbrechen."

Sophie schrieb weiter mit. Als sie fertig war, wurde ihr bewusst, dass ihr die Beziehung der Geschwister noch immer Rätsel aufgab. Beide inzwischen hoch in den Achtzigern, schienen sie ihr Leben lang in einer Art Hassliebe miteinander verbunden zu sein. Gwineth hatte immer wieder für eine weite räumliche Trennung gesorgt. Aber William?

„Hat Lord William nie daran gedacht, *Blue Manor* auch zu verlassen?", hakte sie interessiert nach.

Lady Gwineth sah Sophie an, als hätte sie den Verstand verloren. „William?" Sie brach in Lachen aus.

„Mein Bruder ist praktisch mit diesem Haus verwachsen. Mit Leib und Seele klebt er hier an jedem einzelnen Stein. Selbst die Demütigung hier nur noch mit Wohnrecht und meiner gnädigen Billigung leben zu dürfen, hätte ihn niemals dazu gebracht, woanders zu leben. Deshalb dreht sich ihm auch der Magen um, wenn ich immer mal wieder damit spiele, *Blue Manor* für die Öffentlichkeit freizugeben. Meine kleine Freude im Alter." Sie schob den Teller mit dem kaum angerührten Scone von sich.

„Kein Appetit?", fragte Sophie leicht beunruhigt. Bis jetzt hatte Lady Gwineth sie mit ihrem ausgesprochen guten Appetit beeindruckt. Aber nun erinnerte sie Sophie fast an Granny, für die Essen kaum noch eine Bedeutung besaß.

„Nein. Seltsam, oder? Sonst esse ich wie ein Scheunendrescher, wie mein Vater früher gerne bemerkte." Sie kicherte.

„Mögen Sie mir noch von Indien erzählen?", fragte Sophie sanft.

Lady Gwineth zögerte. „Sein Sie mir nicht böse, meine Liebe, aber ich denke, für heute reicht es mir. Ich bin ungewöhnlich müde. Normalerweise bin ich nach meinem Mittagsschlaf wieder topfit, aber heute fühle ich mich sehr erschöpft." Sie rümpfte die Nase. „Es tut mir wirklich leid. Morgen machen wir uns dann wieder frisch an die Arbeit."

„Oh, das muss Ihnen doch nicht leidtun", sagte Sophie schnell. „Wir haben alle Zeit der Welt, niemand hetzt uns."

Lady Gwineth warf Sophie einen seltsamen Blick zu. Dann nickte sie langsam. „Ich denke, ich lege mich jetzt besser noch einmal hin." Sie erhob sich mühsam und rang nach Atem.

„Natürlich." Sophie sprang alarmiert auf. Die alte Dame wurde plötzlich sehr blass und hielt sich an der Tischkante fest.

„Geht es Ihnen nicht gut?", fragte Sophie besorgt und legte eine Hand stützend unter Gwineths Arm.

„Ach, nur ein bisschen Kreislauf. Gelegentlich ärgert er mich ein wenig. Machen Sie sich keine Sorgen, zum Dinner bin ich wieder taufrisch." Sie winkte lächelnd ab.

„Soll ich Mabel rufen?" Sophie war nicht überzeugt. Gerade weil Lady Gwineth bis jetzt so einen robusten Eindruck gemacht hatte, war Sophie nun beunruhigt. Feine Schweißperlen glänzten auf der Stirn der alten Dame und sie war aschfahl.

„Ach wo, James und ich schaffen es auch allein in unser Zimmer." Sie nahm ihren Stock, stupste damit den tief schlafenden Hund sacht an und setzte sich mit ihm, nachdem er sich hochgerappelt hatte, in Bewegung.

„Ich komme mit", sagte Sophie fest. Auf keinen Fall würde sie Lady Gwineth in dem Zustand allein loslaufen lassen. Schnell war Sophie wieder an ihrer Seite und hakte sie unter.

„Sie geben ja doch keine Ruhe", sagte Gwineth resigniert. „Also gut, dann bringen Sie die alte Schachtel eben ins Bett, wenn es Sie beruhigt."

„Mir ist es wichtig, dass es Ihnen schnell besser geht."

Lady Gwineth gab einen unwilligen Laut von sich. „Das wird schon. Und sie wissen ja: Wenn es zu Ende geht, geht es eben zu Ende."

Sophie schnappte erschrocken nach Luft.

„Nun regen Sie sich nicht auf. Eigentlich habe ich vor, die Arbeit an meinen Memoiren fertigzustellen, bevor ich abdanke.“

„Wir sollten einen Arzt rufen.“

„Nein! Ich lege mich jetzt ein Weilchen hin, und das muss reichen. Basta!“

Sophie beschloss, gleich Mabel um Rat zu fragen. An wen hätte sie sich sonst wenden sollen? Der Rest der Familie weilte in St. Ives, so blieben nur die Hausdame oder Harris, der Butler. Und das würde sie tun. Egal, ob Lady Gwineth das recht war. Sophie fühlte sich verantwortlich, ob sie wollte oder nicht.

Sie kamen nur sehr langsam vorwärts, nachdem sie die Bibliothek verlassen hatten. Immer wieder blieb Gwineth stehen und rang nach Luft. James tappte treu neben ihnen her und blieb jedes Mal ebenfalls stehen, wenn sein Frauchen anhielt.

„Wir haben wohl doch zu viel gearbeitet“, sagte Sophie schuldbewusst.

„Ach Unsinn! Ich habe doch bloß ein bisschen aus meinem Leben geplaudert. Was soll daran anstrengend sein?“

„Nun ja, Erinnerungen können auch Kraft kosten.“

„Hm. Na, vielleicht haben Sie recht“, räumte Gwineth schwer atmend ein.

„Ab morgen gehen wir es ruhiger an.“

„Meine Liebe, ich mag Sie inzwischen schon sehr. Aber ich bin immer noch die Chefin, das entscheide also ich.“ Sie klang streng, aber das kurze amüsierte Flackern in ihren Augen signalisierte Sophie, dass die Worte nicht ernst gemeint waren.

„Ihr jungen Dinger glaubt immer, dass ihr es besser wisst, aber das ist nur selten der Fall. Nicht wahr, James?" Der Hund sah sie unter seinen buschigen Augenbrauen aufmerksam an.

„Sehen Sie, er gibt mir recht."

Sophie lachte. „Okay, Sie haben gewonnen. Wir schauen einfach mal. Einverstanden?"

„Das hört sich schon besser an. So, wir sind da." Gwineth deutete auf die Tür vor ihnen. „Meine Gemächer."

Sophie öffnete und geleitete die alte Dame behutsam über die Schwelle. Das Himmelbett, das vor einem der Fenster stand, ähnelte dem von Sophie. Allerdings war dieses mit leuchtend blauem Stoff bespannt.

Lady Gwineth steuerte direkt darauf zu. Kaum dort angekommen sank sie sofort nieder auf die Tagesdecke aus glänzender Seide.

Sophies Blick fiel auf die Wasserflasche und das Glas auf dem Nachttisch. Ohne zu fragen, goss sie rasch etwas ein und reichte Gwineth das Wasserglas.

„Haben Sie Tabletten, die Sie bei einem Schwächeanfall nehmen können?"

„Sie wären auch eine gute Krankenschwester geworden", murrte Gwineth, deutete aber auf die Schublade im Nachttisch.

Sophie zog sie auf und inspizierte den Inhalt. Mehre Schachteln kamen infrage. Neben den Tabletten lag eine bunte Holzperlenkette.

„Die mit der blauen Schrift, aber eigentlich brauche ich einfach nur ein bisschen Ruhe", sagte Gwineth, während sie sich auf dem Bett ausstreckte und die Augen schloss.

„Wie viele Tabletten?"

„Zwei." Gwineth seufzte und schlug die Augen wieder auf. Widerwillig streckte sie die Hand aus. Schnell drückte Sophie die Tabletten aus dem Blister.

Nachdem sie sicher war, dass die alte Dame ihre Medizin genommen hatte, schlich sie aus dem Zimmer. Mehr konnte sie im Augenblick nicht tun. Jetzt galt es, Mabel oder Harris zu finden.

Sie musste die Telefonnummer von Dr. Freedom ... oder wie hieß er? Freedham!, fiel ihr ein – herausfinden und ihn schnellstmöglich nach *Blue Manor* bitten.

27.

Sophie hatte Mabel in der Küche angetroffen. Schnell hatte sie die Situation erklärt und die Hausdame nach der Telefonnummer des Arztes gefragt. Mabel hatte kurz gezögert – Sophie ahnte, dass die Bedienstete den Zorn von Lady Gwineth fürchtete, wenn umsonst zu viel Aufhebens gemacht würde –, sich dann aber doch geschlagen gegeben.

Jetzt war der Doktor auf dem Weg, und Sophie stand Mabel vor der Tür von Gwineths Schlafzimmer gegenüber.

„Wir sollten nach ihr sehen", sagte Sophie, fühlte sich aber unwohl dabei. Lady Gwineth wollte ihre Ruhe haben, das hatte sie deutlich signalisiert. Sich darüber hinwegzusetzen, kam Sophie dreist vor. Dennoch ... Vielleicht war die Sache ernster, als ihre Auftraggeberin wahrhaben wollte.

„Sie haben recht." Mit einem Mal wirkte Mabel weniger zögerlich und griff nach der Türklinke.

Als sie den Raum betraten, hörten sie leise Schnarchgeräusche. Sophie atmete erleichtert aus. Dann wurde ihr bewusst, dass die Töne nicht von der alten Dame aus dem Bett, sondern von dem tief schlafenden Hund daneben kamen.

Rasch trat sie näher an das Bett. Lady Gwineth lag friedlich in ihren Kissen, ihr Gesicht wirkte entspannt.

Für einen Moment war Sophie beruhigt. Sie sah zu Mabel hinüber, die ebenfalls näher getreten war. In ihrem Gesicht konnte sie Anspannung ausmachen. Als Mabel ihre Hand an die Halsschlagader von Gwineth legte, wurde Sophie trotz der Wärme in dem Zimmer schlagartig kalt.

„Ich finde keinen Puls", flüsterte Mabel mit aufgerissenen Augen.

„Nein!" Sophies Hand fuhr vor ihren Mund. Das konnte nicht sein! Lady Gwineth hatte doch nur leichte Kreislaufprobleme, die sie offenbar kannte. Da war es nicht möglich, dass ... Sophie überwand das Gefühl, innerlich gelähmt zu sein, und tastete nun ebenfalls nach Lady Gwineths Halsschlagader. Auch sie konnte keinen Herzschlag feststellen.

„Wo bleibt denn Dr. Freedham?", rief Sophie verzweifelt und eilte zum Fenster. Noch war kein fremdes Auto zu sehen.

„Ich versuche eine Herzmassage." Mabel machte sich scheinbar geübt an die Arbeit. Sophie beobachtete sie staunend.

„Mein Sohn ist Arzt", stieß Mabel hervor, als sie Sophies Blick auffing. „Manches hat er mir beigebracht."

In Sophies Kopf überschlugen sich die Gedanken. Lady Gwineth hatte es gesagt, dass ihr nicht mehr allzu lange Zeit bliebe. Aber es war doch nicht möglich, dass daraus nur noch wenige Stunden wurden ... Eine eiskalte Hand schien Sophies Brustkorb zusammenzupressen. Ihr wurde bewusst, wie sehr ihr die alte reglose Dame im Bett bereits ans Herz gewachsen war. Und die Arbeit mit ihr hatte sich gleich zu Beginn als sehr spannend und abwechslungsreich entpuppt. Beinahe noch besser, als sie es überhaupt erhofft hatte. Da konnte ihre Auftraggeberin doch jetzt nicht einfach … sterben. Zum ersten Mal fand dieses Wort Einzug in Sophies Gedanken. Sterben … Sie keuchte. Dieses Wort, wie sie es hasste. Sterben. Es bedeutete Verlust, Trauer, endgültiges Abschiednehmen. Sie wollte noch nicht Abschiednehmen von der skurrilen alten Lady, deren Leben sie gerade erst angefangen hatte zu erforschen. Alte Gefühle der Verzweiflung drängten an die Oberfläche. Dieselben, die sie aus der Bahn geworfen hatte, als Mum gestorben war. Natürlich nicht zu vergleichen mit der jetzigen Situation. Trotzdem: Die Ohnmacht, die Sophie fühlte, war dieselbe. Von noch weiter her stieg jetzt die Erinnerung an den vollkommen überraschenden Tod ihres Dads in ihr auf. Noch plötzlicher und unerwarteter, als es hier – vielleicht – der Fall sein würde.

Unterdessen machte Mabel unbeirrt weiter, aber ihr Gesicht verriet, dass sie mit jeder Sekunde, die verging, weniger Hoffnung hegte.

Ein Geräusch an der Tür ließ Sophie herumfahren.

„Was ist passiert?" Harris stand stocksteif im Türrahmen.

„Lady Gwineth hat einen Atemstillstand." Sophie kämpfte mit den Tränen. „Wir warten auf Dr. Freedham. Er müsste jeden Augenblick ankommen."

„Ich nehme ihn in Empfang." Harris wandte sich um und entfernte sich mit schnellen Schritten.

Schwer atmend stellte Mabel die Herzmassage ein. „Es hat keinen Sinn mehr. Lady Gwineth hat uns verlassen."

Aus Sophies Augen liefen Tränen. Sie tastete nach der Hand der alten Dame, die auf der Bettdecke lag. Kühl und unbeweglich. Sophie streichelte sanft über die dünne Haut. Ein langes Leben war beendet. Wenn es zu Ende ist, ist es eben zu Ende … Diese Worte kreisten in Sophies Kopf. Zu früh!, dachte sie verzweifelt. Es ist trotzdem viel zu früh …

Ein leises Schluchzen drang aus ihrer Kehle. Vielleicht war ihre Reaktion völlig übertrieben, aber sie war unendlich traurig. Mabel strich ihr tröstend über den Arm.

Wenige Augenblicke später trat Dr. Freedham, begleitet von Harris, in den Raum.

Der Arzt war Mitte fünfzig und strahlte eine vertrauenerweckende Ruhe aus. Er grüßte kurz und widmete sich dann sofort seiner Patientin.

Sophie hielt den Atem an, während sie aus dem Fenster blickte und auf ein Wunder hoffte. Wie durch einen dicken Nebel hörte sie, wie Mabel Dr. Freedham kurz über ihre vergeblichen Bemühungen informierte. Es dauerte nicht lange, bis er leise verkündete: „Lady Montenay ist für immer eingeschlafen. Es tut mir leid."

28.

Es war bereits weit nach Mitternacht, als Sophie den
Rover in ihre Garage in Chelsea lenkte. Der Hund auf
der Rückbank war erst vor einer halben Stunde eingeschlafen. Fünf Stunden lang hatte James beharrlich gesessen und aus dem Autofenster gestarrt. Sophie verstand nicht besonders viel von Hunden, aber sie hätte
gewettet, dass der alte Herr nicht nur völlig durch den
Wind war, weil sie ihn in ihren Rover geladen und mitgenommen hatte, sondern dass er vor allem in tiefer
Trauer versunken war.

Als Lady Gwineth gestorben war, hatte es eine Weile
gedauert, bis James wach wurde und merkte, dass etwas nicht stimmte. Verzweifelt hatte er dann versucht,
sein Frauchen durch Lecken ihrer Hand und leises
Winseln zum Aufstehen zu bewegen. Schließlich hatte
Harris eingegriffen und ihn unter James' herzzerrei-
ßendem Protest aus dem Zimmer gebracht.

Sophie liefen noch immer Schauer über den Rücken,
wenn sie an diese berührende Szene dachte. Und noch
immer war sie selbst so unfassbar traurig über den
überraschenden Tod von Lady Gwineth und somit dem
Ende ihrer gerade begonnenen Tätigkeit.

Nachdem Dr. Freedham gegangen war, hatte Sophie
überlegt, ob sie auf die Rückkehr der restlichen Famili-
enmitglieder warten sollte. Schließlich hatte sie das

nicht nur als unnötig, sondern vor allem auch als uner-
wünscht abgetan. Weder William noch Desmond mit
Claire würden Wert darauf legen, dass sie sich von
ihnen verabschiedete. Sie war die Journalistin, die Lady
Gwineth gegen den Willen ihrer Verwandten engagiert
hatte, und niemand von ihnen würde sie nun, da ihre
Arbeit ein so jähes Ende gefunden hatte, noch auf *Blue
Manor* sehen wollen. Also hatte Sophie sich lediglich
von Mabel und Harris verabschiedet, sich an ihr Versprechen erinnert, die Pflege von James zu übernehmen, falls Gwineth etwas zustieße, und hatte sich mit
ihm auf den Weg zurück nach London gemacht.

Es fühlt sich alles vollkommen surreal an, dachte Sophie, als sie Gepäck und Hund aus ihrem Auto auslud.
Nun war sie nach nur zwei Tagen zurück in London,
ihre verheißungsvolle neue Aufgabe war Geschichte,
und stattdessen trug sie die Verantwortung für einen
riesigen schwarzen Hund, der sich jetzt schwerfällig
aus dem Auto bemühte. Den Blick, den er Sophie dabei
zuwarf, brach ihr fast das Herz. Es war offensichtlich,
was er wollte: zurück nach Hause, zurück zu Lady Gwineth. Trotzdem war er bis jetzt brav gefolgt, was entweder auf seine gute Erziehung schließen ließ oder er
hatte verstanden, dass sein Frauchen nicht mehr für
ihn da sein konnte.

„Ach, Großer", sagte Sophie mitfühlend. „Ich kann
dich ja verstehen, dass du nichts weniger möchtest als
jetzt bei mir zu wohnen, aber ich fürchte, du hast keine
Wahl."

Der Hund drehte den Kopf zur Seite, als wollte er
nicht hören, was sie ihm zu sagen hatte.

„Wir machen das Beste draus, okay?“ Sie strich ihm liebevoll übers Fell. Ein Seufzen war die Antwort.

„Weißt du was? Wir lassen das Gepäck im Auto und drehen zuerst eine kleine Runde.“ Sie hievte ihre Tasche zurück in den Kofferraum und schloss den Rover ab.

„Komm, gehen wir.“

James trottete schicksalsergeben neben ihr.

Nachdem er einige Male eher lustlos gepieselt hatte, blieb er stehen und sah sie an.

„Das war es? Gut, dann mache ich dich jetzt mit deinem neuen Zuhause bekannt.“

Sophie dirigierte ihn zurück zur Garage, wo sie ein weiteres Mal ihre Taschen auslud. Eine mit ihren Sachen, die andere enthielt James’ Zubehör, das Mabel für ihn eingepackt hatte. Die Hausdame war überrascht gewesen, als Sophie ihr von Lady Gwineths Wunsch über James weitere Versorgung berichtete, hatte sich aber sofort an die Arbeit gemacht. Offenbar stellte sie es nicht infrage, dass Lady Gwineth ihren geliebten Hund nicht in der Obhut der Familie, die ihn nicht leiden konnte, zurücklassen wollte. Ob sie es seltsam fand, dass Gwineth ausgerechnet die gerade erst engagierte Journalistin mit der Pflege betraute, ließ sie nicht erkennen.

Die eine Tasche in der Hand, die andere über die Schulter geworfen, James’ großes, weiches Körbchen unter dem Arm geklemmt, betrat Sophie das Appartementhaus, in dem sie lebte.

„Tut mir leid, kein Schloss. Ich kann dir leider nur eine schnöde Wohnung bieten“, sagte Sophie entschuldigend. Jetzt unterhalte ich mich schon mit einem

Hund, schoss ihr durch den Kopf. Gut, dass das Treppenhaus zu dieser nächtlichen Stunde menschenleer vor ihr lag. Die Gefahr, dass jemand ihr seltsames Verhalten mitbekam, war zumindest gering.

Als sie vor der Wohnungstür angekommen waren, ließ Sophie die Taschen fallen und kramte nach ihrem Schlüssel. James stand mit gesenktem Kopf neben ihr. Wieder wallte Mitleid in ihr auf. Der alte Kerl hatte mit einem Schlag alles verloren, was sein Leben bis jetzt ausgemacht hatte. Sie würde tun, was in ihrer Macht stand, um es ihm so leicht wie möglich zu machen, beschloss Sophie. Das war sie Lady Gwineth schuldig, denn sie hatte es versprochen.

„Hereinspaziert, dein neues Reich." Sophie öffnete die Tür und machte eine einladende Geste.

James sah sie verwundert an.

„Gut, ich gehe vor." Sie schnappte sich das Gepäck und trat in die Wohnung. Jetzt erst folgte James ihr langsam.

Nachdem Sophie ihre Tasche ins Schlafzimmer befördert und James' Körbchen im Wohnzimmer neben dem Sofa arrangiert hatte, brachte sie die Näpfe und das Dosenfutter in die Küche. Rasch füllte sie eine Schale mit Wasser und die andere mit Rindfleisch. Der Hund war an ihrer Seite geblieben.

„Bitte sehr." Sie machte eine auffordernde Handbewegung. James drehte sich um und tappte ins Wohnzimmer.

Sophie seufzte. Er schien genauso wenig Appetit zu haben wie sie. Auf der Fahrt hatte sie sich mit Sandwiches eingedeckt, von denen sie gerade ein halbes verspeist hatte. Aber noch immer hatte sie keinen Hunger.

Allerdings verspürte sie Lust auf einen Tee und setzte Wasser auf. Als sie mit ihrer Teetasse ins Wohnzimmer trat, sah sie, dass James sich in seinem Körbchen zusammen gerollt hatte. Seine Augen waren geöffnet, und er starrte vor sich hin. Sein Anblick zog Sophies Herz zusammen.

Seufzend setzte sie sich aufs Sofa und stellte ihre Tasse auf dem Tisch ab. „Tja, was machen wir denn nun?" James sah sie kurz an, bevor er wieder auf den Boden vor sich blickte. Sie streckte die Hand aus und fuhr ihm durch das struppige Fell. Nun besaß sie einen Hund, hatte aber vorerst keinen Job mehr. Über das Finanzielle brauchte sie sich dank Lady Gwineths großzügiger Vorauszahlung im Moment keine Sorgen machen, aber was wollte sie mit ihrer freien Zeit anfangen?

Die Antwort würde sie allerdings vermutlich nicht mehr heute Nacht finden.

Sophie beschloss, einen Anruf bei Kate zu probieren. Sie stand auf und holte das Handy aus ihrer Handtasche.

Ihre Freundin ging nach dem zweiten Klingeln dran.

„Süße, wie schön!" Kate klang gut gelaunt.

„Hi", sagte Sophie schwach und ließ sich wieder aufs Sofa fallen.

„Wie hörst du dich denn an?"

„Ich bin wieder in London."

„Was? Aber warum ...?"

„Lady Gwineth ist vorhin verstorben." Sophie biss sich auf die Lippen, Tränen liefen ihre Wange hinunter.

„Oh, mein Gott! Was ist denn passiert?"

„Sie fühlte sich nicht wohl und wollte sich hinlegen. Als wir dann nach ihr geschaut haben ... hat sie nicht mehr geatmet." Die Erinnerung schickte eiskalte Schauer über Sophies Rücken. „Mabel hat eine Herzmassage versucht, aber ... Auch der Arzt konnte nichts mehr für sie tun ..."

„Das ist ja schrecklich. Ich weiß gar nicht, was ich sagen soll. Es tut mir so leid, dass deine Arbeit auf diese Weise beendet wurde." Kates Stimme drang leise und wohltuend in Sophies Ohr. Zu gerne würde sie ihre Freundin jetzt bei sich haben.

„Ja, es ist furchtbar. Die Arbeit war gerade richtig in Schwung gekommen. Und ich glaube, es hat Lady Gwineth genauso Spaß gemacht wie mir. Allerdings ..."

„Ja?"

„Na ja, vielleicht war es doch zu anstrengend für sie. Vielleicht, wenn wir es ruhiger angegangen wären ..."

„Quatsch, du machst dir doch jetzt wohl keine Vorwürfe?"

„Nein ... Doch. Ach, ich weiß es nicht. Sie war so fit und vital. Ganz anders als Granny, bei der ich seit Jahren auf einen Abschied vorbereitet bin. Andererseits hatte Gwineth genau das angekündigt."

„Ihren Tod?", rief Kate fassungslos.

„Ja, sie war sicher nicht mehr allzu viel Zeit zur Verfügung zu haben. Wahrscheinlich wollte sie gerade deshalb Tempo machen bei den Memoiren. Aber vielleicht war genau das der Fehler." Sophie nahm gedankenverloren einen Schluck Tee.

„Hm, das kann ich mir nicht vorstellen. Auf jeden Fall solltest du dir keine Vorwürfe machen. Wenn ich es richtig verstehe, war es doch Lady Gwineth und nicht du, die Druck gemacht hat.“

„Das stimmt. Dennoch ... Ich hätte die Arbeit so gerne zu Ende gebracht. Es war spannend, was sie erlebt hat, wohin sie gereist ist. Aber wir waren natürlich noch ganz am Anfang. Und nun werde ich bis auf diesen kleinen Teil nichts weiter erfahren. Und aus meinen Notizen werde ich erstens keine Memoiren schreiben können, und zweitens wüsste ich auch nicht mehr für wen. Kaum angefangen, hat sich das Projekt wieder erledigt.“ Sie schwieg kurz, bevor sie weiter sprach. „Aber viel schlimmer ist, dass sie mir so sehr fehlt. Ich bin viel trauriger, als man es erwarten könnte.“

„Normal? Was ist schon normal?“, sagte Kate prompt. „Es gibt eben Menschen, die schleichen sich direkt ins Herz. Dafür gibt es keine bestimmte Zeitspanne, die überwunden sein muss.“

„Da hast du recht.“ Sophie lehnte sich zurück und seufzte.

„Dafür habe ich einen neuen Mitbewohner.“

„Hast du Adam ausgetauscht?“ Kate kicherte.

„Er hat vier Beine, ein ziemlich struppiges Fell und riecht eher schlecht.“ Sophie musste schmunzeln, als sich ihr Blick mit dem von James traf. Beinahe schien es, als hätte er sie verstanden und sei über ihre Worte empört.

„Du hast dir einen Hund zugelegt?“

„Zugelegt ist das falsche Wort. James war Lady Gwineths Hund. Sie hatte mir gleich zu Beginn das Versprechen abgenommen, dass ich mich um ihn kümmere, falls ihr etwas zustößt. Daran musste ich mich natürlich halten.“

„Wow, dann wusste sie wirklich, dass ihr Ende naht."

Sophie schluckte. „Ja, das hat sie wohl." Wieder wurden ihre Augen feucht.

„Was ist James denn für ein Exemplar?"

„Eine Mischung aus Irischem Wolfshund und Riesenschnauzer."

„Also handlich", kommentierte Kate trocken.

„Absolut. Und er ist sehr alt und sehr freundlich, aber aktuell tieftraurig. Mir war nicht klar, wie sehr Tiere trauern können. Er frisst nicht mal."

„Armer Kerl. Gib ihm etwas Zeit, das wird bestimmt wieder."

„Ja, das hoffe ich. Erst einmal muss er sich daran gewöhnen, fortan ein Londoner Stadthund zu sein. Neben seiner Trauer muss er natürlich auch den Kulturschock verarbeiten. Von einem Landsitz, umgeben von einem riesigen Park mit angrenzendem Strand hierher in meine kleine Wohnung ist schon eine Nummer. Selbst mir kommt es hier nun furchtbar klein vor. Dabei war ich lediglich zwei Tage in größeren Gefilden unterwegs. Wie muss es ihm da gehen?"

„Ach, Süße, es tut mir so leid, dass der Auftrag, der so vielversprechend begonnen hat, so enden musste. Und ich habe dir auch noch dazu geraten, ihn anzunehmen ..." Kate klang schuldbewusst.

„Ich bereue es aber nicht", sagte Sophie fest. Das tat sie tatsächlich nicht. Die Vorstellung, Lady Gwineth besser nicht kennengelernt zu haben, war im Nachhinein keine Option, die sie sich wünschen würde.

„Ach, dann ist ja gut." Kate schien erleichtert.

„Und selbst wenn es anders wäre, würde dich keine Schuld treffen. Letztlich war es meine Entscheidung.

Und ja, ich denke, ich würde sie genauso wieder treffen. Außerdem ..." Sophie streichelte James über den Kopf. „Außerdem hätte ich jetzt nicht den Hund, den ich mir immer gewünscht habe." Ihr Blick traf sich mit dem von James. Wieder hatte Sophie das Gefühl, als ob er jedes Wort verstünde.

Kate lachte. „Das wusste ich gar nicht, dass du einen riesigen alten Hund wolltest, der schlecht riecht."

„Nun ja, die Eckdaten hatte ich mir vermutlich anders vorgestellt. Aber manches passiert eben einfach."

„Was sagt denn Adam zu allem?"

„Er weiß es noch nicht."

„Habt ihr immer noch nicht gesprochen?"

Sophie sah Kate vor sich, deren Augenbraue in die Höhe schoss. „Nur kurz. Aber es hat sich nicht ergeben, dass ich ihm erzähle, dass ich in Cornwall bin."

„Oh." Mehr sagte Kate nicht, aber Sophie wusste, was ihre Freundin damit ausdrücken wollte.

„Ich weiß, es klingt seltsam. Ach, ich weiß auch nicht. Irgendwie hat sich unsere Beziehung in eine Richtung entwickelt, die nicht gut ist. Aber je länger Adam unterwegs ist, desto mehr kommt er mir vor wie ein Phantom."

„Ein Phantom? Ich dachte immer, du kommst ganz gut damit klar, dass er oft so lange weg ist."

„Ja, das komme ich ja auch. Aber in letzter Zeit fühlt es sich einfach nicht mehr richtig an."

„Willst du die Trennung?", fragte Kate vorsichtig.

„Ich weiß es nicht." Sophie zögerte. Das Wort hatte sie bis jetzt nicht einmal gedacht. Allein die Vorstellung daran machte ihr Angst. „Aber Adam ist einfach nie da, wenn ich ihn brauche. Und ich habe keine Lust mehr, ihm ständig am Telefon von den Dingen zu berichten, die mir wichtig sind."

„Aber das müssen wir beide im Moment ja leider auch so machen."

„Das ist doch etwas ganz anderes!"

„Gott sei Dank. Nicht, dass du dich auch von mir trennen willst!"

„Quatsch, natürlich nicht. Aber mit dir will ich ja auch keine Familie gründen." Sophie lachte.

„Willst du nicht?" Kate lachte ebenfalls. „Schade, ich hatte da schon Pläne ..."

„Du hast es wie immer geschafft", sagte Sophie.

„Was genau?"

„Dass es mir besser geht. Danke."

„Ja, sprechen hilft. Vielleicht solltest du doch mit Adam auch ..."

„Nein, kein Bedarf. Ich glaube, ich möchte mir erst im Klaren sein, ob es mit uns noch Sinn macht. Darüber am Telefon zu sprechen, erscheint mir nicht richtig. So, und jetzt haben wir genug über mich gesprochen! Wie ist es denn bei dir?"

„Die Dreharbeiten laufen gut, das Team ist immer noch super. Inzwischen kommt es mir sogar fast vor, als wären wir eine kleine Familie. Das habe ich so noch nie erlebt. Eigentlich erzählt man sich in der Branche eher das Gegenteil über die amerikanischen Kollegen, von viel Neid und Missgunst ist die Rede. Aber ich spüre davon überhaupt nichts."

„Das ist toll! Kommst du trotzdem irgendwann wieder nach Hause?"

„Ich weiß es nicht ..."

Sophie wurde hellhörig. Eigentlich war ihre Frage eher scherzhaft gemeint gewesen. „Du überlegst ernsthaft, in den USA zu bleiben?"

„Es ist kompliziert ..." Kate brach ab.

„Du bist verliebt!", stellte Sophie fest.

„Ja", gab Sophie zu.

„Wer ist es? Ein Kollege?" Für einen Moment vergaß Sophie alles, was sie bedrückte und war stattdessen Feuer und Flamme für Einzelheiten aus Kates Liebesleben. Deren letzte Beziehung lag schon eine Weile zurück. Nach der damaligen Trennung hatte Kate verkündet, sich die nächste Zeit ausschließlich auf ihren Beruf konzentrieren zu wollen. Die Männer sollten ihr vorerst gestohlen bleiben. Aber diese Phase schien hinter ihr zu liegen.

„Nein, kein Kollege. Eric ist unser Regisseur."

„Oh nein!", rief Sophie. „Das war doch das Letzte, was für dich je infrage kommen sollte." Kate hatte bislang Affären mit Kollegen oder allen, die irgendetwas mit der Showbranche zu tun hatten, gemieden wie der Teufel das Weihwasser. Ihr letzter Freund war Krimiautor gewesen.

„Stimmt. Es bringt nur Probleme, wenn die Liebe Einzug am Set hält, stört die Zusammenarbeit und so weiter und so fort ... Was soll ich sagen? Ich konnte mich nicht wehren. Eric ist toll. Völlig anders als die durchschnittlichen, neurotischen Regisseure, wie sie sich zuhauf tummeln. Er ist absolut bodenständig, höflich, freundlich und frei von jeder Eitelkeit. Im Grunde viel zu normal für den irren Filmbetrieb. Aber wie wir alle wissen, können wir nur begrenzt entscheiden, wer unser Herz berührt."

Sophie hatte atemlos gelauscht. Es schien ihre Freundin diesmal richtig erwischt zu haben. Sie meinte beinahe, die Schmetterlinge in Kates Stimme tanzen zu hören. „Also seid ihr euch ziemlich ähnlich. Immerhin bist du die bodenständigste Schauspielerin, die mir bis jetzt über den Weg gelaufen ist."

„Ja, wir sind uns wohl tatsächlich sehr ähnlich. Na ja, wir müssen sehen, wie es weiter geht. Im Moment weiß das Team noch nicht über uns Bescheid, und das soll auch so bleiben. Wir wollen erst die Arbeit am Film beenden, und was danach kommt, lassen wir auf uns zukommen."

„Klingt ziemlich vernünftig. Passt zu dir und offensichtlich auch zu Eric." Sophie lächelte und kraulte gedankenverloren James' Rücken.

„Aber er ist nicht nur vernünftig, sondern auch sehr streng, was die Arbeit angeht. Deshalb muss ich leider gleich auflegen, die Probe geht in wenigen Minuten weiter."

„Ja, du erwähntest das mit der Strenge schon mal. Auf jeden Fall bin ich froh, dass ich wieder auf dem Laufenden bin. So tolle Neuigkeiten gehören schließlich geteilt!"

„Ich wollte es erst gar nicht erzählen. Nicht an einem Tag, wie du ihn gerade hinter dir hast ..."

„Ach was, für eine Weile habe ich alles vergessen. Es kommt früh genug zurück." Sophie zog eine Grimasse. Ja, sie würde noch eine Zeit lang mit dem Tod von Lady Gwineth zu kämpfen haben. Dennoch ging das Leben weiter. Und sollte Kate endlich den richtigen Mann fürs Leben getroffen haben, dann war das einfach wundervoll.

„Okay, mein Herz, ich drück dich aus der Ferne, und
wir hören uns bald wieder!“

Sophie verabschiedete sich. Gedankenverloren blieb
sie sitzen. Was für ein Tag.

29.

„Lecker?" Sophie betrachtete den Hund, der aufgeregt wedelnd vor ihr in der Küche saß. Lachend gab sie ihm ein weiteres Stück getrockneten Pansen. Sie war immer noch jedes Mal froh, wenn er sich begeistert über das angebotene Futter hermachte. Inzwischen waren sie seit einer Woche zurück in London. Es hatte drei volle Tage gedauert, bis James zu seinem alten Appetit zurückfand. Drei bange Tage, in denen Sophie sich immer wieder fragte, ob er sich endgültig aufgegeben hatte. Und ob es helfen würde, wenn sie ihn zu einem Tierarzt brächte. Aber im tiefsten Innern wusste sie, dass kein Arzt helfen konnte. Es war die Entscheidung des Hundes, ob er ohne Lady Gwineth in einem neuen Leben weiter machen wollte. Sie hatte angefangen, für ihn zu kochen. Hühnchen, teures Beef, Karotten und Leberpastete waren verschmäht worden, während ihre Sorge wuchs. Sophie war nicht bereit gewesen aufzugeben. Bald wusste sie nicht mehr, ob sie in ihren Bemühungen so verbissen war, weil der alte traurige Kerl ihr leidtat oder ob es an ihrem Versprechen an Lady Gwineth lag. Falls James sterben sollte, käme es Sophie wie ein Verrat vor. Und so hatte sie weiter gemacht. Am vierten Morgen hatte dann die Wandlung eingesetzt. Waren es erst vorsichtige Bissen, die James mit spitzen Zähnen zu sich nahm, wurde die Menge stetig größer, die in seinem Maul verschwand. Am Abend hatte Sophie das Gefühl gehabt, als hätte er an einem einzigen Tag die Mahlzeiten aller verpassten locker aufgeholt. Sie war unendlich erleichtert gewesen und hatte ihm zur Feier des Tages einen knallroten Ball gekauft, den er seitdem stolz zu jedem Spaziergang mitnehmen wollte. James war zurück im Leben. In seinem neuen Leben als Londoner Stadthund. Mit den Parks der Umgebung war er bereits bestens vertraut und hatte schon einige Hundefreundschaften geschlossen, was Sophie besonders freute.

Sie hatte nicht geahnt, wie sehr sie die Gesellschaft des riesigen Vierbeiners genießen würde. Der Schock, den Lady Gwineths plötzlicher Tod bei ihr ausgelöst hatte, wurde langsam kleiner, aber noch immer übermannte sie regelmäßig eine tiefe Traurigkeit. Vielleicht lag es daran, dass sie so viel freie Zeit hatte. So viel wie schon lange nicht mehr.

In dieser Situation mehr, als ihr lieb war.

Und noch immer hatte sie keine Ahnung, wie es nun weiter gehen sollte. Aus ihren wenigen Notizen konnte sie unmöglich eine Biografie schreiben, die sich an einen Verlag verkaufen ließe. Davon abgesehen wäre es vermutlich auch rechtlich schwierig. Sie hatte keinen Vertrag, der das regelte. Und so, wie sie die verbliebenen Montenays einschätzte, würden sie ihr die besten Anwälte auf den Hals hetzen. Die einzige Möglichkeit, die ihr einfiel, wäre ein Roman, in dem sie Lady Gwineth so unkenntlich machte, dass niemand nachweisen konnte, um wen es sich handelte. Wirklich Gefallen fand Sophie an dieser Idee allerdings nicht. Zu sehr widersprach sie der eigentlichen Aufgabe. Lady Gwineth hatte gewollt, dass Sophie ihre Memoiren schrieb und nicht, dass sie Protagonistin in einer fiktiven Geschichte wurde. Und für die Memoiren fehlten Sophie sowohl die vollständigen Informationen als auch die Legitimation. Sie musste sich wohl oder übel von der Aufgabe verabschieden. Im Grunde war ihr das seit ihrer Abreise aus *Blue Manor* klar. Warum es ihr dennoch so schwerfiel, sich endgültig davon zu lösen, blieb ihr ein Rätsel.

Ein leises Bellen riss sie aus ihren Gedanken. In James' dunklen Augen blitzte Erwartung, als er zu der Tüte mit dem Pansen schielte, die Sophie noch immer in der Hand hielt.

„Okay. Eins noch, aber dann reicht es." Sie lächelte und gab ihm noch ein kleines Stück. „Gleich geht es ab in den Park. Sonst bist du bald dick und rund und kannst dich gar nicht mehr bewegen."

James blieb unbeeindruckt. Allerdings folgte er ihr sofort bereitwillig in den Flur, schnappte sich seinen roten Ball, den er unter einem Stuhl versteckt hatte, und stand bereit. Er hatte die Marotte entwickelt, sein Spielzeug sorgsam in der Wohnung zu verstecken und ihn erst zu den Spaziergängen wieder hervorzuholen. Jedes Mal wählte er ein anderes Versteck. Sophie war gerade in ihre Sneakers geschlüpft und wollte zur Leine greifen, als die Türklingel ertönte.

Überrascht hielt sie inne. Außer Kate wusste bis jetzt noch niemand, dass sie schon zurück in London war. Zögernd drückte sie auf die Gegensprechanlage.

„Die Post. Ein Einschreiben für Mrs. Redgrave."

„Okay." Sie betätigte den Türöffner.

Kurz darauf händigte ihr ein älterer, nach Luft schnappender Briefträger ein Kuvert aus. Sie quittierte dankend den Empfang und schloss die Tür wieder. James sah sie verwundert an. Wir wollten doch los!, las sie in seinen Augen.

„Gleich Großer. Ich muss nur eben sehen, was das hier bedeutet." Sie wedelte mit dem Brief. Argwöhnisch blickte sie auf den Absender. Ein Notariatsbüro in Cadgwith. Verwirrt schüttelte sie den Kopf. Einen Moment zögerte sie, dann riss sie den Umschlag auf. Fassungslos las sie den Inhalt.

Erbschaftssache Montenay

Sehr geehrte Mrs. Redgrave,

zur Testamentseröffnung der am 21. Juni 2019 verstorbenen Lady Gwineth Montenay, laden wir Sie am Montag, den 1. Juli 2019, 14 Uhr, in unser Büro ein. Sollte es Ihnen nicht möglich sein, den Termin wahrzunehmen, bitten wir Sie um umgehende Mitteilung. In diesem Fall würden wir einen Ersatztermin anbieten.

Mit freundlichen Grüßen
Oliver Taylor
Notar

Sophie starrte fassungslos auf das Schreiben. In ihrem Kopf drehte sich alles.

Was zum Teufel sollte das bedeuten? Ihr Blick traf sich mit dem von James, der sie aufmerksam beobachtete. „Wie es aussieht, müssen wir uns bald wieder auf den Weg nach Cornwall machen. Ich habe nicht die geringste Ahnung, was das bedeuten soll, aber aus irgendeinem Grund hat dein Frauchen mich mit einer Erbschaft bedacht." Sie lachte unsicher. „Vielleicht bekomme ich die Holzperlenkette von Zola." Aber würde ein Notar deshalb den Termin verschieben, nur weil eine Erbin, die eine Kleinigkeit erhalten sollte, nicht erschien?

„Sehr seltsam, aber nächsten Montag werden wir mehr wissen. Und jetzt gehen wir spazieren."

Als sie James vor der Wohnungstür an die Leine nahm, murmelte sie: „Mir reicht doch vollkommen, dass ich dich geerbt habe." Das tat es wirklich. Sophies Hals schnürte sich zusammen bei der Vorstellung, William, Desmond und Claire gegenüberzutreten. Nie wäre sie auf die Idee gekommen, die drei noch einmal wiederzusehen. Ihre Wege hatten sich kurz gekreuzt und mit Lady Gwineths Tod gab es keine Verbindung mehr zwischen ihr und der Familie Montenay.

Sophie ahnte schon jetzt, dass sie in der Zeit, bis sie sich erneut auf den Weg nach Cadgwith machen würde, viel darüber nachgrübeln würde, was das alles zu bedeuten hatte. Allerdings war ihr auch klar, dass die Grübeleien zu nichts führen würden.

30.

„Jetzt dauert es nicht mehr lange, bis wir endlich Bescheid wissen, was das alles bedeuten soll." Sophie warf einen Blick auf die Rückbank des Rovers, wo James friedlich schlief. Inzwischen war es für sie normal, sich mit einem Hund zu unterhalten – selbst wenn er schlief. Zumindest kam es ihr nicht mehr besonders verrückt vor.

Die Aufregung, die sie seit dem Erhalt des Schreibens mit dem Termin zur Testamentseröffnung ergriffen hatte, war am Vormittag, als sie ihre Reisetasche und die Utensilien für James' Versorgung in den Rover lud, noch einmal kräftig gestiegen. Einzig die Gewissheit, dass die Anspannung in wenigen Stunden ein Ende haben würde, konnte sie ein wenig beruhigen. Was soll schon passieren?, hatte sie sich am Wochenende wie ein Mantra immer wieder gedacht. Vermutlich hatte Lady Gwineth ihr einen kleinen Geldbetrag vererbt – warum auch immer. Die Familie würde sich vielleicht darüber ärgern, aber damit könnte Sophie leben. Es war ja nur dieser eine Termin, an dem sie die Montenays noch einmal sehen und sich ihrem Unmut aussetzen musste. Danach würden sich ihre Wege erneut und diesmal endgültig trennen.

Diese rationale Einschätzung der Situation hatte Sophie nicht zuletzt Kate zu verdanken, die ihr Mut gemacht hatte.

Wenn Lady Gwineth es so gewollt hat, dann nimm es dankend an und scher dich nicht um die Verwandtschaft, der das nicht passt! Kates Worte im Kopf lenkte Sophie den Rover Richtung Cadgwith. Ursprünglich hatte sie geplant, auf dem Hinweg einen Abstecher zu Granny zu machen, die Idee allerdings schnell wieder verworfen. Gran reagierte empfindlich auf Stimmungen, und Sophie wollte ihre Aufregung nicht mit ins Heim tragen. Stattdessen hatte sie beschlossen, einige Tage in Cornwall dranzuhängen – schließlich hatte sie ohnehin reichlich freie Zeit, die sie nicht unbedingt in London verbringen musste – und auf dem Rückweg dann einen ruhigen Besuch bei Granny einzuschieben.

Trotz allem stieg Sophies Blutdruck spürbar, je näher sie Cadgwith kam. Das Notariatsbüro befand sich mitten im Dorf, wie sie recherchiert hatte. Das Auto würde sie auf dem Parkplatz des Ortes abstellen und die wenigen Meter bis zum Büro zu Fuß laufen.

Die ursprüngliche Idee, James für die Zeit des Termins im Wagen zu lassen, hatte sie längst verworfen. Der heutige Tag war der bislang heißeste des Jahres, und die dreißig Grad Marke war fast erreicht. Selbst wenn sie einen Schattenplatz fände, wäre es für den alten Hund viel zu heiß im Auto. Schon jetzt hechelte er trotz Fahrt und geöffneter Fenster stark. Sophie musste ihn wohl oder übel mitnehmen und konnte nur hoffen, dass der Notar Hunden gegenüber freundlich eingestellt war. Ohne James würde sie den Termin jedenfalls nicht wahrnehmen. Sophie lächelte wehmütig, als sie an Lady Gwineth dachte. Natürlich geht James mit! Schließlich betrifft es ihn auch ... Sophie runzelte die

Stirn. Wo kam diese Aussage her, die sie gerade deutlich aus dem Mund von Lady Gwineth vernommen hatte? Jetzt fange ich wirklich an, wunderlich zu werden, dachte sie kopfschüttelnd.

Im selben Moment tauchte die Einfahrt des Parkplatzes vor ihren Augen auf. Sie fand einen freien Platz im Halbschatten. Immerhin bestand so Hoffnung, dass sich das Innere des Autos nicht in einen glühenden Backofen verwandeln würde, bis sie zurückkehrten.

„Wir sind angekommen", informierte Sophie ihren tierischen Reisebegleiter. Während ihre Aufregung sich sprunghaft steigerte und tentakelartig in der Brust zu verhaken schien, schaltete Sophie den Motor aus. James war inzwischen erwacht und blickte sich verwundert um.

„Ja, wir sind wieder in Cagdwith." Sie stieg aus und öffnete die Tür auch für James. Ein wenig umständlich, aber würdevoll kletterte er hinaus. Eine Weile stand er schnuppernd da. Er wirkte fast versunken, als ob er es genoss, wieder in heimatlichen Gefilden zu sein.

„Ja, du bist wieder ein Landhund. Aber gewöhn dich nicht zu sehr dran, in ein paar Tagen werden wir wieder zurück nach London fahren." Der Hund sah aufmerksam zu ihr auf.

„Und nun nähern wir uns des Rätsels Lösung", verkündete Sophie und schloss den Rover ab.

Zielstrebiger, als sie sich fühlte, wendete sie sich dem Ausgang des Parkplatzes zu und bog auf die New Road ein. Der Hund an ihrer Seite begann an dem Grünstreifen, der die Straße säumte, zu schnüffeln. Hier und dort hob er träge das Bein und verrichtete, was nottat. Sie kamen nur langsam voran, aber es war erst halb zwei. Also noch genug Luft, um trotzdem pünktlich zur Testamentseröffnung zu erscheinen. James durfte also in aller Ruhe weiter seinen Geschäften nachgehen. Die träge Mittagshitze, die sich wie eine unsichtbare Decke um Sophies Körper legte, ihre nackten Arme, die aus dem ärmellosen Sommerkleid ragten, nachdrücklich wärmten und ihren verschwitzten Rücken noch ein wenig mehr aufheizte, verführte ohnehin nicht dazu, sich schneller als unbedingt nötig zu bewegen. Warum musste es gerade heute so richtig warm werden? Sophie seufzte.

Keine zehn Minuten später hatten sie ihr Ziel erreicht. An der Eingangstür des weiß gekalkten und reetgedeckten Einfamilienhauses verriet ein schlichtes Schild, dass sich hier die Adresse des örtlichen Notariats befand. Ob das Haus ganz oder nur teilweise als Büro diente, war nicht auszumachen. Sophies Magen krampfte sich zusammen. Gleich würde sie den Montenays gegenüberstehen. Warum hatte sie bloß solch eine ... Angst davor? Zum ersten Mal gestand sie es sich ein: Es grenzte tatsächlich an Angst, was sie empfand. Lächerlich, schimpfte sie in Gedanken mit sich selbst. Wenn Lady Gwineth ihr etwas vererben wollte, dann war es verdammt noch mal ihr gutes Recht!

„Komm James, wir gehen jetzt da rein!" Sie packte die Leine fester, saugte tief die heiße Luft in ihre Lungen und stieß die Tür fast heftig auf.

Die junge Empfangsdame hinter dem Tresen, die ihre blonden Haare zum Pferdeschwanz gebunden hatte, blickte überrascht auf. Ein freundliches Lächeln erschien auf ihren Lippen. Dann fiel ihr Blick auf James und ihre Augen weiteten sich.

„Guten Tag." Ihre Stimme war so freundlich wie ihr Lächeln. James schien nur für eine kurze Irritation, aber nicht für Abneigung gesorgt zu haben.

Sophie schloss die Tür hinter sich und trat näher in den Raum. „Guten Tag. Mein Name ist Sophie Redgrave. Ich habe einen Termin um vierzehn Uhr. Wir sind ein wenig früh dran, aber es ist schrecklich heiß heute. Deshalb konnte ich auch meinen Hund nicht im Auto lassen ..." Wie selbstverständlich ich schon von meinem Hund spreche, dachte Sophie. Aber es stimmte. James war in den wenigen Tagen, die er bei ihr war, tatsächlich schon zu ihrem Hund geworden.

„Oh, das ist kein Problem. Bestimmt versteht er sich gut mit Molly, unserer Bürohündin. Kommen Sie, ich bringe Sie ins Besprechungszimmer." Die Mitarbeiterin stand auf und ging mit schwingendem Glockenrock durch einen kleinen Flur in den hinteren Teil des Hauses vor. Die links und rechts des Flures abgehenden Türen ließ sie unbeachtet und steuerte auf den Raum am Ende zu. Sie öffnete die Tür und deutete einladend ins Zimmer. „Nehmen Sie Platz und bedienen Sie sich gerne mit Getränken und Keksen. Mr. Taylor wird gleich bei Ihnen sein."

Sophie dankte und betrat das Besprechungszimmer. Ein großer ovaler Tisch mit vielen Stühlen dominierte den Raum. Hier war es etwas wärmer als im Empfangsbereich des Hauses, weil durch die kleinen Fenster die kräftige Mittagssonne hereinfiel. Die herunter gelassenen Jalousien filterten nur einen Teil der Hitze. Trotzdem war es auch hier im Gegensatz zu draußen noch angenehm.

Sophie setzte sich auf die Kante eines mit grünem Leder bespannten Stuhls, James legte sich neben ihrem Stuhl auf den Boden. Nervös goss Sophie sich Wasser aus der Glaskaraffe in eins der bereitstehenden Gläser. Hastig trank sie einen Schluck und stellte das Glas auf der polierten Holzfläche des Tisches ab. Ihre Finger verknoteten sich ineinander und sie versuchte vergeblich, ihren Herzschlag zu beruhigen. Verdammt! Wie sollte das erst werden, wenn gleich der Rest der geladenen Besucher erschien?

Sophie verschränkte die Hände im Nacken und blickte auf die makellos weiße Decke. Die Sekunden flossen zäh wie Sirup dahin. Allerdings war Sophie nicht sicher, ob sie wollte, dass der Zeiger der Uhr, der über einem Sideboard auf der gegenüber liegenden Wand hing, sich schneller auf vierzehn Uhr zu bewegte. Vielleicht sollte sie die ruhigen Minuten lieber noch genießen. Sie seufzte und nahm einen tiefen Atemzug. Womöglich hätte sie sich damals statt zum Boxen für Yoga entscheiden sollen. Dann wüsste sie jetzt, wie man es schaffte, flatternde Nerven im Handumdrehen unter Kontrolle zu bekommen. Zu spät ... Sie musste es anders hinkriegen. Sie stand auf und begann, den Tisch zu umrunden. Als sie zum dritten Mal bei James angekommen war, der sie irritiert musterte, ließ ein Geräusch an der Tür sie aufschrecken. Ein junger blonder Mann erschien im Türrahmen. Er kam mit ausgestreckter Hand auf sie zu.

„Oliver Taylor. Herzlich willkommen, Mrs. Redgrave!" Sein Händedruck war so warm wie sein Lächeln.

„Guten Tag. Ich hoffe, es ist okay, dass mein Hund mich begleitet." Sie deutete auf James, der in liegender Position die beiden Menschen beobachtete.

„Selbstverständlich, das ist kein Problem. Wie ich sehe, sind Sie bereits mit Getränken versorgt." Er blickte auf den Tisch. Dann schweifte sein Blick suchend über den Fußboden. „Aber wo ist das Wasser für den armen Kerl?"

Sophie zuckte entschuldigend mit den Schultern. „Er hat bei unserer Pause auf der Fahrt getrunken, das ist noch nicht lange her."

„Schlechter Service", murmelte der Notar. Er marschierte zur Tür, steckte seinen Kopf in den Flur und rief: „Macey, der Hund hat Durst!"

Die junge Empfangsdame erschien sofort. „Entschuldigung, ich erledige das sofort." Sie lächelte unsicher und entfernte sich rasch.

„Und bringen Sie Molly rein. Ich denke, die beiden werden sich gut verstehen!", rief er ihr hinterher.

Sophie schmunzelte. Ihre Anspannung schwand etwas. Obwohl es sie überraschte, wie jung der Notar war, hatte sie das Gefühl, sich in guten Händen zu befinden. Er strahlte Kompetenz und Menschlichkeit aus. Nicht, dass Sophie besonders viele Notare kannte, aber in ihrer Vorstellung war sie von einem älteren, etwas verknöcherten Mann ausgegangen, der sie streng durch seine Lesebrille musterte. Stattdessen nun der sympathische Oliver Taylor, der sich zuerst um das Wohlergehen von James sorgte ...

„Sagen Sie, wenn ich mich nicht irre ist das James, oder?“

„Ja, das ist er“, antwortete Sophie überrascht.

„Dachte ich es doch. Ich habe ihn vor Jahren kennengelernt, als er noch ein junger Spund und Lady Gwineth noch in der Lage war, mit ihm längere Runden durchs Dorf zu machen. Da war er sehr aktiv und albern.“

„Tja, inzwischen ist seine Lieblingsbeschäftigung das Schlafen.“ Sophie sah auf James hinunter, der gerade wieder in Tiefschlaf gefallen war. „Aber kleine Spaziergänge mag er immer noch.“

„Wie kommt es, dass er jetzt in Ihrer Obhut ist?“

„Es war Lady Gwineths Wunsch.“ Sophie schluckte nervös. Wieder einer der Momente, wo die Traurigkeit sie ansprang wie ein wildes Tier. Sie räusperte sich. „Ihre anderen Wünsche werden wir dann gleich erfahren.“

Oliver Taylor nickte. Sein Gesichtsausdruck, der während des Hundegeplänkels gelöst und fröhlich gewirkt hatte, wurde ernst. Nach einem Blick zur Uhr sagte er: „Vierzehn Uhr. Ich schaue mal nach, ob die anderen Erben eingetroffen sind. Nehmen Sie gerne schon Platz.“ Sophies Herzschlag beschleunigte sich prompt. Gleich war es so weit. Sie würde den Montenays gegenüber sitzen. Ihr Mund war trocken, hastig griff sie zu ihrem Wasserglas und trank gierig. Es half nur wenig.

Macey erschien im Türrahmen, in der Hand hielt sie einen mit Wasser gefüllten Napf. Neben ihr stand eine offensichtlich wie James schon betagte Beagle-Hündin, die freundlich mit dem Schwanz wedelte und heisere, kleine Bellgeräusche von sich gab.

„James, wach auf. Besuch für dich." Sophie schubste James sanft an. Er rekelte sich verschlafen. Unterdessen war Molly verstummt und interessiert näher gekommen.

Macey stellte den Napf ab. „Ich denke, die beiden kommen klar." Sie lächelte, während sie die Hunde betrachtete, die sich gerade vorsichtig beschnupperten – James immer noch im Liegen und somit auf Augenhöhe mit der kleinen Beagle-Dame. „Ich müsste wieder nach vorne ..."

„Ja, kein Problem", versicherte Sophie.

Als sie wieder allein war, wünschte Sophie, sie könnte den anstehenden Termin nur mit dem Notar und in Gesellschaft der Hunde absolvieren. Hätte man die Erben nicht getrennt laden können? Sie wusste, dass ihre Überlegung Blödsinn war und obendrein kindisch.

Und dann öffnete sich die Tür erneut. Sophie konnte hinter Oliver Taylor den schütteren Schopf von William erkennen, neben ihm tauchte Desmond auf, und kurz darauf erschien Claire im Blickfeld. Im Gänsemarsch trotteten alle ins Besprechungszimmer. Hastig erhob Sophie sich und strich sich unauffällig die feuchten Hände an ihrem Kleid ab. Gut, dass sie sich in der Früh für ein dunkelblau gemustertes entschieden hatte, das unempfindlich für Flecke war. Sophie wünschte sich weit weg. Stattdessen machte sie einen Schritt auf die Runde zu und zauberte ein Lächeln auf ihr Gesicht.

31.

Die Atmosphäre als unterkühlt zu beschreiben, wäre der Sache nicht gerecht geworden. Die blauen Augen von Lord William ähnelten Eiswürfeln, als er Sophie über den Tisch hinweg taxierte. Ein Frösteln lief trotz der Wärme im Raum über ihren Rücken. Einen Moment schaffte sie es, seinem Blick standzuhalten, dann hatte er gewonnen, und ihr Blick wanderte weiter. Claire wirkte mehr verschreckt als kühl. Immer wieder sah sie hilfesuchend zu ihrem Mann, der neben ihr saß. Desmond ignorierte sie. Er starrte unverwandt auf seine gefalteten Hände, an denen die Knöchel weiß hervortraten.

Selbst auf Oliver Taylors Gesicht zeichnete sich inzwischen eine deutliche Anspannung ab, was Sophie noch weiter beunruhigte. Nachdem Macey alle mit Getränken versorgt hatte, ordnete ihr Chef die Papiere, die in einer Mappe vor ihm lagen, räusperte sich und hieß dann die Anwesenden mit ruhiger Stimme willkommen.

„Wir haben uns hier in der Erbschaftssache Lady Gwineth Montenay versammelt", fuhr er fort. „Da mein Vater Henry, den Sie kennen", er nickte den Montenays zu, „...das Testament am 15. Juni 2019 aufgenommen hat, sich auf einer mehrmonatigen Weltreise befindet, sind seine Geschäfte zur Gänze auf mich übertragen."

Sophie erstarrte. Gwineth hatte ihr Testament nur wenige Tage, bevor Sophie ihren Auftrag angetreten hatte, verfassen lassen. Das bedeutete, dass die alte Dame sie noch nicht persönlich kennengelernt hatte. Und da hatte sie eine ihr noch fremde Journalistin mit einem Erbteil bedacht? Sophies Verwirrung war groß. Gebannt wartete sie auf die nächsten Worte des Notars.

„Ich verlese gleich den Originalwortlaut, den Lady Gwineth zu Protokoll gegeben hat. Vorab möchte ich auf die Prüfung meines Vaters, Henry Taylor, hinweisen, dass er die Geschäftsfähigkeit der Erblasserin, die ihm seit vielen Jahren persönlich bekannt ist, im vollen Umfang bestätigt. Ich beginne jetzt mit dem Testament: Mein Barvermögen in Höhe von 100.000 Pfund vererbe ich zu gleichen Teilen meinem Bruder William, meinem Neffen Desmond und Sophie Redgrave."

Erstickte Aufschreie gellten durch den Raum. Sophie wurde bewusst, dass einer davon aus ihrem Mund gekommen war. Entsetzt starrte sie den Notar an, der sichtlich damit kämpfte, sich nicht von der allgemeinen Aufregung anstecken zu lassen und professionelle Ruhe zu bewahren.

„Ob Desmonds Sohn Thomas etwas von seinem Anteil bekommen soll, möge mein Neffe selbst entscheiden. Die liebe Claire hingegen darf sich über meinen gesamten Schmuck freuen. Der Kram hat mir noch nie viel bedeutet, aber ich denke, er wird einiges wert sein. Also, Claire, viel Freude damit! Ausnahme: Meine Perlenholzkette von Zola. Dieses Schmuckstück, mit dem ich viele wunderbare Erinnerungen verbinde, möchte ich in die Hände von Sophie legen."

Angesichts des aufgeregten Gemurmels am Tisch unterbrach der Notar kurz die Verlesung.

Sophie spürte eine kleine Welle der Erleichterung ihren Körper fluten. Gott sei Dank, immerhin kam sie nicht auch noch in den unverdienten Genuss, Familienschmuck zu erben. Auf die schlichte Holzkette konnte Claire vermutlich gut verzichten. Aber das viele Geld ... Sophie war schwindelig, instinktiv suchte ihre Hand an der Tischkante Halt.

„Kommen wir zum größten Teil." Oliver Taylor räusperte sich ein weiteres Mal. Sophie hatte den Eindruck, als wenn er Mut sammeln musste, bevor er weiter sprach.

„Das Haupterbe – *Blue Manor* – hat in meinem Leben stets eine zwiespältige Rolle gespielt. Einerseits ist es nun mal unser Familienbesitz, andererseits hat es für mich auch immer eine Bürde bedeutet."

Sophie sah zu Lord William, an dessen Schläfe eine Ader bedrohlich pochte. Mit finsterem Blick starrte er den jungen Notar an, der nun weiter sprach.

„Mein Vater hat damals die übliche Erbfolge außer Kraft gesetzt – und das aus gutem Grund. Daher sehe auch ich mich gezwungen, diese Tradition fortzuführen. Was dazu genau geführt hat, möchte ich an dieser Stelle nicht ausführen, aber ich bin sicher, dass mein Bruder weiß, wovon ich spreche."

Lord William gab einen erstickten Laut von sich und japste nach Luft.

„Nach reiflicher Überlegung bin ich zu dem Schluss gekommen, *Blue Manor* an Sophie Redgrave zu vererben. Ich bin sicher, es ist bei ihr in besten Händen."

Es war totenstill im Raum, als der Notar verstummte. Sophie war zunächst zu geschockt, um irgendetwas zu fühlen. Kein Entsetzen, keine Fassungslosigkeit, nicht einmal Überraschung. Ich muss mich verhört haben, war der einzige Gedanke, der sich stetig in ihrem Kopf wiederholte. Alles andere war zu absurd ...

„Aber natürlich will ich meine Familie nicht unter der Brücke wissen – das kann nicht einmal ich übers Herz bringen. Insofern verfüge ich ein lebenslanges Wohnrecht für William – lange wird mein Bruder ohnehin nicht mehr leben – und für Desmond, Claire und auch Thomas, so er es denn möchte. Ach, und noch einen guten Rat für Sophie: Lass dich nicht von William oder Desmond beeinflussen und öffne *Blue Manor* für die Öffentlichkeit. Lange geht es sonst nicht mehr gut. Alle Ländereien, die den drohenden Ruin noch abwenden konnten, habe ich in den letzten Jahren bereits verkauft. Ich bin sicher, du wirst ein tragfähiges Konzept ausarbeiten und umsetzen können. Eins noch zum Schluss: Liebe Sophie, du kannst selbstverständlich gerne auf *Blue Manor* leben, aber du genießt mein volles Verständnis, wenn du es nicht tun möchtest. So, und nun atmet alle tief durch und überwindet den Schock, den ich euch verpasst habe. Alles Liebe, Eure Gwineth."

Oliver Taylor ließ das Blatt sinken, seine Hand zitterte leicht.

Dann brach der Tumult los. William, Desmond und Claire schrien gleichzeitig. Sophie schrumpfte in sich zusammen. Ein Albtraum! Sie war in einem Albtraum gefangen und wünschte nichts sehnlicher, als sofort daraus zu erwachen. Um danach Kate anzurufen und mit ihr gemeinsam herzhaft über den Unfug zu lachen, den sie nachts zusammen träumte.

Doch der sorgenvolle Blick, den der junge Notar ihr jetzt zuwarf, war zusammen mit dem Sonnenschein, der durch die Jalousien ins Zimmer fiel, viel zu real für einen Traum.

Sophie schluckte mühsam. Sie fühlte sich, als hätte sie beim Boxen einen rechten Haken als K. O.-Schlag direkt in den Magen bekommen. Ihr Denken war in einen dichten Nebel getaucht. Gedankenfetzen waberten darin herum, die allesamt keinen Sinn ergaben. Die lauten, aufgeregten Stimmen um sie herum klangen wie durch Watte gedämpft.

„… werde ich niemals zulassen! Sie hatte definitiv den Verstand verloren … Nur über meine Leiche werde ich …“

Sophie sah zu William, dessen Gesicht hochrot war. Feine Speicheltropfen sprühten beim Reden aus seinem Mund. Sein Blick durchbohrte Sophie, bevor er sich wieder dem Notar zuwandte, der zunächst still abgewartet hatte. Jetzt ergriff er wieder das Wort: „Meine Damen und Herren, ich möchte Sie bitten, Ruhe zu bewahren …“

„Ruhe bewahren?“, schrie William, während sein Gesicht noch dunkler anlief.

In Sophies Gedankennebel blitzte kurz die Frage auf, ob es nicht besser sei, einen Arzt für den alten Mann zu holen.

„Bitte, Lord William. Versuchen Sie, die Tatsachen zu akzeptieren. Der Wille Ihrer Schwester ist eindeutig …“

„Der Wille einer dementen alten Frau, die viel zu viel getrunken hat! Nichts bedeutet er! Gar nichts!“

„Es tut mir leid, aber Lady Gwineth war eindeutig nicht dement. Mein Vater ...“

„Ihr Vater! Es ist mir vollkommen egal, was Ihr Vater meint.“ Die Faust von William sauste so heftig auf die Tischplatte, dass nicht nur alle Menschen am Tisch zusammenzuckten. Zum ersten Mal regten sich nun auch die Hunde, die den Aufruhr bis jetzt verschlafen hatten. Molly rannte Schutz suchend zu Oliver, und James stellte sich fragend neben Sophie. Beruhigend streichelte sie über seinen Kopf.

„Ich verstehe Ihre Aufregung, Lord William, glauben Sie mir. Dennoch kann ich Ihnen versichern, dass mein Vater niemals dieses Testament aufgesetzt hätte, wenn es den leisesten Zweifel an Lady Gwineths Geisteszustand gegeben hätte.“ Olivers Stimme klang ruhig und freundlich, aber Sophie stellte fest, dass inzwischen eine leichte Röte seine Wangen überzog und sich eine Falte zwischen den Augenbrauen gebildet hatte. Offenbar musste er sich zur Professionalität zwingen. Sophie verstand ihn gut. Offenbar ärgerte ihn die harsche Kritik an seinem Vater, die vermutlich keine Berechtigung hatte. Gwineth dement? Sophie schüttelte leicht den Kopf. Nein, das hätte sie in den vielen Stunden, die sie intensiv mit der alten Lady verbracht hatte, mit Sicherheit gemerkt. Immerhin hatte sie einige Erfahrungen durch Granny sammeln können. Gwineth hatte nicht den leisesten Anhaltspunkt erkennen lassen, dass sie an dieser Krankheit litt. Andererseits hatte sie aber vollkommen irrational gehandelt ... Sie hatte einer Wildfremden ein imposantes Herrenhaus – den Familienbesitz – vererbt! Dass das gelinde gesagt seltsam war, konnte und wollte Sophie nicht bestreiten. Jedenfalls fiel es ihr nicht schwer, die Wut von William zu verstehen.

„Nun, junger Mann. Letztlich haben das nicht Sie zu entscheiden. Diese Entscheidung wird das Gericht treffen. Sie glauben doch nicht ernsthaft, ich lasse die Sache einfach auf sich beruhen und sehe gelassen zu, wie unser Familienerbe einfach so in fremde Hände gegeben wird?" Lord Williams Stimme war gefährlich leise geworden. Schwer atmend griff er nach seinem Stock und erhob sich.

Desmond und Claire sprangen auf und eilten an seine Seite. Unwillig schob er Desmonds Arm zur Seite, als der ihn unterhaken wollte. „Sie hören von meinem Anwalt." Hoch erhobenen Hauptes steuerte William mit seinem Gefolge zur Tür.

Oliver Taylor beeilte sich, vor ihnen an der Tür zu sein und diese zu öffnen. Sophie blieb wie gelähmt sitzen. Der Schock saß noch immer zu tief, als dass sie ihren Beinen über den Weg getraut hätte. Der Termin war vorbei, aber sie sah sich vollkommen außerstande, jetzt zu gehen.

Der Notar schloss die Tür hinter den Montenays und trat neben Sophie. „Möchten Sie etwas trinken? Wasser? Oder noch einen Kaffee?"

Stumm schüttelte sie den Kopf.

„Oder etwas Stärkeres? Einen Cognac vielleicht?"

„Gin Tonic", flüsterte sie. „Mit sehr wenig Tonic."

32.

Der Notar hatte das gewünschte Getränk in einem hohen Glas serviert. Jetzt war es zur Hälfte geleert, und Sophie hatte ihre Hände darum gelegt. Wirklich geholfen hatte der Alkohol noch nicht. Sie hatte noch immer nicht das Gefühl, wieder in der Realität angekommen zu sein. Gedanken jagten durch ihren Kopf, eine Gänsehaut auf den Armen hielt sich hartnäckig und ein inneres Zittern wollte partout nicht weichen.

„Geht es wieder?", fragte Oliver Taylor sanft und musterte Sophie über den Tisch hinweg besorgt.

„Nein", antwortete sie ehrlich. „Ich bin vollkommen durcheinander. Was soll das bedeuten? Warum vererbt Lady Gwineth mir beinahe ihr ganzes Vermögen?"

„Ich weiß es nicht", bekannte der Notar. „Aber sie wird sich etwas dabei gedacht haben."

„Aber was?", rief Sophie verzweifelt. „Sie kannte mich nicht einmal, als sie das Testament aufsetzen ließ."

„In welcher Beziehung standen Sie denn zu Lady Gwineth?"

„Sie hat mich beauftragt, ihre Memoiren zu verfassen. Ich bin Journalistin. Wir hatten gerade erst mit der Arbeit begonnen, als ..." Sophie biss sich auf die Lippen, Tränen schossen in ihre Augen.

„Das ist tatsächlich seltsam", murmelte er und fuhr sich mit einer Hand durch die blonden Haare.

„Hat Ihr Vater Ihnen denn nichts über ihre Gründe erzählt?"

„Leider nein." Er schüttelte den Kopf.

„Dann müssen wir ihn fragen!" Langsam wurde Sophies Denken wieder klarer. Für einen Moment sah sie einen kleinen Hoffnungsschimmer, um das Desaster aufzulösen.

„Es tut mir sehr leid, aber ich fürchte, das ist unmöglich."

„Warum?" Sie sah ihn erstaunt an. Weltreise hin oder her; heutzutage war doch jeder problemlos erreichbar.

„Mein Vater hat voller Vergnügen sein Handy zu Hause gelassen." Er hob bedauernd die Schultern.

„Das ist nicht Ihr Ernst!" Sie starrte ihn fassungslos an.

„Leider doch. Mein Vater ist der gewissenhafteste und fleißigste Mensch, den ich kenne. Und nach all den anstrengenden Jahren war sein großer Traum, einmal für einen längeren Zeitpunkt sämtliche Fesseln zu lösen. Das beinhaltete für ihn auch und vor allem, ohne sein Telefon zu sein. Er freute sich wie ein kleines Kind darüber, nicht mehr für jeden und alles erreichbar zu sein."

Sophie nickte benommen.

„Aus Ihren Gesprächen mit Lady Gwineth haben sich keine Anhaltspunkte ergeben, dass sie vorhatte, Ihnen *Blue Manor* zu vererben?"

„Nein. Wir hatten ja gerade erst mit der Arbeit begonnen. Viele interessante Einblicke in Lady Gwineths spannendes Leben durfte ich bekommen. Aber außer, dass sie mich gebeten hat, mich um James zu kümmern, falls sie es nicht mehr kann ..." Sie schüttelte hilflos den Kopf. „Nein, warum sollte sie auch einer Wildfremden den Familienbesitz vererben?"

„Es ist tatsächlich seltsam. Aber so, wie ich Lady Gwineth kennengelernt habe, war sie eine äußerst willensstarke Person, die genau wusste, was sie wollte."

„Ja, den Eindruck hatte ich auch. Und ich würde meine Hand dafür ins Feuer legen, dass sie geistig vollkommen gesund war." Sophie trommelte mit ihren Fingerspitzen ans Glas, bevor sie einen weiteren Schluck trank. „Was mache ich denn jetzt bloß?" Sie sah ihn hilfesuchend an.

Er erwiderte ihren Blick freundlich, aber nicht weniger zweifelnd. „Nun ja, im Grunde spricht rechtlich nichts dagegen, dass Sie sofort ins Herrenhaus ziehen", sagte er nach einer Weile gedehnt.

„Ich soll nach *Blue Manor* ziehen?", rief sie erschrocken.

„Immerhin gehört es Ihnen jetzt." Feiner Humor blitzte in den Worten und kurz in seinen Augen auf.

Sophie verzog das Gesicht. Ein weiteres Mal wünschte sie nichts sehnlicher, als aus diesem Albtraum zu erwachen. Sie war weit davon entfernt, Freude über die unverhoffte Großzügigkeit zu empfinden. Pures Entsetzen traf es eher. Vielleicht wäre das anders, wenn es die restliche Familie Montenay nicht geben würde. So aber hielt sich hartnäckig ihr Gefühl, etwas geschenkt bekommen zu haben, das ihr nicht nur in keiner Weise zustand, sondern an dem andere ein absolutes Recht besaßen.

„Aber das macht es nicht richtiger ..." Sie schluckte trocken und sah zu James hinunter, der in völlig entspannter Haltung und in direkter Nähe zu Molly vor sich hin döste.

„Sehen Sie es einmal so: James darf wieder an den Platz zurückkehren, an dem er praktisch sein ganzes Leben verbracht hat. Vielleicht steckt ja auch das hinter Lady Gwineths Wunsch."

Sophie hob zweifelnd eine Augenbraue. „Glauben Sie ernsthaft, dass das der Grund ist?"

Er zuckte die Achseln. „Immerhin wäre es eine Möglichkeit."

„Vielleicht ...", sagte sie zögernd. „Trotzdem, die Vorstellung, dort jetzt einzuziehen, jagt mir kalte Schauer über den Rücken. Eigentlich wollte ich noch ein paar Tage Urlaub in Cornwall dranhängen. Aber wie es aussieht, wird das nicht reichen." Sie seufzte mutlos. „Können Sie mir ein Hotel empfehlen? Ich muss mir erst einmal darüber klar werden, wie ich mit allem umgehe."

„Oh, das könnte schwierig werden. Zu dieser Zeit noch etwas zu bekommen, dürfte an ein Wunder grenzen. Wir sind hier weit entfernt davon, Massentourismus zu betreiben. Die hiesigen Unterkünfte sind begrenzt und vielfach von Stammgästen belegt. Vor allem jetzt im Sommer, wo Hauptsaison ist." Er sah sie bedauernd an.

„Oh, ja natürlich." Sie rieb sich die Stirn. Was sollte sie bloß tun? Zurück nach London zu fahren, war keine Option. Direkt nach *Blue Manor* zu fahren, noch weniger.

„Aber ich will Sie auch nicht länger mit meinen Problemen belasten", schob sie schnell hinterher. Sie nahm die Gastfreundschaft des jungen Notars schon viel zu lange in Anspruch. Er hatte längst seine Pflicht getan, sie musste jetzt gehen und allein einen Weg aus diesem Schlamassel finden. Mit weichen Knien stand sie auf.

„Warten Sie!" Er erhob sich ebenfalls. „Vielleicht habe ich eine vorübergehende Lösung für Sie."

„Ja?" Sie verharrte überrascht in der Bewegung.

„Nun, der obere Bereich dieses Hauses wird normalerweise von meinem Vater bewohnt. Aber da er ja nun auf Weltreise ist, stehen die Räume ohnehin leer. Sie können die Wohnung gerne nutzen."

„Oh nein, das kann ich nicht annehmen!" So verlockend das Angebot klang, aber ihr war klar, dass das zu weit ging. Oliver Taylor schien ein sehr hilfsbereiter Mensch zu sein, aber gerade deswegen konnte sie seine Gutmütigkeit nicht ausnutzen.

„Nun, Sie würden mir sogar einen Gefallen tun."

Sie sah ihm überrascht ins Gesicht. Ein leichtes Lächeln umspielte seine Lippen.

„Mein Vater besitzt sehr viele Pflanzen. Wenn Sie sich im Gegenzug darum kümmern würden, wäre mir eine große Last genommen." Er grinste verschmitzt. „Zumal ich alles andere als einen grünen Daumen habe."

Sie glaubte ihm kein Wort und musste lachen. Mit dem Lachen löste sich ein Teil der immensen Anspannung auf ihren Schultern.

„Also gut, wenn ich damit ein gutes Werk tun kann, nehme ich Ihr Angebot sehr gerne an!" Sie streckte ihm die Hand entgegen und fühlte zum ersten Mal seit der Testamentsverkündung wieder einen Hauch von Sicherheit, als er sie warm und fest ergriff.

33.

„Tja, James, es tut mir leid, aber du musst dich schon wieder an eine neue Unterkunft gewöhnen."

Sophie deutete auf sein weiches Körbchen, das sie neben das braune Ledersofa gestellt hatte. Der Hund achtete nicht auf sie. Er war zu sehr damit beschäftigt, das gemütliche Wohnzimmer zu durchschreiten und dabei jeden Millimeter abzuschnüffeln. Oliver Taylor hatte nicht übertrieben. Der Raum beherbergte unzählige überwiegend sehr große Pflanzen. Alle waren üppig gediehen und erfreuten sich offenbar bester Pflege. Eine Wand wurde von einem Bücherregal zur Gänze eingenommen. Irgendwelche Nippes suchte man jedoch vergeblich. Wie es schien, lebte Mr. Taylor Senior schon lange ohne Frau an seiner Seite.

Sophie war noch immer vollkommen durcheinander. Was hatte das alles zu bedeuten? Warum war sie zur Haupterbin von Gwineth bestimmt worden? Ruhelos wanderte sie wie James durch das Wohnzimmer, blickte aus einem der kleinen, weißen Landhausfenster hinunter auf die Dorfstraße, wo vereinzelt Menschen vorbei schlenderten. Die meisten wirkten wie Einheimische, nur gelegentlich meinte Sophie Touristen auszumachen. Sie nahm ihren Rundgang wieder auf. Um sich hinzusetzen, stand sie zu sehr unter Adrenalin.

Bei einer kurzen Besichtigung hatte Oliver Taylor Sophie die Drei-Zimmer-Wohnung gezeigt. Bis auf die vielen Pflanzen waren alle Räume funktional und etwas karg eingerichtet. Neben dem Schlafzimmer, das in seinen gedeckten Farben und seiner pragmatischen Einrichtung eindeutig männlich wirkte, gab es noch ein Gästezimmer – in dem Sophie sich einrichten durfte – und eine große Küche sowie ein Vollbad.

Sophie war noch immer dankbar, dass der junge Notar ihr hier vorübergehenden Unterschlupf gewährt hatte. Wohin hätte sie sonst gehen sollen, wenn die touristischen Unterbringungen alle belegt waren?

Allein die Vorstellung, sich direkt in *Blue Manor* einzuquartieren, jagte ihr kalte Schauer über den Rücken. Obwohl – oder vielleicht gerade weil – ihr das imposante Herrenhaus nun gehörte. Die Tatsache erschien ihr noch immer vollkommen absurd. Dennoch musste sie sich damit auseinandersetzen ... Nervös zupfte sie an einer der blütenweißen Gardinen, die neben dem Fenster hing. Sie musste Kate anrufen! Und die seltsamen Neuigkeiten endlich teilen. Rasch lief sie in den Flur, wo in der Handtasche das Handy lag.

Kates Mailbox sprang an. „Verdammt!" Frustriert warf Sophie das Telefon auf eine Kommode.

„Okay, dann holen wir jetzt unsere Sachen aus dem Auto und machen einen Rundgang durchs Dorf. James!"

Der Hund kam angetrottet. Seinen roten Ball hatte er wieder irgendwo versteckt. Offenbar wollte er ihn auf diesem Spaziergang nicht mitnehmen.

Sophie machte die Leine an seinem Halsband fest und schnappte sich den Schlüssel, den Oliver Taylor ihr ausgehändigt hatte. Die Wohnung besaß einen eigenen Eingang, sodass sie den Bürobetrieb im unteren Bereich nicht erneut stören mussten.

Bewegung würde ihnen beiden guttun. Und Sophie musste sich ohnehin mit den örtlichen Gegebenheiten vertraut machen. Ein paar Lebensmittel einkaufen, sich ein wenig einrichten in dieser fremden Wohnung, die nun vorübergehend ihre Bleibe war. Was danach kommen sollte? Sophie hatte nicht die leiseste Ahnung und versuchte, die Frage zu verdrängen. Wenn der Weg schwierig ist, immer schön einen Fuß vor den anderen setzen. Dann findet sich der Weg von ganz allein ... Diese Worte von Granny, die sie früher oft gesagt hatte, kamen Sophie nun in den Sinn. Sie seufzte. Zum ersten Mal seit langer Zeit erfüllte sie eine tiefe Traurigkeit darüber, dass sie mit Gran kein vernünftiges Gespräch mehr führen konnte. Zu gerne hätte sie ihre Großmutter gefragt, ob die Warnung, die sie ihr bei ihrem letzten Gespräch so eindringlich ausgesprochen hatte, einen echten Grund hatte. Sie solle sich nicht mit diesen Leuten abgeben ... Aber Sophie hatte keine Wahl mehr, jetzt gehörte ihr sogar ein Herrenhaus. Und diese Leute wohnten darin. Das Wissen mutete noch immer grotesk an. Was steckte dahinter? Es musste einen Grund geben. Zum ersten Mal spürte Sophie, dass sie ihn herausfinden wollte. Lord William würde alles daran setzen, ihr das Erbe gerichtlich wieder abnehmen zu lassen. Natürlich könnte sie es einfach geschehen lassen, denn was sollte sie mit einem Landsitz anfangen? Eine Menge Arbeit und noch mehr Verantwortung würden auf ihr lasten. Der einfachste Weg wäre also, das Erbe freiwillig nicht anzutreten. Obwohl der Gedanke durchaus verlockend war, wusste Sophie bereits jetzt, dass sie diesen Weg nicht gehen konnte. Lady Gwineth war ihr in der kurzen Zeit zu sehr ans Herz gewachsen, als dass sie ihren letzten Willen einfach ignorieren könnte. Außerdem kristallisierte sich in dem Chaos in ihrem Kopf langsam eine berufliche Neugier heraus. Sie musste und sie würde herausfinden, was das alles bedeutete!

„Auf geht's James! Wir erkunden jetzt Cadgwith! Irgendwo müssen wir schließlich anfangen ..."

Einen Fuß vor den anderen ...

Sie zog die Tür hinter sich ins Schloss und stieg mit dem großen Hund an ihrer Seite vorsichtig die schmale und steile Treppe hinunter.

34.

In dem kleinen Fischerdörfchen schien die Zeit stehen geblieben zu sein. Obwohl Sophies Aufregung seit ihrer Ankunft und dem kurzen Weg vom Parkplatz bis ins Notariatsbüro bis jetzt nicht wirklich kleiner geworden war, nahm sie nun die traumhafte Umgebung trotzdem besser wahr, als sie auf die Dorfstraße trat.

Eine kräftige Nachmittagssonne tauchte die Szenerie in ein beinahe kitschiges Licht. Die Ansammlung von weiß gekalkten oder grob gemauerten Häusern, viele davon reetgedeckt und in unzähligen Jahren wettergegerbt, strahlten eine heimelige Gemütlichkeit aus und berührten etwas in Sophie, dass sie sich nicht erklären konnte. Eine plötzliche Sehnsucht stieg in ihr auf, die sie schwindelig machte. Der Geruch des Meeres, das tiefblau im Sonnenschein vor ihr glitzerte, und der Duft der vielen bunten Blumen taten ihr Übriges. Sophie blieb stehen, um sich zu sammeln.

„Ich glaub, das ist heute alles ein wenig zu viel", murmelte sie James zu, der sich hingesetzt hatte und sie aufmerksam beobachtete. Sie machte ein völlig irrationales Gefühl in sich aus. Als wäre ich nach Hause gekommen …, dachte sie. Verwirrt schüttelte sie den Kopf. Was für ein Blödsinn! Sie war in einem entzückenden Fischerdorf gestrandet, das ein wenig aus der Zeit gefallen schien, und das malerisch und wunderschön war mit seinem kleinen Hafen, den vielen bunten Booten und dem fantastischen Meerblick. Aber natürlich war und blieb London ihre Heimat! Unabhängig davon, was das Erbe von *Blue Manor* mit sich brächte.

Der Schwindel ebbte ab und Sophie setzte ihren Weg langsam fort. Durch enge Gässchen, vorbei an einem kleinen Pub, der gerade öffnete, einem winzigen Fischladen, der nur über eine steile Holztreppe zu erreichen war, ging es hinunter zum Hafen.

Die Fischer, die mit ihren Booten oder den auszulegenden Netzen beschäftigt waren, waren fleißig bei der Arbeit, strahlten aber eine Ruhe aus, wie Sophie sie aus London nicht kannte. Egal, welche Berufe die Menschen dort ausübten. London pulsierte, war stets dabei zu erschaffen, Neues auszuprobieren und sich zu wandeln. Das ruhige Aufgehen in einer Tätigkeit konnte man selten beobachten. Ihr selbst war es da nie anders gegangen. Alles musste schnell gehen. Interviews führen, Artikel schreiben, korrigieren, an Redaktionssitzungen teilnehmen, bei denen die Zeit stets mahnend im Nacken saß. Schnell, schnell ... Nicht so bei den Fischern hier. Mit ruhigen Bewegungen widmeten sie sich ihrer Aufgabe. Konzentriert und ohne jede Hektik. Ein Seufzen stieg in Sophies Kehle auf. Sie nickte den Männern zu und lächelte. Einer der älteren Fischer lächelte zurück, ein anderer hob die Hand zum Gruß.

Wenn sie nicht so aufgewühlt gewesen wäre durch die Testamentseröffnung, würde sie hier schnell zur Ruhe kommen und sich entspannen, das wusste Sophie. Ein bisschen langsamer wurden die sich jagenden Gedanken in ihrem Kopf bereits, aber sie ganz zum Schweigen zu bringen, war natürlich illusorisch. Sie blieb stehen und blickte sehnsüchtig aufs Meer hinaus.

Ein Anblick, der schon immer eine Resonanz in ihr auslöste. Ihre Gedanken wanderten in die Vergangenheit. Sie sah sich lachend am Strand laufen, Daddy in die Arme springen, von ihm durch die Luft gewirbelt zu werden. „Mein kleiner Sausewind", hörte sie seine zärtliche Stimme im Ohr. Mum, gelöst und glücklich, sie beobachtend. Bittersüßes, lang vergangenes Glück.

„Ist das James?" Eine misstrauische Stimme riss Sophie aus ihrem Tagtraum.

Überrascht drehte sie sich um. Eine ältere Dame stand vor ihr und musterte abwechselnd James und Sophie. Noch mehr als das Dorf wirkte die fremde Frau, als käme sie aus einer längst vergangenen Zeit. Ein kleiner, schwarzer Hut mit überdimensionaler Schleife thronte auf stahlgrauen, kurzen Locken und ihr wadenlanges Kleid fiel wie ein Sack an ihrem mageren Körper hinab. Der Blick aus ihren eisgrauen Augen drückte ein seltsames Missfallen aus. Augenblicklich fühlte Sophie sich unwohl.

„Ja, das ist er."

Die Fremde nickte wortlos.

„Und Sie sind ...?", wagte Sophie einen freundlichen Vorstoß.

„Roberts. Felicity Roberts." Die Antwort kam unwillig. Vermutlich hätte sie die Frage lieber unbeantwortet gelassen, was ihr vielleicht einzig die gute Erziehung verbot.

„Ich bin Sophie Redgrave. Es freut mich, Sie kennenzulernen." Sophie streckte die Hand aus. Bis jetzt war sie – mit Ausnahme der Montenays – nur auf freundliche Einwohner in Cornwall getroffen. Sie war entschlossen, der alten Frau weiter eine Chance zu geben. Vielleicht war diese ja netter, als es den Anschein hatte.

Stirnrunzelnd und offensichtlich abwägend blickte Mrs. Roberts auf Sophies Hand. Schließlich ergriff sie diese flüchtig. Sophie spürte eine knochige Kühle, dann war der Kontakt vorbei.

„Wie kommen Sie zu dem Hund?“

„Lady Montenay hatte mich gebeten, die Pflege von James zu übernehmen, wenn sie es selbst nicht mehr könnte. Ich weiß nicht, ob Sie es wissen …“

„Ja natürlich. Sie lebt nicht mehr“, unterbrach die alte Frau sie brüsk. In ihrem Blick flackerte etwas auf, das Sophie nicht recht zu deuten wusste. Angst? Ärger?

Bevor Sophie etwas erwidern konnte, klingelte ihr Handy. Während sie damit beschäftigt war, es aus ihrer Handtasche zu holen, nutzte Felicity Roberts die Gelegenheit zur Flucht. Jedenfalls hatte es den Anschein, als sie sich nach einem knappen Nicken auf dem Absatz ihrer Schnürschuhe umdrehte und schnellen Schrittes entfernte.

Kopfschüttelnd nahm Sophie das Gespräch an.

Die fröhliche Stimme von Kate ließ sie die seltsame Begegnung sofort vergessen.

„Süße, was gibt es?“

„Ich bin jetzt Herrenhauseigentümerin“, brachte Sophie die Neuigkeiten direkt auf den Punkt.

Kate lachte laut. „Der ist gut! Ich liebe deinen Sinn für Humor.“

„Es ist leider wahr.“ Sophie plumpste seufzend auf eine Bank. Wenn Kate Zeit hatte, würde es ein längeres Gespräch werden.

„Quatsch, du nimmst mich auf den Arm! Das kann doch nicht sein …“

„Das habe ich auch gedacht. Eigentlich denke ich es immer noch. Aber es stimmt: Lady Gwineth hat mir nicht nur einen ordentlichen Batzen Geld, sondern zusätzlich *Blue Manor* vererbt.“

„Aber das verstehe ich nicht. Warum macht sie das?“ Kate klang vollkommen verwirrt. „Sie muss dich ja direkt in ihr Herz geschlossen haben.“

„Nein, es ist noch viel kurioser. Sie hatte mich zur Erbin bestimmt, bevor sie mich persönlich kennengelernt hat.“

„Puh, das ist schräg. Aber dann muss es einen anderen Grund geben …“

„Allerdings. Und so verwirrt ich gerade noch bin, aber eines weiß ich bereits: Ich werde diesen Grund herausfinden!“

„Oh, das kann ich mir vorstellen, dass dein journalistischer Spürsinn geweckt ist!“

Sophie sah Kates amüsiertes Lächeln vor sich.

„Wohnst du denn jetzt schon dort?“

„Nein. Vorerst bin ich bei dem netten Notar untergekommen, der die Testamentseröffnung gemacht hat. Ich glaub, ich hab ihm leidgetan, wie ich da so starr vor Schreck gesessen habe und überhaupt nicht weiter wusste …“ Sophie musste lächeln und fuhr James durchs Fell.

„Und jetzt wohnst du bei ihm?“ Kates Verwunderung war greifbar – und verständlich.

„Nicht bei ihm, sondern in der Wohnung seines Vaters. Unten ist das Notariat, oben wohnt Mr. Taylor Senior, der aber gerade auf Weltreise ist. Der Deal ist, dass ich mich um seine Pflanzen kümmere.“

„Was für ein Glück! Wobei ... Wäre es zur Recherche nicht besser, vor Ort zu sein?“

Die Frage war auch bei Sophie schon aufgeblitzt. Schnell hatte sie diesen Gedanken aber wieder verdrängt.

„Ja“, sagte sie gedehnt. „Ganz bestimmt wäre das besser. Es ist nur ... Die Vorstellung in einem Haus mit den Montenays zu leben, jagt mir sofort eiskalte Schauer über den Rücken. William ist wahrscheinlich schon in diesem Moment bei seinem Anwalt. Er hat gedroht, die Angelegenheit gerichtlich klären zu lassen. Seiner Meinung nach war Gwineth dement, was ich absolut nicht bestätigen kann.“

„Na, das kann ja heiter werden“, prophezeite Kate düster. „Wie willst du denn jetzt vorgehen?“

„Gute Frage. Ich habe keinen blassen Schimmer. Vermutlich muss ich mich irgendwann überwinden und nach *Blue Manor* fahren. Das Gespräch mit Lord William suchen ...“ Allein der Gedanke zog Sophies Magen zusammen.

„Das wird wohl das Beste sein. Irgendeinen Bezug muss Lady Gwineth ja zu dir gehabt haben ...“, murmelte Kate.

„Oder sie wollte einfach ihrer Familie eins auswischen. Was ist da besser geeignet, als das Erbe in völlig fremde Hände zu legen?“

„Hm. Möglich. Aber kannst du dir das vorstellen?“

„Ich weiß es nicht. Aber ich bin fest entschlossen, es herauszufinden!“ Sophie spürte ihren früheren Kampfgeist in sich erwachen.

„So kenne ich dich! Lass dich nicht aufhalten, die Wahrheit gehört dir, Sophie Redgrave! Die Montenays können sich schon mal warm anziehen.“ Kate lachte.

„Meteorologisch ist das im Moment zumindest nicht nötig. Ich sitze gerade mit James am Meer und könnte mit ihm um die Wette hecheln.“

„Wir können uns hier auch nicht beklagen. Obwohl ich vom Wetter nicht allzu viel mitbekomme. Unser Pensum ist unverändert straff.“

„Wie läuft es mit Eric?“

„Ich kann nicht klagen.“ Kate kicherte verliebt.

„Oh weh, ich fürchte, du bleibst doch drüben ...“

„Mal sehen. Noch musst du dir keine Sorgen machen. Außerdem hast du im Moment ohnehin genug zu tun.“

„Aber es wäre einfacher, dich in der Nähe zu wissen.“ Sophie seufzte.

„Wer weiß, vielleicht kann ich Eric auch davon überzeugen, mit mir nach London zu gehen. Oder wir pendeln ...“

„Oh oh, das klingt langsam wirklich ernst.“ Sophie staunte. So schnell ging es in Beziehungen bei Kate sonst nie.

„Das hoffe ich sehr, dass es ernst ist. Na, wir schauen mal.“ Das klang schon eher nach der früheren Kate.

„Genau, wir werden sehen. Was an der Liebes– und der Erbschaftsfront auf uns zukommt.“ Sophie schirmte die Augen mit der Hand vor der Sonne ab und sah aufs funkelnde Meer hinaus. Wenn nicht gerade alles aus den Fugen geraten wäre, könnte sie einfach den herrlichen Tag an diesem wunderbaren Ort genießen.

„Alles wird gut! Geh und finde die Wahrheit über die Montenays heraus. Ich muss jetzt leider Schluss machen ..."

„Okay, ich gebe mein Bestes. Aber jetzt schaue ich mich um, wo ich ein paar Nahrungsmittel her bekomme. Bis bald!"

Sophie verstaute das Handy in der Tasche und stand auf.

„Komm mein Junge, wir müssen einkaufen!"

35.

Was Sophie bereits vermutet und von der Verkäuferin in dem kleinen Fischladen bestätigt bekommen hatte, befand sich der nächste Supermarkt nicht im Dorf, sondern zwei Meilen entfernt in Helston. Den Einkauf zu Fuß und mit James im Schlepptau zu erledigen, hielt Sophie für keine gute Idee. Zum Autofahren verspürte sie jedoch keine Lust, und so vertagte sie ihren ursprünglichen Plan auf den nächsten Tag. Für den Abend würde das Krabbensandwich reichen, das sie im *Cadgwith Cove Crab* erstanden hatte. Langsam wanderte sie mit James zum Parkplatz zurück, holte die Reisetasche und sein Körbchen aus dem Rover und schleppte die Sachen zum Notariatshaus. Mit einer Hand nestelte sie gerade ihren Haustürschlüssel aus der Handtasche, als eine dunkle Stimme sie herumfahren ließ.

„Haben Sie sich ein wenig umgesehen in Cadgwith?"

Oliver Taylor sah Sophie lächelnd an. Vielleicht bildete sie es sich ein, aber sie hatte das Gefühl, dass er ihren Gesichtsausdruck unauffällig danach absuchte, ob sie sich inzwischen wieder gefasst hatte.

„Ja, ja, das habe ich. Ich habe sogar ein Abendessen gefunden. Krabbensandwich." Sie hob die Papiertasche in die Höhe und erwiderte sein Lächeln. „Nur ist der Supermarkt zu Fuß leider zu weit entfernt. Lebensmittel besorgen steht für morgen auf meinem Plan."

Er nickte. Und schien erleichtert, dass er wieder wie mit einem normalen Menschen mit ihr reden konnte. Inzwischen war es Sophie ein wenig peinlich, wie aufgelöst sie auf die Testamentseröffnung reagiert hatte.

„Ich wollte Sie fragen ...“ Er räusperte sich. „Ob Sie vielleicht Lust haben, mit mir zu Abend zu essen.“

Sie sah ihn erstaunt an.

„Also nicht, dass Sie denken ... Es ist nur, ich fühle mich in gewisser Weise verantwortlich für das, was heute geschehen ist.“

„Sie? Aber Sie können doch nun am wenigsten dafür!“

„Nun ja, ich hätte Sie vielleicht warnen müssen.“

„Aber hätten Sie das denn überhaupt gedurft?“

Er grinste. „Nein, streng genommen nicht. Aber ... Jedenfalls würde ich mich freuen, wenn wir zusammen essen. Und dabei besprechen, wie es weiter gehen soll.“

„Oh.“ Sie war verwirrt. Der junge Notar war ihr sehr sympathisch, aber sie hatte Sorge, dass er sich aus falsch verstandenem Pflichtgefühl mehr um sie und ihre Sorgen kümmerte, als er musste. Sophie war schon immer unwohl, wenn jemand Fremdes mehr für sie tat, als zu erwarten gewesen wäre.

„Aber ich möchte Ihre Freundlichkeit nicht allzu sehr strapazieren. Sie haben mir immerhin schon die Wohnung zur Verfügung gestellt.“

„Ach das.“ Er winkte ab. „Sie wissen doch, dass Sie mir damit die Bürde für die Pflanzen abgenommen haben. Was das Essen angeht: Sie würden mir wirklich eine Freude machen.“ Jetzt wirkte sein Lächeln etwas verlegen.

„Wenn das so ist, nehme ich gerne an." Die Vorstellung, in netter Begleitung in einem Restaurant zu speisen, war ungleich verlockender, als nur in Begleitung von James das Krabbensandwich zu essen. Außerdem gestand Sophie sich ein, dass sie fast alles dafür getan hätte, ausführlich mit jemandem über die Ereignisse des Tages zu sprechen. Das Telefonat mit Kate hatte ihr gutgetan, aber zu telefonieren war eben doch etwas anderes, als persönlich darüber zu sprechen. Und mit Oliver Taylor verband Sophie die zaghafte Hoffnung, vielleicht mehr zu erfahren. Irgendetwas, das ihr das Unbegreifliche ein wenig näher bringen könnte.

„In einer halben Stunde Treffpunkt hier vor dem Haus?"

„Gerne." Sie wandte sich um und steckte den Schlüssel ins Schloss.

„Ich freue mich." Im selben Moment war er in der Eingangstür des Notariats verschwunden.

„Ich mich auch", murmelte sie, während sie die Treppe hinauf stieg.

„Das Krabbensandwich hat übrigens noch eine gute Verwendung gefunden: James hat es sehr gemundet", bemerkte Sophie, nachdem sie auf einer einfachen, schwarzen Holzbank auf der Terrasse des *Cove Inn* Platz genommen hatte. Die anderen Tische waren alle belegt. Es herrschte eine entspannte, fröhliche Atmosphäre um sie herum. Auf dem kurzen Fußweg vom Notariat bis hierher schien Oliver Taylor nicht weniger befangen zu sein als Sophie, die froh darüber war, dass der große Hund neben ihnen trabte und immer wieder leicht Gesprächsstoff bot.

„Das kann ich mir vorstellen. Da würde unsere Molly auch nicht Nein sagen." Er lachte.

„Warum haben Sie sie nicht mitgenommen?"

„Ach, sie mag es nicht besonders, unter vielen Menschen zu sein. Man tut ihr eher einen Gefallen, wenn sie in Ruhe ein Schläfchen halten kann."

„Tja, vielleicht wäre das bei James sogar genauso. Aber er hat in der letzten Zeit so vieles erlebt ... Die Wohnung Ihres Vaters ist nun schon die zweite Anlaufstelle innerhalb weniger Tage. Da weiß ich nicht, ob es gut ist, ihn dort schon allein zu lassen."

Oliver Taylor nickte ernst. „Nein, da haben Sie vollkommen recht. Unter diesen Umständen hätte ich ihn auch lieber mitgenommen."

Bevor Sophie antworten konnte, trat eine Kellnerin an ihren Tisch.

Oliver sprang auf und umarmte die Frau. „Darf ich vorstellen: Das ist Helen, die Besitzerin und gute Seele des Hauses. Und eine gute Freundin der Familie."

„Freut mich." Die Frau musterte Sophie interessiert und streckte ihr die Hand entgegen.

„Sophie Redgrave, freut mich auch." Sophie schlug ein. Die Hand der Gastwirtin fühlte sich warm und kräftig an.

„Was darf ich euch bringen?"

„Ale?", fragte der Notar mit Blick auf Sophie.

„Gerne." Sie nickte.

„Pollock und Chips?" Helen sah Oliver Taylor fragend an und zückte ihren Stift.

„Für mich auf jeden Fall. Für Sie erst einmal die Karte?" Sein aufmerksamer Blick ruhte auf Sophie.

„Fisch and Chips klingt super, ich schließe mich gerne an." Sophie musste an Adam denken. Er hätte in dieser Situation anders reagiert. Grandiose Idee, nehmen wir!, wäre seine Antwort gewesen. Er hätte es nicht böse gemeint, sie nicht zu fragen. So war er einfach. Er entschied für sie beide – ohne sie miteinzubeziehen. Nur wenn Sophie deutlich ihre Wünsche kundtat, wurde sie nicht überfahren. Oliver Taylor hingegen schien viel zu umsichtig und rücksichtsvoll zu sein für ein solches Handeln.

„Gute Wahl!" Helen kritzelte etwas in ihren Block. „Dauert etwas. Ihr seht ja ..." Sie wies auf die vollen Tische um sie herum und entfernte sich mit raschen Schritten.

„Es wird trotzdem relativ schnell gehen, keine Sorge. Der Service hier ist großartig."

„Das klingt toll! Mal sehen, ob ich überhaupt schon wieder essen kann. Der Schreck hat mir bislang den Appetit genommen." Sophie zog eine Grimasse und streichelte James, der sich artig neben die Bank gesetzt hatte.

„Oh, ich bin sicher, das Essen zaubert Ihren Appetit im Handumdrehen hervor."

„Wann haben Sie Lady Gwineth zuletzt gesehen?" Die Frage platzte aus Sophie heraus, bevor ihr klar wurde, wie merkwürdig ihr abrupter Wechsel vom Small Talk zu den wichtigen Dingen anmuten musste.

Oliver Taylor ließ nicht erkennen, dass ihn ihre Direktheit irritierte.

„Es muss einige Jahre her sein." Er nahm eine Serviette in die Hand und strich nachdenklich darüber.

„Ich muss dazu sagen, dass ich erst vor einem halben Jahr aus London zurückgekommen bin."

Sophie sah ihn überrascht an. „Sie haben in London gelebt?"

„Ja. Für die Zeit des Studiums. Eine tolle Stadt. Aber für mich keine Option als dauerhaften Lebensmittelpunkt." Er grinste. „Dafür bin ich im Herzen wohl zu sehr Landmensch."

„Das kann ich gut verstehen. London ist schon eine Herausforderung, und wenn man es anders gewohnt ist ... Selbst ich als gebürtige Londonerin bin nicht sicher, ob ich dort mein ganzes Leben verbringen will."

Er nickte. „Aber um auf Ihre Frage zurückzukommen. Wenn ich mich richtig erinnere, ist es ungefähr zwei Jahre her, dass ich Lady Gwineth im Dorf getroffen habe. Damals hat sie noch regelmäßige kleine Ausflüge hierher unternommen."

„Dann können Sie also nicht persönlich beurteilen, wie es ihr in der letzten Zeit gesundheitlich ergangen ist." Sophie spürte einen Stachel der Enttäuschung und legte eine Hand auf ihren Magen.

„Nein, aber ich bin dennoch sicher, dass sie sich zumindest geistig bester Gesundheit erfreut haben muss. Andernfalls hätte mein Vater niemals das Testament aufgesetzt." Eine kleine Falte erschien zwischen seinen Augenbrauen und gab seinem Gesicht einen angespannten, leicht zornigen Ausdruck.

„Aber Ihr Vater ist die nächsten Monate nicht erreichbar", wandte Sophie zögernd ein.

„Das ist leider richtig." Er legte die Serviette auf den Tisch zurück und seufzte. „Der Grund, warum ich mit Ihnen essen wollte, ist folgender: Es ist mir nicht nur ein persönliches Anliegen, dass die Integrität meines Vaters verteidigt wird. Darüber hinaus spielte Gerechtigkeit schon immer eine große Rolle in meinem Leben. Und in diesem Fall sehe ich es einfach als meine Pflicht an mitzuhelfen, dass Lady Gwineths letzter Wunsch erfüllt wird. Natürlich war meine Aufgabe eigentlich mit der Verkündung ihres Testaments beendet. Aber so, wie es aussieht, wird Lord William alles daransetzen, Ihnen das rechtmäßige Erbe wieder abzunehmen. Und wenn ich das verhindern kann, dann werde ich es tun."

„Rechtmäßiges Erbe …", murmelte Sophie. „Das ist allerdings mein Problem, es so zu sehen. Warum sollte ich die rechtmäßige Erbin sein?"

„Zunächst einmal deshalb, weil Lady Gwineth es so wollte. Die Frage ist nun natürlich: Warum wollte sie es?"

„Ja, das ist die große Frage." Jetzt begann Sophie mit ihrer Serviette zu spielen.

„Und genau dabei möchte ich Ihnen helfen: die Antwort zu finden. Wie auch immer sie ausfallen wird." Er wurde von Helen unterbrochen, die mit den Ale-Gläsern an ihren Tisch trat.

„Das Essen ist in Arbeit." Sie zwinkerte Oliver zu und stellte die Gläser auf den Tisch.

„Wir freuen uns, danke." Er zwinkerte zurück.

Nachdem Helen sie wieder allein gelassen hatte, nahm der Notar sein Glas in die Hand. „Cheers! Und ich bin übrigens Oliver."

„Sophie. Cheers!"

Die Gläser stießen dumpf aneinander.

Sophie trank einen Schluck. Das Ale lief angenehm mild ihre Kehle hinunter. Sie nahm gleich einen weiteren Schluck. „Sehr schmackhaft“, sagte sie anschließend.

„Das beste Ale in der Gegend.“ Sein Lächeln war verschmitzt und strahlte etwas Stolz auf das Bier seiner Heimat aus.

Sophie dachte an Lady Gwineth, wie sie so stolz auf die besten Scones des Landes gewesen war, die in ihrem Haus serviert wurden. Und das Beef Wellington ... In Sophies Hals kratzte etwas, während Tränen in ihre Augen stiegen, die sie hastig wegblinzelte.

„Habe ich etwas Falsches gesagt?“, fragte Oliver erschrocken.

„Nein, überhaupt nicht. Ich musste nur gerade an Gwineth denken.“ Sie legte die Hände um ihr Bierglas und hielt sich daran fest.

„Du mochtest sie sehr, richtig?“ Die warme Stimme Olivers ließen ihre Augen erneut feucht werden. Stumm nickte sie.

„Ich auch“, bekannte er. „Sie war schon eine sehr besondere Lady.“

„Hattest du das Gefühl, dass sie ein ernst zu nehmendes Alkoholproblem hatte?“ Sie hielt den Atem an, während sie auf seine Antwort wartete.

„Er überlegte kurz, bevor er den Kopf schüttelte. „Nein. Nein, das glaube ich eigentlich nicht. Sie trank zeitlebens sehr gerne Gin Tonic. Das weiß ich von meinem Vater, der dieselbe Vorliebe hat und das eine oder andere Glas mit Gwineth getrunken hat. Aber soweit ich es beurteilen konnte, hielt sich die Menge im Rahmen. Außerdem kann ich nur erneut versichern, dass auf die

Urteilsfähigkeit meines Vaters absoluter Verlass ist. Hätte es Anzeichen einer Demenz oder einer alkoholbedingten verminderten geistigen Klarheit gegeben, wäre dieses Testament niemals aufgenommen worden."

Sie nickte langsam. „Das war auch mein Eindruck. Ich habe leider ein wenig Erfahrung mit Demenz – mein Granny leidet seit Jahren darunter. Und Gwineth schien mir fast klarer als ich selbst manchmal."

„Das tut mir leid mit deiner Grandma. Ich kann mir vorstellen, wie schwer das ist", sagte er betroffen. „Nein, stimmt nicht. Ich kann es mir nicht vorstellen. Ich glaube, wie es wirklich ist, weiß man erst, wenn man damit konfrontiert wird", ergänzte er.

Sophie nickte traurig. „Ich hatte vorher natürlich auch schon einiges darüber gehört und gelesen. Aber wie es sich anfühlt, wenn sich jemand aus deiner Familie Stück für Stück vor deinen Augen auflöst ... Ja, das ist noch einmal etwas anderes." Sie schluckte. „Aber irgendwann lernt man, es zu akzeptieren, auch wenn es schwer ist. Danach ist man einfach dankbar für jeden klaren Moment."

Bevor er etwas erwidern konnte, trat Helen mit dem Essen an den Tisch.

„Eine gute Wahl", sagte sie schmunzelnd und stellte die Teller ab. „Guten Appetit!"

„Danke!"

Helen verschwand, und Oliver griff zu seinem Besteck. „Ich hoffe, dein Magen ist wieder bereit. Er würde sonst etwas verpassen." Er sah Sophie an und lächelte aufmunternd.

Mit etwas Mühe gelang ihr ebenfalls ein Lächeln. Sie beschloss, die Gedanken an Granny, Gwineth und das seltsame Erbe zumindest für ein paar Minuten auszublenden.

Nach dem ersten Bissen wusste sie, dass ihr das gelingen konnte. Der Fisch war zart und saftig, gebacken in einem leckeren Bierteig und tatsächlich weckte er Sophies abhanden geglaubten Appetit im Handumdrehen. Die in Längsstreifen geschnittenen Backofenkartoffeln waren knusprig und rundeten zusammen mit frischen Erbsen das Geschmackserlebnis harmonisch ab.

„Wunderbar", murmelte sie zwischen zwei Bissen.

Er grinste zufrieden.

36.

Sophie löffelte gerade den Rest von ihrem Nachtisch – cremiges Vanilleeis mit Sahne und frischen Erdbeeren – als Oliver, der bereits fertig war, eine ernste Miene aufsetzte.

„Köstlich", sagte sie, als sie den Löffel in die leere Schale legte und ihn mit gemischten Gefühlen ansah. Sie ahnte, dass der lockere Teil des Abends vorbei war. Immerhin war dies nicht einfach ein nettes Date, sondern diente einem Zweck. Ein Date ist es sowieso nicht, rief sie sich streng in Erinnerung. Seit sie und Adam ein Paar waren, hatte sie natürlich keine Dates mehr! Berufliche Treffen, gelegentliche Drinks mit früheren Studienfreunden, aber keine Dates. Wozu auch? Sie schüttelte die wirren Gedanken ab und konzentrierte sich wieder auf Oliver.

„Also", sagte er langsam, nachdem er wieder ihre Aufmerksamkeit besaß. „Wollen wir nun darüber sprechen, wie wir vorgehen wollen?"

„Du willst mir wirklich helfen?", wollte sie sich abermals vergewissern. Es kam ihr immer noch seltsam vor, dass er sich so bemühte.

„Unbedingt. Wie gesagt, es geht mir um die Gerechtigkeit und um die Ehre meines Vaters. Und netten Menschen helfe ich außerdem gerne." Er lächelte und wirkte plötzlich viel jünger.

„Okay. Ich nehme natürlich jede Unterstützung gerne an!“

„Gut. Also, ich denke, es führt zunächst kein Weg daran vorbei, dass du dich auf *Blue Manor* aufhältst.“

Sophie holte tief Luft. Das hatte sie bereits befürchtet, aber es von Oliver ausgesprochen zu hören, jagte ihr trotzdem eine Gänsehaut auf die Arme. Sie rieb darüber, um die plötzliche innerliche Kälte zu vertreiben.

„Aber ich hatte mich gerade an die Wohnung deines Vaters gewöhnt …“ Ihr war klar, dass er wusste, dass das nicht ernst gemeint war. Sie grinste schief.

„Natürlich kannst du dort weiter wohnen, das Angebot steht nach wie vor. Du musst ja auch nicht gleich in *Blue Manor* einziehen. Aber zumindest einige Zeit im Herrenhaus verbringen und Informationen sammeln.“

Sophie erkannte Mitgefühl in seinen blauen Augen. Aber auch eine Entschlossenheit, die ihr selbst gerade nur bedingt zur Verfügung stand. Sie nickte.

„Und ich werde unterdessen die gesamten Akten der Montenays durchgehen. Ich weiß, dass sie mit meinem Vater geschäftlich verbunden waren, seitdem er das Notariat übernommen hat. Und rate, wer es vorher geführt hat.“ Er lächelte amüsiert.

„Dein Großvater?“

„Exakt. In unserer Familie gibt es das Notar-Gen. Man kann sich der Berufswahl folglich nur schwer entziehen.“ In seinen Augen funkelte gutmütiger Spott.

„Wie praktisch“, murmelte Sophie und trank den Rest Ale.

„Grundsätzlich ja. Und in diesem Fall besonders“, stimmte er lächelnd zu. „Noch eins?“ Er deutete auf ihr leeres Glas.

„Gerne."

Er winkte Helen und orderte Nachschub.

„Mir wird trotzdem flau im Magen bei der Vorstellung, Lord William gegenüberzutreten", sagte sie ehrlich, nachdem das frische Ale vor ihr stand und sie wieder allein waren.

„Das verstehe ich, Sophie", antwortete er sanft. „Aber ich fürchte, du kommst nicht drum herum. Ich denke nicht, dass ich die Antwort, warum Gwineth dir den Familienbesitz vererbt hast, ausschließlich in den Akten finden kann."

„Das wäre ja auch zu schön." Sie griff nach ihrem Bierglas.

„Hätte sie gewollt, dass alle den Grund erfahren, hätte sie es im Testament erwähnt."

„Aber wozu diese Geheimniskrämerei?", rief Sophie.

„So war sie eben", sagte er grinsend. „Auf Lady Gwineth Montenay!" Er hielt sein Glas in die Höhe.

Sophie meinte eine Spur Traurigkeit in seinem Blick zu erkennen. „Auf Gwineth", erwiderte sie. Nachdem sie getrunken hatten, fragte sie: „Wie gut kennst du eigentlich die Montenays?"

Er zuckte die Schultern. „So gut, wie sie jeder hier im Dorf kennt: oberflächlich. Wie es sich für eine gute Adelsfamilie gehört, halten sie Privates, so gut es geht, aus der Öffentlichkeit fern."

„Und gelingt ihnen das?"

„Mal mehr, mal weniger." Er lachte. „Dass Gwineth mit ihrem Bruder ziemlich auf Kriegsfuß stand, war natürlich ein offenes Geheimnis."

„Und warum war das so?"

„Tja, das wiederum ist ein Geheimnis, um das sich allenfalls Mythen ranken.“

„Wie schade.“ Sophie fuhr sich durch die Haare. „Sind welche dabei, die zur Aufklärung dienen könnten?“

„Das kann ich nicht genau sagen.“ Er ließ nachdenklich den Blick über die voll besetzte Terrasse schweifen. Stetes Gelächter an einem Nebentisch, an dem eine Gruppe Frauen im mittleren Alter Platz genommen hatte, zeugte von einem fröhlichen Abend.

Sophie spürte einen kleinen neidischen Stich. Wie gerne würde sie hier auch nur zum Spaß sitzen.

„Es wird gemunkelt, dass etwas in der Jugend von Gwineth und William passiert ist, dass das ehemals gute Verhältnis zerstört hat. Was der genaue Grund dafür ist, da scheiden sich allerdings die Geister. Die einen behaupten, der Jagdunfall des Vaters hinge damit zusammen, und eines der Geschwister trage die Verantwortung für das Unglück. Die anderen glauben, es ginge um die unterschiedliche Behandlung, die der Vater seinen Kindern angedeihen ließ“, fasste Oliver nach einer Weile die Verhältnisse, so gut es ging, zusammen. Sie spürte, dass er sich um Aufrichtigkeit und Sorgfalt bemühte. Der junge Notar schien niemand zu sein, der sich leichtfertig an Gerüchten beteiligte und sie weiter trug.

„Dir hat sie nichts darüber erzählt?“

„Leider nicht viel. Sie erwähnte nur, dass William in früher Kindheit so etwas wie ihr Held war, sie sich später aber auseinanderentwickelt hätten. Mehr mochte sie darüber nicht sagen.“ Sophie wurde von einem Anflug von Trauer überwältigt. In diesem Moment wurde ihr wieder schmerzhaft bewusst, dass die anregenden

Gespräche mit Gwineth niemals wieder stattfinden würden. Und erstaunlicherweise empfand sie das fast ebenso schlimm wie bei Mum.

„Du hast sie schnell in dein Herz geschlossen, richtig?", fragte Oliver leise.

Sophie nickte stumm und wischte sich über die Augen. Nachdem sie tief durch geatmet hatte, sagte sie: „Ja, sie war so ein Mensch, der mich schnell berührt. Ich mochte diese eigenartige Mischung von grantig und herzlich."

„Ja, genau so habe ich es auch empfunden. Ein weiterer Grund, warum mir daran liegt, ihren Willen durchzusetzen."

Sophie fiel etwas ein. „Beim Essen mit der Familie hat Gwineth einmal etwas Seltsames gesagt ... Sie meinte, dass ich ja jetzt praktisch zur Familie gehöre. Mit Sicherheit war das nur eine Provokation für die Verwandtschaft, ich hatte es gleich wieder vergessen. Wahrscheinlich war es nur so dahin gesagt, aber nun ..." Sie brach ab und sah ihn zweifelnd an.

„Hm." Er nickte nachdenklich. „Gibt es irgendwelche unklaren Verbindungen in deiner Familie?"

„Nein gar nicht. Meine Mum war die einzige Tochter von Granny. Mein Grandpa ist vor zehn Jahren gestorben. Und Mum vor zwei ..." Sophie schluckte mühsam. „Meine Familie ist sehr klein. Genau genommen besteht sie nur noch aus Granny und mir."

„Das tut mir leid", sagte er aufrichtig. „Aber das bedeutet, du könntest nur noch deine Grandma zu eurer Familiengeschichte befragen. Aber das ist schwierig, oder?"

„Leider ja. Granny leidet unter einem fortgeschrittenen Stadium von Demenz. An guten Tagen freue ich mich schon, wenn sie überhaupt ansprechbar ist. Konkrete Auskünfte von ihr zu fordern ist seit Jahren undenkbar." Sie seufzte. „Aber in meiner Familie ist diesbezüglich bestimmt ohnehin nichts zu holen. Wir sind sehr durchschnittlich und langweilig und haben keinerlei Verbindung zum Adel."

„Langweilig und durchschnittlich glaube ich nicht." Er grinste. „Und was eine etwaige Verbindung angeht: Das wissen wir noch nicht. Schließlich sind wir noch ganz am Anfang unserer Recherche."

Ein warmes Gefühl breitete sich in Sophies Brust aus. Sie war so froh, dass Oliver ihr in dieser Situation mit Rat und Tat zur Seite stand. Sie mochte sich nicht vorstellen, wie schwierig es wäre, sich dieser Aufgabe allein stellen zu müssen. Wäre es ein rein beruflicher Auftrag gewesen, hätte sie die Herausforderung selbstverständlich und gerne angenommen. Aber dieser Fall lag anders. Ganz anders. Die Journalistin war leider nicht wie gewohnt ein unbeteiligter Dritter, sondern eine der Hauptpersonen. Und ihr fehlte jede Übung in einer solchen Konstellation.

„Ich hoffe, wir finden die Wahrheit gemeinsam heraus! Und ich bin sehr froh, dass du dich mit mir an die Arbeit machen willst." Sie hob ihr Bierglas in die Höhe.

„Auf unseren Erfolg!"

„Darauf trinken wir. Cheers!"

37.

Sophie hatte es sich auf dem Bett im Gästezimmer gemütlich gemacht. Die Bettwäsche duftete frisch gewaschen und war herrlich weich. Kate am Ohr gingen sie den Verlauf des Abends durch.

„Ich glaube, dein Oliver hat recht: Es muss eine Verbindung zwischen dir und den Montenays geben!"

„Erstens ist er nicht mein Oliver. Und zweitens hat er nur gesagt, dass wir das noch nicht wissen."

„Ist doch fast dasselbe", behauptete Kate. „Jedenfalls denke ich das auch. Vielleicht ist deine Mum ja adoptiert worden, und du bist die Enkelin von Lady Gwineth Montenay." Kate klang feierlich. „Wäre doch eine Möglichkeit."

Sophie stieß ein ungläubiges Lachen aus. „Quatsch, das ist doch verrückt!" Die Vorstellung war absurd. Gwineth ihre Grandma ... Nein, ganz bestimmt war das nicht des Rätsels Lösung. Aber welche war es denn?

„Was macht dich da so sicher?", wollte Kate wissen.

„Na ja ..." Sophie überlegte fieberhaft. „Die Nase", sagte sie schließlich triumphierend.

„Die Nase?"

„Genau! Grandpa hat immer gewitzelt über die leichte Stupsnase, die Mum und Grandma haben. Und es stimmte. Beide haben beziehungsweise hatten diesen kleinen Tick himmelwärts."

„Und das siehst du als Beweis?"

„Sie waren sich auch sonst sehr ähnlich. Beide blond und blauäugig.“

„Und Gwineth?“

„Hat keine Stupsnase“, sagte Sophie schnell. Das stimmte. Im Gegenteil: Die Nase von Lady Gwineth war sogar leicht nach unten gebogen.

„Blond und blauäugig?“, hakte Kate nach.

„Blaue Augen ja. Haarfarbe konnte ich nicht mehr ausmachen. Gwineth war jetzt im Alter silbergrau.“

„Das kannst du ja bald überprüfen, sobald du auf *Blue Manor* bist. Es wird bestimmt Fotos geben.“

„Gwineth wollte mir welche raussuchen“, murmelte Sophie. Aber dazu war es nicht mehr gekommen. Prompt überrollte sie wieder eine Welle der Traurigkeit.

„Keine Ahnengalerie im Haus?“ So schnell gab Kate sich nicht geschlagen.

„Doch. Aber so rasch, wie ich mit Mabel daran vorbeigegangen bin, habe ich nicht darauf geachtet. Ich hatte ja sowieso nur sehr wenig Zeit, mich mit allem vertraut zu machen.“

„Gut, dann holst du das eben jetzt nach.“

„Oh Gott! Ich muss wirklich dahin, oder?“

„Natürlich musst du das. Wie willst du sonst anfangen zu recherchieren?“

„Ja, ich weiß. Aber die Vorstellung, Lord William gegenüberzutreten ...“ Sophie schüttelte sich.

„Du schaffst das“, erwiderte Kate aufmunternd.

„Muss ich wohl.“ Sophie seufzte und strich die Bettdecke glatt.

„Wann fährst du zu deinem Herrenhaus? Morgen?“

„Mein Herrenhaus", wiederholte Sophie nachdenklich. „Ja, vermutlich morgen. Wenn ich noch länger darüber nachdenke, fahre ich wahrscheinlich gar nicht mehr ..."

„Braves Mädchen! Je eher daran, je eher davon." Kate lachte. Sie wusste, dass das eine gerne zitierte Redewendung von Sophies Mum war.

„Wie soll ich denn bloß auftreten bei den Montenays?"

„Selbstbewusst! Ab sofort gehört dir der Kasten schließlich! Und sie können froh sein, wenn sie dort wohnen bleiben dürfen."

„Sie haben lebenslanges Wohnrecht von Gwineth bekommen. Ihr Aufenthalt bleibt ihnen also so oder so erhalten."

„Wohnrecht hin oder her, dir gehört aber das Anwesen!"

„Es fühlt sich aber leider ganz und gar nicht so an. Ach, ich wünschte, Gwineth wäre noch am Leben. Nicht nur, weil ich die Gespräche mit ihr sehr vermisse, sondern weil mir dann auch diese groteske Situation erspart geblieben wäre." Sophie kaute an ihrer Lippe, was sie wohl schon eine ganze Zeit lang getan hatte, denn jetzt schmeckte sie Blut. Sie hielt inne.

„Vorerst", stellte Kate richtig.

„Ja, aber wenn sie noch einige Zeit gelebt hätte, wäre ich wahrscheinlich schlauer, was die Familiengeschichte angeht. Und vielleicht hätte Gwineth sich das mit der Erbschaft auch noch anders überlegt. Oder ich hätte zumindest gewusst, warum ich die Haupterbin sein soll."

„Es ist schon seltsam, dass sie das Testament aufgesetzt hat, bevor sie dich überhaupt persönlich kennengelernt hat.“

„Das ist es ja! Mir fällt nur ein Grund ein, warum sie es so eilig hatte.“

„Und?“, rief Kate überrascht.

„Gwineth war davon überzeugt, nicht mehr allzu viel Lebenszeit übrig zu haben. Obwohl sie so einen fitten Eindruck gemacht hat, war sie davon überzeugt, zeitnah zu sterben.“

„Oh. Ja, das erklärt ihre Eile. Aber noch nicht den Grund, der hinter allem steckt.“ Kate seufzte.

„So sieht es aus. Ach Kate, so hab ich mir den Auftrag wirklich nicht vorgestellt.“

„Das glaube ich, Süße. Aber offenbar hat das irgendetwas mit Schicksal zu tun.“

Sophie schwieg, während die Gedanken in ihrem Kopf kreisten.

„Apropos“, sagte sie dann. „Was macht die Liebesfront?“

„Unverändert bestens.“ Kate lachte glockenhell.

„Das ist schön. Weiter so.“ Sophie lächelte. Sie freute sich, dass zumindest bei ihrer Freundin alles im grünen Bereich war. Sogar in der Liebe.

„Bei dir wird auch alles wieder gut.“ Kates Stimme klang leise und liebevoll.

Ohne Vorwarnung schossen Sophie Tränen in die Augen.

„Irgendwann bestimmt“, murmelte sie. „Jetzt gehe ich erst einmal schlafen, damit ich morgen fit bin, um den Montenays gegenüberzutreten.“

„Das ist gut. Dann schlaf schön und morgen denke ich an dich", versprach Kate.

„Danke. Und du arbeite fleißig weiter."

„Das mache ich. Wir hören morgen."

38.

Als Sophie am nächsten Morgen die Augen aufschlug, fiel kein Sonnenschein durch die geöffneten Vorhänge. Gähnend stand sie auf und trat ans Fenster. Es war tatsächlich der erste trübe Tag, den sie in diesem Sommer in Cornwall erlebte.

Passend für meine Mission, dachte sie missmutig. Strahlender Sonnenschein hätte auch nicht gepasst.

Die geplante Fahrt nach *Blue Manor* ließ ihren Magen bereits jetzt zu einem harten Knoten mutieren. Auf ein Frühstück konnte sie getrost verzichten, das wusste sie. Oliver hatte ihr gestern angeboten, sich unten mit Lebensmitteln aus der Büroküche zu versorgen. Kaffee oder Tee würde sie hingegen in der Wohnung seines Vaters finden. Sophie entschied, dass Kaffee das Einzige war, das sie ihrem Magen zumuten wollte. Nach einer heißen Dusche. James schlief noch selig in seinem Körbchen neben dem Bett. Sophie schlich aus dem Schlafzimmer.

Eine halbe Stunde später verließ sie mit dem Hund die Wohnung. Der Weg zum Parkplatz sollte gleichzeitig als Morgenrunde für James dienen.

„Gleich kannst du wieder die alten Gerüche deiner Heimat schnüffeln." Der Hund sah sie an, als verstünde er ihre Worte. Falls er sich darauf freute, ließ zumindest sein Tempo nicht darauf schließen. Er behielt seinen gemütlichen Trapp bei, während sie sich dem Rover näherten und er sich zunächst den Duftnoten widmete, die hier am Straßenrand auf seine Erforschung warteten. Wie jeder Hund verstand er es meisterhaft, im Hier und Jetzt zu leben und zu handeln.

Auf der anschließenden Fahrt musste Sophie sich zusammen nehmen, um nicht in Panik zu geraten. Sie sah das wütende Antlitz von Lord William bereits vor sich, wenn die Fremde erschien, der ab jetzt sein Elternhaus gehören sollte. Kurz schoss wieder der Gedanke durch ihren Kopf, einfach auf das Erbe zu verzichten. Immerhin wäre das eine Möglichkeit, jedem Streit aus dem Wege zu gehen. So verlockend die Idee war, wusste sie dennoch sofort, dass das nicht infrage kam. Sie konnte sich nicht einfach über Lady Gwineths Wunsch hinwegsetzen. Und neben ihrer Aufregung leuchtete in ihrem Kopf unverändert die Frage nach dem Warum. Sie musste die Antwort finden! Sowohl persönliche als auch berufliche Neugier würde vorher keine Ruhe geben.

Die Hände fest ums Lenkrad geschlungen, dirigierte Sophie den Rover durch das schmiedeeiserne Tor. Der Anblick des Herrenhauses schüchterte sie heute noch mehr ein als beim ersten Mal. Jetzt gehörte es ihr ... Die Vorstellung war und blieb absurd. Der blau blühende Rittersporn ließ sie unwillkürlich an Gwineth und ihre blauen Kleider denken. Sophies Herz wurde schwer. Ihr wurde wieder schmerzlich bewusst, unter welchen Umständen sie das Anwesen verlassen hatte. Kurz nachdem Gwineth verstorben war. Tränenblind stieg sie aus dem Auto und half James hinaus. Bevor sie die Freitreppe hinauf stieg, atmete sie noch einmal tief durch und tupfte sich die Augen mit einem Taschentuch ab. Schluss jetzt mit der Heulerei! Sie brauchte einen klaren Kopf, um sich der anstehenden Aufgabe zu stellen.

Entschlossen drückte sie die Klingel. In ihrer Brust flatterte es, als sei ein kleiner Vogel darin eingesperrt, der verzweifelt den Weg in die Freiheit suchte.

Einen Augenblick später öffnete Mabel die Tür.

Die Szene glich dem Moment, als Sophie hier das erste Mal gestanden und auf Einlass gewartet hatte. Aber das schien Lichtjahre und nicht nur wenige Tage her zu sein.

Mabel trug dieselbe Dienstkleidung und dieselbe Frisur. Nur ihr Gesichtsausdruck war ein gänzlich anderer. Trauer hatte die Schatten unter ihren Augen verdunkelt, und ihren Lippen fehlte das freundliche Lächeln.

„Mrs. Redgrave …" Die Hausdame suchte nach Worten. „Guten Morgen. Ich … wir … wussten nicht, ob und wann Sie kommen." Sie brach ab und sah Sophie hilflos an.

„Hallo Mabel. Ja, da bin ich wieder. Sie werden bestimmt gehört haben, dass …"

Mabel nickte heftig. „Ja. Ja, wir wissen es." Sie prüfte nervös den perfekten Sitz ihres Haarknotens, während ihr Blick unruhig flackerte.

„Darf ich hereinkommen?"

„Oh. Ja, selbstverständlich." Die Hausdame trat rasch zur Seite.

Sophie spürte keine Ablehnung bei Mabel, dafür aber dieselbe Fassungslosigkeit, die sie selbst seit der Testa-

mentseröffnung begleitete. Und eine ähnliche Ratlosig-
keit, wie man mit dieser fremden Situation umgehen
sollte.

„Danke.“ Sophie trat ein. „Ich kann verstehen, wenn
die Situation Sie überfordert. Jedenfalls ist das bei mir
so.“ Sophie hatte sich für Ehrlichkeit entschieden. Vielleicht unschicklich in diesen Kreisen, aber das war ihr
egal.

„Ja, es ist … Wir waren natürlich sehr überrascht. Aber
ich möchte Ihnen im Namen der Belegschaft ein herzli-
ches Willkommen aussprechen.“ Mabel lächelte mühsam. Sophie ahnte, dass es ihr vor allem deshalb schwer
fiel, weil die Trauer um Lady Gwineth auch die Bedienstete fest im Griff hatte.

„Danke, das ist lieb, Mabel.“ Sophie war gerührt. Und
erleichtert. Insgeheim hatte sie befürchtet, dass die
Mauer der Ablehnung, die ihr gegenüber stehen würde,
auch die Angestellten mit einschloss. Offenbar hatte sie
sich in diesem Punkt geirrt.

„Ist Lord William zu Hause?“

„Nein, tut mir leid, er ist heute Morgen mit seinem
Sohn weggefahren. Ich weiß nicht, wann sie zurück-
kommen werden.“

„Okay.“ Sophie überlegte einen Moment. Fast hätte
sie gesagt, dass sie dann später wiederkäme. Gerade
rechtzeitig fiel ihr ein, dass sie nicht als Besucherin hier
war. Das Wissen, in ihrem eigenen Haus zu sein, fand
noch immer schwer Berücksichtigung in ihrem Denken.

„Gut, dann rede ich später mit ihm.“

„Haben Sie schon gefrühstückt?“ Mabel sah sie fragend an.

„Nein, ich war noch nicht hungrig.“

„Ich könnte Ihnen schnell etwas herrichten.“ Die Hausdame schien froh über die Aussicht, etwas Sinnvolles tun zu können.

„Gerne.“ Sophie nickte. Sie hatte zwar keine Ahnung, ob sie etwas herunter kriegen würde, aber einen Versuch war es wert. Und wenn sie es damit Mabel leichter machte …

„Gut, dann bereite ich etwas in der Bibliothek vor, wenn es Ihnen recht ist.“

„Würde es Ihnen etwas ausmachen, wenn ich draußen im Pavillon frühstücke?“, fragte Sophie einer Eingebung folgend.

„Nein, gar nicht.“

„Schön. Dann gehe ich unterdessen mit James im Park spazieren.“

Mabel nickte und entfernte sich in Richtung Küche. Sophie dirigierte James hinaus ins Freie.

Noch immer war der Himmel wolkenverhangen. Ein frischer Wind war aufgezogen, der Sophie dazu brachte, ihre dünne Strickjacke fester um sich zu ziehen.

Langsam schritt sie über die perfekt gemähte Rasenfläche und ließ den Blick schweifen. Die Aussicht war fantastisch. Der weitläufige Park, der mit seinen großen Bäumen und verschwenderisch blühenden Rhododendren, Rosen und vielen anderen Blumen direkt an die Klippen grenzte und Ausblick auf das Meer bot, ließ Sophie ein weiteres Mal staunen. Die Umgebung war einfach traumhaft. Und untrennbar mit Lady Gwineth verbunden. Der fast schon vertraute Schmerz wallte in Sophie auf. Es fühlte sich so unwirklich an, wieder in dieser wunderschönen Kulisse zu stehen. Mit dem Wissen, dass ihr das alles nun gehören sollte. Sophie schlang die Arme um ihren Oberkörper. Das Frösteln, das von ihr Besitz ergriffen hatte, war jetzt weniger dem Wind als einer inneren Kälte geschuldet. Noch immer bereitete ihr der Umstand, dass ihr nun ein Herrenhaus gehören sollte, nicht nur Unbehagen, sondern auch ein wenig Angst.

Daneben spürte sie aber eine grimmige Entschlossenheit, das Geheimnis, das hinter den dicken Mauern von *Blue Manor* verborgen war, zu lüften. Die Idee, dass sie mit Lady Gwineth verwandt sein könnte, hielt sie zwar weiterhin für völlig abwegig, aber irgendein anderes Rätsel musste hinter allem stecken. Und sie würde es lösen. Zum Glück mit Unterstützung von Oliver Taylor, dem sympathischen und hilfsbereiten Notar. Gerade als sie an ihn dachte, klingelte das Handy in ihrer Handtasche. Überrascht sah sie, dass es Oliver war. Sie hatten gestern noch Nummern getauscht, um sich gegenseitig auf dem Laufenden zu halten.

„Hi. Wo steckst du?" Seine Stimme klang warm und interessiert.

„Ich stehe im Park von *Blue Manor* und warte auf das Frühstück, das Mabel mir gleich im Pavillon serviert."

„Oh, du bist tatsächlich schon in der Höhle des Löwen."

„Ja, aber der Löwe ist nicht da." Sophie kicherte, aber es war mehr der Versuch, sich vom Gedanken an Lord William nicht einschüchtern zu lassen.

„Wo ist er denn?"

„Keine Ahnung. Mabel wusste es nicht. Er ist wohl in der Früh mit Desmond weggefahren."

„Anwalt oder Arzt", vermutete Oliver düster.

„Ja, wahrscheinlich beide. Ich hoffe, der Arzt besinnt sich auf seine Wahrheitspflicht."

„Das hoffe ich auch, aber darauf wetten würde ich nicht. Der Einfluss der Montenays ist nicht zu unterschätzen."

„Das hatte ich schon befürchtet." Sophie sah, dass Mabel mit einem Tablett aus dem Haus trat. Sie winkte der Hausdame kurz zu, bevor sie mit dem Telefon in der Hand über den Rasen weiter in den Park hinein schlenderte. Auch wenn Mabel ihr wohl gesonnen zu sein schien, konnte Sophie nicht ausschließen, dass sie durchaus loyal zu William und dem Rest der Familie war. Was sie mit Oliver besprach, sollten fremde Ohren lieber nicht mitbekommen.

„Mabel ist gerade herausgekommen", flüsterte Sophie und kam sich vor wie in einem Krimi. Sie schnitt eine Grimasse, die nur James unbeeindruckt zur Kenntnis nahm.

„Ich wollte dir erzählen, dass ich endlich die alten Akten im Keller gefunden habe", teilte Oliver mit. „Sobald das Tagesgeschäft es zulässt, werde ich mich näher mit ihnen beschäftigen."

„Ja, vielleicht hilft uns das." Sophie glaubte zwar nicht daran, aber irgendwo mussten sie schließlich anfangen.

„Eins ist klar: Mein Vater ist bekannt für seine Akribie in der Aktenführung. Falls es irgendwelche Hinweise auf Ungereimtheiten in der Familiengeschichte gibt, dürfte ich sie entdecken. Das Gute ist ja, dass er die Geschäfte seinerseits von seinem Vater übernommen hat.

Die letzten siebzig Jahre Notariat der Familie Montenay lagern im hiesigen Gewölbe."

„Aber was sollte das sein?", fragte Sophie zweifelnd.

„Das weiß ich noch nicht. Ich kann auch nichts garantieren, aber vielleicht gibt es irgendwelche Hinweise. Wir werden sehen." Oliver klang zuversichtlich.

„Ich danke dir für deine Unterstützung. Die Vorstellung, allem allein gegenüberzustehen, wäre fürchterlich. Allerdings werde ich das nie wieder gutmachen können."

„Stets zu Ihren Diensten Ma'am." Er lachte leise. „Nein, im Ernst. Ich helfe dir wirklich gerne. Und du weißt ja: Ganz uneigennützig ist mein Einsatz nicht. Mein Dad und ich haben wirklich ein gutes Verhältnis, und es ist mir wichtig, sein berufliches Ansehen zu wahren. Gerade jetzt, da er es nicht selbst kann."

„Meldet sich dein Vater denn gar nicht zwischendurch?" Sophie hätte sich nicht vorstellen können, dass ihre Mum auf Weltreise gegangen wäre, ohne ihre Tochter regelmäßig anzurufen. Wobei ihre Mum ohnehin nicht auf Weltreise gegangen wäre. Nicht einmal dann, wenn sie das Geld dazu gehabt hätte.

„Nein, zumindest hat er sich das fest vorgenommen. Ob er es durchhält, weiß ich natürlich nicht. Aber wir müssen momentan davon ausgehen. Nach dem frühen Tod meiner Mutter hat er sich mit voller Kraft um mich und ums Notariat gekümmert. Urlaube waren selten und kurz, und Zeit für ihn selbst blieb praktisch nie. Sein Arzt rät ihm schon seit Jahren kürzerzutreten. Aber er hat immer abgewiegelt und den Doktor auf die Zeit vertröstet, nachdem ich mein Studium abgeschlossen habe. Tja, und das ist seit Anfang des Jahres der Fall.

Er hat mich noch einige Monate eingearbeitet. Jedenfalls hat er das so gesagt, aber unter uns: Er hat schon Zeit gebraucht, um sein Lebenswerk in andere Hände zu legen."

„Ist dein Vater somit in Rente gegangen?"

„Vermutlich nicht. Er hat sich die Option offengehalten, nach seiner Rückkehr zumindest stundenweise weiterzumachen. Ich denke, es wird davon abhängen, ob er es schafft, ohne Arbeit einen Sinn im Leben zu finden. Das muss man abwarten."

„Verstehe."

Mabel trat aus dem Pavillon hinaus und nickte Sophie zu.

„Mein Frühstück steht bereit", informierte sie Oliver.

„Dann wünsche ich guten Appetit! Meine Arbeit ruft auch. Wenn du Lust hast, suchen wir heute Abend wieder Helen heim. Vielleicht gibt es ja schon Erkenntnisse zum Austauschen."

„Gerne", stimmte Sophie erfreut zu. Das Dinner in netter Gesellschaft einzunehmen war allemal verlockender als allein im Restaurant oder mit den Montenays an einem Tisch zu sitzen.

„Dann bis später."

Sophie ging Mabel entgegen. „Vielen Dank für Ihre Mühe."

„Ach, nicht der Rede wert. Ich hoffe, das Frühstück wird Ihnen schmecken." Der Blick, den Mabel über Sophies schlanke Figur sandte, hätte von Granny stammen können. Allerdings hielt die Hausdame sich zurück, etwaige Besorgnis zu formulieren.

„Da bin ich sicher." Sophie lächelte. Für einen Moment wurde ihr etwas leichter ums Herz. Solange Lord

William noch nicht zurück auf *Blue Manor* war, konnte sie es hier aushalten. Allerdings war klar, dass das nur die Ruhe vor dem Sturm war. Sie sollte die Zeit nutzen, um Kraft zu sammeln.

„Dann bis später."

Sophie sah Mabel hinterher, wie sie sich rasch entfernte. Trotz ihres Alters, das Sophie auf Anfang sechzig schätzte, war sie stets flott unterwegs. Die viele Arbeit in dem großen Haus schien sie jung zu halten.

Wenn es schon so sein sollte, warum hätte Sophie das Herrenhaus nicht ohne die Bewohner erben können? Es wäre alles so viel leichter ... Sie seufzte, tat den Gedanken als Wunschdenken ab und betrat den Pavillon. James folgte ihr langsam. Wenn er nicht gerade schlief, entging ihm praktisch nichts und er achtete immer darauf, in ihrer Nähe zu sein.

Als Sophie den reich gedeckten Frühstückstisch sah, hielt sie abrupt in der Bewegung inne. Porridge, Toast, Zitronenmarmelade und Rührei würden wieder locker für zwei Personen reichen. Sophie schluckte mühsam. Zu präsent war die Erinnerung, wie sie hier mit Gwineth gegessen und gearbeitet hatte. Ihre Brust wurde eng. Es dauerte eine Weile, bis sie sich so weit gefasst hatte, dass sie zum Tisch gehen und sich setzen konnte.

Ihre Hand zitterte, als sie sich Tee in eine Tasse eingoss.

Mit langsamen Schlucken trank sie, bis das Zittern endlich nachließ. Dann füllte sie ihren Teller mit Rührei und Toast. Essen würde sie hauptsächlich Mabel zuliebe, das wusste sie bereits. Ihr Hals war noch immer wie zugeschnürt und ihr Magen fühlte sich auch ohne jede Nahrung bleischwer an. Trotzdem nahm sie tapfer den ersten Bissen.

Wäre ihr Mund nicht trotz des Tees so schrecklich trocken, hätte ihr das Frühstück sicher geschmeckt. So aber musste sie sich bemühen zu schlucken.

Während Sophie langsam weiter aß, wanderte ihr Blick durch den Pavillon. Er war liebevoll eingerichtet mit Sinn für Details. Auf einem der weißen Schränke vor den Fenstern waren Stücke arrangiert, die Gwineth vermutlich von ihrer Reise aus Kenia mitgebracht hatte. Neben einem handgeschnitzten, hölzernen Nashorn waren wunderschöne Steine mit außergewöhnlichen Mustern ausgelegt.

Auf einem anderen Schrank erinnerte ein farbenfrohes, kunstvoll bemaltes Teeservice an die Zeit in Hongkong. Eine kleine papierbespannte Lampe daneben schien ebenfalls aus China zu stammen. All diese Dinge hatte Sophie bis jetzt nur am Rande registriert. Ihre Aufmerksamkeit war ganz auf Lady Gwineth gerichtet gewesen, denn es war viel spannender gewesen, ihren Worten zu lauschen, als sich Gegenstände anzusehen. Mit einem Frösteln wurde Sophie bewusst, dass ihr jetzt nur noch die Erinnerung an diese Gespräche blieb. Und eben jene Dinge, die von früheren turbulenten Zeiten erzählten. Aber es waren nur Sachen. Kein Ersatz für die lebendigen Schilderungen der alten Lady, denen Sophie nur zu gerne wieder horchen würde.

Sie spülte den pappigen Rest in ihrem Mund mit einem Schluck lauwarmen Tee hinunter und sah zu James. Der Hund lag zusammengerollt auf einem orientalischen Läufer und schlief fest. Zu gerne würde sie wissen, was in ihm vorging. Sie war sicher, dass er noch immer traurig darüber war, seine einstige Herrin verloren zu haben. Aber wie fand er es, wieder hier zu sein? Verrückt, dachte sie dann. Nun machte sie sich schon Gedanken darüber, was ein alter Hund denken mochte. Offenbar veranstaltete ihr Geist ein Ablenkungsmanöver. Es war einfacher, über James zu grübeln, dem es zumindest im Moment an nichts fehlte, als sich ihrer eigentlichen Aufgabe zu stellen. Licht ins Dunkel der Familiengeschichte der Montenays zu bringen. Sophie seufzte. Wo sollte sie beginnen? Suchend sah sie sich im Pavillon um. Dieser Ort war immerhin Gwineths Lieblingsplatz gewesen. Aber was sollte sie hier finden, das sie der Lösung des Rätsels näherbrachte?

Sophie stand auf. Sie könnte immerhin die Schubladen der Schränke und die zierliche, gläserne Vitrine in Augenschein nehmen. Selbst wenn sie ihrem Ziel damit keinen Schritt näher kam. Die ersten geöffneten Schubladen bestärkten sie in ihrer Resignation. Sie fand Kerzen, Servietten, silberne Serviettenringe und kleine Platzdeckchen. Mutlos inspizierte sie anschließend das Geschirr hinter den Glastüren der Vitrine. Nirgendwo gab es Anzeichen für einen doppelten Boden, hinter dem die Lösung von allem auf einem Silbertablett für sie bereit lag. Natürlich nicht. Immerhin hatte sie nicht ernsthaft damit gerechnet, sodass sich ihre Enttäuschung in Grenzen hielt. Dennoch war sie entschlossen, ihr Bestes zu geben. Vorsichtig schloss sie die Türen der Vitrine wieder und trat an den Schrank, auf dem das Teeservice stand. Die erste Schublade barg einen kostbaren blauen Kimono aus Seide. Wie es aussah, hatte Gwineth hier tatsächlich einen Teil der mitgebrachten Schätze untergebracht. Das Kleidungsstück diente vermutlich ausschließlich der Erinnerung. Hätte Gwineth den Kimono getragen, wäre er in ihren Räumen im Herrenhaus zu finden gewesen. Andächtig strich Sophie über das weiche Material. Eine Träne lief über ihre Wange. Ach, Gwineth, du hättest gerne noch länger bleiben können! Bevor sie sich zu sehr in ihrer Traurigkeit verlieren konnte, legte Sophie die blaue Seide zurück und schloss die Schublade.

Ohne Erwartung öffnete sie die nächste. Mehrere in Leder gebundene Schriften kamen zum Vorschein. Im ersten Moment musste Sophie an edle Speisekarten denken. Rasch nahm sie die erste heraus und schlug sie auf. Keine Speisekarte. Mit gerunzelter Stirn las Sophie: China / Hongkong – in dicker handschriftlicher Überschrift. Sie überflog die ersten Seiten. Als sie schließlich aufblickte, drehte sich in ihrem Kopf alles. Eine Erkenntnis sickerte langsam in ihr Bewusstsein. Als sie dort endlich angekommen war, schlug Sophie eine Hand überrascht vor ihren Mund. Ein gequälter Ton kam trotzdem über ihre Lippen.

39.

Die Mittagssonne hatte sich gerade erfolgreich durch die Wolkendecke gekämpft und fiel jetzt durch die blitzblanken Scheiben ins Innere der Bibliothek. Mit weichen Knien stand Sophie Lord William und Desmond gegenüber. Ihre Hände tasteten nach einer Stuhllehne und krallten sich darum.

„Sie können gleich Ihre Siebensachen wieder packen und unser Anwesen verlassen. Und dieses Mal bitte für immer!" Williams Siegesgewissheit stand in einigem Gegensatz zu Desmonds offensichtlichem Unbehagen.

Sophie ertappte sich bei dem Wunsch, die Sonne wäre nicht hervorgekommen. Sie hatte es gewusst, strahlendes Sommerwetter passte einfach nicht zu diesem Tag! Mühsam versuchte sie, sich auf den triumphierenden alten Mann vor sich zu konzentrieren und ihm Paroli zu bieten. Was ihr nicht leicht fiel angesichts der Tatsache, dass er sie ähnlich einschüchterte wie damals Mr. Linston, ihr strenger Geschichtslehrer in der fünften Klasse.

„Hören Sie, Lord William ...", begann sie, wurde jedoch sofort von einer herrischen Geste unterbrochen.

„Nein, junge Frau, Sie sind diejenige, die jetzt zuhört." Er fixierte sie mit einem Blick aus Augen, in denen das Blau eine erstaunliche Leuchtkraft entwickelt hatte.

„Dr. Freedham ist ganz meiner Meinung, dass meine Schwester längst nicht mehr Herrin ihrer Sinne war.

Und mein Anwalt Dr. Goldmann ist ebenso sicher wie ich, dass die ganze Sache sich vor Gericht in Windeseile als ärgerlicher Irrtum herausstellen wird. Es ist allenfalls eine Sache von wenigen Wochen." Sein knotiger Zeigefinger schoss vor und verharrte direkt vor Sophies Nase. Nur schwer schaffte sie es nicht zurückzuweichen. Bevor sie etwas erwidern konnte, schaltete Desmond sich mit leiser, aber fester Stimme ein.

„Dad, dennoch hat Dr. Goldman gesagt, dass Mrs. Redgrave das Recht hat, sich bis zur Gerichtsentscheidung auf *Blue Manor* aufzuhalten."

Sophie drehte sich überrascht in seine Richtung. Sie war baff. Mit Unterstützung von Desmonds Seite hätte sie als Letztes gerechnet.

„Desmond, halte dich da raus!" William blitzte seinen Sohn so wütend an, als bereute er es zutiefst, ihn je in die Welt gesetzt zu haben.

„Du weißt, dass mir nichts so lieb wäre, als dass dieser Albtraum ein schnelles Ende fände. Dennoch müssen wir uns an Gesetz und Ordnung halten." Auf Desmonds Stirn bildeten sich feine Schweißperlen.

Sophie verfolgte den Schlagabtausch der beiden mit seltsamer Faszination. Natürlich kannte sie weder Vater noch Sohn besonders gut. Aber sie war sicher gewesen, dass Desmond blind zu seinem Vater halten würde. Vielleicht hatte sie dessen Autorität doch überschätzt. Oder Desmond hatte – anders als sie – im Laufe von vielen Jahren besser gelernt, damit umzugehen. Oder zumindest, sich gelegentlich tapfer gegen seinen Vater zu stellen, falls er es für richtig hielt.

„Keine Sorge, mein Sohn, das tun wir auch. Ich gehe aber davon aus, dass die liebe Mrs. Redgrave ..." Sein

Blick schwenkte drohend zu Sophie. „... freiwillig bereit ist zu gehen." Der Zeigefinger, der noch immer vor Sophies Gesicht schwebte, ruckte noch einmal in die Höhe, bevor der alte Mann ihn langsam sinken ließ.

„Nun ..." Sophie räusperte sich. „Sie müssen keine Angst haben, dass ich hier mit Ihnen wohnen möchte, solange die Sache nicht eindeutig geklärt ist." Danach vermutlich auch nicht, fügte sie in Gedanken hinzu. Aber was anschließend passieren würde, stand in den Sternen.

Lord William machte ein zufriedenes Geräusch.

„Allerdings", fuhr Sophie entschlossen fort, obwohl sie gegen ein inneres Zittern ankämpfen musste. „Allerdings werde ich mich hier mitunter aufhalten. Ich denke, das ist ein fairer Kompromiss."

Während Desmond leicht nickte, schnappte sein Vater nach Luft.

„Was bilden Sie sich ein? Sie haben mir wohl nicht zugehört!" Er stampfte mit seinem Stock auf. Der dumpfe Knall auf dem Parkett schreckte James auf, der ängstlich in die Höhe schoss.

„Ich bilde mir gar nichts ein. Ich gedenke lediglich von meinem Recht Gebrauch zu machen, das Ihre Schwester mir mit ihrem letzten Willen gegeben hat." Sophie streichelte beruhigend über den Kopf des aufgeregten Hundes.

„Sie unverschämte Person!" William stampfte erneut mit seinem Stock auf. James zuckte wieder zusammen.

„Dad, bitte!" Desmond legte beruhigend eine Hand auf den Arm seines Vaters, dessen Augen gerade bedrohlich aus den Höhlen quollen.

„Ich werde Dr. Goldmann fragen, was ich in diesem Fall tun kann“, zischte der alte Herr.

„Bitte, Lord William. Ich möchte keinen Streit. Aber vielleicht verstehen Sie auch meine Lage ...“ Sophies Finger hielten sich an James’ Fell fest.

„Die Lage einer kleinen miesen Erbschleicherin? Nein, mit Sicherheit nicht!“ William ballte eine Hand zur Faust, während die andere den Stock fester umschloss.

Für einen Moment hielt Sophie es für möglich, dass er sie damit schlagen wollte. Instinktiv wich sie nun doch zurück.

„Dad, es reicht. Wir sollten uns alle etwas beruhigen.“

Lord William warf seinem Sohn einen vernichtenden Blick zu, schüttelte seine Hand ab und stolzierte im Stechschritt zur Tür. Dort angekommen drehte er sich noch einmal um. „Glauben Sie nur nicht, dass Sie mit diesem Theater durchkommen. Ich weiß nicht, wie Sie es angestellt haben, sich in diese Lage zu bringen. Aber ich kann Ihnen versichern, dass Sie keinen Erfolg haben werden!“

Die Tür fiel mit einem Krachen hinter ihm ins Schloss.

Desmond hob bedauernd die Schultern und wandte sich ebenfalls zum Gehen. Bevor er jedoch die Bibliothek verließ, hielt er noch einmal inne und wandte sich zu Sophie um. „Eines müssen Sie wissen: Im Kern stimme ich mit meinem Vater überein. Ich bin nur nicht damit einverstanden, wie er den Weg beschreitet, bis gerichtlich Klarheit geschaffen wurde.“ Er zog die Tür leise hinter sich ins Schloss.

Entgeistert starrte Sophie ihm hinterher.

40.

„Wer fängt an?", fragte Oliver und nahm sein Bierglas in die Hand. Seine Mundwinkel zuckten belustigt.

Wäre Sophie nicht so aufgewühlt gewesen, hätte sie auch Spaß an dieser Form der spielerischen Ermittlungsarbeit gehabt. Wie die Dinge aber nun mal lagen, fiel es ihr schwer, der Sache mit Humor zu begegnen. Auf dem kurzen Weg vom Notariat bis zum *Cove Inn* war sie schweigend neben Oliver gegangen. Zu viele Gedanken gingen ihr wirr im Kopf herum. Zu wirr, um sie schon in Worte fassen zu können. Er hatte sie in Ruhe gelassen, aber nun war die Schonfrist offenbar verstrichen.

„Gerne du." Sie quälte sich ein Lächeln auf ihre Lippen.

„Okay. Aber erst mal Cheers!"

„Cheers." Das Ale floss beruhigend ihre Kehle hinab.

„Ich habe in der Tat etwas herausgefunden, das von Bedeutung sein könnte."

Sie spitzte die Ohren und stellte ihr Bierglas ab.

„Das Testament von Gwineths Vater ist verschwunden."

Sophie hob die Augenbrauen und starrte ihn an.

„Irgendetwas muss es damit auf sich haben. Ansonsten konnte ich zumindest auf den ersten Blick keine Ungereimtheiten feststellen."

„Aber das muss sehr lange her sein ..."

„Über sechzig Jahre. Und ja, das ist eine sehr lange Zeit. Dennoch müsste es vorhanden sein. Alles andere ist ja auch, wie es sich gehört, verwahrt. Aber das Einzige, was vorliegt, ist die Kurzabschrift."

Sophie blinzelte verwirrt.

„Sie beinhaltet lediglich die Erbfolge und die Wohnrechtsbestimmung. Aber es muss auch eine lange Version geben. So wie Gwineth ausführlich ihren letzten Willen bekundet hat, wird es auch ihr Vater getan haben."

„Das heißt, wir könnten auf der richtigen Spur sein?", fragte sie zögernd.

„Zumindest auf einer Spur. Ob es schon die Entscheidende ist ..." Er hob die Schultern. „Ich weiß es nicht. Aber zumindest wird es einen Grund geben, warum das Testament nicht an Ort und Stelle ist. Es muss etwas darin stehen, das nicht bekannt werden soll."

„Aber ..." Sophie fuhr sich durch die Haare und überlegte. „Wer mag es entfernt haben?"

„Gute Frage. Es besteht natürlich die Möglichkeit, dass Lord George es selbst so veranlasst hat." Oliver ließ seinen Blick über die Terrasse des Restaurants schweifen. Weiter entfernt nahm gerade ein junges Paar Platz. Er hob kurz die Hand zum Gruß.

„Wäre das denn rechtens?"

„Nein, eher nicht. Aber wenn es sein Wunsch gewesen war, hätte mein Großvater sich wahrscheinlich nicht widersetzt."

„Hm. Aber warum sollte er das tun?"

„Tja, wenn es tatsächlich so war, wird er gewichtige Gründe gehabt haben. Normalerweise setzt der Adel das männliche Erbrecht nicht außer Kraft. Das gilt bis heute. Und damals muss es einem Skandal gleich gekommen sein."

„Unfassbar, dass Diskriminierung noch immer stattfindet, als sei sie ganz normal." Sophie schnaubte und trommelte mit den Fingerspitzen gegen ihr Bierglas.

„Eine andere Möglichkeit ist natürlich, dass im Testament jene Gründe genannt werden, warum William eben nicht sein Erbe antreten durfte."

„Und damit hat William ein berechtigtes Interesse daran, diese Gründe nicht publik werden zu lassen."

Oliver nickte. „Ganz genau."

„Und meinst du, dein Großvater hätte auch ihm den Gefallen getan?"

„Nein, das denke ich nicht."

Sophie sah ihn überrascht an.

„Es ist ein Unterschied, ob George selbst die eigenen Zeilen nach Verkündigung verschwinden lassen wollte oder ob anschließend jemand kommt und die Verschleierung verlangt, um persönliche Vorteile daraus zu ziehen. Nein, so wie ich meinen Großvater kennengelernt habe, war er ebenso akribisch und gesetzestreu wie mein Vater. Er hätte das kategorisch abgelehnt."

„Das heißt, dass wir davon ausgehen, dass George selbst es veranlasst hat."

„Nicht unbedingt. Vielleicht hat William einen anderen Weg gefunden ..." Oliver blickte nachdenklich in sein halb volles Bierglas.

„Aber wie wollen wir das herausfinden?"

„Ich werde mir unsere Personalakten vornehmen. Entweder wurde damals gleich nach Georges Tod dafür gesorgt, dass die Spuren, die zu einem Skandal führen könnten, verwischt werden."

„Oder?“, fragte Sophie atemlos.

„Oder es ist erst passiert, nachdem Gwineth dich als Erbin eingesetzt hat.“

„Mir kommt gerade eine Idee. Hältst du es für möglich, dass Gwineth eine so große Feministin war, dass sie es nicht ertragen konnte, das Erbe zurück in männliche Hände zu legen?“

„Du meinst, dass das Ganze gar nichts mit dir als Person zu tun hat, sondern ausschließlich mit deiner Rolle als Frau zusammenhängt?“

Sophie nickte, obwohl ihr die These bereits jetzt ziemlich abwegig vorkam.

„Das kann ich mir nicht vorstellen. Es würde ja bedeuten, dass sie dich quasi nach dem Zufallsprinzip ausgesucht hat. Und noch bevor sie dich überhaupt persönlich kennengelernt hat, vermacht sie dir das Familienerbe? Mit Verlaub, aber dann würde ich William zustimmen, dass seine Schwester nicht mehr bei Trost war.“ Er grinste.

„Du hast recht, sehr stimmig klingt es nicht.“ Sie seufzte. „Jetzt zu meinen Erkenntnissen des Tages?“

„Sehr gerne!“

„Gwineth hätte eine erfolgreiche Reisejournalistin sein können“, eröffnete Sophie.

Er runzelte überrascht die Stirn.

„Ich habe Notizbücher über einige ihrer Reisen gefunden. Die dortigen Aufzeichnungen zeigen ihre exzellenten Fähigkeiten auf diesem Gebiet.“

„Du meinst Tagebucheinträge?“

„Eben nicht“, sagte Sophie triumphierend. „Schwerpunkt lag eindeutig auf Land und Leute. Ihre persönlichen Erfahrungen spielten kaum eine Rolle. Sie hatte einen sachlich brillanten Schreibstil. Jeder, der ihre Aufzeichnungen liest, kann sich sofort ein Bild vom jeweiligen Land machen. Sie geht ebenso auf politische wie gesellschaftliche Missstände ein, hält sich aber in keiner Weise mit persönlichen Befindlichkeiten auf. Also ganz anders als ein klassisches Tagebuch erwarten lassen würde.“

„Wow“, entfuhr es Oliver. „Also, dass Gwineth eine sehr kluge Frau ist, war mir schon immer klar. Ein gewisses Schreibtalent – geschenkt. Aber wenn sie so brillant ist, wie du sagst, wozu hat sie dann dich gebraucht, um ihre Memoiren zu verfassen?“

„Das ist der Punkt. Meiner Meinung nach hat sie mich dafür überhaupt nicht gebraucht!“

„Aber dann ... Das ist ...“ Er brach ab und schüttelte den Kopf.

„Sie wollte dich kennenlernen“, sagte er schließlich.

„Aber warum?“

„Du musst etwas mit der Familie Montenay zu tun haben. Du oder deine Familie.“

„Aber inwiefern? Ich kann es mir einfach nicht vorstellen, was das alles zu bedeuten hat.“

„Vielleicht sollten wir deine Familie noch einmal konsequent durchgehen.“

„Das können wir gerne machen. Viel zu tun haben wir da nicht.“ Sophie verzog das Gesicht. „Wie schon erwähnt: Übrig geblieben sind nur noch Granny und ich.“

„Bei mir ist es ähnlich – nur noch Dad und ich. Aber egal, das spielt hier keine Rolle.“ Für einen Moment blitzte etwas wie Schmerz in seinen blauen Augen auf.

„Über deine Familie können wir ja sprechen, sobald wir das Geheimnis rund um *Blue Manor* aufgeklärt haben“, schlug sie vor. Dann wurde ihr bewusst, was das bedeutete. Oliver und sie waren rein geschäftlich verbunden. Wenn das erledigt war, gäbe es keinen Grund mehr für weitere Treffen. Sie spürte, dass sie rot wurde.

„Sehr gerne“, sagte Oliver schnell, dem ihre Verlegenheit nicht entgangen sein konnte. „Ich hoffe, wir bleiben in Kontakt, nachdem wir die Recherchearbeit abgeschlossen haben. Freunde kann man nie genug haben.“ Sein Lächeln war freundlich und verbindlich.

Sophie entspannte sich wieder. Sie hatte schon jetzt das Gefühl, in Oliver einen guten Freund gefunden zu haben. Es wäre schön, wenn sie sich nicht ganz aus den Augen verlieren würden, wenn die Erbschaftssache abgeschlossen war.

„Gut, dann also zunächst zur Familie Redgrave. Meine Mum ist vor zwei Jahren gestorben. Daddy habe ich kaum kennengelernt. Er starb, als ich gerade sechs Jahre alt war.“ Sophie stockte kurz. „Sie haben mich spät bekommen. Eigentlich hatten sie längst alle Hoffnung auf Nachwuchs aufgegeben. Wie es so oft ist ... Dann habe ich mich angekündigt.“ Sie lächelte, musste an Mum denken, die ihr das gar nicht oft genug hatte erzählen können. Wie glücklich sie an dem Tag war, als ihr Frauenarzt ihr die überraschende Mitteilung machte. Dad sollte tagelang nicht aufgehört haben, vor sich hinzusummen.

Sophie kehrte in die Gegenwart zurück. „Die Familiengeschichte hatte sich somit wiederholt. Bei meinen Großeltern Evie und Arthur war es ähnlich gewesen. Auch sie hatten die Familienplanung längst resigniert abgeschlossen, als sich meine Mum unerwartet doch noch ankündigte."

„Aber vielleicht war deine Mutter doch adoptiert ..." Oliver musterte sie sorgfältig.

Sophie sog scharf die Luft ein. „Das kann ich mir nicht vorstellen. Granny und Mum sahen sich ziemlich ähnlich. Beide waren blond und blauäugig, von zierlicher Figur und beide ziemlich ängstlich. Mum hat das nur besser verborgen ... Und beide hatten dieselbe Stupsnase."

„Blond und blauäugig sind aber viele Engländer", gab Oliver zu bedenken. „Du allerdings hast graue Augen."

„Die Augen habe ich von meinem Dad. Howard kam aus einer Familie mit grauen Augen. Jedenfalls wurde mir das erzählt. Außer ihm gab es niemanden mehr."

Bevor Oliver etwas erwidern konnte, trat Helen mit ihrem bestellten Essen an den Tisch. Dieses Mal hatte Oliver sich für ein Krabbensandwich und Sophie für gegrilltes Gemüse entschieden.

Zunächst widmeten sie sich schweigend den Köstlichkeiten.

Nach einer Weile fragte Oliver: „Wie alt wäre deine Mum heute?"

Sophie schluckte das leckere Gemüse herunter, bevor sie antwortete: „Sie wäre jetzt sechsundsechzig."

„Gwineth ist fünfundachtzig geworden. Das heißt, sie wäre im Alter von achtzehn Jahren schwanger gewesen. Vom Alter würde alles passen", rechnete Oliver zwischen zwei Bissen.

„Genau zu dem Zeitpunkt hat Gwineth ihre Reisen begonnen", sagte Sophie leise. In ihrem Kopf drehte sich alles.

Oliver nickte nachdenklich. Seine Theorie könnte stimmig sein.

„Granny hatte mich gewarnt, als ich ihr von dem Auftrag erzählt habe. Gib dich nicht mit diesen Leuten ab, waren ihre Worte", murmelte sie.

Er sah überrascht auf.

„Aber ich bin davon ausgegangen, dass die Worte ihrer Krankheit geschuldet waren. Viele Dinge, die sie von sich gibt, ergeben wenig oder gar keinen Sinn."

„Mal angenommen, meine These stimmt, dann ergäbe es aber sehr wohl Sinn. Vielleicht hatte sie früher panische Angst davor, dass ihr Familienglück wieder zerstört werden könnte. Falls sie bei der Adoption erfahren hatte, dass ihr kleines Mädchen aus Adelskreisen stammte, könnte sie doch entsprechende Kontakte gefürchtet haben. In Sorge darüber, dass die Herkunftsfamilie es sich anders überlegt. Natürlich geht das rechtlich nicht, aber wenn man das Gefühl hat, dass mit Macht und Geld alles möglich ist, kann es schon so gewesen sein. Und unter Umständen hat sie diese Angst nie ganz verlassen. Auch nicht, als deine Mum längst erwachsen war."

Sophie ließ ihr Besteck sinken und fuhr sich nachdenklich mit der Zunge über die Lippen. „Hm. Theoretisch möglich. Aber vorstellen kann ich es mir trotzdem nicht." Und ich will es mir auch gar nicht vorstellen, dachte sie mit einem Anflug von Trotz. Sollte das die Wahrheit sein, würde sich ihre gesamte Familiengeschichte mit einem Schlag auflösen. Davor hatte sie eine Heidenangst.

„Dann hätte ich eine Großmutter gewonnen und praktisch im selben Moment wieder verloren", sagte sie leise. „Und ... Granny wäre gar nicht meine Granny ..."

Er nickte ernst. „Den letzten Teil würde ich allerdings so nicht sehen. Deine Granny ist und bleibt deine Großmutter. Aber falls du wirklich die Enkelin von Gwineth bist ... Ja, das wäre sicher bitter, sie gleich wieder verloren zu haben. Andererseits hättest du sie zumindest kennengelernt", gab er zu bedenken.

„Ach, ich denke, darüber mache ich mir Gedanken, falls es sich wirklich als wahr herausstellen sollte." Sophie schob ihren Teller zur Seite. Er war noch nicht leer, aber ihr Magen war jetzt wie zugeschnürt.

„Das ist wahrscheinlich das Beste." Er setzte sein Glas an die Lippen, trank aber nicht.

„Was machst du eigentlich sonst so, wenn du nicht gerade mysteriöse Familienangelegenheiten aufklärst?" Er musterte sie aufmerksam über den Rand des Glases, bevor er einen tiefen Schluck nahm.

„Früher bin ich zum Boxen gegangen. Aber das ist lange her, die Arbeit in der Redaktion lässt kaum Freizeit zu. Na ja, vielleicht habe ich den Job auch immer etwas zu ernst genommen." Sie verzog den Mund. Jetzt, mit etwas Abstand, war sie sogar sicher, dass sie das getan hatte.

„Oh, dann gerate ich wohl besser nicht in Streit mit dir." Er grinste.

„Besser nicht", sagte sie betont ernst, während ihre Augen vergnügt blitzten.

„Schade, dass Lord William schon so alt ist. Sonst könntest du die Sache im Ring entscheiden", sagte er lachend.

„Lieber nicht." Sie hob abwehrend die Hände. „Ich schlage doch keine alten Männer." Die Vorstellung barg dennoch eine gewisse Komik. Sie kicherte. „Und bei dir? Was treibt dich um, wenn du nicht gerade verzweifelten Journalistinnen hilfst?"

„Ähnlich wie bei dir, der Job frisst viel Zeit." Er fuhr sich durch die Haare, wirkte nachdenklich. „Wenn ich eine Auszeit brauche, setze ich mich auf mein Motorrad und düse durch Cornwall. Dabei kriegt man den Kopf schnell wieder frei. Ich kann dich gerne mal mitnehmen."

Sie nickte erfreut. „Auf das Angebot komme ich vielleicht zurück." Ihre Gedanken wanderten zu Adam. Es war sein Traum, sich irgendwann ein Motorrad zu kaufen. Bislang hatten aber immer Zeit und Geld gefehlt. Vielleicht auch der Wille. Sophie hegte von Anfang an den Verdacht, dass Adams Wunsch weniger dem Motorradfahren an sich entsprang als vielmehr der Aussicht, sich eine weitere coole Attitüde zuzulegen.

„Bist du schon einmal mitgefahren?"

„Ja, vor ungefähr hundert Jahren." Sophie lachte. „In meiner Jugendzeit gab es ein paar Jungs in unserer Clique, die Maschinen besaßen. Ich musste immer heimlich mitfahren. Mum wäre gestorben vor Angst, wenn sie davon gewusst hätte." Ein wehmütiges Lächeln umspielte ihre Lippen.

„Bei mir müsste deine Mum sich keine Sorgen machen. Inzwischen fahre ich sehr vernünftig. Die Zeit der wilden Rennen sind lange vorbei."

„Ja, wir sind alt. Mit fast dreißig siegt die Vernunft", meinte sie belustigt.

„Du Glückliche, noch nicht einmal dreißig. Sag es nicht weiter …" Er senkte dramatisch die Stimme. „Ich habe die magische Zahl schon vor zwei Jahren erreicht."

„Nein!", rief sie in gespieltem Entsetzen. „Dann muss ich mir aber noch überlegen, ob ich mich traue, bei einem so alten Mann hinten aufzusteigen. Da weiß man ja nie, wie es mit der Gesundheit bestellt ist." Sie rollte vielsagend mit den Augen.

Er drohte ihr mit dem Zeigefinger. „Mach dich nur lustig. Bald bist du auch im Greisenalter angekommen!"

Sie kicherte. Es war schön, einfach herumzualbern und für einen Moment alle Sorgen zu vergessen.

Helen trat an ihren Tisch. „Wie ich sehe, geht es euch gut! Ich hoffe, das Essen hat seinen Beitrag geleistet?"

„Selbstverständlich! Das tut es doch immer." Oliver lächelte die Wirtin an.

„Fein, das freut mich." Sie stapelte die Teller übereinander.

„Noch ein Bier?", fragte Oliver mit Blick auf Sophies fast leeres Glas.

„Gerne", nickte Sophie.

„Getränke kommen sofort", sagte Helen. „Und schön, dich wieder lachen zu sehen", raunte Helen in Olivers Richtung, bevor sie sich entfernte.

Sophie runzelte die Stirn, traute sich aber nicht nachzufragen. Oliver war nicht entgangen, dass sie gestutzt hatte.

„Liebeskummer", sagte er und machte eine wegwerfende Handbewegung. „Eigentlich wäre ich gerade erst aus den Flitterwochen zurückgekommen. Aber wie das Leben so spielt …"

„Oh.“ Sophie war sprachlos. Die fröhliche Stimmung hatte mit einem Schlag einen Dämpfer bekommen. „Das tut mir leid“, murmelte sie schließlich.

„Ach, besser, man merkt es vor dem Jawort.“ Er grinste schief. Nach einem Moment fügte er hinzu: „Also Cara hat es gemerkt. Ich wäre jetzt wohl glücklich verheiratet. Aber es reicht natürlich nicht, wenn nur einer glücklich ist.“ Er hob die Schultern.

„Das tut mir leid“, wiederholte Sophie. Sollte sie nachfragen, oder kannten sie sich für ein solch intimes Gespräch noch zu wenig? Sie war unschlüssig. Normalerweise tröstete sie nur Freundinnen in ähnlichen Situationen. Mit männlichem Liebeskummer hatte sie wenig Erfahrungen.

„Sie hat mich einfach nicht mehr geliebt. Kaum vorstellbar, oder?“ Er grinste frech, aber Sophie entging die Traurigkeit hinter dem Lächeln nicht.

„Nein, wirklich nicht“, ging sie auf seinen ironischen Tonfall ein. „Ich meine, du bist der Juniorerbe von Taylor & Taylor, dem renommiertesten Notariat in Cornwall!“

Sie wurden kurz von Helen unterbrochen, die das frische Bier an den Tisch brachte.

„Eben.“ Er hob sein Glas. „Darauf trinken wir!“

Sie stießen an und verloren sich beide für einen Moment in ihren Gedanken.

„Um der Wahrheit die Ehre zu geben: Cara hat mich schon geliebt, aber ihre Karriere hat ihr noch ein klein wenig mehr am Herzen gelegen. Wir haben beide in London Jura studiert, und sie hat es danach aufs internationale Parkett gezogen. Momentan hat sie eine Stelle in einer großen Wirtschaftskanzlei in Mailand angenommen. Aber ich bin sicher, es werden noch einige andere Stationen dazu kommen. Cara ist kein Mensch, der an einem Ort wie diesem stranden darf."

„Aber es ist wunderschön hier!", protestierte Sophie.

„Das finde ich auch. Aber dennoch kann nicht jeder hier leben. Ich glaube, Cara und ich haben uns sehr lange etwas vorgemacht. Und dann war sie es, die gerade noch rechtzeitig die Reißleine gezogen hat." Er lächelte traurig. „Eine Zeit lang hatten wir die unrealistische Vorstellung, dass Cadgwith unser Hafen wird, an dem ich die Stellung halte und sie regelmäßig zurückkehrt."

„Das ist bei mir gerade auch so", bekannte Sophie. „Ich halte in London die Stellung, während er durch die Welt reist – Adam ist Musiker."

„Bei uns hat es nicht funktioniert. Vor allem deshalb nicht, wenn man eine Familie haben möchte." Nachdem er Sophies erschreckten Blick gesehen hatte, fügte er schnell hinzu: „Aber das kann bei dir ja anders sein."

„Ich hoffe, dass es bei Adam irgendwann ruhiger wird. Wobei es im Moment eher nach dem Gegenteil aussieht. Na, wir werden sehen", meinte sie leichthin, obwohl ihr ganz anders zumute war. Hatte Oliver recht damit, dass es zwischen zwei so unterschiedlichen Charakteren auf Dauer nicht klappen konnte? Sie biss sich auf die Lippen. Die Frage wollte sie sich doch im Moment gar nicht stellen.

41.

Nach dem langen, intensiven Gespräch mit Oliver war Sophie todmüde ins Bett gefallen und sofort in einen tiefen, traumlosen Schlaf gesunken.

Am Morgen war sie erholt und ausgeschlafen erwacht. Eine nervöse Unruhe hatte sie erst unter die Dusche und anschließend mit James zum Strand getrieben. Die frische Morgenluft, die nach Salz und Urlaub duftete, hatte die restlichen Lebensgeister geweckt und sie in dem Gedanken bestärkt, mit Tatendrang wieder an ihre Aufgabe zu gehen: Das Geheimnis von *Blue Manor* lösen! Sie würde gleich zum Herrenhaus fahren und darauf bestehen, in Gwineths Räume vorgelassen zu werden. Sie hatte schließlich ein Recht darauf, auch wenn sie es selbst kaum glauben konnte.

Jetzt stand sie in der Küche und beobachtete James, der genüsslich sein Frühstück zelebrierte. Er war kein Hund, der sein Fressen gierig verschlang. Sorgsam nahm er Bissen für Bissen.

„Als Mensch wärst du ein Gourmet geworden", murmelte Sophie belustigt und nahm einen Schluck aus ihrem Kaffeebecher.

Als der Hund schließlich fertig war, ging sie mit ihm in den Flur und zog ihre Sneakers an. Vielleicht musste sie schnell laufen können ... Sie zog eine Grimasse. Der Weg zum Parkplatz verlief wie immer gemütlich. Dort angekommen, half sie James ins Auto und setzte sich auf den Fahrersitz. Der vertraute Geruch des Wagens beruhigte ihre angespannten Nerven ein wenig. Das Familienauto ... Was, wenn ihre Familie tatsächlich nicht die war, von der Sophie zeitlebens ausgegangen war? Nervös stellte sie das Radio an. Nachrichten. Die monotone Stimme des Sprechers zerrte direkt an ihren Nerven. Ein pathetisches Liebeslied war ebenso wenig das Richtige. Schließlich war es ein gängiger Popsong, den sie am besten ertragen konnte. Sie nahm die Finger vom Knopf des Radios und umfasste das Lederlenkrad mit beiden Händen. Viel zu schnell rollte sie dann durch das Tor des Herrenhauses. Sie war noch immer voller Tatendrang, doch das ungute Gefühl, gleich auf Lord William zu treffen, hatte mit jeder gefahrenen Minute zugenommen. Warum verdammt hatte sie so eine Angst vor diesem alten Mann? Sophie spürte Wut in sich aufsteigen. Gut so!, hörte sie in Gedanken ihren Boxtrainer Mike rufen. Wut kann ein Katalysator sein. Aber wohl dosiert und niemals blind.

Genau! Was bildete der adlige alte Schrat sich eigentlich ein? Entschlossen schwang Sophie die Beine aus dem Auto.

Die Eingangstür wurde wieder von Mabel geöffnet.

„Guten Morgen, Mrs. Redgrave." Die Hausdame wirkte gefasster als gestern. Und nicht mehr überrascht, Sophie zu sehen.

„Guten Morgen, Mabel. Ich wollte mich ein wenig in Lady Gwineths Räumen umsehen."

„Natürlich, kommen Sie." Mabel trat zur Seite. Ein kleines Lächeln erhellte ihr Gesicht. „Darf ich Ihnen wieder Frühstück im Pavillon servieren?"

„Vielen Dank, Mabel, vielleicht später. Zuerst möchte ich mich umsehen. Wie Sie sich bestimmt vorstellen können, bin ich daran interessiert zu erfahren, warum ich als Haupterbin eingesetzt wurde. Ich hoffe, in Lady Gwineths Unterlagen Hinweise darüber zu finden." Sophie war zwar klar, dass sie der Hausdame keine Rechenschaft schuldig war, aber es kam ihr immer noch seltsam vor, sich einfach frei in diesem – in ihrem Haus – zu bewegen. Und so fühlte sie eine gewisse Erklärungspflicht, selbst wenn das dem Personal gegenüber vollkommen unnötig war.

Mabel nickte wortlos. Sie schien tatsächlich überrascht, dass Sophie sie so mit einbezog.

„Den Weg kennen Sie, oder wünschen Sie meine Begleitung?"

„Nein, vielen Dank." Sophie straffte sich. Sie hatte das Recht, hier zu sein! Und wenn sie es sich oft genug sagte, würde sie irgendwann dran glauben.

Mabel entfernte sich lautlos.

Sophie holte tief Luft. Sie wollte den Weg zu Gwineths Räumen auch nutzen, um die Ahnengalerie zu begutachten, die an den getäfelten Wänden hing und die sie bislang nur im flüchtigen Vorbeigehen betrachtet hatte.

„Komm James, an die Arbeit!" Der Hund trottete an ihre Seite.

Die Bilder, allesamt von einem guten Maler gemalt, reichten weit in die Vergangenheit zurück, wie Sophie anhand der Kleidung unschwer feststellen konnte. Je weiter sie voranschritt, umso jünger schien die Vergangenheit zu werden. Und schließlich stand sie vor dem

Gemälde, dass Gwineth und William im Jugendalter mit ihren Eltern zeigte.

Gwineth war tatsächlich blond gewesen. Und wunderschön, wie Sophie feststellte. Ihre Haare waren zu einer aufwendigen Hochsteckfrisur frisiert und ihr hellblaues Kleid aus zartem Stoff passte perfekt zu ihren strahlenden blauen Augen und dem hellen Teint. Ihr Blick war jedoch schüchtern, was Sophie erstaunte. Die junge Gwineth hatte tatsächlich eine gänzlich andere Ausstrahlung als die alte Lady, die Sophie kennengelernt hatte. Ein junges, unschuldiges Mädchen, das mit einer gewissen Scheu in die Welt blickte. Natürlich konnte man die Lebenserfahrung, die sich später in Gwineths Augen gespiegelt hatte, damals dort noch nicht finden. Weder die grantige Herzlichkeit noch der gnadenlose Spott waren zu dem Zeitpunkt vorhanden. Zu jener Zeit, als die Familie gemalt worden war, war das Antlitz von Lady Gwienth Montenay von nichts als jugendlicher Unschuld geprägt gewesen. Das Leben hatte erst später seine Erfahrungen hinein geschrieben. Atemlos suchte Sophie nach Ähnlichkeiten mit ihrer Mutter. Erleichtert stellte sie fest, dass es zumindest keine frappierenden gab. Ja, Victoria war ebenfalls blond und blauäugig, und ihr Gesicht war bis auf die Sommermonate auch stets blass gewesen. Aber diese Attribute besaßen viele Engländer. Sophie atmete tief durch. Ein leichter Stich der Enttäuschung fuhr durch ihre Brust. Was sollte das jetzt bedeuten? Hoffte sie etwa insgeheim, dass Gwineth sich doch als ihre Großmutter entpuppte? Verwundert schüttelte Sophie den Kopf. Nein, sie wollte ihre Familiengeschichte behalten und ganz sicher nicht Teil eines Adelsgeschlechts sein.

Dann wäre William ihr Großonkel und Desmond ihr Großcousin ... Nein danke, dachte sie schaudernd. Wenn Gwineth noch am Leben wäre, sähe die Sache vielleicht anders aus. Aber so ... Sophie straffte ihre Schultern und betrachtete die anderen Personen auf dem Porträt. Das Familienoberhaupt – George – saß kerzengerade in seinem Rollstuhl wie auf einem Thron und blickte mit stechendem Blick auf den Maler. Seine Frau, sehr zart – fast schon ätherisch – stand hinter ihm und hatte eine schmale Hand auf seine Schulter gelegt. Ihr Blick wirkte melancholisch und nach innen gerichtet. Bei William hatte Sophie große Mühe, ihn sich real als Jugendlichen im Alter von vielleicht siebzehn Jahren vorzustellen. Sein Gesicht schien ebenso wie das Gesicht seiner Schwester noch frei von gravierenden Erfahrungen, drückte aber bereits eine gewisse Entschlossenheit aus. Sophie sah genauer hin. Wie sein Vater hatte William eine sehr gerade Haltung. Seine Miene war ernst, aber noch spiegelte sich kein herrischer Charakterzug in seinen Augen. Sah sie stattdessen eine gewisse Verletzlichkeit? Überspielt wie bei vielen Jungen in seinem Alter? Sophie kniff die Augen zusammen und studierte das Bild genauer. Sie war sich nicht sicher. Letztlich spielte es auch keine Rolle für die jetzige Situation. Langsam wandte sie sich ab und wanderte den Flur weiter entlang. Das jüngste Bild zeigte Desmond und Claire mit einem kleinen, hellblonden Jungen. Das musste Thomas sein. Interessiert betrachtete Sophie die Familie, die als Einzige im Freien porträtiert worden waren. Unschwer war der Park von *Blue Manor* zu erkennen. Die Eltern saßen auf einer Bank, während der kleine Thomas mit einem Ball spielte. Der

Junge war ungefähr fünf Jahre alt und wirkte im Gegensatz zu den Erwachsenen vergnügt und unbeschwert. Sophie fragte sich, ob er sich diese Unbeschwertheit bis ins Erwachsenenalter hatte bewahren können. Weitere Bilder jüngeren Datums gab es nicht. Sophie wurde klar, dass Gwineth sich offenbar zuletzt als junges Mädchen auf einer Leinwand hatte verewigen lassen. Sie überlegte. Kurz danach mussten die Reisen begonnen haben. Und die Abkehr von der Familie … Nachdenklich wandte Sophie sich zur Tür zu Gwineths Räumen. Sie zögerte kurz, bevor sie die Hand auf die Klinke legte. Mit zusammen gepressten Lippen öffnete sie schließlich die Tür und betrat das Zimmer. Für einen Moment wurde ihr schwindelig, als sie das Himmelbett sah. Zu präsent war noch die Erinnerung, als Gwineth das letzte Mal darin gelegen hatte. Jetzt war es frisch bezogen und … leer. Tränen stiegen in Sophies Augen und Traurigkeit flutete ihr Inneres. Wieder wallte der vertraute Wunsch in ihr auf, ein weiteres anregendes Gespräch mit der alten Lady führen zu können.

„Ach, Gwineth“, murmelte sie. „Wie gerne hätte ich noch mehr aus deinem Leben erfahren.“ James, der ihre Traurigkeit spürte, schob seine Schnauze aufmunternd in ihre Hand. Tränenblind lächelte sie ihn an. Er hatte ja recht, sie musste sich zusammenreißen! Schließlich war sie nicht hier, um zu trauern, sondern um eine Aufgabe zu erfüllen. Nach einem tiefen Atemzug ließ sie ihren Blick durchs Zimmer schweifen. Es würde ihr nichts anderes übrig bleiben, als sämtliche Schränke und Schubläden durchzugehen.

Zunächst wurde sie allerdings magisch von dem Nachttisch angezogen. Sie wusste noch genau, was sich darin befand: Gwineths Notfalltabletten. Und die bunte Holzperlenkette von Zola … Sophie schluckte an dem Kloß in ihrem Hals vorbei und öffnete die Schublade. Sie ignorierte das Medikament und griff langsam zur Halskette. Das Holz fühlte sich warm in ihrer Hand an. Andächtig strich Sophie über die Perlen, die in unterschiedlichen Farben leuchteten. Zolas Geschenk hatte Gwineth soviel bedeutet, und es war ihr Wunsch gewesen, dass es an Sophie überging. Sophies Unterlippe zitterte, als sie sich die Kette mit zitternden Fingern umlegte und verschloss. Gwineth hatte es so gewollt, und für Sophie fühlte es sich schlagartig richtig an, das Schmuckstück zu tragen. Das Lächeln auf ihren Lippen fror eine Sekunde später ein, als ein Geräusch an der Tür sie jäh zusammen zucken ließ.

William stand im Zimmer.

Mit einem Blick, der jeden Athleten niederstrecken könnte. Sophie widerstand dem Impuls, in sich zusammen zu sinken. Stattdessen richtete sie sich auf und streckte ihren Rücken.

„Guten Morgen, Lord William“, sagte sie mit fester Stimme.

„Was machen Sie da?“ Er hielt sich nicht mit Höflichkeitsfloskeln auf.

„Ich sichte Lady Gwineths Sachen“, erklärte sie das Offensichtliche.

„Sie haben kein Recht …“

„Doch. Doch, das habe ich.“ Sophie wusste nicht, woher sie plötzlich den Mut nahm, ihm die Stirn zu bieten. Ihre Hand tastete zur Kette an ihrem Hals.

„Sie werden auf der Stelle dieses Zimmer verlassen oder ich rufe die Polizei!" Der alte Mann atmete schwer, aber eiserne Entschlossenheit und Wut färbten unverändert seine Stimme.

„Sie wissen, dass ich rechtlich dazu befugt bin, hier zu sein", sagte Sophie sanft.

„Das ist noch lange nicht entschieden. Mein Anwalt arbeitet gerade an einem Betretungsverbot."

Sophie überlegte blitzschnell, ob es Sinn machte, es weiter auf eine Konfrontation ankommen zu lassen, die ihn vielleicht wirklich die Polizei holen ließ. Später hätte sie nicht mehr sagen können, was letztlich den Ausschlag gegeben hatte, aber sie lenkte ein.

„Gut, dann warten wir das zunächst ab." Sophie gab James ein Zeichen und schritt mit hoch erhobenem Kopf zur Tür. Der Hund folgte sofort.

„Ja, gehen Sie! Und nehmen Sie den stinkenden Köter mit, der hat hier ebenso wenig verloren wie Sie!"

Einen Moment lang standen Lord William und Sophie sich gegenüber und starrten sich wortlos an. Als der alte Mann sich mit einem verächtlichen Geräusch abwandte, wussten beide, dass gerade etwas Entscheidendes passiert war. Sophie stand ihm trotz des vorübergehenden Zugeständnisses in ihrer Entschlossenheit in nichts mehr nach. Vielleicht hatte seine Verachtung James gegenüber das letzte Quäntchen ausgemacht. Wenn ihm seine Schwester wichtig gewesen wäre, hätte er dem geliebten Hund ihr zuliebe sein Zuhause gelassen. Gwineth hatte richtig gelegen mit ihrer Einschätzung, dass die Verwandtschaft ihren alten Wegbegleiter ohne mit der Wimper zu zucken, ins nächste Tierheim abgeschoben hätte. Was auch Sophie für völlig inakzeptabel hielt.

Bewegungslos saß Sophie hinter dem Lenkrad des Rovers. Die Sonne stand hoch am wolkenlosen Himmel, und James hechelte trotz der geöffneten Fenster. Sie sollte jetzt losfahren, damit Fahrtwind Kühle ins Auto brachte. Hier konnte sie im Moment ohnehin nichts mehr ausrichten, aber es fiel ihr schwer, unverrichteter Dinge abzuziehen. Es kribbelte in ihren Fingern, sie wollte endlich Ergebnisse erzielen. Verdammt! Was sollte sie jetzt bloß tun? Dann gestand sie sich ein, dass sie im Moment wenig Möglichkeiten besaß. Solange sie nicht ohne Eklat im Herrenhaus bleiben konnte, waren ihr die Hände gebunden. Eine kleine Hoffnung blitzte inmitten der Mutlosigkeit in ihr auf. Vielleicht hatte Oliver inzwischen mehr herausgefunden ... Sie würde jetzt zurück ins Notariat fahren. Falls Oliver genauso erfolglos wie sie war, konnte sie immer noch weiter sehen.

Sophie startete den Motor, der wie immer mit leisem, sattem Geräusch ansprang. Wenigstens eine verlässliche Konstante in ihrem Leben: Das Familienauto!

Seufzend legte sie den ersten Gang ein. Gerade als sie Gas geben wollte, wurde die Eingangstür des Hauses aufgerissen.

Oh nein! Sie rechnete prompt damit, dass Lord William noch einmal nachlegen wollte. Überrascht erkannte sie, dass es Harris, der Butler, war, der auf den Wagen zueilte.

Sie öffnete das Fenster auf der Fahrerseite weiter.

„Haben Sie eine Telefonnummer für mich, unter der ich Sie erreichen kann, wenn die Luft im Haus rein sein sollte?" Harris hatte schnell gesprochen und war entgegen seiner sonstigen souveränen Haltung ausgesprochen nervös.

„Oh. Ja, natürlich." Sophie war perplex, griff aber sofort zu ihrer Handtasche auf dem Beifahrersitz und nestelte eine Visitenkarte hervor.

Harris nahm die Karte, ließ sie wortlos in seiner Hosentasche verschwinden und drehte sich um.

„Danke!", rief Sophie ihm hinterher. Sie war noch immer vollkommen verwirrt angesichts dieses unerwarteten Angebots.

Mit dem Rücken zu ihr nickte er kaum merklich. Im nächsten Moment war er bereits wieder im Haus verschwunden.

„Wie es aussieht, haben wir hier tatsächlich Verbündete", murmelte Sophie in Richtung des Hundes auf der Rückbank.

„Und jetzt auf zu Oliver. Vielleicht gehen die guten Nachrichten ja heute noch weiter."

Staub wirbelte auf, als sie den Rover über den Kiesweg lenkte.

42.

Sophie war gerade in den Empfangsbereich des Notariatsbüros eingetreten und von Macey freundlich begrüßt worden, als Oliver aus seinem Büro geschossen kam.

„Sophie! Gut, dass du da bist!“ Eine leichte Röte überzog seine Wangen und seine Haare waren ungewohnt zerzaust. Er schien geradezu elektrisiert. Ihre Hoffnung wuchs, dass es tatsächlich schon Fortschritte geben könnte.

„Macey, bitte vorerst keine Gespräche durchstellen.“ Er winkte Sophie zu sich und zog rasch die Tür hinter ihr und James ins Schloss.

„Du hast etwas herausgefunden?“, fragte sie zaghaft. Nach ihrer Schlappe vorhin könnte sie gute Neuigkeiten wirklich brauchen.

Fahrig bot er ihr Platz an, während er sich selbst setzte. „Ja. In der Tat, das habe ich. Ich bin gerade zurück von meinem Besuch bei einer früheren Angestellten des Büros. Felicity Roberts, sie hat lange Jahre für meinen Großvater gearbeitet.“

„Mrs. Roberts habe ich schon kennengelernt!“, rief Sophie aus.

Oliver zog eine Augenbraue hoch. „Ach“, sagte er überrascht und fuhr sich mit der Hand durch die Frisur, was diese weiter in Unordnung brachte.

Sophie verkniff sich ein Schmunzeln. „Ja, sie sprach mich auf einem Spaziergang an, weil sie James erkannt hatte. Sie kam mir ziemlich sonderbar vor. Besonders deshalb, weil sie erst Kontakt mit mir aufnehmen wollte und dann aber beinahe geflüchtet ist. Aber nun sag, was hast du herausgefunden?" Sophie platzte fast vor Neugier. Das Unwichtige konnten sie immer noch besprechen.

„Ja, das wundert mich nicht. Ich musste sie etwas härter rannehmen, aber schließlich hat sie ihr Gewissen erleichtert, nachdem ich ihr versprechen musste, sie nicht bei der Polizei anzuzeigen." Oliver lehnte sich auf seinem Stuhl zurück.

„Was hat sie getan?" Sophies Spannung wuchs. Normalerweise mochte sie Olivers ruhige, eher bedächtige Art. Aber jetzt hätte sie ihn am liebsten geschüttelt.

„Meine Ahnung war richtig. Nicht George hat sein eigenes Testament nach Verkündung verschwinden lassen, sondern sein Sohn William etliche Jahre später."

Sophie pfiff durch die Lippen. Langsam wurde deutlicher, dass William allen Grund dafür zu haben schien, sie an Nachforschungen zu hindern. Er war nicht nur verständlicherweise wütend darüber, dass sein Erbe an eine Fremde ging. Vor allem wollte er unter allen Umständen verhindern, dass die Wahrheit ans Licht kam. „Hast du das Testament von Mrs. Roberts bekommen?" Sophie hielt die Luft an.

„Leider nein." Oliver schüttelte bedauernd den Kopf. „Sie hat Stein und Bein geschworen, dass sie es damals vernichten musste."

„Aber sie weiß noch, was darin stand?"

„Ja. Nachdem sie gemerkt hatte, dass sie besser keine Ausflüchte mehr macht, hat sie sich schließlich kooperativ gezeigt.“

„Wie hast du das geschafft?“

„Ganz einfach. Ich habe sehr überzeugend mit der Polizei gedroht. Natürlich hätte das Hinzuziehen überhaupt nichts gebracht, wenn Felicity einfach geschwiegen hätte. Aber als alte Frau scheint sie einen Heidenrespekt vor den Ordnungshütern zu haben. Und noch etwas hat ihr zu denken gegeben: Was würden die Nachbarn sagen, wenn uniformierte Beamte Mrs. Roberts verhören?“ Er grinste zufrieden.

„Du warst ja ganz schön hart zur armen Felicity“, sagte Sophie, ohne Mitleid zu empfinden.

„Der Zweck heiligt die Mittel!“

„Stimmt. Und? Was hat sie gesagt?“ Ihre Ungeduld nahm zu.

„Also, an folgenden Wortlaut von George hat sie sich erinnert: Für das, was William und ich dir angetan haben, ist es unsere Pflicht, dir wenigstens *Blue Manor* zu überlassen. Unsere schwere Schuld wird trotzdem bleiben, aber es soll wenigstens diese kleine Wiedergutmachung geben.“

„Aber was haben sie denn nun getan?“ Sophies Stimme bebte.

„Tja, jetzt sind wir bei der schlechten Neuigkeit. Felicity hat leider überzeugend kundgetan, dass hierüber keine näheren Details im Testament zu finden waren. Ihrer Meinung nach war es wohl allen Beteiligten klar, worum es ging. Und zum anderen wollte George vermutlich verhindern, dass irgendjemand von den damaligen Vorkommnissen erfahren kann. Alles, was schriftlich niedergelegt wird, kann eben auch in falsche Hände gelangen.“

„Aber William wollte noch sicherer gehen und hat dafür gesorgt, dass auch diese nur bedingt aussagekräftigen Worte vernichtet werden“, fasste Sophie zusammen.

Oliver nickte.

Sophie seufzte. „Aber hilft uns das weiter?“

Er hob die Schultern. „Na, zumindest wissen wir jetzt, dass wir auf der richtigen Spur sind.“

„Das ist wahr. Schwere Schuld …“, murmelte sie und ließ den Blick nachdenklich durch das aufgeräumte Büro schweifen. Was war damals passiert?

„Wenn Gwineth wirklich schwanger gewesen war, könnte sie gezwungen worden sein, ihr Baby wegzugeben. Damit ist ihr etwas angetan worden, was nach Wiedergutmachung schreit.“

Oliver nickte. „Absolut. Aber ich frage mich, was William damit zu tun hat. Autorität in der Familie war sicher George, und er wird derjenige gewesen sein, der eine Adoption durchsetzen konnte. Wo kommt William ins Spiel?“

Sophie überlegte. „Vielleicht war er es, der sie mit Gewalt in ein entsprechendes Heim für ledige Mütter gebracht hat. George hat im Rollstuhl gesessen und wird dazu kaum in der Lage gewesen sein.“

Oliver sah sie skeptisch an. „Das wäre natürlich möglich. Aber irgendwie ist mir das zu wenig, um ihm sein Erbe wegzunehmen. Er muss mehr getan haben.“

Sophie nickte zögernd. „Vielleicht hast du recht.“

„Wie sind deine Recherchen auf *Blue Manor* überhaupt gelaufen?“

Sie seufzte und winkte ab. „Dieses Mal bin ich wirklich rausgeflogen."

Er sog scharf die Luft ein. „Aber du hast ein Recht, dort zu sein!"

„Ich weiß. Aber William hat gedroht, die Polizei zu rufen. Es auf einen Eklat ankommen zu lassen, erschien mir nicht hilfreich. Und ich war unsicher, wie die Beamten reagieren würden."

„Hm, nicht gut. Die größten Chancen dürften in Gwineths Unterlagen verborgen sein. Je mehr Zeit vergeht, desto mehr Möglichkeiten hat die Familie, Beweise verschwinden zu lassen." Er runzelte die Stirn.

„Daran habe ich noch gar nicht gedacht", gab Sophie kleinlaut zu.

„Aber eine gute Nachricht gibt es dennoch."

„Und?" Er sah sie gespannt an.

„Harris, der Butler, ist auf meiner Seite. Sobald William und Desmond das nächste Mal aushäusig sein werden, erhalte ich sofort Mitteilung."

Oliver grinste. „Noch einer, der für Wahrheit und Gerechtigkeit kämpft. Sehr gut."

„Ich glaube Mabel, die Hausdame denkt ebenso."

„Aber was ist mit Claire?", warf er ein.

Sie zuckte die Schultern. „Ich weiß nicht, ob sie dann sofort ihren Mann anruft, sobald sie mich erblickt. Wenn ich Glück habe, bekommt sie es nicht mit, wenn ich wieder anrücke. No risk, no fun." Sie lächelte. Langsam fand sie Gefallen an der Detektivarbeit.

„Auch wieder wahr." Oliver lächelte zurück. Für einen langen Augenblick trafen sich ihre Blicke in dem Wissen, Vertraute im Kampf einer guten Sache zu sein.

Schließlich beendete Sophie den Kontakt verlegen, indem sie den Kopf senkte und auf ihre Hände starrte. Es fühlte sich an, als ob Oliver schon ewig zu ihren engsten Freunden gehörte. Dabei war sie sonst niemand, der schnell Freundschaften schloss. Selbst die enge Bindung zu Kate hatte lange gedauert.

Sie schwiegen einen Moment, in dem jeder seinen Gedanken nachhing.

Die Stille wurde durchbrochen, als Sophies Handy in der Tasche zu klingeln begann. Rasch zog sie es heraus.

„Unbekannte Nummer", sagte sie zögernd.

„Nimm ab", forderte Oliver. „Vielleicht ist es Harris!"

„Quatsch, doch nicht so schnell." Sophie nahm das Gespräch dennoch an und meldete sich mit ihrem Namen.

Oliver beobachtete sie forschend, während er mit den Fingerspitzen nervös auf der Schreibtischplatte trommelte und sie nicht aus den Augen ließ.

„Danke", murmelte Sophie schließlich und legte das Handy auf den Schreibtisch. „Bingo! Die Katzen sind aus dem Haus."

Sie lachte und sprang auf.

„Dann auf ins Getümmel!" Oliver erhob sich ebenfalls.

„Und melde dich sofort, wenn es Neuigkeiten gibt oder wenn du Hilfe brauchst."

Sophie war bereits an der Tür, als er leise sagte: „Die Kette steht dir übrigens hervorragend."

43.

Mit knirschenden Reifen brachte Sophie den Rover auf dem Kies zum Stehen. Staub wirbelte in der Sonne auf, als sie aus dem Wagen sprang. Sie trieb James beim Aussteigen zur Eile an, was er mit verwundertem Blick und stoischer Gelassenheit quittierte. Bevor er ihrer Aufforderung nachkam, schnappte er sich seinen roten Ball und kletterte gemütlich aus dem Auto.

Sophie rannte die Treppe zum Eingangsportal hinauf, während der Hund langsam folgte. Bevor sie klingeln konnte, wurde die Tür bereits aufgerissen. Mabel sah ihr aufgeregt entgegen. „Sie sind alle weggefahren und werden vermutlich einige Stunden fortbleiben", wisperte sie, als fürchte sie, dass es in der Halle Abhörvorrichtungen geben könnte.

„Claire auch?", wollte Sophie sich vergewissern.

Mabel nickte heftig und trat zur Seite.

„Danke", sagte Sophie mit Nachdruck. „Auch an Harris."

Die Hausdame lächelte verlegen. „Wir haben beide sehr gerne für Lady Gwineth gearbeitet. In ihrer grantigen Art war sie dennoch ein Segen. Es liegt auch uns am Herzen, dass ihr letzter Wunsch respektiert wird." Mit diesen Worten drehte sie sich um. „Sie wissen ja, wo alles ist", sagte sie über die Schulter.

Sophie nickte und machte sich auf den Weg zu Gwineths Räumen.

Okay, nächster Versuch, dachte sie, als sie die Tür hinter sich und James schloss. Dieses Mal durfte sie sich nicht von Trauer überwältigen lassen. Sie musste die Zeit, die ihr zum Sichten von etwaigen Beweisstücken blieb, sinnvoll nutzen. Prüfend sah sie sich um, wobei sie das Himmelbett so wenig wie möglich beachtete. Schnell entschied sie sich, mit dem kleinen verschnörkelten Sekretär zu beginnen, der vor einem der Fenster stand. Die erste Wahl, um Unterlagen zu deponieren. Aber sicher keine, die nicht jedem in die Hände fallen sollen, höhnte eine Stimme in Sophies Kopf. Sie seufzte. Da war etwas dran, aber irgendwo musste sie schließlich anfangen. Und wer wusste schon, wie viel Zeit ihr bleiben würde, um sich ungestört umzusehen.

Beherzt öffnete sie die erste Schublade. Überrascht stellte sie fest, dass sie zwei Hefter mit Kontoauszügen enthielt. Offenbar streng getrennt nach Gwineths Privatkonto, auf dem es erwartungsgemäß nicht schlecht aussah, und dem Verwalterkonto für das Herrenhaus. Auf diesem befand sich ein geradezu klägliches Guthaben in dreistelliger Höhe. Sophie hatte nicht an Gwineths Aussage, dass es ernst um *Blue Manor* bestellt war, gezweifelt. Aber nun sah sie es schwarz auf weiß. Ihr wurde schwindelig. Gwineth hatte ihr zugetraut, das Projekt *Blue Manor* erfolgreich zu betreuen. Hoffentlich täuscht sie sich nicht, ging es Sophie durch den Kopf. Es würde eine Menge Arbeit vor ihr liegen, sich in die fremde Materie einzuarbeiten. Vor ihrem inneren Auge blitzten Ideen auf. Führungen, bei denen eine Schar interessierter Besucher sich das prachtvolle

Haus zeigen ließ. Events im großzügigen Park. Hochzeiten, Geburtstage, andere Familienfeierlichkeiten ... Der Ort bot viele Möglichkeiten.

„Später", murmelte Sophie. Mit diesen Dingen konnte sie sich beschäftigen, nachdem sie Gwineths Wunsch erfolgreich verteidigt hatte. Und dafür musste sie die Wahrheit herausfinden, was damals in der Familie geschehen war.

Sie zog die nächste Schublade auf.

Ein großes Bündel Briefe kam zum Vorschein. Sophies Herz schlug schneller. Sollte sie darin die Erklärung finden, warum Gwineth ihr *Blue Manor* vererbt hatte? Atemlos öffnete sie den ersten und versuchte, das Gefühl zu verdrängen, dass sie im fremden Eigentum herumschnüffelte.

Die ersten Briefe ließen Sophie Zeit und Raum vergessen. Fasziniert tauchte sie ein in die Welt von Gwineths Freundschaften, die sie hingebungsvoll gepflegt hatte. Darunter waren sowohl weit verzweigte Familienkontakte mit Cousins und Cousinen als auch zahlreiche Freundschaften, die sie auf ihren Reisen geschlossen hatte. Die geschriebenen Zeilen zeugten allesamt von aufregenden Jahrzehnten, förderten aber keine Geheimnisse zutage, die mit dem Erbe in Zusammenhang stehen könnten.

Nachdem Sophie ungefähr die Hälfte der Briefe gelesen hatte, hielt sie inne. Wenn sie so weiter machte, würde sie die Zeit verschwenden, die sie geschenkt bekommen hatte. Nervös sah sie auf ihre Armbanduhr. Es war bereits eine gute Stunde vergangen. Sie entschied, den Rest in ihre Handtasche zu stopfen und später in der Wohnung zu lesen. Flüchtig fragte sie sich, ob es

Diebstahl war, was sie tat. Der Zweck heiligt die Mittel!, dachte sie dann.

Rasch öffnete sie die nächste Schublade, deren Inhalt aber weit weniger spannend war. Einladungskarten, teils für Anlässe, die lang zurücklagen, Werbeprospekte von ortsansässigen Händlern oder Notizzettel, die an Arzt- oder Optikertermine erinnerten.

Seufzend schloss Sophie die letzte Schublade des Sekretärs und richtete sich auf. Sie strich sich die Haare aus der Stirn, ließ ihre verspannten Schultern einen Moment kreisen und nahm eine antike Kommode, die auf zierlichen Füßen stand, in den Blick. Hier fanden sich Unterwäsche und seidene Strumpfhosen. Mit einem unwohlen Gefühl tastete Sophie die Wäsche nach versteckten Dingen ab. Nichts. Jetzt blieb nur noch der massive Kleiderschrank über.

Beim Anblick der überwiegend blauen Kleider überfiel Sophie erneut Wehmut. Ein leichter, blumiger Duft stieg ihr in die Nase, und sie schluckte trocken. Ihre Hände zitterten, als sie die Kleidung flüchtig absuchte. Wieder nichts. Was habe ich denn erwartet?, fragte sie sich mutlos, während sie aufs Bett sank. Die Schranktür hatte sie offengelassen. Für heute besser den Rückzug antreten, anstatt darauf zu warten, dass William nach Hause kam und sie erneut hinauswarf? Sophie war unschlüssig. Oder im angrenzenden Raum, der das persönliche Wohnzimmer von Gwineth beherbergte, weiter machen?

Während sie noch überlegte, kam plötzlich Bewegung in James, der bis jetzt ein Nickerchen neben dem Bett gemacht hatte. Seinen roten Ball hatte er darunter deponiert. Geschickt hangelte er nun mit der Pfote danach, nahm ihn in die Schnauze und stand auf.

„Na, wollt ihr gehen, du und dein roter Freund?" Sophie schmunzelte. Die Beziehung des Hundes zu seinem Ball war wirklich erstaunlich. Und amüsant zu beobachten.

James tappte zielstrebig zum geöffneten Schrank, steckte den Kopf hinein und ließ seinen Ball fallen.

Sophie lachte. „Dort soll er versteckt sein, unter Gwineths Kleidern?" Sie stand auf, ging zu dem Hund hinüber und streichelte über seinen Kopf. Das Fell fühlte sich wie gewohnt auf eine seltsame Art gleichzeitig weich und struppig an. Er sah ihr in die Augen, drehte sich um und rollte sich wieder neben dem Bett zusammen.

„Und willst du mir nun etwas damit sagen?", fragte sie ratlos. Vermutlich nicht. Wahrscheinlich hatte er wie immer nur nach einem geeigneten Versteck gesucht. Und dieses im Kleiderschrank seines verstorbenen Frauchens gefunden. Der vertraute Duft dürfte hierbei der entscheidende Faktor gewesen sein.

„Gut, dann lassen wir dein bestes Stück noch ein wenig dort liegen, und ich sehe mich mal nebenan um." James hatte bereits wieder seine Augen geschlossen und schnarchte leise vor sich hin.

Sophie ging allein hinüber ins angrenzende Zimmer. Gwineths Wohnbereich war liebevoll gestaltet mit blühenden Pflanzen auf den Fensterbänken und hübschen Kissen auf den mit zartrosafarbenem Stoff bespannten Sitzmöbeln.

Zwei Stühle waren vor dem Kamin arrangiert. Sophie brauchte nur wenig Vorstellungskraft, um sich Gwineth davor sitzend vorzustellen. Mit einem Glas Gin Tonic in der Hand und den Blick nachdenklich in die Flammen gerichtet ... Wieder musste Sophie sich zwingen, sich nicht von der Trauer überwältigen zu lassen, die sie vom Handeln abbringen würde. Die Zeit saß ihr im Nacken. Auch wenn Mabel von einem längeren Fortbleiben der Montenays gesprochen hatte, konnten sie es sich jederzeit anders überlegen und früher wieder nach Hause zurückkehren. Sie holte tief Luft und machte sich an die Arbeit. Inzwischen schon geübt, öffnete sie Vitrinen und Schränke. Nichts, was sich darin verbarg, konnte ihr weiterhelfen. Geschirr und Wohnaccessoires brachten ihr Gwineths Geschmack noch näher, aber Geheimnisse offenbarten sich nicht. Enttäuscht verließ Sophie den Wohnbereich wieder und ging zu James zurück. Wie erwartet schlief der Hund noch immer.

„James, aufwachen! Wir müssen langsam gehen. Ich glaube, für heute reicht es." Sie berührte den Hund sachte an der Schulter. Er brummte, öffnete die Augen aber nicht.

„Komm schon, mein alter Junge. Du kannst gleich im Auto weiter schlafen", versprach sie ihm. Langsam wurde sie unruhig. Sie wurde das Gefühl nicht los, dass William bald vor ihr stehen würde. Dem wollte sie sich heute auf keinen Fall ein zweites Mal aussetzen.

Unwillig schlug James nun doch die Augen auf und erhob sich murrend. Sophie war schon an der Tür, als ihr etwas einfiel. „Vergiss deinen Freund, den Ball, nicht!"

Aber James, der sonst immer sorgfältig darauf achtete, seinen größten Schatz mit sich herumzutragen, reagierte nicht auf ihre Worte und gesellte sich neben sie.

„Dein Ball!" Sie deutete in Richtung des Schranks.

Der Hund blieb stur neben ihr stehen.

„Schön, dann hole ich ihn eben. Ich muss ohnehin die Schranktür schließen." Sophie marschierte los. Vor dem Schrank ging sie in die Hocke und tastete auf dem Holzboden nach dem Spielzeug.

„Autsch", fluchte sie, als sich ein Splitter in ihre Handfläche bohrte. Sie zog ihn heraus und begann ihre Suche erneut, diesmal achtsamer. Vorsichtig glitten ihre Finger über das unebene Holz. Mit einem Mal stutzt sie. Dort, wo sie sich den Splitter eingefangen hatte, war eindeutig eine Erhebung zu spüren. Sophie schob die Kleider zur Seite, um besser sehen zu können. Der Ball war in die hintere Ecke gerollt. Ihre Aufmerksamkeit galt jedoch weniger James' Lieblingsspielzeug als vielmehr der Unebenheit. Schnell wurde ihr klar, dass es sich nicht um schlecht verarbeitetes Material handelte. Als sie mit beiden Händen an die Stelle langte, griff sie in etwas Hartes und Kaltes. Ein Metallring! Aufgeregt zog sie daran. Eine Klappe öffnete sich. Sophie hielt die Luft an, als sie in die Vertiefung hineinsah. Es handelte sich tatsächlich um ein Geheimfach, in dem etwas Lederndes lag. Beinahe feierlich langte sie danach. Kurz darauf wusste sie, dass sie Gwineths persönliche Tagebücher in Händen hielt. Keine journalistischen Reiseberichte, sondern echte Aufzeichnungen eines persönlichen Lebens. Im selben Moment hörte sie das Zuschlagen von Autotüren.

44.

Mai 2019

Nun habe ich sie also endlich, die Gewissheit. In einigen eng beschriebenen Seiten und wenigen Fotos liegt sie vor mir. Das Detektivbüro hat hervorragende Arbeit geleistet. Mein wunderschönes Mädchen lebt nicht mehr. Tief im Innern habe ich es zwei Jahre lang gespürt: Sie weilt nicht mehr auf dieser Welt. Und endlich weiß ich auch, welchen Namen sie ihr gegeben haben: Victoria. Ein wundervoller Name, wie ich ihn besser nicht hätte aussuchen können. Mein Gefühl war richtig gewesen, sie in dem Glauben zu lassen, bei ihren leiblichen Eltern aufgewachsen zu sein. In jedem einzelnen Jahr in den vielen Jahrzehnten, die seither vergangen sind, habe ich mich wieder und wieder gefragt, ob ich es tun soll: Nach ihr suchen. Und jedes Mal kam die sichere Antwort aus meiner Seele: Nein, tu es nicht! Mein zerbrechliches Mädchen hätte die Wahrheit nicht verkraftet. Für sie habe ich unter Tränen darauf verzichtet. Nicht mein Glück war wichtig, sondern ihres. Ich war immer bereit, das Wenige zu tun, was ich dazu beitragen konnte. Auch wenn es bedeutete, ihr niemals ins Gesicht sehen zu dürfen. Niemals ihre Hand zu streicheln. Und niemals zu hören, was sie zu sagen hat. Ich habe immer gespürt, dass sie glücklich ist in ihrer Welt. Erst in ihrem behüteten Elternhaus, später mit ihrem

Ehemann, den sie leider viel zu früh wieder verloren hat. Aber sie hatte das Glück, ebenfalls ein wunderschönes Mädchen bekommen zu haben. Sophie, meine Enkeltochter. Die sich bis zu Victorias Tod liebevoll um sie gekümmert hat. Wie sich aus den Unterlagen ergibt, haben die beiden die enge Beziehung gehabt, wie ich sie mir sehnlichst auch für Victoria und mich gewünscht hätte. Aber das sollte nicht sein. Im Laufe der vielen Jahre habe ich mit diesem Schicksal zwar keinen Frieden, aber immerhin eine Art Waffenstillstand geschlossen. Und nun werde ich – wenn alles gut geht und Sophie zusagt – in meinen letzten Tagen das späte Glück haben, wenigstens ihr ins Gesicht schauen zu dürfen. Ich weiß, dass mir mit ihr nicht viel Zeit bleiben wird. Sehr bald schon werde ich Victoria an jenen schönen Ort folgen, an dem ihre Seele jetzt ist. Doch vorher bringe ich das in Ordnung, was in Ordnung zu bringen ist. Sophie ist aus einem anderen Holz geschnitzt als ihre Mutter. Sie ist stark und wird damit umgehen können, das spüre ich. Ich glaube, dass sie viel von mir hat. Und deshalb ist es meine Pflicht, dafür zu sorgen, dass sie ihr rechtmäßiges Erbe erhalten wird. Daddy hat damals kurz vor seinem Tod ebenfalls dafür gesorgt, dass wenigstens ein kleines Bisschen Gerechtigkeit das große Unrecht schmälert. Lange habe ich damit gehadert, es als Klotz am Bein empfunden. Aber Blue Manor ist mehr als das. Es steht für uns, unsere Familie und unsere Tradition. Es zu bewahren ist trotz allem meine Pflicht. Natürlich könnte und würde auch Desmond diese Pflicht erfüllen. Er war ein guter Junge, und bis heute ist er nicht zu sehr nach seinem Vater geraten. Williams größter Fehler war, es unserem Vater bis zur

Selbstaufgabe recht machen zu wollen. Es hat ihn ins Verderben geführt. Die schwerste Schuld, die man sich vorstellen kann, lastet deshalb auf ihm. Er hat einem Menschen das Leben genommen. Er hat meinen Cederic getötet. Eigentlich war ich mir dessen immer sicher, doch nun habe ich durch das Detektivbüro Gewissheit erhalten. Cederics Überreste sollen unter dem großen Kirschbaum, der neben dem Pavillon steht, ruhen. Mr. Walker, der Detektiv, hat den vor vielen Jahren nach Neuseeland ausgewanderten Sohn unseres damaligen Gärtners ausfindig gemacht. Von ihm erfuhr er, dass sein Vater beim Graben unter der Kirsche auf menschliche Gebeine gestoßen war. Edward Clark, der genau wie sein Sohn Jack eine leidenschaftliche Beziehung zu seinem Whiskyglas führte, war unter Zahlung einer hohen Geldsumme leicht davon zu überzeugen gewesen, es seien die Überreste eines Wildtieres gewesen, die seinem Spaten zu nahegekommen waren. Aufgrund der fürstlichen Bezahlung wollte er die Erklärung nur zu gerne glauben. Glück hat ihm das Geld nicht gebracht. Die Aufgabe seiner Leber erfolgte vermutlich noch schneller, da ihm fortan das Portemonnaie nicht mehr die Zeit im Pub diktierte. Jack hingegen nutzte das Erbe, um England den Rücken zu kehren. Vielleicht wäre seine Schaffarm in Neuseeland sogar ein Erfolg geworden, wenn er nicht dieselbe Schwäche für Whisky gehabt hätte wie sein Vater. Jedenfalls war Jacks Zustand desaströs, als Mr. Walker ihn antraf. Kaum ein klares Wort soll seine Lippen verlassen haben. Seine Drohung, nach all den Jahren nun doch die Polizei zu informieren, verpuffte zwischen Whiskygläsern und billigen Zigaretten. Mir ist das recht, wenn die

Sache nicht mehr an die große Glocke gehängt wird. Williams Zeit ist inzwischen fast so begrenzt wie meine. Was soll es bringen, ihn für die letzten Tage noch ins Gefängnis zu stecken? Über ihn wird gerichtet werden, da bin ich sicher. Aber vermutlich nicht mehr in dieser Welt. Um ehrlich zu sein, ist selbst mir an einem Skandal nicht mehr gelegen. Die wenige Zeit, die mir noch bleibt, möchte ich in Ruhe verbringen und meine Enkelin kennenlernen. Was ich nicht möchte, ist, dass das Haus von Polizeibeamten wimmelt, die alles auf Links drehen, meinen Bruder in Handschellen abführen – egal wie sehr er es verdient hat – und die gesammelte Presse des Landes jeden von uns jagt, als sei er die Inkarnation von Lady Di. Nein, ich möchte Sophie kennenlernen. Und falls unsere Zeit dafür noch reicht, werde ich ihr die Wahrheit sagen. Ich hoffe, dass es so ist. Andernfalls wird es sie vermutlich wie ein Schlag bei der Testamentseröffnung treffen. Aber wie ich sie einschätze, wird sie der Sache umgehend auf den Grund gehen wollen. Ihre journalistische Ausbildung wird ihr dabei sicherlich helfen. Sie wird die Wahrheit herausfinden, falls es notwendig sein sollte, da bin ich sicher.

Trotzdem wünsche ich mir natürlich, dass ich ihr unsere Familiengeschichte noch in Ruhe erzählen kann, bevor ich gehe. Aber das liegt nicht in meiner Hand. Ich bin bereit, so oder so.

Jetzt ist sie also hier. Meine Sophie. Ich kann mein Glück kaum fassen. Sie ist ein so reizendes Mädchen. Klug, hübsch und mit dieser Stärke ausgestattet, die auch ich immer in mir getragen habe. Diese Stärke, die es mich hat schaffen lassen, mein Leben bis zum Ende auszuhalten. Trotz des Schmerzes, der mich damals fast zerrissen hat, als sie mir mein kleines Mädchen und meinen Cederic genommen haben. Den Schmerz, der mich über all die Jahre begleitet hat, konnte ich nur aus diesem Grund ertragen. Ich weiß nicht, woher diese Stärke kam und warum Victoria davon nicht viel abbekommen hat. Aber mein Gefühl hat mich nicht getrogen. Sophie besitzt sie ebenfalls. Sie wird ihren Weg gehen. Auch und gerade, wenn sie die Wahrheit eines Tages erfahren wird. Sie wird damit umgehen können, bald die neue Hausherrin auf Blue Manor zu sein. Das Einzige, das meine Zeit mit ihr überschattet, ist die Tatsache, dass ich ihr nicht sofort alles sagen kann. So muss ich also so tun, als wäre ich nur die schrullige alte Lady – die ich natürlich bin –, aber die nur deshalb ihre Lebensgeschichte auf Papier verewigt haben will. Und das stimmt natürlich nicht. Von mir aus müsste nichts davon aufgeschrieben werden; so wichtig war mein Leben gewiss nicht. Aber ich halte das für einen guten Weg, sie auf alles vorzubereiten. Nun, wir werden sehen, ob mein Plan aufgeht. Es wird nicht mehr lange dauern, dann wird der richtige Zeitpunkt gekommen sein, sie in alles einzuweihen.

Bis dahin muss ich sie in dem Glauben lassen, dass sie nur der Arbeit wegen hier ist. Es fällt mir zwar schwer, ist aber nichts gegen das, was ich schon hinter mir habe. Immerhin amüsiert es mich, wie entsetzt William über Sophies Anwesenheit ist. Ob er ahnt, wer sie ist? Ich weiß es nicht. Vielleicht sorgt er sich auch nur darüber, dass ich mein Leben vor einer Fremden ausbreite. Schließlich weiß er genau, welche Untiefen sich darin verbergen. Ich kann die Angst in seinen Augen sehen.

Für andere sicher gut verborgen durch Wut und Arroganz. Aber mir macht er nichts vor, dafür kenne ich meinen Bruder zu gut. Er ist noch immer nicht zu alt, um sich zu fürchten. Und ich muss gestehen, dass mir das nicht nur Spaß macht, sondern auch Genugtuung bereitet. Das ist nicht nett von mir, aber für das, was er getan hat, auch wieder nur eine Winzigkeit. Nun, wir werden sehen, wie es weiter geht. Morgen Früh werden Sophie und ich mit der Arbeit beginnen. An meinem Lieblingsort, dem Pavillon. In unmittelbarer Nähe zu meinem geliebten Cederic. Durch die Recherchen des Detektivs weiß ich ja nun auch, warum es mich stets an diesen Ort gezogen hat. Ach, ich freue mich darauf, meiner wundervollen Enkeltochter aus meinem Leben zu erzählen. Noch lieber würde ich zwar ihr Fragen stellen, aber damit muss ich natürlich vorsichtig sein. Schließlich soll sie mich zunächst nur als eine etwas wunderliche Auftraggeberin wahrnehmen. Aber ich bin frohen Mutes, dass ich das schaffe. So oder so genieße ich es, sie um mich zu haben. Dankbarkeit ist nichts, das sich besonders durch mein Leben gezogen hat. Was einzig dem Umstand geschuldet ist, dass ich all mein Liebstes bereits in jungen Jahren verloren habe. Dem Materiellen hingegen konnte ich noch nie viel abgewinnen und danach erst recht nicht mehr. Aber dafür, dass Sophie hier bei mir ist, bin ich tatsächlich dankbar. Ein kleines letztes Geschenk des Lebens an mich. Ein Abschiedsgeschenk. Ach, ich freue mich auf weitere Stunden mit Sophie. Aber – das muss ich zugeben – noch mehr freue ich mich darauf, Victoria in der anderen Welt endlich in meine Arme schließen zu können.

45.

Sophie konnte nicht aufhören zu weinen. Die Tränen liefen wie ein nie versiegen wollender Strom aus ihren Augen. Trauer brannte in ihrem Herzen, während sie auf das Tagebuch in ihrer Hand starrte, ohne noch irgendetwas zu erkennen. Gelesen hatte sie inzwischen alles.

Mithilfe von Harris und Mabel war es ihr vorhin gelungen, *Blue Manor* mit James durch eine Hintertür zu verlassen. Während William mit Sohn und Schwiegertochter durch das Eingangsportal ins Haus gelangt waren, war Sophie bereits von hinten zum Vorplatz und zu ihrem Rover gerannt. Wie von Furien gehetzt, hatte sie James ins Auto geschubst, sich auf den Fahrersitz fallen lassen und war mit aufheulendem Motor davon gejagt. Auf dem Beifahrersitz hüpfte der Fund aus dem Geheimversteck – Gwineths Tagebuch. Sophie hatte gewusst, dass sich dort drin die ganze Wahrheit entfalten würde. Sie sollte recht behalten.

Jetzt saß sie auf dem Sofa von Olivers Vater und kannte die Geschichte der Familie Montenay. Ihrer Familie ...

Das, was nicht mehr als eine vage Vermutung gewesen war, hatte sich bestätigt. Aber so sehr Sophie gewünscht hatte, die Wahrheit ans Tageslicht zu bringen, kam es ihr nun vor, als hätte sie eine Tür geöffnet, die sie besser geschlossen gelassen hätte. Nein, das stimmte vermutlich nicht. Aber der Schmerz war so tief, dass sie in diesem Moment alles getan hätte, um ihn nicht zu fühlen. Sie wusste kaum, um wen oder was sie zuerst trauern sollte. Um die verpasste Chance, ihre Grandma Gwineth besser kennenzulernen? Um Gwineth und Victoria, die sich nie getroffen hatten, oder um den sinnlosen Tod von Cederic – ihrem Großvater? Sophies Körper schien eine einzige große Wunde zu sein, die so stark schmerzte und sie unkontrolliert zittern ließ, dass sie es kaum aushielt.

Schniefend hangelte sie nach ihrer Handtasche, die auf dem Sofatisch vor ihr lag, und zog eine Packung Taschentücher heraus. Nachdem sie sich über die nassen Augen gewischt und die Nase geputzt hatte, wurde ihr Denken ein wenig klarer. Sie atmete tief durch. Was sollte sie jetzt tun? Immerhin war ein Mord geschehen, und der Mörder lief seit Jahrzehnten frei herum. Sophies erster Impuls galt der Polizei. William durfte doch nicht ungeschoren davon kommen! Auch wenn Gwineth Abstand davon genommen hatte, ihren Bruder anzuzeigen, aber sollte oder durfte Sophie das genauso sehen? Sie wusste es nicht. Im Moment wusste sie gar nichts. Außer vielleicht, dass sie diese Entscheidung weder sofort noch allein treffen konnte. Oliver! Ihren Verbündeten im Kampf für die Wahrheit musste sie auf jeden Fall mit einbeziehen. Er war klug, hatte Jura studiert, und er war ein neutraler Dritter. Zumindest war er mit niemandem der Montenays verwandt. Im Gegensatz zu mir, dachte Sophie mit einiger Verblüffung. Lord William war tatsächlich ihr Großonkel. Und Desmond ihr Großcousin. Ein Schauer lief über ihren Rücken. Granny, ihre herzensgute Granny, war nicht ihre leibliche Großmutter. Auch bei diesem Gedanken fühlte Sophie Trauer. Mit einem Mal verstand sie die Ängstlichkeit, dieses stete Erwarten eines Unglücks, besser. Granny musste seit der Adoption von Victoria von der Furcht bestimmt worden sein, dass ihr das geliebte kleine Mädchen wieder weggenommen wird. Gib dich nicht mit diesen Leuten ab … Denn diese Leute können unser Glück zerstören.

Das konnten sie jetzt nicht mehr. Evie hatte Victoria bis zu deren Tod als ihre Tochter behalten dürfen. Ihre größte Angst hatte sich somit nicht erfüllt. Aber in ihrem dementen Zustand konnte sie Vergangenheit und Gegenwart nicht mehr auseinanderhalten. Inzwischen gab es nichts mehr, das ihr die Montenays hätten wegnehmen können, aber das konnte Evie vermutlich nicht mehr verstehen. Oder erfüllte sie die diffuse Furcht, Sophie zu verlieren? Möglich, Sophie würde es wohl nie erfahren. Von Grannys Lebenszeit war nicht mehr allzu viel übrig, und die letzte Zeit sollte sie in Ruhe verbringen können. So durcheinander Sophie auch war: Sie beschloss, Granny nichts von den Ereignissen zu erzählen. Zu groß schien ihr die Gefahr, das Leben ihrer Großmutter sonst vorzeitig zu beenden. Ihr wurde bewusst, dass sich zumindest in dieser Hinsicht nichts geändert hatte: Granny war und blieb ihre Großmutter. In diesem Punkt hatte Oliver recht behalten. Oliver … Sie musste ihn schnellstmöglich in alles einweihen. Ihr Blick fiel auf ihre Armbanduhr. Dreizehn Uhr, Mittagszeit. Wenn sie Glück hatte, machte er gerade Pause und hätte Zeit für ein Gespräch. Zweifel überfielen sie. Es würde ein langes Gespräch werden, keines, das sie zwischen Tür und Angel eben schnell erledigen konnte. Andererseits konnte sie auch unmöglich bis zum Abend warten. Unschlüssig stand sie auf. James hob den Kopf.

„Bleib liegen, mein Großer. Ich schütte mir kaltes Wasser ins Gesicht, dann sehen wir weiter." Mit weichen Knien ging Sophie ins Bad. Minutenlang schöpfte sie eiskaltes Wasser aus dem Hahn und kühlte damit ihr heißes Gesicht. Als sie schließlich zum Handtuch griff und in den Spiegel sah, erschrak sie. Verquollene Augen starrten ihr entgegen, in denen sich das ganze Entsetzen, das sie empfand, gnadenlos spiegelte. Ihr Gesicht war leichenblass, was die vereinzelten roten Stellen noch mehr leuchten ließ. Kurz gesagt: Sie sah genauso verheerend aus, wie sie sich fühlte. Prompt flossen neue Tränen. In diesem Zustand durfte sie unmöglich hinunter ins Notariat gehen, das konnte sie sich und vor allem anderen Menschen nicht antun. Immerhin war das Büro ein Ort mit Kundenverkehr. Sie musste anders mit Oliver Kontakt aufnehmen.

Müde schlich sie zurück ins Wohnzimmer. Erst jetzt fiel ihr auf, wie unfassbar erschöpft sie war. Die Ereignisse des Vormittags waren anstrengender gewesen, als hätte sie einen langen Arbeitstag in der Redaktion verbracht. Das Sofa schien für einen Moment eine verführerische Option zu sein. Sich einfach die Decke über den Kopf ziehen und schlafend aus der Realität flüchten. William war jetzt so viele Jahre frei herumgelaufen, da kam es doch auf den einen oder anderen Tag auch nicht mehr an. Trotz dieser Gedanken griff Sophie zum Handy und wählte Olivers Nummer. Es dauerte eine Weile, bis er sich meldete.

„Wann können wir in Ruhe sprechen?“, fragte Sophie statt einer Begrüßung.

„Du hast etwas herausgefunden“, stellte er fest. „Ich habe noch zwei Termine, danach bin ich ganz Ohr. Wollen wir zu Helen gehen?“

„Nein, lieber nicht. Ich glaube, heute kann ich mich fremden Mensch nicht zumuten.“

„Okay, verstehe. Dann mache ich uns eine Kleinigkeit zu essen. Einverstanden?“

„Ja, danke.“ Sophie unterdrückte ein Schluchzen.

„Bei Hausnummer siebzehn findest du mein bescheidenes Heim. Die Straße ein Stück runter, entgegengesetzt vom Strand. Achtzehn Uhr?“

„Gerne.“ Das Handy rutschte aufs Sofa. Der nächste Weinkrampf begann Sophie zu schütteln. Es war gut, dass sie noch einige Stunden Zeit hatte, sich halbwegs wieder zu sortieren.

46.

Nach einer langen Dusche, frisch aufgetragenem Make-up und einem intensiven Gespräch mit Kate fühlte Sophie sich imstande, die Wohnung zu verlassen. Sie war trotzdem froh, dass Oliver sie bei sich zu Hause erwartete. Die Vorstellung, andernfalls im *Cove Inn* fremden Blicken ausgesetzt zu sein, mutete unverändert schrecklich an. Denn die Gefahr, jederzeit in Tränen ausbrechen zu können, war noch nicht gebannt. Daran änderten auch die Sturzbäche, die sie bereits vergossen hatte, nichts. Scheinbar besaß sie einen ordentlichen Tränenvorrat.

Ein letzter prüfender Blick in den Flurspiegel bestätigte ihr, dass sie wieder halbwegs menschlich aussah. Ihre Augen waren noch gerötet, aber nicht mehr ganz so verquollen. Das gut deckende Make-up verbarg alle roten Stellen und gab ihr die Sicherheit, sich hinauszuwagen.

„James, wir wollen los!" Sie wartete einen Moment. Nichts. Seufzend ging sie ins Wohnzimmer hinüber. Der Hund schnarchte leise neben dem Sofa.

Sanft berührte sie ihn an der Schulter. Verwirrt schlug er die Augen auf.

„Komm, Großer, aufstehen. Oliver und Molly erwarten uns!"

Der Hund rappelte sich hoch. Als er schließlich stand, schüttelte er sich ausgiebig. Danach glitt sein Blick suchend durch den Raum. Sophie wartete ab. Offenbar überlegte er, wo er seinen Ball versteckt hatte. Diese Marotte bildete immerhin die Grundlage, dass sie nun die Wahrheit kannte. Irgendwann würde sie ihm dafür dankbar sein.

Einen Moment später erinnerte der alte Hund sich wieder an das aktuelle Ballversteck. Zielstrebig trabte er zu den Vorhängen, die bis zum Boden fielen. Hinter einem der Schals hatte er sein Lieblingsspielzeug deponiert. Triumphierend zog er es hinaus.

Sophie biss sich auf die Lippen. Fast hätte sie gleichzeitig gelacht und geweint. Bevor sie wieder zum heulenden Wrack mutierte, beeilte sie sich, die Wohnung zu verlassen.

Der Weg zu Olivers Haus dauerte keine fünf Minuten. James nutzte die Gelegenheit, um unterwegs zumindest einmal ausdauernd zu pieseln. Offenbar war es dringend nötig. Kurz flammte ein schlechtes Gewissen in Sophie auf. An die grundlegendsten Bedürfnisse des Vierbeiners hatte sie in den vergangenen Stunden keinen Gedanken verschwendet. Zu sehr war sie damit beschäftigt gewesen, die Neuigkeiten zu verdauen. Aber offenbar funktionierte James' Blase trotz seines Alters noch ziemlich gut.

Olivers Heim ähnelte dem seines Vaters. Ein geduckt wirkendes Cottage mit Reetdach und einem kleinen Vorgarten, in dem Sommerblumen verschwenderisch blühten.

Sophie schloss die Gartenpforte hinter sich und leinte James ab. Rasch schritt sie über den gepflasterten Weg

zur dunkelblauen Haustür, in der Sprossenfenster eingelassen waren. Noch bevor sie klopfen konnte, wurde
bereits geöffnet.

„Hey, willkommen!" Oliver strahlte sie an. Gleich darauf wurde sein Gesicht ernster. „Du siehst nicht gut
aus ..."

„Oh, vielen Dank! Sehr charmant, dein Herrchen",
sagte Sophie ironisch in Mollys Richtung, die gerade
begeistert James ableckte.

„Nein, so war das doch nicht gemeint!" Sein Gesicht
lief rot an. „Tut mir leid. Du siehst großartig aus ... Es ist
nur ..."

„Schon gut", winkte sie ab und lächelte schief. „Du
hättest mich mal sehen sollen, bevor ich mein Make-up
erneuert habe."

„Es wird offenbar Zeit, dass du mich auf den neuesten
Stand bringst. Essen dauert noch einen Moment. Einen
Drink vorab?"

„Gin Tonic ..."

„Mit sehr wenig Tonic", ergänzte er mit einem kleinen
Lächeln und sah sie fragend an. „Wie es scheint, ist wieder die richtige Mischung nötig."

Sie nickte. „Mehr als je zuvor."

„Geh gerne schon auf die Terrasse. Ich bin gleich bei
dir." Er wies ihr den Weg über den Flur zum Wohnzimmer hindurch, hinaus auf die kleine Terrasse, die von
einer weißen Mauer flankiert wurde. Vier Stühle standen um einen schmiedeeisernen Tisch. Seufzend ließ
Sophie sich auf einen der Stühle fallen. Der Blick von
der Sitzgruppe ging in den kleinen, prächtig bewachse-
nen Garten hinaus. Blühende große Stauden waren
rund um ein Rasenstück gepflanzt, in dessen Mitte ein

Teich angelegt war. Die wohltuende Stille wurde nur von dem Brummen einiger Hummeln sanft durchbrochen.

James hatte es vorgezogen, mit Molly im Haus zu bleiben. Sophie wusste, dass er dort bestens aufgehoben war. Zum ersten Mal an diesem Tag kehrte etwas wie Frieden in ihren Gedanken ein. Sie atmete tief durch und schlug die Beine übereinander. Ihr leichtes Sommerkleid flatterte im Abendwind. Angesichts der immer noch hohen Abendtemperaturen hatte sie die richtige Wahl getroffen.

Oliver erschien mit den Getränken in der Hand und den Hunden im Schlepptau. Beide Vierbeiner liefen in den Garten, wo sie sofort spannende Stellen zum Schnüffeln fanden.

„Bitte sehr, Ma'am." Oliver stellte ein Glas vor ihr ab. Dann setzte er sich ihr gegenüber, das eigene Gin-Glas in der Hand. „Und jetzt erzähl!"

Sophie räusperte sich. „Bevor ich beginne, muss ich dich warnen. Es ist möglich, dass mich gleich der nächste Heulflash heimsucht ... Also sei auf alles gefasst." Sie räusperte sich erneut, während er sie aufmerksam und mit ernstem Gesicht musterte.

„Du hattest recht mit deiner Vermutung. Ich bin Gwineths Enkeltochter." Sie schluckte und starrte in ihr Glas, das sie noch nicht angerührt hatte. „Meine Mum ist tatsächlich von Granny und Grandpa adoptiert worden. Ihre leibliche Mutter ist Gwineth."

„Oh." Oliver wirkte beinahe ebenso erschrocken, wie Sophie es anfangs gewesen war. „Es war nur eine Vermutung. Wenn ich ehrlich bin, habe ich eigentlich mit einer anderen Erklärung gerechnet." Er schüttelte fassungslos den Kopf. „Wie hast du es so schnell herausgefunden?"

„Eigentlich hat James es getan."

Oliver zog die Augenbrauen hoch.

„Na ja, ich hab dir doch von seiner Marotte erzählt, dass er überall seinen roten Ball versteckt. Das tat er auch in Gwineths Schlafzimmer. Dafür ausgesucht hat er sich ihren Kleiderschrank, den ich bereits durchsucht und als uninteressant abgehakt hatte. Der Ball ist im Schrank ganz nach hinten gerollt, und James wollte ihn nicht selbst wieder herausholen. Also tat ich es für ihn. Bei der Gelegenheit bin ich über das Geheimfach im Boden gestolpert. Es hatte nur eine winzige Erhebung. Hätte ich nicht den Ball gesucht, wäre sie mir sicherlich entgangen."

„Was hast du gefunden?", fragte er atemlos.

„Gwineths Tagebuch." Sophie stockte. Hastig trank sie einen großen Schluck Gin Tonic.

Oliver tat es ihr gleich, während er sie nicht aus den Augen ließ.

„Tja, wo soll ich anfangen ...? Ich habe mich im Schnellverfahren durch ihr Leben gelesen. Sobald ich wieder etwas klarer bin, werde ich es noch einmal in Ruhe lesen."

„Na ja, das Wichtigste wissen wir jetzt auf jeden Fall."

„Es gibt noch etwas, das mindestens ebenso wichtig ist ..." Sie hob den Blick und sah ihn mit einem Ausdruck der Verzweiflung an.

„William hat meinen Großvater Cederic getötet."

„Nein!" Olivers Aufschrei gellte durch den ruhigen Sommerabend.

47.

Oliver hatte im Backofen gegartes Hühnchen mit Paprikagemüse in Tomaten-Sahnesoße serviert. Es schmeckte wunderbar, trotzdem war Sophies Teller erst halb leer, als sie mit bedauerndem Blick das Besteck sinken ließ.

„William hat als Einziger in der Familie gewusst, wer Gwineths Freund war. Cederic, der Sohn eines einheimischen Fischers. Und natürlich kein bisschen standesgemäß, sodass eine rasche Eheschließung aufgrund der Schwangerschaft ausgeschlossen war." Sophie starrte in ihr Weißweinglas, das Oliver zum Essen gereicht hatte.

„Aber was machte Gwineth so sicher, dass Cederic getötet worden war?"

„Er war und blieb verschwunden, nachdem sie aus St. Elizabeth, dem Heim für ledige Mütter, zurück nach *Blue Manor* gekommen war. Seine Eltern waren verzweifelt, weil er eines Abends von einem letzten Spaziergang nicht wiedergekehrt war. Der Theorie der Dorfgemeinschaft, nach der er mit einem Mädchen davon gelaufen sei, schenkte Gwineth keine Sekunde Glauben. Niemals hätte er sie verlassen. Und ebenso wenig hätte er seine kranke Mutter im Stich gelassen. Für beides hätte Gwineth ihre Hand ins Feuer gelegt."

Oliver nickte ernst, aber ein Hauch von Skepsis spiegelte sich in seinen Augen.

„Seine Mum ist noch im selben Jahr gestorben. Das Verschwinden ihres Sohnes hat wohl zu einer drastischen Verschlechterung ihres Zustands geführt. Der Vater lebte noch zwei Jahre, dann folgte er ihr."

„Aber Gwineth wusste es nicht sicher, dass William seine Finger im Spiel gehabt hat?"

„Nein." Sophie schüttelte langsam den Kopf. „Aber sie hat geschrieben, dass es keine andere Erklärung für Cederics Verschwinden geben konnte. Die Möglichkeit, dass er für Geld freiwillig gegangen ist, schloss sie kategorisch aus."

Sophie nippte an ihrem Wein und erzählte nach einer kurzen Pause weiter. „Die Gewissheit hat sie erst jetzt durch das beauftragte Detektivbüro erhalten. Der Chef ist ein gründlicher Ermittler. Seine Recherchen haben ihn bis nach Neuseeland geführt, wo er den Sohn des damaligen Gärtners ausfindig gemacht hat. Jack Clark ist ebenso alkoholkrank wie sein Vater es war. Anders als Cederic war dieser allerdings bereit, für eine Stange Geld seine Prinzipien zu verraten – falls er je welche gehabt hatte. Beim Graben im Garten ist er auf menschliche Knochen gestoßen. Durch eine großzügige Zahlung hat er sich schnell davon überzeugen lassen, dass es sich um die Überreste eines Rehs gehandelt hat. Kurz darauf starb Edward an den Folgen des Alkoholmissbrauchs. Sein Sohn Jack ist mit dem restlichen Geld nach Neuseeland ausgewandert und hat eine Schaffarm aufgemacht."

Oliver pfiff durch die Zähne. „Gute Arbeit!"

„Ja, es ist noch kein endgültiger Beweis, erhärtet aber den Verdacht, dass Gwineth von Anfang an recht hatte."

„Aber wollte sie es denn nicht genau wissen? Warum hat sie die Sache nicht der Polizei übergeben?“

„Sie wollte keinen Skandal mehr in den letzten Tagen ihres Lebens. Außerdem war sie davon überzeugt, dass über William spätestens nach seinem Tod gerichtet werden wird. Sie hatte da ein spezielles Vertrauen in Gerechtigkeit.“

„Aber ist das richtig?“, rief er aus und raufte sich die Haare.

„Tja, die Frage stelle ich mir seit vorhin ununterbrochen.“ Sophie seufzte. „Was denkst du?“

Er sah sie nachdenklich an. „Wie fühlt es sich denn für dich an?“

„Ungerecht“, sagte sie spontan. „Andererseits … Vielleicht hat Gwineth recht. Auch William hat nicht mehr viel Lebenszeit übrig. Hilft es irgendjemandem, wenn er die letzten Tage im Gefängnis verbringt?“

„Aber es wäre richtig.“ Oliver griff zu seinem Weinglas und sah nachdenklich hinein, bevor er einen Schluck trank.

„Vielleicht sollte ich ihn mit den Vorwürfen konfrontieren. Das weitere Vorgehen könnte ich von seiner Reaktion abhängig machen“, sagte sie zögernd.

„Glaubst du, dass er einsichtig, womöglich sogar reumütig sein könnte?“ Skeptisch sah er sie an.

Sie hob die Schultern. „Keine Ahnung. Wahrscheinlich nicht. Aber wünschen würde ich es mir.“

Sie schwiegen eine Weile. Sophie stellte fest, dass der Abend mit Oliver tatsächlich dazu beigetragen hatte, ihre Fassung wiederzuerlangen. Noch immer war sie traurig und tief betroffen von der Tragödie, die Gwineths Leben so hart beeinflusst hatte. Und deren Auswirkungen bis zu ihr reichten. Aber in Sophie zeichnete sich schon jetzt eine gewisse Akzeptanz ab, die Dinge so anzunehmen, wie sie nun einmal waren. „Weißt du, was seltsam ist?"

„Alles?", fragte Oliver mit feiner Ironie.

Sie lächelte schwach. „Ja. Aber ich meinte, dass es mir schon jetzt nicht mehr ganz so verrückt erscheint, dass ich tatsächlich Gwineths Enkelin bin. Beinahe erfüllt es mich mit Stolz."

Er nickte zustimmend. „Da hast du vollkommen recht. Diese wunderbare Lady war deine Großmutter, darauf kannst du auch stolz sein."

„Und es stimmt übrigens, was du gesagt hast. Granny bleibt natürlich meine Granny. Jetzt habe ich eben zwei."

Sein Blick war anerkennend. „Das ist eine gute Sichtweise."

„Was mich wirklich interessieren würde ... Wie kann man so etwas seiner eigenen Schwester antun? Es will mir einfach nicht in den Kopf."

„Tja, die adlige Ordnung durfte damals wohl nicht durcheinandergebracht werden."

„Und dafür geht man über Leichen?", rief sie ungläubig. „Es ist doch unvorstellbar, dass man aus diesem Grund einen Menschen umbringt!"

„Vielleicht hat William Cederic ganz altmodisch zum Duell herausgefordert."

„Aber diese Tradition war doch längst abgeschafft!"

„Sicher. Aber vielleicht hat William sich darauf besonnen, dass es früher eine Möglichkeit war, die Ehre von Schwester oder Ehefrau wiederherzustellen. Und wer hätte in einem Duell wohl die besseren Chancen? Der Fischersohn oder der Sohn eines jagdambitionierten Landadeligen?"

Sophie schüttelte sich. „Es ist alles lange her. Aber diese Sitten waren trotzdem und aus gutem Grund längst abgeschafft."

„Vielleicht war ja doch alles ganz anders. Immerhin wissen wir nur eines sicher: Cederic ist damals verschwunden, und einige Jahre später wurden menschliche Knochenreste im Park gefunden. Wir haben aber keinen Beweis, dass es sich wirklich um seine Knochen handelt."

„Das stimmt. Wir haben lediglich Gwineths Gefühl. Offenbar lag sie zwar meistens richtig ..."

„Aber in diesem Punkt könnte sie sich auch geirrt haben", vervollständigte Oliver den Satz.

„Wir haben zwei Möglichkeiten. Entweder ziehen wir gleich die Kripo hinzu. Was wir wohl müssten ... Oder ich nehme all meinen Mut zusammen und spreche mit William." Sophie drehte unschlüssig ihr Glas in den Händen.

„Ich kann dich gerne in die Höhle des Löwen begleiten."

Überrascht sah sie ihn an. Die Option war verführerisch. Sophie überlegte. Nach einer Weile kam sie zu einem Entschluss. „Das ist sehr lieb von dir. Aber ich glaube, das muss ich allein in Angriff nehmen."

„Na, William wird dich hoffentlich nicht zum Duell herausfordern."

Neben Schalk konnte sie auch Besorgnis in seinen blauen Augen ausmachen. „Male nicht den Teufel an die Wand", sagte sie scherzhaft drohend, konnte aber nicht verhindern, dass sich die Härchen an ihren Armen aufstellten.

„Das kann er sich nicht erlauben. Dieses Mal gibt es schließlich Mitwisser." Oliver klang beruhigend, aber ein Rest Sorge hielt sich hartnäckig in seinem Blick.

„Wollen wir mit den beiden Herrschaften", er deutete auf James und Molly, die in geringem Abstand zueinander auf dem Rasen lagen, „noch eine kleine Runde am Strand drehen?"

„Sehr gerne. Dabei kann ich meinen Kopf vielleicht noch etwas freier kriegen."

„Es ist schon verrückt", sagte Sophie, während sie den Sternenhimmel über sich betrachtete. Funkelndes Licht auf dunkelblauem Samt; ein wunderschöner Anblick, der sie fast zu Tränen rührte. Sie atmete tief durch. „Jetzt bin ich tatsächlich rechtmäßige Herrenhausbesitzerin."

„Und wie ist das so?", wollte Oliver wissen.

„Seltsam. Gerade eben war ich noch eine kleine Londoner Journalistin, die ihren heiß begehrten Posten im politischen Ressort nicht bekommen hat. Und die froh darüber war, einen superbezahlten Ersatzauftrag bei einer schrulligen alten Lady ergattert zu haben. Wenige Tage später gehört mir auf einmal alles und ich muss damit fertig werden, dass blaues Blut in meinen Adern fließt. Noch schlimmer ist allerdings, dass ich eine weitere Großmutter geschenkt bekommen habe, nur um sie gleich darauf wieder zu verlieren." Sie schüttelte den Kopf und stapfte weiter durch den feinen Sand. Die Brandung des Meeres war das einzige Geräusch, das am menschenleeren Strand zu hören war und das etwas tief in Sophies Seele berührte. Neben der Traurigkeit über Gwineths Tod fühlte sie tatsächlich nach all den Tagen einen zerbrechlichen Frieden in sich.

Oliver rief die Hunde, die etwas zurückgefallen waren. Sie liefen dicht nebeneinander, als ob sie schon immer zusammen gehört hätten.

Sophie drehte sich um. „Mit den beiden ist es auch verrückt. Die benehmen sich, als würden sie schon ewig zusammen leben."

„Wo die Liebe hinfällt", murmelte Oliver.

Sie sah ihn prüfend an. Er klang wehmütig. Vermutlich wurde er noch von traurigen Momenten wegen seiner geplatzten Hochzeit heimgesucht. Sie beschloss, besser nicht nachzufragen. Ihr Herz zog sich zusammen, als ihr klar wurde, dass auch ihr noch etwas an der Beziehungsfront bevorstand. Das Thema ‚gemeinsame Zukunft' mit Adam musste als Nächstes auf den Prüfstand kommen. Es war so viel passiert in der letzten Zeit, so vieles, das er nicht einmal mitbekommen hatte. Dinge, die ihr Leben grundlegend verändert hatten. Und die musste sie ihm demnächst näher bringen. Anschließend musste sie entscheiden, ob und wie es mit ihnen weiter gehen sollte.

„Alles in Ordnung?", fragte Oliver besorgt.

„Ähm, ja, soweit gerade möglich, schon", wiegelte sie ab. Er kümmerte sich schon so rührend um ihre Sorgen rund um ihre tragische Familiengeschichte, da konnte sie ihn unmöglich noch mit ihren Liebesproblemen nerven.

„Ich denke, ich werde morgen Vormittag mit William sprechen", kehrte sie abrupt zum Ursprungsthema zurück.

„Du kannst dir immer noch überlegen, ob ich dich begleiten soll. Mein Angebot steht", sagte er mit fester Stimme.

„Danke. Falls mich morgen doch die Panik überfällt, allein nach *Blue Manor* hinauszufahren, bist du meine erste Wahl." Sie lächelte ihn an und ergriff spontan seine Hand.

Der warme Druck, mit dem er reagierte, fühlte sich tröstlich an. Und aufregend, wie sie irritiert feststellte, als ihr Herz in der Brust zu hüpfen begann.

„Es ist schön, in dir einen guten Freund gefunden zu haben", sagte sie hastig und zog verlegen ihre Hand zurück.

Er räusperte sich. „Danke, gleichfalls."

Täuschte sie sich oder klang seine Stimme rau?

„Ich denke, wir sollten jetzt Feierabend machen. Morgen liegt ein anstrengender Tag vor dir." Jetzt hörte er sich wieder normal an.

Ich sehe schon Gespenster, dachte Sophie ärgerlich. Sie hatte wahrlich andere Sorgen, als sich um so etwas Gedanken zu machen. Oliver war ein toller Mann. Und ein Segen in dieser Situation, aber ganz bestimmt nicht mehr.

„Du hast recht. Und ich belege dich schon viel zu lange mit Beschlag." Sie drehte sich um und wollte den Rückweg einschlagen.

„Ach, Blödsinn." Er kniff ihr spielerisch in den Arm. Sein Lächeln konnte sie in der Dunkelheit mehr erahnen als sehen. „Service an der Kundin", fügte er belustigt hinzu.

Sophie war erleichtert. Es war alles in Ordnung zwischen ihnen – als Freunde.

48.

Sophie hatte kaum ein Auge zugemacht in der Nacht. Die Ereignisse des letzten Tages ließen sie keine Ruhe finden. Erschöpft hatte sie sich zusammen mit den Gedanken in ihrem Kopf gedreht und gewendet, aber keine Position gefunden, in der sie in den ersehnten Schlaf hätte fallen können. Weitere Tränen waren geflossen. Sie weinte um Gwineth, vor allem auch um die Zeit, die sie nicht mehr haben durfte, um ihrer Großmutter näher zu kommen. Sie weinte um die Tragödie, die Tochter und Mutter auseinandergerissen hatte. Nur um der Etikette willen. Diese Tatsache machte ihr am meisten zu schaffen. Menschenleben hatten weniger gezählt als das gesellschaftliche Ansehen, es war und blieb für sie unfassbar. Und sie weinte um ihren unbekannten Großvater Cederic, dessen einziger Fehler gewesen war, sich in das falsche Mädchen zu verlieben. Wie wäre wohl ihr aller Leben verlaufen, wenn George damals nicht mit dieser Härte in das Leben seiner Tochter eingegriffen hätte? Dann wurde Sophie bewusst, dass es sie wahrscheinlich jetzt gar nicht geben würde. Mum wäre auf *Blue Manor* aufgewachsen. Ihr Leben wäre ein völlig anderes gewesen. Mit einiger Wahrscheinlichkeit hätte sie Howard nie getroffen ... An diesem Punkt war Sophie in den frühen Morgenstunden erschöpft in einen unruhigen Halbschlaf gesunken.

Aus dem sie jetzt völlig gerädert hochschreckte. Seufzend rappelte sie sich auf. James lag tief schlafend neben ihrem Bett. Vorsichtig stieg Sophie über ihn und machte sich auf den Weg ins Bad. Beim Blick in den Spiegel sah sie die Auswirkungen der unruhigen Nacht mit erschreckender Deutlichkeit. Rote verquollene Augen und ein fleckiges Gesicht zeugten von viel zu wenig Schlaf und einer Menge wirren Gedanken. Seufzend stieg sie unter die Dusche.

Schließlich war sie einigermaßen wieder hergerichtet und wollte gerade die Wohnung verlassen, als ihr Handy klingelte. Sicher wollte Oliver ihr viel Glück wünschen. Mit einem Lächeln griff sie nach dem Telefon, das sie nach kurzem Suchen im Wohnzimmer fand. Sie erstarrte, als sie den Namen auf dem Display las. Adam! Zögernd nahm sie das Gespräch an.

„Wo bist du?" Er klang vollkommen fassungslos.

„In Cadgwith, Cornwall", sagte sie lapidar.

„Das weiß ich, die Nachbarin hat es mir erzählt."

„Warum fragst du dann?"

„Ach, ich meinte natürlich, was machst du da?"

„Das ist eine längere Geschichte ..." Sie hatte wenig Lust, sie ihm jetzt und am Telefon zu erzählen.

„Auf die bin ich gespannt! Warum hast du denn nichts gesagt?"

Gute Frage, das wusste sie selbst nicht genau. Sie wechselte das Handy ans andere Ohr.

„Es hat sich bis jetzt einfach nicht ergeben ...

„Aber du arbeitest nicht mehr in London! Das musst du mir doch sagen." Er klang mehr fassungslos als wütend.

„Ach, Schatz. Es macht doch für dich keinen großen Unterschied, wo ich auf dich warte ... Außerdem arbeite ich hier gar nicht mehr.“

„Aber dann kannst du ja nach Hause kommen!“ Seine Fassungslosigkeit schien Erleichterung zu weichen.

„Nein ... Es ist kompliziert.“ Ungeduldig trat sie von einem Fuß auf den anderen. Sie wollte jetzt zu William und ihn zur Rede stellen! Adam hatte so lange nichts von sich hören lassen, da konnte er nun auch noch länger warten, bis er in alles eingeweiht wurde.

„Jetzt verstehe ich gar nichts mehr.“

„Okay“, gab sie sich zähneknirschend geschlagen. „Die Kurzfassung: Ich habe ein Herrenhaus geerbt. Meine Mum war adoptiert. Sie war die Tochter von Lady Gwineth Montenay, die mich als Verfasserin ihrer Memoiren engagiert hatte. Inzwischen ist Gwineth überraschend verstorben und hat mir, ihrer Enkelin, den Landsitz *Blue Manor* vererbt.“

Am anderen Ende blieb es still.

„Adam?“

Ein kurzes Pfeifen, dann erklang ein Jubelschrei.

„Wir besitzen ein Herrenhaus?“

„Äh ja ...“ Sophie verzichtete darauf, ihn zu korrigieren. Genau genommen war sie die neue Eigentümerin von *Blue Manor*...

„Aber das ist ja großartig!“

„Es hat Vor- und Nachteile“, sagte Sophie zurückhaltend.

„Also ich sehe nur Vorteile. Ich komme sofort zu dir, das muss ich mir ansehen!“

„Ich weiß nicht, ob das im Moment ...“

Weiter kam sie nicht, da unterbrach er sie bereits. „Schick mir die Adresse, ich sitze schon im Auto! Bis später, Baby!"

Ungläubig starrte sie auf das Handy. Adam hatte längst aufgelegt. Kopfschüttelnd ging sie zurück in den Flur. Bis Adam hier war, würden noch einige Stunden vergehen. Dieser Wendung konnte sie sich später widmen. Jetzt galt es, ihren eigentlichen Plan für heute umzusetzen. Sie rief James, der freudig angelaufen kam.

Zum ersten Mal fuhr Sophie auf *Blue Manor* zu und das dominierende Gefühl in ihr war nicht Aufregung, sondern Wut. Erst jetzt wurde ihr bewusst, wie wütend sie auf den alten Mann dort drin tatsächlich war. Der Mann, der zusammen mit seinem Vater das Glück ihrer Großeltern zerstört hatte. Ob sie ihn der Polizei ausliefern würde, wusste sie nach wie vor nicht. Aber sie wusste, dass sie Antwort auf die brennende Frage haben wollte, wie er so etwas hatte tun können. Und was sie noch mehr wollte, war Reue bei ihm zu sehen. Allerdings war sie realistisch genug, um zu wissen, dass die Chancen hierfür nicht allzu gut standen. Vermutlich war es diese Ahnung, die ihre Wut immer weiter anfachte. Ihr Puls war mit jeder gefahrenen Meile gestiegen. Als sie jetzt mit quietschenden Reifen vor dem Eingang des Herrenhauses hielt, pochte ihr Herz hart gegen die Brust.

„Die Stunde der Wahrheit", sagte sie grimmig zu James, während sie ihm beim Aussteigen half.

Heute öffnete ihr Harris, nachdem sie kräftig geklopft hatte.

„Guten Morgen, Ma'am." Sein Gesicht war wieder freundlich-neutral. Anders als bei ihrer letzten Begegnung, als er ihr aufgeregt nachgelaufen und nach einer Visitenkarte gefragt hatte. Das war das erste und bislang einzige Mal gewesen, dass er ein wenig die Contenance verloren hatte.

„Guten Morgen, Harris. Ich möchte zu William. Ist er zu Hause?" Die adlige Anrede ließ Sophie bewusst weg. Seinen Titel konnte er sich sonst wohin stecken, dachte sie zornig.

„Ja, er ist gerade beim Frühstück in der Bibliothek."

„Danke, ich finde den Weg allein." Mit diesen Worten rauschte Sophie an dem verdutzten Butler vorbei. James gab sich Mühe, ihren schnellen Schritten zu folgen.

„Mrs. Redgrave ...", setzte William an, als Sophie in die Bibliothek stürmte.

Einen Moment erstarrte Sophie in der Bewegung. Sie konnte beobachten, dass der alte Mann am Tisch in Sekundenschnelle eine ähnliche Pulsfrequenz wie ihre erreichte. Die Röte schoss ihm ins Gesicht, während seine Augen kleine Blitze in ihre Richtung schossen. Für eine Weile sahen sie sich feindselig und schweigend an.

„Ich habe Ihnen mehrfach gesagt, dass Sie hier nicht erwünscht sind. Meine Geduld mit Ihnen ist jetzt am Ende." Seine Stimme war gefährlich leise.

„Tja", entgegnete Sophie ebenso leise. „Das ist aber leider Ihr Problem, wenn Sie meine Anwesenheit nicht wünschen. Es ändert nichts daran, dass ich hier bin. Und bleibe." Mit diesen Worten setzte sie sich ihm gegenüber.

William schnappte nach Luft. „Sie impertinente Person!" Er fuchtelte mit der Hand und stieß dabei beinahe ein Glas mit Orangensaft um.

„Großonkel William", sie betonte jede Silbe. „Ich glaube, es wird Zeit für ein ausführliches Gespräch." Sie stützte ihre Ellbogen auf dem Tisch ab und faltete die Hände. Dabei ließ sie den alten Mann gegenüber keine Sekunde aus den Augen. Es war faszinierend zu sehen, wie die Röte augenblicklich aus seinem Gesicht verschwand und Platz machte für eine unnatürliche Blässe. Mit weit aufgerissenen Augen rang er nach Luft. Unglaube spiegelte sich in seinem Blick. Wut und Fassungslosigkeit gesellten sich dazu.

„Wie ... Warum ..." Ihm fehlten weitere Worte. Beinahe tat er Sophie leid, während sie seinem Blick zum ersten Mal ohne Mühe standhalten konnte.

„Ja, wie und warum würde ich gerne von dir hören, Onkel William. Wie hast du meinen Großvater getötet? Und vor allem: Warum?"

Für einen Moment blieb es still in der Bibliothek. Nur das Ticken der Standuhr in der Ecke des Raumes und der schwere Atem des alten Mannes waren zu hören.

Sophie wartete. Scheinbar geduldig. Dabei brodelte es in ihrem Innern. Aber sie gestand sich ein, dass es ihr eine gewisse Genugtuung verschaffte, ihn in diesem Zustand zu sehen. Nicht einsichtig oder reumütig, aber immerhin hatte seine arrogante Haltung offensichtlich einen empfindlichen Dämpfer erhalten.

Seine Lippen bebten, während er sie unverwandt anstarrte.

„Nun, ich habe Zeit. Aber eines kann ich dir versprechen: Ich werde nicht eher gehen, bis ich Antworten bekommen habe", sagte Sophie schließlich und lehnte
sich zurück.

Er schluckte mehrmals, bevor er mit zitternder
Stimme zu sprechen begann. „Woher weißt du, dass du
Gwineths Enkelin bist?"

„Okay." Sophie seufzte. „Wenn es dir dann leichter
fällt, meine Fragen zu beantworten ... Gwineth hat ein
Detektivbüro beauftragt, nach ihrer Tochter zu suchen.
Meine Mum – Victoria – ist vor zwei Jahren verstorben.
Aber sie hat mich hinterlassen. Und Gwineth wollte
nun wenigstens ihre Enkelin kennenlernen, bevor es
zu spät ist."

„Ich wusste gleich, dass Ihr Eintreffen Schwierigkeiten bedeutet." Sein linkes Augenlid begann zu zucken.

Sophie riss die Augen auf. Eine neue Welle der Wut
rollte über sie hinweg. Nur mit Mühe konnte sie sich
zügeln, ihn nicht zu beschimpfen. Dafür würde später
Zeit sein ... Erst einmal wollte sie ihre Fragen beantwor-
tet haben.

„Nun, die Schwierigkeiten hast wohl eher du vor vielen Jahren hervorgerufen", sagte sie schneidend. „Also
noch einmal: Warum hast du Cederic umgebracht?"

„Ich habe ihn nicht umgebracht. Er hatte eine faire
Chance", murmelte William. Sein Blick verlor sich in
der Ferne. Er war noch immer leichenblass.

„Faire Chance?" Sophie lachte auf. „Bei was genau?"

„Ich habe ihn zum Duell herausgefordert."

Etwas wie Stolz klang in seiner Stimme mit, was Sophie erneut zur Weißglut brachte. Wieder musste sie

sich zwingen, ruhig zu bleiben. Oliver hatte tatsächlich richtiggelegen mit seiner Vermutung ...

„Das ist wirklich fair. Ein Fischersohn, der vermutlich in seinem ganzen Leben noch keine Pistole in der Hand gehalten hat, tritt gegen einen adligen Landbesitzersohn an, dem das Jagen vermutlich gleich nach der Wiege beigebracht wurde." Ihre Stimme troff vor Ironie.

„Er hatte trotzdem eine Chance", beharrte William.

„Du weißt schon, dass Duelle damals längst verboten waren?"

William reagierte nicht, sein Blick wirkte noch weiter entfernt.

„Du hast doch keine Ahnung, wie es in unserer Welt zugeht." Mit einem Mal klang er müde. „Ich muss die Familie bewahren, es ist meine Pflicht."

„Zu dieser Familie gehöre jetzt auch ich. Bin ich stolz darauf? Nein! Stolz bin ich aber darauf, die Enkelin von Gwineth zu sein. Sie war eine wunderbare Frau, die ihr Montenays nicht zerstören konntet, obwohl ihr ihr alles genommen habt, was sie liebte."

„Sie werden *Blue Manor* nicht bekommen. Ich werde alles – ich betone alles – tun, um das zu verhindern." Sein Kampfgeist war zurück. William richtete sich auf, erreichte damit beinahe seine alte Form und Haltung zurück.

„Willst du mich auch erschießen?", fragte Sophie und stieß ein bitteres Lachen aus.

„Wenn es nötig ist", antwortete er ungerührt. „Ich will dir etwas zeigen." Mit eisiger Miene erhob er sich von seinem Stuhl, ergriff seinen Stock und legte die wenigen Meter bis zu der umfassenden Bücherwand erstaunlich schnell zurück.

Sophie blieb irritiert sitzen. Was sollte das jetzt werden?

William suchte die Bücherreihen ab. Schließlich zog er einen dicken Band heraus. Wollte er ihr vorlesen? Beinahe hätte sie gelacht. Das Lachen blieb ihr im Hals stecken, als er das Buch öffnete und eine Sekunde später eine schwarze, glänzende Pistole in der Hand hielt. Sophie öffnete den Mund, aber Worte kamen nicht über ihre Lippen. Noch immer spürte sie keine Angst, alles an ihr war wie eingefroren. Ungläubig starrte sie ihn mit großen Augen an.

„Ist das die Waffe, mit der du Cederic getötet hast?", flüsterte sie schließlich.

William nickte. Seine Hand zitterte, als er die Pistole hob. Der Lauf zielte jetzt auf Sophies Brust. Das war der Moment, in dem die Panik in ihr aufbrandete. Ihr Herz begann zu rasen, und vor ihren Augen verschwamm alles.

„Nimm sofort die Waffe runter!" Ihre Stimme war erstaunlich fest, dabei hatte sie sich nie schwächer und schutzloser gefühlt. Todesangst lähmte ihre Glieder und vernebelte ihre Sinne. Verzweifelt versuchte sie abzuschätzen, wie groß die Chance war, ihn zu überwältigen, ohne dass er abdrückte. Gleich null, stellte sie gleich darauf resigniert fest. Natürlich war er ihr körperlich unterlegen, vermutlich würde ein Schubs reichen, um ihn auf die Bretter zu strecken. Aber sie traute ihm ohne Zweifel zu, den Abzug zu betätigen, sobald sie auch nur versuchte, sich zu bewegen.

„Ich will nur, dass du uns endlich in Ruhe lässt. Mach meinem Sohn nicht länger sein rechtmäßiges Erbe streitig und geh dahin zurück, wo du hergekommen bist." Aus glasigen Augen starrte er sie hasserfüllt an. „Es muss nicht zu einem weiteren Unglück kommen. Das Einzige, was ich will, ist dein Wort."

Sophie schüttelte ungläubig den Kopf. Das konnte doch nicht sein Ernst sein! Er bedrohte ihr Leben und schien allen Ernstes zu glauben, damit durchzukommen. Zum ersten Mal zweifelte sie an seinem Verstand.

„Okay", sagte sie beschwichtigend. „Wenn es das ist, was du willst: Bitte. Ich gehe. Aber erst gibst du mir die Waffe." Sie streckte vorsichtig die Hand aus. Aufzustehen wagte sie noch immer nicht.

Sein Arm ruckte nach vorne, der Lauf der Pistole zielte jetzt auf Sophies Kopf. „Du hältst mich wohl für blöd!" Seine Augen verengten sich. „Ich gebe dir die Waffe und du rufst die Polizei ... Ich bin alt, aber nicht senil! Du bleibst schön da sitzen!"

„Bitte William, du willst doch kein Mörder sein. Die Sache mit Cederic damals war eine andere. Wie du gesagt hast: Er hatte eine Chance. Ich bin aber unbewaffnet."

Sophie konnte sehen, wie es in dem Gesicht des alten Mannes arbeitete. Eine eisige Kälte hatte ihren Körper ergriffen. William war vermutlich nicht senil, aber er befand sich eindeutig in einem wahnhaften Zustand. Er wollte, dass sie ging, gleichzeitig durfte sie sich nicht rühren. Und die Waffe wollte er keinesfalls aus der Hand legen ... Ihre Karten waren nicht allzu gut. Sie musste ihn weiter beschäftigen, mit ihm reden. Wer redet, schießt nicht ... Zumindest war das der einzige Strohhalm, an den sie sich gerade klammern konnte.

„Ich kann nicht zulassen, dass damals alles umsonst gewesen ist!" Er umklammerte die Pistole fester und wischte sich mit der anderen Hand den Schweiß von der Stirn.

„Das war es doch auch nicht", sagte Sophie sanft. „Du hast die Familienehre bewahrt." Ihr wurde übel angesichts ihres geheuchelten Verständnisses für seine Tat. Aber jetzt musste sie ihr eigenes Leben retten, bevor sie ihn seiner gerechten Strafe überführen konnte. Dass sie die Polizei hinzuziehen würde – falls sie dazu noch Gelegenheit haben sollte – war jetzt keine Frage mehr. Sie hätte sich ohrfeigen können für ihre Naivität, hier allein reinzumarschieren und William die Gelegenheit zu geben, sich zu erklären. Es war dumm und grenzte an Wahnsinn ... Andererseits hätte sie niemals damit gerechnet, dass der alte Mann noch eine solche Gefahr darstellen könnte.

Sophie überlegte fieberhaft, was sie sagen konnte, das ihn besänftigen würde. Ihr Kopf war wie leer gefegt und die Zunge klebte am Gaumen. Zu gerne hätte sie sich aus der Wasserflasche auf dem Tisch etwas eingeschenkt. Aber sie traute sich nicht, danach zu fragen.

„Sie hätten das Angebot meiner Schwester niemals annehmen dürfen. Dann wäre alles gut geblieben", sagte er.

Sophie meinte, einen Hauch Resignation aus seiner Stimme herauszuhören.

„Da hast du vollkommen recht“, stimmte sie ihm kleinlaut zu. „Aber wir können immer noch zum Ausgangspunkt zurückkehren. Ich verlasse jetzt *Blue Manor* und dieses Gespräch hat nie stattgefunden.“ Vorsichtig lugte sie in sein Gesicht. Sofort wusste sie, was er von ihrem Angebot hielt – nichts.

Er stieß ein kleines, höhnisches Lachen aus. Sie würde hier nicht lebend rauskommen. Sophie spürte, dass Tränen in ihre Augen schossen. Sie wollte nicht sterben! Rasch drängte sie die Tränen zurück. Vielleicht würde es ihn noch mehr aufregen, wenn sie zu weinen begänne.

In diesem Moment wurde die Tür geöffnet. Sophie erkannte Desmond und seufzte erleichtert auf. Kurz schoss ihr durch den Kopf, dass er womöglich auf der Seite seines Vaters sein könnte, unabhängig davon, was dieser gerade im Begriff war zu tun. Dann erkannte sie seine tiefe Bestürzung, als er die Pistole wahrnahm. Das Entsetzen, mit dem er zurückprallte, ließ ihre Hoffnung wachsen, dass die Gefahr vorbei war.

„Dad, was tust du da?“ Desmond trat näher. Sein ungläubiger Blick irrte zwischen Sophie und William hin und her.

„Ich ... Ich ...“ William ließ die Hand sinken. Die Pistole rutschte ihm aus den Fingern und schlug mit einem lauten Knall auf dem Holzboden auf. Sophie und Desmond zuckten gleichzeitig zusammen. Gerade begann Erleichterung Sophies Körper zu fluten, als sie mit Erschrecken sah, wie William in sich zusammen sank. In Zeitlupe kippte er zur Seite und stürzte der Länge nach ebenfalls auf den Holzboden. Das dumpfe Geräusch, mit dem er landete, war deutlich leiser als eben bei der Waffe.

Sophie und Desmond wechselten einen entsetzten Blick, bevor Desmond losstürzte und sich neben seinen Vater kniete.

49.

Sophies Zähne schlugen unkontrolliert aufeinander.
Ihr ganzer Körper war ein einziges großes Zittern. Oliver war ihrer telefonischen Bitte sofort gefolgt und
nach *Blue Manor* gerast. Er hatte sie in Gwineths Schlafzimmer gebracht, ihr Kissen hinter den Rücken geschoben, eine Decke um die schlotternden Schultern gelegt
und den Kamin angezündet. Auf dem Nachttisch stand
ein großes Glas mit Gin Tonic, das er bei Harris geordert hatte. Bis jetzt hatte Sophie es noch nicht angerührt.

Er musterte sie mit wachsender Besorgnis. „Wir sollten dir ebenfalls einen Arzt rufen." Der Notarzt, der für
William gerufen worden war, hatte ihn gerade erst ins
Krankenhaus abtransportieren lassen. Sophie war erst
zusammengebrochen, nachdem der alte Mann aus dem
Haus gebracht worden war.

„Nein ... Nein ... Mir geht es gut", behauptete sie zwischen zwei lauten Schluchzern.

„Ja, das sehe ich", sagte Oliver trocken und schüttelte
den Kopf. Er verließ seinen Platz vor dem Kamin und
trat näher an das Bett heran. Vorsichtig setzte er sich
neben sie und ergriff ihre Hände. „Du hast einen
Schock. Es ist bestimmt besser, wenn sich das ein Doktor ansieht."

„Es geht gleich wieder. Gib mir noch einen Moment."
Ihre Finger umschlangen die von Oliver. Sie musste

nur das Bild aus dem Kopf kriegen, wie der Lauf der Pistole auf sie zielte und sie sicher war, dass ihr Leben ein jähes Ende finden würde. Das Bild und die Panik schienen wie eingebrannt, trotzdem wurde das Zittern ihrer Hände langsam weniger. Und die Wärme, die Olivers Berührung hervorrief, milderte etwas von der Eiseskälte in ihrem Innern.

„Was machst du denn nur für Sachen?" Oliver klang zärtlich und ein bisschen vorwurfsvoll. „Ich hätte dich niemals allein hierher fahren lassen sollen. Das werde ich mir nie verzeihen."

„Es ist ja noch mal gut gegangen." Sie atmete tief durch, nur um gleich darauf wieder von einem heftigen Weinkrampf geschüttelt zu werden. Oliver nahm sie fest in die Arme, und sie spürte, wie die Bäche, die aus ihren Augen flossen, binnen Sekunden sein Hemd durchnässten. Es war ihr egal. Und ihm anscheinend auch, denn er hielt sie weiter ganz fest.

Es dauerte, bis die Tränen irgendwann abebbten. Sophie fühlte sich, als hätte sie einen Marathon hinter sich. Sie konnte sich nicht erinnern, sich jemals derart erschöpft gefühlt zu haben.

„Jetzt einen Schluck?", fragte Oliver und deutete auf den Gin Tonic.

Sie nickte dankbar. Er hielt ihr das Glas an die Lippen und sie nippte vorsichtig daran. Dann lächelte sie: „Jetzt bin ich schon ein Pflegefall, so weit ist es mit mir gekommen."

„Immerhin lebendig", brummte er.

„Darüber bin ich auch verdammt froh", gab sie zu.

„Und ich erst." Er nahm das Glas und trank selbst einen Schluck. „Ich möchte nicht darüber nachdenken, was passiert wäre, wenn Desmond nicht rechtzeitig aufgetaucht wäre."

„Wo ist er jetzt überhaupt?"

„Ich glaube, er ist mit seinem Vater ins Krankenhaus gefahren." Oliver legte einen Arm um Sophies Schulter. „Was ist eigentlich mit der Waffe passiert?"

„Desmond hat sie weggeräumt."

„Aber ..." Er richtete sich auf. „Das ist ein Beweisstück!"

„Das stimmt. Aber jetzt müssen wir erst mal abwarten, ob William den Anfall überhaupt überlebt. Falls nicht ... Nun, dann ist niemandem damit geholfen, wenn seine Tat publik wird."

Er nickte zögernd. „Aber wenn er überlebt, muss er sich verantworten! Oder spielst du etwa mit dem Gedanken, ihn davon kommen zu lassen?"

„Nein, ich glaube nicht. Obwohl ich das Gefühl nicht loswerde, dass er selbst nicht mehr wusste, was er tat ..."

Oliver sog scharf die Luft ein. „Aber Alter und Verwirrtheit sind nicht zwingend Gründe, ihm die Absolution zu erteilen. Ich denke, das sollte in diesem Fall ein Gericht entscheiden."

„Ja, wahrscheinlich hast du recht. Bis eben war ich auch noch sehr sicher, dass ich ihn anzeige."

„Und jetzt nicht mehr?", fragte er fassungslos.

„Ich weiß es nicht. Ich glaube, ich möchte abwarten, welche Nachricht aus dem Krankenhaus kommt."

Oliver musterte sie eingehend. „Es ist wieder ein wenig Farbe in dein Gesicht zurückgekehrt. Trotzdem wäre es mir lieber, wenn wir einen Arzt hinzuziehen."

„Ich glaube, ich werde jetzt ein bisschen schlafen. Ich bin unglaublich müde." Sie gähnte herzhaft.

„Okay, wenn du zur Ruhe kommen kannst, dann können wir vielleicht tatsächlich auf medizinische Hilfe verzichten."

„Bleibst du bei mir?", fragte sie zaghaft. Die Vorstellung, allein zurückgelassen zu werden, ließ sofort ein mulmiges Gefühl in ihr aufsteigen.

„Natürlich. Ich bleibe in deiner Nähe", versprach er. „Ich mache es mir im Sessel gemütlich." Er stand auf und setzte sich vor den Kamin. Den Blick hielt er auf Sophie gerichtet.

„Ich wache über Ihren Schlaf, Ma'am." Er salutierte spielerisch. „Und James hat ebenfalls ein Auge auf dich." Sein Blick wanderte zu dem Hund, der sich neben dem Bett zusammengerollt hatte.

„Wunderbar. Danke", murmelte Sophie, während ihr schon die Augen zufielen und ihr Kopf zur Seite glitt. Einen Moment später war sie eingeschlafen.

Als Sophie drei Stunden später erwachte, wusste sie zunächst nicht, wo sie war. Verwirrt blickte sie um sich. Nur langsam erkannte sie das Zimmer von Gwineth. Ihr Blick fiel auf Oliver, der im Sessel vor dem Kamin saß. Sein Kopf lag in verrenkter Haltung auf der Kante des Möbelstücks. Seine geschlossenen Augen und der ruhige Atem deuteten darauf hin, dass auch ihn die Erschöpfung übermannt hatte.

„Hey!", rief Sophie leise. „Seit wann dürfen Beschützer während der Arbeit einschlafen?"

Oliver murmelte etwas Unverständliches, bevor er widerwillig die Augen öffnete. Dann setzte er sich mit einem Ruck auf.

„Alles in Ordnung?“, fragte er alarmiert.

„Ja, alles bestens.“ Sie lächelte. „Ich habe tief und fest wie ein Baby geschlafen. Obwohl meine Beschützer …“ Sie deutete auf Oliver und auf James, der ebenfalls noch vor sich hindöste. „… ihren Job nicht allzu ernst nehmen.“

„Wir erledigen unsere Arbeit eben im Schlaf. Wenn Gefahr drohen würde, reagieren wir aber von null auf hundert, da kannst du sicher sein!“ Er grinste.

Sophie wollte gerade zu einer Erwiderung ansetzen, als ein sachtes Klopfen an der Tür erklang. Sie wechselte einen überraschten Blick mit Oliver, bevor sie „Herein“ rief.

Mabel steckte den Kopf ins Zimmer. „Entschuldigung Mrs. Redgrave, es ist Besuch für Sie angekommen. Ein junger Mann, der behauptet, dass Sie ihn erwarten würden.“

Adam! Sophie hatte ihn völlig vergessen. Dabei hatte sie ihm doch die Adresse schicken sollen … Offenbar hatte er den Weg nach *Blue Manor* aber auch ohne Anleitung gefunden.

„Äh, ja. Schicken Sie ihn rein.“ Sie setzte sich im Bett auf.

Einen Augenblick später stürmte Adam ins Zimmer.

„Darling, was ist passiert?“ Mit ausgestreckten Armen eilte er zu ihr. Am Bett angekommen, ließ er sich neben sie fallen und gab ihr einen Kuss. Erst danach registrierte er, dass sie nicht allein im Zimmer waren. Überrascht fixierte er Oliver, der im Sessel sitzen geblieben war. Olivers Miene wirkte undurchdringlich, während er Adams Blick erwiderte.

„Und Sie sind …?“

„Das ist Oliver Taylor“, schaltete Sophie sich ein. „Oliver ist Notar und hilft mir bei der Durchsetzung der Erbschaft.“

„Hi, und ich bin Adam, Sophies Freund!“ Adam stand auf und ging mit ausgestreckter Hand auf Oliver zu. Oliver erhob sich ebenfalls und nahm die Begrüßung per Handschlag an.

Sophie beobachtete die ungleichen Männer. Die einzige Ähnlichkeit, die sie verband, war ihre Größe von ungefähr ein Meter fünfundachtzig. Ansonsten hatten sie nichts gemeinsam. Adam mit seinen dunklen Augen, den dichten schwarzen Haaren, die ihm bis auf die Schultern fielen, war mit seiner zerrissenen Jeans und dem schwarzen T-Shirt ein guter Vertreter seiner Zunft der Rockmusiker. Daneben Oliver, der Inbegriff des englischen Gentleman: akkurat und kurz geschnittene blonde Haare, blaue Augen und mit grauer Anzughose und weißem, an den Ärmeln aufgekrempelten Hemd, perfekt gekleidet. Beide sahen auf ihre Weise attraktiv aus. All das registrierte Sophie zwar, allerdings nur am Rande. Was sie viel mehr beschäftigte, war die Tatsache, dass sie sich in einem Raum mit ihrem Freund Adam und ihrem guten Freund Oliver befand. Ein Umstand, der sich nicht allzu gut anfühlte, denn die beiden konnten sich offensichtlich auf Anhieb nicht leiden. Die Atmosphäre schien seit Adams Eintreten elektrisch aufgeladen zu sein.

Na wunderbar, dachte Sophie sarkastisch. Das hat mir ja gerade noch gefehlt an einem Tag wie diesem. Schließlich war sie noch immer beschäftigt zu verarbeiten, dass sie vorhin dem Tod gerade eben noch von der Schippe gesprungen war.

Adam kam zurück zum Bett und ließ sich erneut nieder. Er nahm Sophies Hand und sah ihr tief in die Augen. „Und nun erzähl, Baby! Diese Hausangestellte hat gesagt, es ginge dir nicht gut, weil es vorhin zu Vorkommnissen gekommen sei. Was ist passiert?"

Sophie seufzte. „Ach, das ist eine lange Geschichte. Und ich bin noch schrecklich müde ..." Die Lüge kam ihr glatt über die Lippen. In Wahrheit hatte ihr der Schlaf gutgetan, und sie fühlte sich schon viel besser.

„Vielleicht solltest du dich erst mal weiter ausruhen", warf Oliver ein.

„Ja, ja. Ich sorge schon dafür, dass Sophie zur Ruhe kommt. Jetzt bin ich ja da, sie ist also in besten Händen." Adam klang eindeutig genervt, und deutlicher hätte er den Rauswurf von Oliver kaum einleiten können.

Dieser verstand den Wink und stand auf. Seit Blick galt aber fragend Sophie. „Dann gehe ich ..."

Sophie wollte ihn aufhalten, aber es kam ihr alles so falsch vor. Oliver und Adam zusammen hier ... Es behagte ihr ganz und gar nicht. Andererseits konnte sie kaum Adam bitten, wieder zu gehen. Sie entzog ihm trotzdem fürs Erste ihre Hand und fuhr sich damit durch die Haare.

„Bleibst du auf *Blue Manor*?", fragte Oliver, während er schon einen Schritt auf die Tür zu machte.

„Hm, ja." Daran hatte sie noch gar nicht gedacht. Jetzt, da William zwangsläufig vorübergehend ausquartiert war, war das natürlich möglich. Und nun, da Adam ebenfalls Obdach brauchte, wohl die einzige Lösung. Schließlich konnte sie ihn kaum mit in die Wohnung

von Olivers Vater mitnehmen. „Es ist wohl das Beste",
schob sie lahm hinterher.

Oliver nickte. Seine Kiefermuskeln spannten sich
sichtbar an. Mit einem knappen Nicken griff er zur Türklinke.

„Danke für alles", sagte Sophie und fühlte sich
schrecklich unbehaglich. Sie mochte ihn nicht auf
diese Weise gehen lassen. Aktuell sah sie allerdings
auch keine Möglichkeit, ihn unter diesen Umständen
zum Bleiben zu bitten.

„Gern geschehen. Wie immer." Sein Lächeln blieb
freundlich, aber dennoch distanziert wie nie.

Als Adam mit Sophie allein war, legte er den Arm um
sie und umfasste mit einer Hand ihr Kinn. Während er
sie mit zärtlichem Blick musterte, kam er ihrem Gesicht immer näher. Schließlich senkten sich seine Lippen warm auf ihre. In Sophie tobten unterschiedliche
Gefühle. Das Vertraute, Aufregende, das seine Nähe immer schon ihr auslöste, kämpfte mit einem gleichzeitig
auftretenden Gefühl von Fremdheit und Abwehr. Wie
konnte sich etwas so falsch und richtig zugleich anfüh-
len? Verwirrt schob sie ihn von sich.

„Was ist los, Baby? Freust du dich denn gar nicht,
mich zu sehen?" Seine dunklen Augen blickten erschrocken. „Was genau ist heute geschehen? Sag es mir."

„Okay, die Kurzform. Ich hatte eine Unterredung mit
William, meinem Großonkel." Die korrekte Bezeichnung, zu der sie zu ihm stand, hörte sich in ihren Ohren
immer noch grotesk an.

„Bis vorhin wusste er noch nichts davon, dass meine
Mum die Tochter seiner Schwester ist. Gwineth, meine

Großmutter, wurde damals von ihrem Vater gezwungen, ihr Baby gleich nach der Geburt fortzugeben. Tja, und William hat sich darum gekümmert, dass Cederic – mein Großvater – unschädlich gemacht wurde." Sophie verzog das Gesicht und kämpfte mit den Tränen. „Er hat ihn zum Duell herausgefordert, wohl wissend, dass der Fischerjunge nicht die geringste Chance gegen ihn, den Jagd- und Schießerfahrenen haben würde."

„Oh Shit!" Adam riss entsetzt die Augen auf.

„Es wird noch schlimmer. William hat mich mit derselben Waffe, mit der Cederic getötet hat, vorhin bedroht. Schlimmeres wurde nur verhindert, weil Desmond, sein Sohn, dazu kam." Die Erinnerung an die bedrohliche Szene nahm Sophie erneut gefangen. Ihr Atem wurde flach.

Adam keuchte. „Dieser Dreckskerl!"

Sie schwiegen eine Weile, während Sophie versuchte, die Bilder vor ihrem inneren Auge loszuwerden.

„Du wirst ihn doch wohl anzeigen?", fragte Adam schließlich.

Sophie zuckte die Schultern. „Vermutlich. Aber ich warte ab, ob William den Anfall, den er erlitten hat, überhaupt überlebt. Es sah nicht gut aus, der Notarzt hat wenig Hoffnung gemacht. Immerhin ist er hoch in den Achtzigern."

„Das wäre dann seine gerechte Strafe", sagte Adam mit tiefer Verachtung.

„Ja, das wäre es wohl." Sophie horchte in sich hinein. Der Gedanke löste keine Genugtuung in ihr aus. Sie war irritiert. Wenn sie an William dachte, war das Einzige, das sie fühlte, eine grenzenlose Erleichterung. Erleichterung darüber, dass Desmond rechtzeitig in der Bibliothek erschienen war. Erleichterung, dass die Pistole mit einem lauten Knall zu Boden gefallen war. Bevor sich ein tödlicher Schuss daraus lösen konnte … Aber Erleichterung, dass Williams Anfall womöglich tödlich gewesen sein könnte? Nein, die konnte sie nicht in sich ausmachen. Andererseits fehlte auch der Wunsch, dass er überleben sollte. Sie hatte das Gefühl, dass das, was jetzt passieren würde, irgendwie seinen Sinn haben würde. Sollte William sich erholen, würde sie ihn wohl der Justiz übergeben. Alles Weitere musste sich finden.

„Auf jeden Fall ist es echt heftig, dass wir jetzt Schlossbesitzer sind." Auf Adams Gesicht breitete sich ein Grinsen aus. „Ich meine, es ist schon cool, in so einem Kasten zu residieren. Und wenn die Sippe erst von dannen gezogen ist und wir dann alles für uns haben … Baby, wer hätte das gedacht?" Sein Grinsen wurde noch breiter.

„Also erstens ist *Blue Manor* kein Schloss, und zweitens haben die restlichen Montenays ein lebenslanges Wohnrecht", dämpfte sie seine Euphorie. Und drittens gehört dir davon gar nichts, fügte sie in Gedanken hinzu.

Seine Miene verdüsterte sich prompt. „Na, William wird ja so oder so aus dem Verkehr gezogen. Und die anderen werden wir auch noch irgendwie los."

„Aber es ist Gwineths Wille gewesen, dass sie hierbleiben können."

„Ach, das sehen wir dann schon." Er winkte ab.

Bevor sie etwas sagen konnte, ergriff er ihre Hände. „Baby, ich hatte sofort Visionen, als ich diese Eingangshalle erblickt habe! Wir könnten hier Sessions über mehrere Tage abhalten. Mit Zimmerbewirtung! Party bis zum Abwinken, und das in ehrwürdiger Umgebung. Du glaubst gar nicht, wie fantastisch das werden wird!“ Mit leuchtenden Augen sah er sie an.

Sie glaubte ihm aufs Wort, dass das für manche fantastisch werden würde. Vor ihrem inneren Auge tanzten bereits Horden von betrunkenen Rockfans, die das Parkett zerschrammten und Bierflaschen auf antike Möbel knallten, während der Inhalt sich über glänzend polierte Oberflächen ergoss. Nein, für Sophie glich die Vorstellung eher einem Albtraumszenario. Sie schüttelte sich innerlich.

„Aber für so eine Organisation wirst du sicher erst mal keine Zeit finden“, wich sie aus. „Wie läuft denn dein Großprojekt?“

Das Strahlen verschwand aus seinem Gesicht, als hätte jemand das Licht ausgeknipst. „Ach das.“ Er rümpfte die Nase. „Hat sich anders weiter entwickelt, als ich dachte. Die haben gedacht, mit mir können sie alles machen. Tja, aber da haben sie sich getäuscht.“ Er verschränkte die Arme vor der Brust. Sein Gesichtsausdruck ähnelte dem eines trotzigen Kindes, das keine Süßigkeit mehr bekam.

„Ach Adam.“ Sophie seufzte.

Seine Augen verengten sich. „Was soll das jetzt heißen?“ Bevor er weiter ausholen konnte, ertönte ein leises Klopfen an der Tür. Nach Aufforderung erschien Harris im Türrahmen.

„Ma'am, ich wollte nur Bescheid sagen, dass ein kleines Dinner angerichtet ist. Falls Sie Hunger haben ...?"

Sophie sah fragend zu Adam. Er nickte gnädig.

„Danke Harris. Wir kommen gleich."

„Wow, nicht von schlechten Eltern", begeisterte sich Adam, als sie in den kleinen Salon traten.

Zu Sophies Überraschung saß Claire am gedeckten Tisch. Sie war davon ausgegangen, dass sie allein mit Adam essen würde. Nun war es für einen Rückzieher zu spät.

„Hallo Claire." Sophie blickte Desmonds Frau verlegen an. Zu ihrer Überraschung wirkte Claire fast schon erfreut.

„Sophie! Wie schön, dass ich nicht allein essen muss."

Sophie hatte sich nicht getäuscht, Claire war froh über ihr Kommen.

Fragend sah Claire zu Adam.

„Das ist Adam, mein Freund. Adam, darf ich vorstellen: Claire Montenay", sagte Sophie schnell.

Die beiden begrüßten sich etwas steif. Adams Lässigkeit schien ihn für den Moment im Stich zu lassen.

Nachdem sie Platz genommen hatten und von Harris mit Wein versorgt worden waren, fragte Sophie leise: „Gibt es schon Neuigkeiten aus dem Krankenhaus?"

Claire schüttelte den Kopf. „Es tut mir sehr leid, was vorhin passiert ist. Geht es Ihnen etwas besser?"

Sophie war überrascht über Claires Anteilnahme. „Ja danke, langsam geht es wieder." Offenbar war Claire von Desmond über die Geschehnisse aufgeklärt worden. Seltsamerweise war sie nun gelassener und aufgeschlossener, als es vorher jemals der Fall gewesen war.

Oder lag es schlicht daran, dass William nicht mit an der Tafel saß?

„Es ist schlimm, was passiert ist. Aber ...“ Claire drehte ihr Weinglas in den Händen. Sophie wartete gespannt. „Ich habe immer gewusst, dass William zu allem fähig ist.“ Sie seufzte und sah Sophie mit einem kläglichen Lächeln an.

„Oh ...“ Sophies Gedanken überschlugen sich. Wusste Claire darüber Bescheid, wie Cederic gestorben war? Während sie noch überlegte, ob sie nachfragen sollte, ergriff Claire erneut das Wort. „Es wird viel geredet im Dorf. Gwineth hingegen hat nie ein Wort darüber verloren, was damals wirklich geschah. Aber ich habe immer geahnt, dass eine furchtbare Tragödie die Ursache für die gelinde gesagt angespannte Bruder-Schwester-Beziehung ist. Mein Mann hat mich stets gewarnt, meine Nase in Dinge zu stecken, die mich nichts angehen. Aber Recht muss doch Recht bleiben ... Und es freut mich, wenn es zumindest jetzt eine sehr späte Gerechtigkeit geben wird.“ Claire blickte Sophie unsicher an. „Finden Sie nicht?“

Sophie war baff. Claire zeigte sich jetzt ganz anders, als sie sie eingeschätzt hatte. „Doch ... Doch besser spät als nie.“

„Das finde ich aber auch“, mischte Adam sich ein. Sein Weinglas war bereits leer. Er schwenkte es auffordernd in Harris Richtung, der sich beeilte, nachzuschenken. „Wer meiner Süßen etwas antun will, gehört in den Knast. Auch wenn er schon scheintot ist.“

Claire und Sophie zuckten gleichzeitig zusammen.

Sophie räusperte. „Nun, wir werden sehen. Zunächst muss William die Krise überstehen.“

Mabel kam herein. In ihren Händen hielt sie eine große Suppenterrine. Flink wie immer huschte sie zwischen den Anwesenden umher und verteilte Tomatensuppe in die weißen, verschnörkelten Porzellanteller.

Harris verließ den Salon. Sophie hatte gerade ihren Löffel in die Suppe getaucht, als der Butler zurückkam.

„Mrs. Redgrave? Telefon für Sie, Lord Desmond ist am Apparat.“

„Oh.“ Sophie wechselte einen überraschten Blick mit Claire. „Ich komme.“ Sie sprang auf und eilte Harris hinterher, der bereits im Gehen war.

„Ja?“, meldete sie sich atemlos, als sie in der Halle angekommen war und den altertümlichen Hörer ans Ohr presste.

„Sophie? Ich bin es, Desmond. Mein Vater ist aufgewacht.“

Sophie schluckte angestrengt.

„Er wünscht Sie zu sehen.“ Desmonds Stimme klang müde.

„Jetzt?“ Sophie war perplex.

„Nun ja, die Ärzte können noch immer nicht sagen, ob er überleben wird. Es könnte also sein, dass nicht mehr viel Zeit bleibt …“

„Ich fahre sofort los.“ Sophie warf den Hörer auf die Gabel, stürmte an dem überraschten Harris vorbei und rannte weiter in den Salon.

„William ist aufgewacht. Er will mich sehen. Ich fahre jetzt ins Krankenhaus“, verkündete sie atemlos.

Claire nickte. Adam starrte sie verblüfft an. Dann kam Bewegung in ihn. „Ich fahre dich natürlich!“

50.

Sophie hatte Adam zögernd die Schlüssel des Rovers zugeworfen. Normalerweise ließ sie ihn ungern ans Steuer. Zu rabiat ging er nach ihrem Geschmack mit der Kupplung ihres geliebten und uralten Familienautos um. Aber heute konnte sie darauf keine Rücksicht nehmen. Wenn sie selbst fahren würde, wäre der Rover vermutlich in größerer Gefahr, um den nächsten Baum gewickelt zu werden. Auch wenn es ihr seit dem Nachmittag deutlich besser ging, der Schock steckte ihr trotzdem noch in den Knochen, und sie war weit entfernt von ihrer alten Form. Seit Desmonds Anruf hatte sich zudem das innere Zittern schlagartig zurückgemeldet.

Was wollte William ihr sagen? Diese Frage brannte in ihr. Was, wenn sie zu spät kam? Dann würde sie es nie erfahren ... Das durfte nicht passieren!

Sie sah kurz zu Adam rüber, der mit angespanntem Gesicht den Rover über die wenig befahrenen Straßen nach Helston lenkte. In der dortigen Klinik lag William und erwartete sie.

„Lass dich bloß nicht von dem alten Knacker einlullen", sagte Adam mit zusammengepressten Lippen. „Der will doch nur, dass du ihn nicht der Polizei übergibst."

„Das wissen wir doch gar nicht", wandte Sophie ein und biss sich auf die Lippen. Adams lapidare Art ging ihr auf die Nerven. Ausgerechnet jetzt musste er auftauchen. Wenn es nach ihr gegangen wäre, hätte er gerne noch damit warten können.

Er pfiff abschätzig. „Was sollte er sonst wollen?"

„Keine Ahnung." Sie sah auf die gerade Straße vor sich. Adam fuhr schnell, aber nicht zu schnell. In Gedanken entschuldigte sie sich bei ihm, dass sie ihm den Rover nur zögernd überlassen hatte. Zumindest heute gab es an seiner Fahrweise nichts auszusetzen.

Sie schwiegen, bis sie auf den Parkplatz der Klinik rollten. Noch bevor Adam den Motor abgeschaltet hatte, sprang Sophie bereits aus dem Auto.

„Ich warte hier, okay?", rief er ihr hinterher.

Sie nickte, ohne sich umzudrehen.

Die Intensivstation befand sich im zweiten Stock. Als Sophie aus dem Fahrstuhl trat, eilte ihr Desmond entgegen.

„Er hatte einen Herzstillstand", sagte er statt einer Begrüßung.

Sophie erstarrte. Sie war zu spät ...

„Aber die Ärzte konnten ihn zurückholen und stabilisieren", fuhr er fort. „Aber niemand weiß, ob er die Nacht überlegen wird."

„Er lebt ..." Sophie war selbst überrascht, wie froh sie über diese Nachricht war. Irritiert fragte sie sich, warum es ihr so wichtig war, dass der Mann, der sie beinahe umgebracht hatte, jetzt nicht starb.

„Ja, und er wünscht dringend, dich zu sprechen."

„Hat er gesagt, was er von mir möchte?"

„Nein. Allerdings ist er auch nicht ganz klar. Vieles von dem, was er von sich gibt, ist ziemlich wirr. Aber er hat immer wieder gesagt: Hol Sophie zu mir!" Desmond hob die Schultern. Er sah erschöpft und übernächtigt aus. Unwillkürlich fragte Sophie sich, warum Claire nicht hier war. Sollte sie jetzt nicht an der Seite ihres Mannes sein?

„Soll ich mit reinkommen?", bot Desmond an.

Sophie sah ihn an. Erkannte die Sorge in seinen geröteten Augen. Dann wurde ihr klar, dass er es gut meinte. Immerhin hatte sein Vater vorhin eine Pistole auf sie gerichtet.

„Danke, es geht schon. Ich habe keine Angst mehr vor ihm." Sie holte tief Luft und schob mit einem schwachen Lächeln hinterher: „Hier wird es ja wohl keine Waffen geben ..."

Für eine Sekunde zuckte es um Desmonds Mundwinkel. Sie hatten sich verstanden.

Beherzt klopfte Sophie an die Tür des Krankenzimmers und trat ohne Aufforderung ein. Leise schloss sie die Tür hinter sich und starrte gebannt auf dem alten Mann im Bett vor dem Fenster. Nein, Angst hatte sie keine mehr. Alles Furcht einflößende, Gebieterische, das William Montenay zeitlebens ausgestrahlt hatte, gab es nicht mehr. Gänzlich aufgelöst – genau wie jede Stärke, die ihm auch im hohen Alter stets zu eigen gewesen war. Dieses schmale Menschlein, das dort unter dem Laken lag und mühsam nach Luft rang, erregte nur eines in Sophie: Mitleid. Kein überwältigendes, aber gerade so viel, dass sie sich dem Bett nähern und ohne Verachtung in die aufgerissenen Augen in dem eingefallenen, bleichen Gesicht blicken konnte. Williams Lippen waren bläulich verfärbt und zuckten unruhig.

„Sophie …“ Ihr Name klang wie ein Hauch. Sein Mund bewegte sich stärker. Offenbar strengte er sich an, weitere Worte zu formulieren.

Sophie war nicht sicher, ob es für seinen Zustand hilfreich war, wenn er sich so bemühte. Andererseits war es sein Wunsch gewesen. Und falls es nicht mehr lange dauerte … Sie schluckte. Dann war jetzt die einzige Möglichkeit, um zu erfahren, was er sagen wollte.

„Ich bin hier, William“, sagte sie mit fester Stimme. „Was möchtest du mir sagen?“

„Bitte, verzeih mir …“ Ein Röcheln hinderte ihn zunächst daran weiterzusprechen.

Nervös prüfte Sophie mit einem Blick die Apparate, an die William angeschlossen war. Soweit sie es beurteilen konnte, schien alles in Ordnung zu sein. Zumindest löste kein Gerät Alarm aus.

Sie beugte sich etwas tiefer zu William runter.

„Ich muss dir erzählen, was damals geschehen ist. Danach kannst du die Polizei rufen.“ Er hustete qualvoll.

Sie wartete, bis der Husten abebbte. Überlegte, ob sie ihm etwas zu trinken anbieten sollte. Da sie aber nicht wusste, ob sich das mit der Infusion vertrug, an die seine dünne Hand angeschlossen war, ließ sie es lieber bleiben.

„Ich habe großes Unrecht begangen damals. Gwineth … Sie hat mir das nie verziehen … Natürlich nicht.“ Wieder schüttelte ein Hustenanfall den mageren Körper.

„Du hast meinen Großvater getötet“, konnte Sophie sich nicht verkneifen. Wenn er dafür von ihr Absolution erhalten wollte, dann würde sie ihn allerdings enttäuschen.

„Er hatte doch eine Chance ..." Seine Stimme wurde
weinerlich. Sophie zuckte zurück. Williams Haltung
hatte sich gar nicht verändert. Er hielt es offenbar immer noch für richtig, was er getan hatte. Ihr wurde
übel. Und sie schalt sich eine Närrin, dass sie anderes
erwartet hatte. Sie hätte seiner Aufforderung nie folgen
sollen.

„Nein, er hatte keine Chance", gab der alte Mann auf
einmal zu. „Aber das habe ich mir all die Jahre eingere-
det, sonst hätte ich vermutlich nicht weiter machen
können. Jetzt, da mein Leben sich dem Ende nähert.
Und da es dich nun gibt ... Muss ich dir erzählen, wie es
dazu kommen konnte."

Sophie riss die Augen auf. War sie doch nicht umsonst gekommen?

„Ich war fünfzehn, als mein Vater seinen Jagdunfall
erlitt, und infolgedessen mit Querschnittlähmung im
Rollstuhl landete. Seit diesem Tag war für mich klar,
dass nun ich das Familienoberhaupt bin. Dabei war ich
doch nichts als ein dummer Junge ..." Er rang nach Luft.
„Daddy hat uns von klein auf eingebläut, dass nichts so
wichtig ist wie die Familienehre. Nichts darf sie be-
schmutzen ... Das wäre unser aller Untergang."

Sophie lauscht mit einer seltsamen Mischung aus
Faszination und Abscheu. Sie wollte es nicht, konnte
aber nichts dagegen tun, mit diesem jämmerlichen Rest
eines Menschen Mitleid zu empfinden. Die schwache
Gestalt in den Kissen hatte nichts mehr gemein mit
dem Patriarchen, der William zeitlebens war. Oder sein
musste ...

„Daddy hat gesagt: Man müsste ihn einfach abknal-
len ...."

Er sah Sophie an, seine Augen hatten ihre einstige Klarheit verloren, schwammen jetzt in Tränen.

Sie war entsetzt, wollte nicht, dass er weitersprach. Sie wollte nicht hören, wenn er gleich über den Mord an ihrem Großvater sprach. Dennoch wusste sie, dass sie bleiben und zuhören würde.

„Cederic war stark. Also wirklich stark, auch wenn er nur ein kleiner Fischerjunge war. Aber selbst in der Jugend strahlte er etwas aus, das mir immer Angst gemacht hat", fuhr er leise fort. „Ich wusste, dass er eine echte Gefahr für uns alle darstellen würde, wenn Gwineth erst wieder nach Hause käme. Cederic würde es nicht auf sich beruhen lassen, dass sie das Baby abgeben musste. Er hätte einen Skandal provoziert. Und er hätte meine Schwester niemals aufgegeben." Ein weiteres Röcheln unterbrach den Redefluss. Tränen strömten aus seinen Augen. Mit zitternder Hand versuchte er sie wegzuwischen.

Sophie schlang die Arme um ihren Oberkörper. Ihr war entsetzlich kalt. Trauer, Wut und Schmerz tobten in ihrem Innern. „Und dann hast du ihm die Waffe gegeben", flüsterte sie.

„Ja. Ja, das habe ich. Verstehst du, ich habe damals wirklich geglaubt, dass es die einzige Möglichkeit sei, die wir haben."

„So, wie du dachtest, es ist jetzt die einzige Möglichkeit, mich zu erschießen."

„Nein!" Der heisere Schrei gellte durch das sterile Krankenzimmer. „Nein, ich wollte dir nichts tun. Ich wollte doch nur, dass es endlich aufhört." Sein Kopf sank nach vorne, bis das Kinn auf der mageren Brust ruhte.

War er jetzt gestorben? Sophie fühlte sich wie gelähmt. Gerade als sie nach seinem Puls tasten wollte, hob er den Blick wieder. Die Qual in seinen Augen zerstörte die letzte Schutzmauer, die sie vom Verstehen trennte. Sie konnte nichts dagegen tun. Obwohl sie mit Klarheit und gnadenloser Schärfe vor Augen hatte, welches Leid Williams Handeln über so viele Menschen gebracht hatte, konnte sie nicht anders, als ihm zu glauben, dass er damals tatsächlich keine andere Möglichkeit gesehen hatte. Sie erkannte die Macht, die George über seinen Sohn gehabt hatte. Sie fühlte die immense Verantwortung, die auf diesem Jungen gelastet hatte. Und sein Unvermögen, mit der Situation richtig umzugehen. Er hatte unverzeihlich gehandelt. Und doch war sie nah dran, genau das zu tun: ihm zu verzeihen."

„Gwineth hat mir verziehen." Seine Stimme war so leise, dass sie meinte, ihn nicht richtig verstanden zu haben.

„Gwineth hat dir nie verziehen", stellte Sophie richtig. Wenn sie eines genau wusste, dann das.

„Sie war hier. Bevor die Ärzte mich zurückgeholt haben. Ich konnte alles sehen. Und dann war sie auf einmal da. Sie hat gesagt, dass es ihr jetzt wieder gut geht und dass Cederic und ihre Tochter bei ihr seien." Ein Lächeln erhellte kurz sein eingefallenes Gesicht.

Sophie erstarrte und riss den Mund auf. Vergeblich suchte sie nach Worten. Starrte den alten Mann stattdessen nur an. Halluzinierte er? Oder war das wirklich möglich ...? In ihrem Kopf drehte sich alles.

„Sie hat auch gesagt, dass ich Verantwortung übernehmen muss für meine Tat. Das will ich tun. Wenn du willst, dann ruf die Polizei. Ich wollte dich nicht erschießen, aber es war falsch, dass ich dir gedroht habe. Dafür und für den Tod von Cederic bin ich bereit, meine Strafe anzunehmen." Er senkte den Kopf und starrte auf seine zitternden Hände, die sich über der Bettdecke gefaltet hatten.

Sophie stockte der Atem. Sie war noch immer sprachlos.

Eine Weile blieb es still im Krankenzimmer. Einen Moment später steckte eine Krankenschwester den Kopf ins Zimmer. „Alles in Ordnung?", fragte sie leise.

Sophie nickte. Die Schwester verschwand wieder.

Sophie atmete tief durch. Dann sagte sie: „Ich werde dich nicht anzeigen. Wenn Gwineth dir verzeihen konnte, werde ich es wohl auch tun. Irgendwann." Sie räusperte sich. „Aber das Gefängnis würde jetzt nichts mehr ändern. Du bist bereit, die Verantwortung zu übernehmen, was damals geschah. Ich denke, das reicht mir." Sie trat einen Schritt zurück, betrachtete den sterbenden Mann vor sich. Seine Tage – vielleicht Stunden – waren gezählt. Es war vorbei. Sie würde ihr Erbe antreten, Gwineths würde ihren Willen bekommen. Mehr brauchte es nicht.

Sie wechselten noch einen langen Blick, bevor Sophie das Krankenzimmer mit aufrechter Haltung verließ.

51.

Als sie aus der Eingangstür des Krankenhauses trat, stellte Sophie fest, dass es zu regnen begonnen hatte. Rasch überquerte sie den Parkplatz hin zum Rover. Adam öffnete ihr von innen die Tür zur Beifahrerseite. Sie schlüpfte in den Wagen und schüttelte sich.

„Und?", fragte er sofort.

„Fahr los", sagte sie abwesend.

Mit hochgezogener Augenbraue startete er den Motor.

„Nun erzähl schon", forderte er, während er das Auto vom Parkplatz auf die Straße lenkte.

Sophie seufzte. Sie wusste schon jetzt, dass sie Adam nicht begreiflich machen konnte, was eben in dem Krankenzimmer von William geschehen war. Es fiel ihr ja selbst schwer, es zu verstehen. Von der starken Wut auf ihren Großonkel war fast nichts übrig geblieben. Seitdem sie sich nicht mehr dagegen wehren konnte, William selbst auch als Opfer der Umstände zu sehen, schaffte sie es nicht länger, ihren Zorn aufrecht zu erhalten. Natürlich verurteilte sie sein Verhalten aufs Schärfste. Dennoch, er war fast noch ein Junge gewesen, als er glaubte, Cederic zum Duell herauszufordern, sei die einzig richtige Möglichkeit. Natürlich war sie das nicht gewesen, es war und blieb ein Fehler. Ein schwerer Fehler, der so viel Leid verursacht hatte. Aber

353

selbst Gwineth hatte zuletzt davon Abstand genommen, ihn der Justiz zu übergeben. Und wenn sie Williams Nahtoderfahrung Glauben schenkte, dann hatte Gwineth ihm inzwischen verziehen. Sophie tendierte dazu, sein Erlebnis für wahr zu halten. Sie hatte schon einiges darüber gelesen und hielt es zumindest für möglich, dass solche Dinge passierten. Außerdem fiel ihr kein Grund ein, warum William bewusst hätte lügen sollen. Immerhin war er bereit, auch juristisch Verantwortung zu übernehmen. Und er hatte Reue gezeigt, womit sie am wenigsten gerechnet hatte.

„Sophie?" Adam riss sie aus ihren Gedanken. Er klang ärgerlich.

„Er hat seine Fehler eingesehen, und er bat mich um Verzeihung."

„Das heißt, er hat überlebt?"

„Ja, vorerst." Sie warf Adam einen Seitenblick zu. In seinem Gesicht arbeitete es.

„Aber natürlich wirst du ihm nicht verzeihen. Richtig?"

„Gwineth hat es getan. William hatte einen Herzstillstand. Währenddessen soll sie bei ihm gewesen sein. Es geht ihr jetzt wieder gut, und sie ist mit Mum und Cederic zusammen."

Sophie spürte, wie gut ihr selbst diese Vorstellung tat.

Adam stieß ein spöttisches Lachen aus. „Ja genau. Und morgen kommt der Weihnachtsmann. Du glaubst ihm diesen Quatsch doch wohl nicht?"

Sophie zuckte die Schultern. „Ich weiß es nicht. Für möglich halte ich es."

„Nicht dein Ernst? Den Schwachsinn hat er doch nur erzählt, um dich weich zu kriegen!"

„Vielleicht. Aber eigentlich hatte ich nicht den Eindruck, dass er lügt."

„Na, dann waren es halt die Medikamente, was weiß ich. Aber es ist auf jeden Fall grober Unfug."

Sophie wurde ärgerlich. „Du warst nicht dort drinnen und hast ihn nicht gesehen. William wird sehr bald sterben. Vielleicht heute, vielleicht morgen. Und vielleicht hat er noch ein paar Tage, aber viel mehr sehr wahrscheinlich nicht. Was also hätte ich davon, wenn ich ihm jetzt die Polizei auf den Hals hetze?"

„Du musst ja wissen, was du tust", sagte Adam beleidigt.

Die restliche Strecke schwiegen sie. In Sophie brodelte es. Es ging ihr weniger darum, dass Adam eine andere Meinung zum Thema Nahtoderfahrung hatte als sie. Es war vielmehr seine überhebliche Art, wie er über andere richtete, die sie nur schwer aushielt. Schließlich gestand sie sich ein, dass sie ihn insgesamt nur noch mit Mühe ertrug. Und endlich gestand sie sich ein, dass sie sich nichts mehr wünschte, als mit Oliver zu sprechen. Sie sehnte sich nach seiner ruhigen, besonnen Art, mit der er an die Dinge heranging. Als sie die Auffahrt von *Blue Manor* erreichten, traf Sophie eine Entscheidung.

Zunächst war Adam vollkommen perplex gewesen, als Sophie ihm eröffnete, dass sie sich von ihm trennen wolle, weil sie keine Basis mehr für eine gemeinsame Zukunft sah. Kurz hatte er versucht, ihren Schock dafür verantwortlich zu machen, dass sie solch einen Unfug von sich gab. Als er merkte, dass er damit nicht weiter kam, war er laut geworden. Er hatte sie als hysterisch und undankbar betitelt, bevor er schließlich weinerlich wurde und sie anbettelte, ihm noch eine Chance zu geben. Erstaunlich schnell hatte er dann aber eingesehen, dass sie es wirklich ernst meinte mit dem, was sie sagte. Es ist aus zwischen uns ...

„Dann werde doch mit deinem Notar glücklich", waren die letzten Worte, die er gezischt hatte, bevor er aus dem Haus gestürmt war.

Und jetzt saß Sophie im Sessel vor dem Kamin in Gwineths Schlafzimmer, in dem kein Feuer mehr brannte, und versuchte, Ordnung in ihre Gedanken zu bringen. Es war so unglaublich viel an diesem Tag passiert, dass sie noch eine lange Zeit brauchen würde, um alles zu verarbeiten. Das war ihr klar. Sie war fast erschossen worden – in diesem Punkt hatte sie William nämlich keinen Glauben geschenkt. Sie war sehr wohl der Meinung, dass nicht viel gefehlt hatte, dass er den Abzug der Pistole betätigte.

Aber William hatte im Angesicht seines eigenen Todes endlich die Wahrheit zugelassen – und Verantwortung übernommen für das, was in der Vergangenheit geschehen war. Das Verständnis, das sie daraufhin für ihn empfand, überraschte sie noch immer.

Nicht zuletzt war Adam zurück in ihr Leben gekommen, nur um es gleich darauf und endgültig wieder zu verlassen. Vielleicht waren es die besonderen Ereignisse des heutigen Tages, die dazu geführt hatten, dass sie die Entscheidung, sich von ihm zu trennen, in dieser atemberaubenden Geschwindigkeit getroffen hatte. Erstaunlicherweise haderte sie seitdem keine einzige Sekunde damit. Sie musste an Gwineths Worte denken.

Wenn die Zeit gekommen ist, würde Sophie schon wissen, was richtig sei. Und genau jetzt war der Zeitpunkt gewesen, um zu handeln. Was sich die letzten Wochen deutlich abgezeichnet hatte, konnte sie nicht länger ignorieren: Adam war nicht der Mann, mit dem sie ihr weiteres Leben verbringen wollte. Es passte vorne und hinten nicht mit ihnen beiden. Adam war oberflächlich betrachtet ein toller Typ, und sie hatte aufregende Zeiten mit ihm erlebt, die sie auch nicht missen wollte. Aber für das, was sie sich wirklich wünschte – altmodisches Familienglück auf dem Land – würde er niemals infrage kommen. Es war keine Frage der Zeit, bis er ruhiger wurde. Er war einfach nicht der passende Partner für diese Art Lebensplanung. So wie Olivers Verlobte mit einem solchen Leben nicht glücklich geworden wäre. Oliver ... Sophies Herz klopfte beim Gedanken an ihn schneller. Er war nicht nur binnen kürzester Zeit ein guter Freund geworden. Er war tatsächlich viel mehr als das. Sie war verliebt in ihn, das konnte sie nicht länger leugnen. Aber ob er das genauso sah?, fragte sie sich bang. Oliver schien wenig begeistert über Adams Auftauchen gewesen zu sein. Aber das musste nicht zwingend heißen, dass seine Gefühle ihr gegenüber mehr als freundschaftlich waren. Sie musste mit ihm sprechen, da führte kein Weg dran vorbei. Keinesfalls konnte sie einfach weiter mit ihm befreundet sein. Jetzt, da sie sich die Wahrheit über ihre eigenen Gefühle endlich eingestanden hatte, wäre das nicht mehr möglich. Würde sie es schaffen, über ihren Schatten zu springen und den ersten Schritt zu machen? Es wäre das erste Mal, dass sie sich so etwas traute.

Sophie blickte auf ihre Armbanduhr. Es war kurz vor Mitternacht. Nicht eben eine normale Zeit für einen spontanen Besuch, aber sie hatte ja auch einen besonderen Grund. Heute war so viel geschehen, da konnte sie das Maß auch noch vollmachen. Beherzt stand sie auf und rief James.

52.

Sophies Herz schlug bis zum Hals, als sie an die Tür von Olivers Haus klopfte. Drinnen brannte Licht, er schien also noch wach zu sein. Es dauerte einen Moment, bis sie Schritte hörte. Kurz erwog sie, auf dem Absatz kehrtzumachen und zu flüchten. Zu spät – er öffnete bereits. Sein Gesichtsausdruck wechselte von misstrauisch zu überrascht, als er sie erkannte.

„Sophie!" Fassungslos starrte er sie an. Er trug noch dieselbe Kleidung von vorhin – graue Anzughose und weißes Hemd. Seine Haare sahen zerzaust aus, gerade fuhr er erneut hindurch. Eine Geste, die er in den letzten Minuten häufiger gemacht haben musste.

„Habe ich dich geweckt?", fragte sie kleinlaut.

„Nein. Nein, ich habe über den heutigen Tag nachgedacht." Er klang ernst.

„Darf ich reinkommen?"

„Oh ja, natürlich." Er gab den Türrahmen frei. Allerdings hatte Sophie den Eindruck, dass er es eher widerwillig als erfreut tat. Ihr Herz rutschte in die Hose.

„Bitte", er deutete ins Wohnzimmer.

Beklommen ging sie vor. Nur eine kleine Lampe verbreitete gedämpftes Licht. Aus der Stereoanlage erklangen sanfte Klaviertöne, die traurig anmuteten. Sophie setzte sich nervös aufs Sofa. Vor ihr auf dem Tisch stand eine leere Teetasse.

„Möchtest du etwas trinken?" Oliver sah sie fragend an.

Wieder hatte Sophie das Gefühl, ihn distanziert wie sonst nie zu erleben. „Ja, ein Tee wäre schön", antwortete sie. Mit dem Wunsch verband sie allerdings mehr die Hoffnung, noch einen Moment für sich zu haben, um sich zu sammeln. Wie sollte sie bloß anfangen? Ihr Blick wanderte zu James und Molly, die sich noch immer freudig begrüßten. Warum schafften Menschen es nicht, so unbedarft miteinander umzugehen? Die Beziehung der Hunde war so einfach ... Sie hingen aneinander und zeigten sich das auch.

Viel zu schnell stand der Tee vor Sophie, und Oliver nahm auf dem Sessel gegenüber Platz.

„Wie geht es dir?", fragte er und schenkte ihr einen aufmerksamen Blick, wie er für ihn typisch war. Für einen Moment war keine Distanz mehr zu spüren. Sophie atmete innerlich auf.

„Besser", sagte sie. „Ich war bei William im Krankenhaus."

„Oh." Seine Augen weiteten sich überrascht.

„Er hat um meinen Besuch gebeten. Nachdem er ins Krankenhaus eingeliefert worden war, hat er einen Herzstillstand erlitten."

„Ist er ...?", warf Oliver ein.

„Nein. Er hat überlebt. Zunächst. Wie es weiter geht, weiß man noch nicht. William hatte eine Nahtoderfahrung, während der Gwineth bei ihm gewesen sein soll. Sie hat ihm verziehen."

Oliver nickte nachdenklich, sagte aber nichts.

„Ich glaube es ihm. Er wollte mich sehen, um mich um Verzeihung zu bitten. Und um Verantwortung zu übernehmen. Angeblich wollte er mich zwar nicht umbringen, aber es tut ihm leid, dass er die Waffe auf mich gerichtet hat. Und vor allem tut ihm der Tod von Cederic leid.“

Oliver nickte wieder. „Starke Leistung“, sagte er anerkennend. „Das hätte ich dem alten Mann gar nicht zugetraut. Wie hast du reagiert?“

„Ich weiß nicht genau, wie es dazu kam. Aber mit einem Mal war meine Wut verpufft. Ich habe angefangen, ihn zu verstehen. Nicht zu entschuldigen, nein, das gewiss nicht. Aber zu verstehen. Er war ja selbst fast noch ein Kind damals.“

„Also konntest du ihm verzeihen?“

„Noch nicht ganz. Aber ich bin auf dem Weg dorthin.“ Sie lächelte zaghaft. „William hat entsetzliche Fehler begangen. Aber wer von uns ist fehlerfrei?“

„Niemand. Allerdings fordert nicht jeder von uns andere zu einem rechtswidrigen Duell heraus“, stellte er trocken fest.

Ein kleines Lachen verließ Sophies Mund. Ihre Anspannung wurde weniger. „Du hast recht. Es ist und bleibt falsch, was William damals getan hat. Ich will es auch in keiner Weise schön reden. Aber ich möchte auch nicht im Hass auf ihn stecken bleiben. Nichts kann das Leid, das geschehen ist, wieder gutmachen. Es bleibt mir nichts anderes übrig, als mit der Vergangenheit meinen Frieden zu schließen. Ich meine, wenn sogar Gwineth es kann ...“

„Und du glaubst ihm, was er über sie gesagt hat?“

„Ja. Er hat auf jeden Fall daran geglaubt. Natürlich besteht die Möglichkeit, dass es eine Art Halluzination war. Wer weiß schon genau, was alles möglich ist?“

„Das stimmt. Ausschließen würde ich es auch nicht.“ Er strich sich sinnend übers Kinn.

„Außerdem habe ich mich von Adam getrennt. Er ist jetzt wieder auf dem Weg nach London“, wechselte Sophie abrupt das Thema und hielt die Luft an.

„Das tut mir leid.“ Olivers Stimme klang gepresst.

„Oh, das muss es nicht. Es ist besser so.“ Jetzt! Jetzt war der Moment, da sie ihm die Wahrheit sagen musste. Oh Gott, schick Mut!, betete Sophie still. Und dann traute sie sich tatsächlich.

„Adam und ich passen nicht zusammen, das hat mir die letzte Zeit mehr als deutlich gezeigt. Er braucht ein gänzlich anderes Leben und gehört nicht aufs Land. Es ist wie mit Cara und dir. Wenn die Lebenspläne zu weit auseinandergehen, hat es keinen Sinn, zusammen zu bleiben.“ Sie stockte kurz, den Blick starr auf ihre Hände gerichtet. Dann sagte sie: „Ich brauche eher einen Mann wie dich. Einen, der genau wie ich ein ganz normales Familienleben als Lebensziel hat. Und der nicht ständig auf der Suche nach dem nächsten Kick ist ...“ Oh Gott, sie hatte es getan! Zaghaft blickte sie zu Oliver rüber. Jetzt müsste er aufspringen, zu ihr eilen und sie in die Arme nehmen. Das müsste er, wenn er ähnlich empfinden würde. Oder?

Nichts davon geschah. Er sah sie nur vollkommen fassungslos an.

„Das ist sehr schmeichelhaft ...“, stotterte er und wich Sophies Blick aus. „Aber vielleicht solltest du dich jetzt erst mal richtig ausschlafen. Ich meine nach diesem Tag."

Die Scham schoss Sophie heiß ins Gesicht. Am liebsten hätte sie sich auf der Stelle in Luft aufgelöst. Verdammt, wie hatte sie nur derart dumm und naiv sein können! Oliver war ein großartiger Mensch, aber seine Hilfsbereitschaft mit Verliebtheit gleichzusetzen, war ein absoluter Fehler gewesen. Das war es dann auch mit ihrer Freundschaft.

Sophie stand auf, nickte ihm zu und steuerte so würdevoll, wie es in dieser Situation möglich war, die Tür an.

„Ich finde allein raus", murmelte sie, ohne ihn anzusehen.

„Sophie warte!"

Sie achtete nicht auf ihn. James eilte an ihre Seite. „Komm Großer!" Gemeinsam mit dem Hund marschierte sie weiter. So schnell es ging, musste sie dieses Haus verlassen. Sie hatte sich bis auf die Knochen blamiert. Nun musste sie nach all den anderen Dingen, die heute passiert waren, auch damit noch fertig werden.

„Sophie, ich ..."

Sie ignorierte ihn. Mit Schwung stieß sie die Haustür auf und stolperte hinaus. Sie behielt ihr Tempo bei, während sie die Straße zum Strand fast entlang rannte. Das Blut rauschte in ihren Ohren und ihr war so schwindelig, dass sie kaum etwas sehen konnte.

Sie konnte sich nicht erinnern, dass ihr jemals etwas so peinlich gewesen war. Aber sie hatte auch noch nie ihr Herz einem Mann vor die Füße gelegt, woraufhin dieser höflich, aber bestimmt ablehnte. Oh Gott! Ihr Gebet nach Mut war wahrlich zum falschen Zeitpunkt erhört worden.

Nachdem sie den menschenleeren, nächtlichen Strand erreicht hatte, ließ sie sich aufschluchzend in den Sand fallen, schlug die Hände vor das Gesicht und weinte hemmungslos. Die Abfuhr von Oliver setzte ihr eindeutig mehr zu als die gefährliche Situation mit William. Absurd, sie wusste es ja. Aber das änderte nichts. James setzte sich neben sie und leckte tröstend ihr Gesicht ab. Dankbar schlang sie einen Arm um den Hund und versuchte, sich zu beruhigen. Immerhin war auf James Verlass.

Sich beruhigen, das war allerdings leichter gesagt als getan. Sie hatte Oliver verloren, und das schmerzte so viel mehr, als sie es sich je hätte vorstellen können. Er war in der letzten schwierigen Zeit ihr Fels in der Brandung gewesen. Ein sehr guter Freund. Aber eben nicht mehr, jedenfalls nicht von seiner Seite aus. Damit musste sie lernen umzugehen. Und das würde sie natürlich auch. Wenn irgendwann der verdammte Schmerz nachlassen würde. Sie hätte einfach alles so weiter laufen lassen sollen, wie es war. Dann hätte sie ihn zumindest noch als Freund. Durch ihr idiotisches Angebot war das nun undenkbar. Sophies Gedanken sprangen in ihrem Kopf wie Pingpongbälle hin und her, ohne dass sie großen Einfluss auf sie besaß. Vielleicht war heute nicht der schlimmste Tag in ihrem Leben, aber er kam in die engere Auswahl. Und ohne Frage war er der peinlichste ...

Irgendwann verebbten die Tränen und ihre Gedanken kreisten langsamer. Zum ersten Mal nahm Sophie die nächtliche Kulisse um sich herum wieder wahr. Der Regen hatte längst aufgehört, aber dunkle Wolken, angestrahlt von einem hellen Mond, jagten am Himmel entlang. Das Rauschen der Wellen bildete einen passenden akustischen Rahmen zu dem wilden Naturschauspiel. Gebannt sah Sophie nach oben. Für einen Moment vergaß sie ihren Kummer und genoss einfach den Anblick.

„Hier seid ihr also."

Sie erschrak so heftig, dass sie sich verschluckte. Oliver! Er war so ziemlich der letzte Mensch, den sie gerade sehen wollte. Was wollte er? Sich noch ein wenig an ihrer Peinlichkeit ergötzen? Eigentlich passte solch ein Verhalten nicht zu ihm. Aber einen vernünftigen Grund konnte sie auch nicht erkennen, der sein Kommen rechtfertigte.

Sophie musste husten, was sie zumindest davon befreite, irgendetwas sagen zu müssen. Während James freudig Molly begrüßte, ließ Oliver sich neben Sophie nieder. Er saß so dicht neben ihr, dass sie seine Wärme spüren konnte.

Sofort rückte sie ein Stück zur Seite.

„Was willst du?", krächzte sie nach einer Weile, nachdem der Hustenanfall abgeebbt war. „Falls du dir Sorgen machst, das musst du nicht. Ich komme sehr gut allein klar!" Sie fixierte das aufgewühlte Meer vor sich. Ihn wollte sie jedenfalls nicht ansehen.

„Ich mache mir keine Sorgen um dich", stellte er fest.

Sie streifte ihn mit einem misstrauischen Seitenblick.

„Ich mache mir Sorgen um mich", sagte er feierlich.

Jetzt musste sie ihn doch ansehen. Er grinste.

„Wenn du das wirklich ernst gemeint hast, was du gesagt hast ... Also, ich finde, du hast recht!"

Argwöhnisch suchte sie in seinem Gesicht nach Anzeichen, dass er sich über sie lustig machte. Aber sie
fand keine.

„Ich habe recht?", fragte sie mit dünner Stimme.

„Ja, es stimmt: wir beide passen wunderbar zusammen."

„Du musst jetzt nicht ... nur weil ..."

„Das stimmt", sagte er ernst. „Ich muss gar nichts.
Aber vor allem darf ich die Frau nicht gehen lassen, in
die ich mich schon in der ersten Minute verliebt habe."

Von wem sprach er? Sophie schüttelte verwirrt den
Kopf. Er hatte doch ganz klar signalisiert, dass er nicht
an ihr interessiert war! Sie verstand gar nichts mehr.

„Ach Sophie." Seine Stimme war leise und zärtlich.
„Hast du ernsthaft geglaubt, ich werfe mich so ins Zeug,
nur um das Ansehen meines Vaters zu verteidigen?
Dad in allen Ehren, aber sein Ruf wäre schon nicht zu
Schaden gekommen. Im Zweifel hätte er selbst nach
seiner Rückkehr dafür gesorgt." Er lachte, dann legte er
den Arm um ihre Schulter und zog sie ganz dicht an
sich heran. Sie spürte sein Herz an ihrer Brust schlagen.

„Du hast mich vom ersten Moment an verrückt gemacht. Aber wie du weißt, hatte ich gerade erst eine
ziemliche Enttäuschung hinter mir. Ich habe mich einfach nicht getraut, schon wieder an die Liebe zu glauben. Deshalb hielt ich es anfangs für eine gute Idee,
wenn wir nur Freunde sind. Und dann gab es schließlich noch deinen Adam ..."

Sophie wollte etwas sagen, aber dazu kam sie nicht mehr. Olivers Lippen verschlossen ihre mit einem langen, leidenschaftlichen Kuss. Es dauerte keine zwei Sekunden, bis sie alle Ereignisse des vergangenen Tages erfolgreich vergessen hatte.

EPILOG

Sophies Hoffnung, dass für diesen besonderen Tag, an dem endlich wieder ein großes Fest auf *Blue Manor* stattfinden sollte, gutes Wetter herrschen sollte, hatte sich erfüllt. Das Thermometer erreichte an diesem Septembertag noch einmal fast sommerliche Temperaturen. Kaum eine Wolke war am azurblauen Himmel zu sehen.

Aufgeregt lief Sophie auf der glänzend geschrubbten großen Terrasse umher und überprüfte ein letztes Mal die Tischdekoration, die Anordnung der Stühle und die Ausrichtung der riesigen Sonnenschirme.

„Lady Sophie, es ist immer noch alles perfekt. So wie beim letzten und beim vorletzten Kontrollgang. Und bei dem davor ...“, versicherte Oliver amüsiert, während er sie nicht aus den Augen ließ.

Sie schlug ihm spielerisch auf die Brust. „Du hast gut reden. Auf dich fällt es ja nicht zurück, wenn hier etwas schief geht.“

„Glaub mir, das wird es nicht.“ Er zog sie zu sich heran und legte die Arme um sie. Dann grub er sein Gesicht in ihr Haar und seufzte sehnsüchtig. „Wollen wir die Gäste nicht wieder ausladen und den Abend zu zweit genießen?“

„Auf keinen Fall, nicht schon wieder solch einen langweiligen Abend ...“ Sie rollte mit den Augen und kicherte.

„Na warte, dir werde ich helfen!“, drohte er, hob sie hoch und warf sie sich über die Schulter. Sie kreischte. „Mein Kleid! Bist du wahnsinnig?“ Das figurbetonte weiße Seidenkleid hatte sich bedenklich nach oben geschoben und ließ einen großen Teil ihrer Beine frei.

„Oh, mir gefällt es so noch viel besser.“

„Wüstling! Sofort herunterlassen!“ Ihr Lachen gellte durch den lauen Spätsommernachmittag.

Ein Räuspern unterbrach ihr fröhliches Geplänkel.

„Kate!“, schrie Sophie. „Du bist schon da!“

Oliver setzte sie sanft zu Boden. So schnell es ihre hochhackigen Pumps zuließ, rannte Sophie los. Lachend und weinend lagen sie und Kate sich in den Armen und wollten sich gar nicht wieder loslassen.

Der dunkelhaarige Mann, der Kate begleitete, gesellte sich zu Oliver und streckte ihm die Hand hin. „Freut mich, ich bin Eric!“

Oliver stellte sich ebenfalls vor und nahm den Handschlag an. „Gott sei Dank, ich kriege Verstärkung!“ Sie grinsten sich an.

„Das habe ich gehört!“, rief Sophie durch Kates Locken hindurch.

„Das macht nichts. Es kann ruhig jeder wissen, wie schwer ich es hier habe“, feixte Oliver.

„Ich glaube, ich stelle euch erst mal vernünftig vor. Meine allerbeste Freundin Kate und ...“ Sie sah zu dem Begleiter ihrer Freundin.

„Eric“, ergänzte dieser gutmütig und trat auf Sophie zu. Er umarmte sie kurz und sagte dann: „Ich bin so froh, dich endlich persönlich kennenzulernen. Nun kann ich immerhin überprüfen, ob ich dich inzwischen wirklich besser kenne als meine eigene Mutter. Mir kommt es nämlich so vor." Er lachte. Sophie wusste sofort, dass sie den neuen Freund ihrer besten Freundin mochte. Seine Erscheinung war nicht besonders auffällig – groß, schlaksig, ein etwas längliches Gesicht mit dunklen Augen. Aber in diesen erkannte sie eine Herzlichkeit, die sie sofort für ihn einnahm.

„Ich freue mich sehr, dich kennenzulernen! Und ja, auch ich habe schon eine Menge über dich gehört." Sie lächelte zurück. „Und das hier ist mein Oliver!" Sie nahm ihn an die Hand und zog ihn zu Kate. Nachdem auch sie sich umarmt hatten, nahm Kate Sophie zur Seite.

„Wusste ich ja gleich, dass es dein Oliver ist!"

„Ich auch!", rief Oliver grinsend. „Aber das kann man ja schlecht in der ersten Sekunde sagen."

Alle lachten.

„Wie war euer Flug?", fragte Sophie.

„Bestens, wir haben die meiste Zeit verschlafen. Der Jetlag wird vermutlich fürchterlich werden." Kate zog eine Grimasse.

„Ach, nach der Feier heute werdet ihr wie die Babys schlafen", prophezeite Sophie. „Und jetzt Champagner!" Sie sah sich suchend um. Einige Kellner des gemieteten Caterers standen an der Terrassentür, bereit für ihren Einsatz. Sophie winkte hinüber. Ein junger Mann eilte herbei. „Champagner für unsere ersten Gäste", befahl sie mit geröteten Wangen. Um den reibungslosen Ablauf des Catering musste sie sich nicht kümmern. Diese Verantwortung hatte sie gerne in die kompetenten Hände von Harris und Mabel gelegt, die jetzt beide aus dem Haus traten. Sophie lächelte ihnen zu.

Nachdem sie angestoßen hatten, verkündete Sophie:
„Ihr müsst uns kurz entschuldigen, aber ich muss jetzt meiner Kate das Haus zeigen!“

„Natürlich. Vor allem müsste ihr ein paar Minuten allein sein und euch endlich wieder austauschen“, sagte Oliver gutmütig. „Dann zeige ich Eric derweil den Park. Bist du dabei?“

Eric nickte lächelnd.

Sophie nahm Kates Hand und zog sie nach drinnen.

„Es ist wundervoll hier.“ Kate sah sich staunend um. „Kannst du inzwischen glauben, dass das alles dir gehört?“

„Manchmal“, erwiderte Sophie und wurde ernst. „Aber gelegentlich lasse ich mich von Oliver kneifen, weil ich denke, ich träume.“

„Am Anfang warst du ja eigentlich nicht besonders begeistert, Gwineths Haupterbin zu sein.“ Kate sah Sophie liebevoll an.

„Das stimmt. Es hat einige Zeit gedauert, bis ich mich wirklich mit dem Gedanken angefreundet habe. Aber inzwischen bin ich mit meiner Familiengeschichte und dem daraus resultierenden Erbe weitgehend im Frieden.“

„Das ist schön. Und wie läuft es mit den anderen Montenays?“

„Besser als erwartet. Seit Williams Tod komme ich mit Desmond ziemlich gut aus. Es überrascht mich selbst, wie gelassen er es letztlich hingenommen hat, dass *Blue Manor* an mich übergegangen ist. Aber im Grunde ist er genauso froh wie Claire, dass die unbekannte Tragödie nicht länger im Hintergrund lauert.

Sie alle wussten, dass etwas nicht stimmt in dieser Familie. Und ich glaube, es war nicht nur für Claire eine riesige Erleichterung, als die Wahrheit endlich ans Licht kam. Claire hat unter diesen Spannungen anscheinend am meisten gelitten."

„Schon schräg, dass William noch in derselben Nacht gestorben ist, nachdem ihr eure Aussprache hattet."

„Tja, ich glaube, für ihn war damit seine Mission erfüllt. Nachdem er nicht länger mit fragwürdigen Mitteln die Familie zusammen halten musste, konnte er gehen und Platz machen für die nächste Generation."

„Ich bin nicht sicher, ob ich ihm so schnell verziehen hätte wie du", sagte Kate nachdenklich.

„Oh, manchmal bin ich immer noch wütend auf ihn. Vor allem, wenn ich an Gwineth und Cederics Grab stehe. Dann muss ich weinen, welches Leben ihnen durch William und George entgangen ist. Aber es lässt sich nicht mehr ändern. Und ich bin fest überzeugt davon, dass sie jetzt wieder zusammen sind."

„Und ihr habt es tatsächlich geschafft, die Öffentlichkeit da rauszuhalten?"

„Du meinst die Exhumierung?"

Kate nickte.

„Ja, die Polizei war sehr kooperativ. Und wir hatten Glück. Aber selbst wenn es publik geworden wäre, hätte ich es trotzdem veranlasst. Cederic hatte ein vernünftiges Begräbnis verdient."

„Das stimmt. Verscharrt unterm Kirschbaum konnte er ja auch nicht bleiben ..." Kate schüttelte sich leicht. Für einen Moment war die fröhliche Stimmung getrübt.

„Wie geht es denn deiner Granny?", versuchte Kate das Gespräch eine andere Richtung zu lenken.

„Oh, ganz gut für ihre Verhältnisse. Wir waren letzte Woche wieder bei ihr. Ich glaube, sie ist ein bisschen in Oliver verliebt. Jedes Mal, wenn er ihr Zimmer betritt, strahlt sie wie ein Honigkuchenpferd."

„Die alte Dame hat Geschmack", sagte Kate grinsend, während sie bewundernd durch den kleinen Salon schritt, den sie jetzt erreicht hatten. Sorgfältig betrachtete sie jedes Möbelstück und alle Details der Innenarchitektur. „*Blue Manor* ist wirklich ein Traum! Wie lebt es sich in so einem Prachtbau?"

„Ach, um ehrlich zu sein, lebe ich hier nicht wirklich. Die meiste Zeit übernachten wir in Olivers Haus. Hier bin ich tagsüber und kümmere mich um alles. Dies ist quasi mein Arbeitsbereich, der mir sehr gut gefällt. Aber zu Hause fühle ich mich eher bei Oliver."

„Und du teilst dir die Aufgaben mit Desmond und Claire?"

„Genau. Viele Verwalteraufgaben erledigt Desmond wie bisher. Claire hatte ich arg unterschätzt. Seitdem William nicht mehr lebt, ist sie sehr aus sich herausgekommen. Und sie hat sich überraschend als unschätzbare Hilfe bei der Planung entpuppt, wie wir *Blue Manor* am Leben halten können. Führungen und Events fallen in mein Ressort. Aber Claire hat eine andere Idee ins Spiel gebracht, die mir sehr gefällt: Sie möchte Zimmervermietungen anbieten, also eine Art kleinen Hotelservice. Eventuell auch feste Vermietungen. Wir sind uns einig, dass das riesige Potenzial an Platz dringend sinnvoll genutzt werden muss."

„Also vielleicht auch die Vermietung von kleinen Wohnungen?" Kates Augen leuchteten.

„Ja, in der Art. Wollt ihr etwa …?" Sophie traute sich kaum weiter zu denken.

Kate nickte heftig. „Sofort! Ich muss natürlich noch mit Eric sprechen, aber eigentlich bin ich sicher, dass er mir diesen Wunsch erfüllt. Wir brauchen doch eine Unterkunft in England. Meine Wohnung ist für uns beide viel zu klein und es wäre doch großartig, wenn wir uns hier einquartieren könnten! Einen Großteil der Zeit sind wir ohnehin weiter in den USA. Aber wenn wir dann schon mal hier sind, wäre ich gerne in deiner Nähe!"

Sophie fiel Kate jubelnd um den Hals. „Das wäre ein Traum!"

„Es hat sich alles gelohnt, oder?", flüsterte Kate in Sophies Ohr.

Sophie nickte mit Tränen in den Augen. Bevor sie etwas sagen konnte, erschien Oliver im Türrahmen.

„Ich störe die Ladys ja nur ungern, aber gerade sind zwei Busse mit Leuten angekommen, die verdächtig nach Journalisten aussehen …"

„Meine *Newsteller*-Kollegen!", rief Sophie erfreut.

„Ethan wird wieder versuchen, mich zurück nach London zu kriegen. Seitdem er Richard endlich gefeuert hat, fleht er mich mehrmals wöchentlich an zurückzukommen." Sie strahlte übers ganze Gesicht. „Ein bisschen streichelt das ja doch mein Ego", gab sie fröhlich zu.

„Selbst schuld", antwortete Kate gnadenlos. „Weinen soll er, weil er dich übergangen hat!"

„Ganz meine Meinung. Dennoch bin ich ihm sehr dankbar. Wer weiß, ob Sophie sonst hierhergekommen wäre.“ Oliver legte den Arm um Sophies Taille und strahlte sie verliebt an.

„Ach, das hätte Gwineth schon irgendwie eingefädelt. Da bin ich sicher. Und nun kommt, die Party wartet!“ Stolz schritt Sophie zur Tür. Sie war am richtigen Platz in ihrem Leben angekommen. Und das fühlte sich verdammt gut an.